S.F.
V.

Manuskripte brennen nicht
Michail Bulgakow

Eine Biographie in Briefen und Tagebüchern

Herausgegeben von
Julie Curtis

Aus dem Russischen
von Swetlana Geier

S. Fischer

Das Vorwort und die Kapiteleinleitungen
wurden von Fredeke Arnim aus dem Englischen übersetzt.
Anmerkungen und Personenverzeichnis
wurden von Maria Mamontova und Elisabeth Ruge ergänzt bzw. erarbeitet.

Die englische Originalausgabe erschien 1991 unter dem Titel
»Manuscripts don't Burn. Mikhail Bulgakov. A Life in Letters and Diaries«
bei Bloomsbury Publishing Ltd., London

Deutsche Ausgabe:

Umschlaggestaltung: Buchholz/Hinsch/Walch
Satz: LibroSatz, Kriftel
Druck: Wagner GmbH, Nördlingen
Bindung: G. Lachenmaier, Reutlingen
Printed in Germany 1991
ISBN 3-10-011334-9

Dieses Buch ist Professor Tony Cross und meinen Kollegen im Department of Slavonic Studies sowie dem Rektor und den Mitgliedern des Robinson College gewidmet, in Dankbarkeit für meine glücklichen Jahre in Cambridge.

Danksagung

Ich möchte der British Academy danken, die mich mit einem »Post-Doctoral Research Fellowship« unterstützte, sowie mit Stipendien im Rahmen des Austauschprogramms mit der Sowjetunion während der Zeit, in der ein Großteil dieses Buches fertiggestellt wurde.

Ich möchte auch Marietta Tschudakowa, Violetta Gudkowa, Irina Jerykalowa, Grigorij Fajman und Viktor Lossew sowie der inzwischen verstorbenen Ljubow Jewgenjewna Beloserskaja-Bulgakowa für ihre Hilfe und Ermutigung danken. Auch den Mitarbeitern des Puschkin-Hauses (des Literaturinstituts der sowjetischen Akademie der Wissenschaften), der Saltykow-Schtschedrin-Bibliothek und des Tscherkassow-Theaterinstituts in Leningrad sowie den Mitarbeitern in der Bibliothek der Union der Theaterschaffenden, im Museum des Moskauer Künstlertheaters, im Staatlichen Zentralarchiv für Literatur und Kunst und in der Handschriftensammlung und den Lesesälen der Lenin-Bibliothek bin ich zu Dank verpflichtet. Ich habe das Material zu diesem Buch aus zahlreichen Archiven, staatlichen wie privaten, zusammengetragen, und Bulgakows zweite Ehefrau Ljubow Jewgenjewna war in dieser Hinsicht besonders großzügig. Bulgakow behielt oft Kopien der Briefe, die er selbst geschrieben hatte, was bedeutet, daß manche Archive Kopien von Material besitzen, das ein anderes herausgegeben hat. Dies hat es mir erlaubt, Texte mit bereits Veröffentlichtem zu vergleichen, vor allem mit Publikationen Marietta Tschudakowas, Violetta Gudkowas, Grigorij Fajmans, Jelena Semskajas und Viktor Lossews und, hin und wieder, abweichende Lesarten vorzuschlagen. Viktor Lossew und Viktor Petelin sind die Herausgeber der umfassendsten – wenn auch keinesfalls vollständigen – Sammlung Bulgakowscher Korrespondenz, die 1989 in der Sowjetunion erschienen ist. Ich bin Viktor Lossew sehr dankbar, daß ich bereits Anfang des Jahres 1990 in der Lenin-Bibliothek Jelena Sergejewna Bulgakowas Tagebücher einsehen durfte.

Besonderer Dank gebührt Leslie Milne; allen meinen Kollegen in Cambridge und, wie immer, meinen Eltern und meiner Familie.

Ohne Ray wäre dies alles nicht möglich gewesen.

Inhalt

Vorwort ... 9

1 1917–1921 ... 15

2 1921–1925 ... 41

3 1925–1930 ... 83

4 1930–1932 ... 135

5 1932–1936 ... 175

6 1936–1940 ... 255

Anmerkungen ... 333

Kurze Bemerkung zu russischen Eigennamen ... 345

Personenverzeichnis ... 347

Register ... 363

Vorwort

Michail Bulgakow ist ein Autor, dessen Bedeutung in den letzten Jahrzehnten ständig gewachsen ist, so daß er heute als gleicher unter den Großen der russischen Literatur des zwanzigsten Jahrhunderts – Achmatowa, Zwetajewa, Mandelstam, Pasternak, Solschenizyn und Brodsky – steht. Bulgakows Geschichte ist jedoch eine besonders ungewöhnliche – er wurde zu seinen Lebzeiten so gut wie gar nicht veröffentlicht, weder im Osten noch im Westen, und seine Stücke erreichten nur mit größten Schwierigkeiten die Bühne. Dies war in der Tat die Zeit, in der Stalin die sowjetische Literatur in einem Würgegriff gefangen hielt, und Bulgakow war eines der prominentesten Opfer – und dennoch gab er nie auf. Erstaunlich war seine Ausdauer: wieder und wieder machte er sich an neue Werke, sobald er den Schock bewältigt hatte, daß erneut eines seiner Stücke verboten oder eines seiner Prosawerke nicht veröffentlicht wurde.

Wir sprechen von dem unbeugsamen Geist bestimmter Autoren, und in Bulgakows Fall trifft dies besonders zu. Während der dreißiger Jahre verbrachte er seine Nächte – und jeden freien Moment, den er dem Alltag entwinden konnte – damit, heimlich einen Roman zu schreiben, *Der Meister und Margarita*, der im allgemeinen als sein größtes Werk gesehen wird und als Meilenstein auf dem Wege zu jener internationalen Tradition des »Magischen Realismus«, zu der Márquez, Kundera und Salman Rushdie beigetragen haben. Der Roman ist eine außergewöhnliche Mischung aus satirischer Komik auf dem Hintergrund Moskaus während der dreißiger Jahre und einer gelehrten und eigentümlich intensiven Nacherzählung der Begegnung zwischen Christus und Pontius Pilatus. Er beginnt mit dem Besuch des eleganten Teufels Woland in Moskau, der – wie sich herausstellt – für die Macht des Guten tätig ist; aber das Buch ist auch eine Liebesgeschichte und die Schilderung der künstlerischen Integrität seines Helden in Gestalt eines Schriftstellers, des Meisters.

Obwohl Bulgakow immer wieder davon träumte, daß sein Roman veröffentlicht würde, war es völlig undenkbar, daß *Der Meister und Margarita* in der Sowjetunion der dreißiger Jahre erscheinen konnte. Als Bulgakow 1940 an einer erblichen Nierenerkrankung starb, blieb seiner Frau die Aufgabe, seinen Nachlaß zu bewahren und zu schützen, bis eine Zeit größerer Freiheit anbrach – sie folgte darin einer ehrenvollen Tradition großer Taten, die von sowjetischen Schriftstellerwitwen am Werk ihrer Männer geleistet worden sind. Erst ein Vierteljahrhundert nach seinem Tod wurde die Veröffentlichung des *Meister und Margarita* genehmigt, 1966 und 1967 in einer von der Zensur gekürzten Fassung in der Zeitschrift *Moskwa*. Die vollständige Veröffentlichung des Romans 1973, in einem Band gemeinsam mit zwei weiteren Romanen, *Die Weiße Garde* und dem *Theaterroman*, war die literarische Sensation der Tauwetterperiode. Der begehrenswerte Band wanderte schon bald für das Fünfzigfache seines ursprünglichen Preises auf dem Schwarzen Markt von Besitzer zu Besitzer. Der Kult um Bulgakow und seine Werke, der sich seitdem entwickelt hat, machte ihn zu einem der beliebtesten Schriftsteller der russischen Literatur des zwanzigsten Jahrhunderts.

Während der Breschnew-Ära wurden einige Werke Bulgakows veröffentlicht, andere aber nicht, selbst als Ausgaben im Westen erhältlich waren, und die Hindernisse, auf die Bulgakow-Forscher stießen, die sich Zutritt zu seinen Archiven verschaffen wollten, wurden zu einer *cause célèbre*. Während der siebziger und achtziger Jahre konnte allmählich durch die gemeinsame Anstrengung von sowjetischen und westlichen Experten mehr und mehr über Bulgakows Leben enthüllt werden, aber es blieb schwierig, die Authentizität von Texten wie von biographischem Material zu bestimmen. Mit dem Anbruch von Glasnost begannen sich die Dinge zu wandeln, obwohl die Rivalität zwischen Archivaren und Wissenschaftlern sowie die anhaltende Überzeugung einiger sowjetischer Literarhistoriker, das maßgebliche Bulgakow-Bild präsentieren zu müssen, hinderlich waren. 1989 konnte eine begrenzte Anzahl von Wissenschaftlern zum ersten Mal die Archive benutzen, und nun gibt es endlich die Aussicht auf Studien und Veröffentlichungen zu Bulgakow, an denen sowjetische und westliche Wissenschaftler gemeinsam beteiligt sind – etwas, was noch vor einigen Jahren völlig undenkbar gewesen wäre. Der hundertste Geburtstag Bulgakows im Jahr 1991 fällt daher auf einen sehr günstigen Zeitpunkt. Die Texte seiner vier Romane, zahlreicher Novellen und Erzählungen und vierzehn Theaterstücke sind nun sämtlich der sowjetischen Leserschaft zugänglich (obwohl noch eine Menge Arbeit zu leisten ist, was die endgültigen Fassungen einiger besonders umstrittener Texte angeht, so beispielsweise seiner literarischen Molière-Biographie, *Das Leben des Monsieur Molière*, und seiner Novelle *Hundeherz*). Einzelne Briefkonvolute sind inzwischen veröffentlicht worden sowie Auszüge aus seinen eigenen Tagebüchern und denen seiner dritten Frau, Jelena Sergejewna.

Bulgakows Werke sind in zahlreichen Studien analysiert worden, und seine Biographen, die vor allem in den frühen Jahren mit recht spärlichen Informationen arbeiten mußten, sind ihm trotz der Schwierigkeiten gerecht geworden. Alle Bulgakow-Forscher, ob im Osten oder im Westen, schulden Marietta Tschudakowa besonderen Dank. Sie hat, was die Literaturgeschichte im allgemeinen und Bulgakow im besonderen anbelangt, einen unermüdlichen Kampf für Glasnost gefochten, lange bevor der Begriff politisch in Mode kam. Ihre Bemühungen gipfelten in der 1987/88 in Moskau veröffentlichten außergewöhnlich detailreichen Chronik des Lebens Bulgakows *Schisneopissanije Michaila Bulgakowa*, die mit einer Fülle von Materialien ausgestattet ist. Ich habe mich, was das Hintergrundmaterial für das vorliegende Buch anbelangt, weitgehend auf ihre Biographie gestützt. Im Westen hat Bulgakow in A. Colin Wright (1978) und Ellendea Proffer (1984) entschlossene Biographen gefunden; und die grundlegende Studie von Lesley Milne (1991) konnte viele neuere Archiventdeckungen und Forschungsergebnisse miteinbeziehen. Dies sind Werke, die dem Leser eine umfassende Darstellung vom Leben Bulgakows bieten. Das Ziel dieses Buches ist ein anderes.

Es sind nunmehr etwa zehn Jahre vergangen, seitdem ich begonnen habe, Bulgakows Korrespondenz zu sammeln, die sowohl in privaten als auch in Staatsarchiven aufbewahrt wird. Diese Briefe von und an ihn mußten mit den vielen, verstreuten und sehr fragmentarischen Veröffentlichungen abgestimmt werden, die hin und wieder in sowjetischen und westlichen Zeitschriften und Büchern erschienen sind. Kürzlich hatte ich das besondere Glück, den vollständigen Text des Tagebuchs einsehen zu können, das Bulgakows dritte Frau, Jelena Sergejewna, auf seine Bitte hin ab September 1933 bis zu seinem Tod im Jahr 1940 führte. Jelena Sergejewna hat später eine besondere Version dieses Tagebuchs für eine mögliche Veröffentlichung vorbereitet, und da ich sowohl das Original als auch ihre Überarbeitung zur Verfügung hatte, habe ich manchmal Eintragungen aus beiden Versionen für dieses Buch zusammengefaßt. Die Tagebücher Jelena Sergejewnas sind inzwischen in Moskau erschienen. Allerdings basiert der von Viktor Lossew und Lidija Janowskaja edierte Text auf der für die Veröffentlichung überarbeiteten Fassung, während ich vor allem aus der Originalversion zitiere.

Ich hatte das Glück, den vollständigen Text eines Tagebuchs von Bulgakow lesen zu können, das er selbst in den frühen Zwanzigern geführt hat, kurz nachdem er sich als Schriftsteller in Moskau niedergelassen hatte. Dieser Text, von dem alle, Bulgakow eingeschlossen, annahmen, daß er vor über sechzig Jahren vernichtet worden sei, hat eine erstaunliche Geschichte. 1926 wurde Bulgakows Wohnung von der GPU (eine Vorläuferorganisation des KGB) durchsucht. Seine Tagebücher wurden zusammen mit dem Manuskript von *Hundeherz* beschlagnahmt. Da Bulgakow in diesen Fall eigentlich nur am Rande verwickelt war – die Geheimpolizei war auf einen Bekannten angesetzt –, begann er bald die Rückgabe seiner Manuskripte mit offiziellen Beschwerden zu verlangen. Etwa drei Jahre später, 1929, erhielt er sie schließlich zurück, worauf er das Tagebuch sofort verbrannte und beschloß, nie wieder eines zu führen. Seit jenen Tagen wurde angenommen, daß die Tagebücher für immer verloren seien, bis Glasnost den KGB veranlaßte zuzugeben, daß sie damals in den Zwanzigern eine Kopie des letzten Teils der Tagebücher angefertigt hätten und diese nach wie vor in den KGB-

Archiven liege. Der Text wurde im Januar 1990 fast vollständig in der Sowjetunion veröffentlicht. Das Schicksal von Bulgakows Roman *Der Meister und Margarita*, der veröffentlicht wurde, nachdem er zu Lebzeiten des Autors ein Jahrzehnt lang und weitere sechsundzwanzig Jahre nach seinem Tod geheimgehalten worden war, sowie das erstaunliche Wiederauftauchen seines Tagebuchs nach sechzig Jahren, haben einem Satz aus dem Roman, der beharrlich die Integrität der Kunst verteidigte, eine besondere, eine geradezu prophetische Note verliehen: »Manuskripte brennen nicht.« Er ist in der Sowjetunion inzwischen eine weitverbreitete Redewendung.

In diesem Buch habe ich Auszüge aus den Briefen von und an Bulgakow mit Eintragungen aus seinen Tagebüchern der frühen Zwanziger und aus Jelena Sergejewnas Tagebüchern von 1933 bis 1940 verwoben, wobei ich Material aus meiner eigenen Sammlung auswählte, die sich auf etwa 1.600 Seiten beläuft. Die daraus entstandene Dokumentarbiographie behandelt natürlich nicht das gesamte Leben Bulgakows. Wenn überhaupt sind nur sehr wenige Dokumente aus seiner Kindheit und Jugend erhalten geblieben, und erst als Bulgakow in seinen frühen Zwanzigern war, scheinen die Briefe, die er schrieb oder erhielt, aufbewahrt worden zu sein. Was das erhaltene Material dem Leser in erster Linie bietet, ist ein lebhafter und unmittelbarer Einblick in das, was es bedeutete, als ein »konservativer« Schriftsteller in den zwanziger und dreißiger Jahren – unter Stalin – zu arbeiten.

Die Briefe und Tagebuchauszüge, die hier zusammengestellt sind, umfassen den Zeitraum unmittelbar nach der Oktoberrevolution bis 1940. Vor allem erlauben sie Bulgakow, seiner Frau und seinen Freunden, mit ihren eigenen Stimmen zu sprechen. Sie setzen ein, als Bulgakow, der gerade sein Medizinstudium beendet hatte, den Ersten Weltkrieg und die Revolution in weitentlegenen Provinzen verbringt. Er praktizierte dort als Arzt, wäre aber nur zu gerne anderswo gewesen. Seine Gefühle, vielmehr seine Abneigung gegen den von ihm gewählten Beruf, dagegen, in der Provinz festzusitzen, und gegen Rußlands neuen politischen Kurs, waren so stark, daß er während eines längeren Aufenthalts in Wladikawkas im Nordkaukasus seine medizinischen Qualifikationen verschwieg und sich als Dramatiker versuchte. Später fuhr er sogar südwärts zum Schwarzen Meer, mit der Absicht zu emigrieren. Aber die Geschichte, die in diesen Materialien tatsächlich skizziert wird, beginnt mit der Aufgabe dieses Plans und Bulgakows Ankunft in Moskau, fest entschlossen, eine große literarische Laufbahn zu beginnen. Er sollte mit der Bühnenfassung seines ersten Romans *Die Weiße Garde* zu wirklichem Ruhm gelangen, der als *Die Tage der Turbins* einer der großen Erfolge des Moskauer Künstlertheaters unter Stanislawskij wurde. Der politische Druck auf Bulgakow führte jedoch 1929 zum Aufführungsverbot, und von da an waren alle weiteren Versuche, veröffentlicht oder aufgeführt zu werden, vergeblich.

Die Materialien aus den dreißiger Jahren geben einen authentischen Eindruck von der Atmosphäre in der Moskauer geistigen Elite, von den Kreisen um das Moskauer Künstlertheater und das Bolschoj Theater und der glitzernden gesellschaftlichen Sphäre der amerikanischen Botschaft. Gleichzeitig zeigen sie aber auch, wie ein Schriftsteller als Maus fungieren konnte in einem der grausamen Katz-und-Maus-Spiele, die Stalin gerne mit solchen Künstlern wie Prokofjew, Schostakowitsch und Pasternak spielte – jenen Künstlern, die überleben durften. Bulgakows Briefe und Jelena Sergejewnas Tagebücher verzeichnen einen nicht enden wollenden Strom von Verhaftungen und Todesfällen unter ihren Freunden und Bekannten während der Jahre des Terrors, und sie geben ein schockierendes Bild jener Periode, als Stalin – mit Hilfe des Zentralkomitees der KP – nahezu lückenlos jeden einzelnen Schriftsteller kontrollierte. In Bulgakows Bekanntenkreis bewegte sich im Auftrag der Geheimpolizei und der Partei immer irgendein Spitzel, der mit verlockenden Aussichten auf eine Besserung der Bulgakowschen Geschicke ihn zu manipulieren versuchte. Eine kaum unterdrückte Hysterie kann in den Briefen und Aufzeichnungen des Ehepaars ausgemacht werden, bis Bulgakows neurotische Ängste Ende der Dreißiger in jene Krankheit einmündeten, die 1940 sein Leben beenden sollte.

I

1917-1921

Die Arbeit an Bulgakows erstem Roman, *Die Weiße Garde*, war ein Akt der Dankbarkeit gegenüber seiner Familie und seiner glücklichen Kindheit in der Ukrainischen Hauptstadt Kiew. In dem Roman wird eine Familie junger Erwachsener – eine Schwester und zwei jüngere Brüder, die vor kurzem ihre Mutter verloren haben – vor dem Hintergrund des Ersten Weltkrieges und der Revolution in Kiew dargestellt. Im Mittelpunkt der Geschichte steht das Haus, in dem sie gemeinsam leben. Ein Haus, das auf einem solch steilen Hang gelegen ist, daß die erste Etage zum Erdgeschoß wird, wenn man erstmal um das Gebäude herumgeklettert und vom Hof aus zur Vordertür eingetreten ist. Hinter seinen beigen Jalousien schimmert die Freundlichkeit des Hauses. Wie ein sicherer Hort schirmte es seine Bewohner ab von immer neuen politischen Coups, während draußen um Kiew Schlachten geschlagen werden, zwischen der prozaristischen weißen Armee, den belagernden deutschen Truppen, den ukrainischen bäuerlichen Nationalisten unter Petljura und der Roten Armee. »Die Einwohner Kiews nehmen an, daß es etwa achtzehn Machtwechsel gab. Manche häuslichen Memoirenschreiber zählten zwölf; ich kann Ihnen sagen, daß es genau vierzehn waren – und ich selbst habe zehn von ihnen durchlebt.« So äußerte sich Bulgakow später.

Bulgakows fiktive Familie, die Turbins – der Nachname stammte aus der Familie seiner Mutter –, übersteht gemeinsam mit ihren Freunden diese Unruhen aufgrund von Werten, die charakteristisch sind für ihre Klasse und ihre politischen Neigungen. Es sind dies

Werte der Privatsphäre wie Liebe, Hingabe, ein instinktiver Gerechtigkeitssinn und ein moralisches Anliegen, das einer natürlichen und zurückhaltenden Religiosität entstammt. Die Turbins lachen viel, haben Romanzen und vergnügen sich in langen Nächten wie alle jungen Menschen, aber ihr Ehrgefühl erwacht immer dann, wenn jemand oder etwas, was sie achten, in Gefahr gerät: Alexej und sein jüngerer Bruder tun ihre Pflicht und ziehen im Namen des Zaren in den Bürgerkrieg, bis der Kampf sich als hoffnungslos erweist. Als Nikolajs Held Naj-Turs getötet wird, beschließt er, dessen Familie aufzusuchen und sie von dem Tod zu unterrichten, um anschließend einen grauenhaften Gang zum Totenhaus zu unternehmen und den Leichnam zurückzuholen – wobei er, wie vorauszusehen, sich in die Schwester seines Helden verliebt. Die Turbins wurden in Treue zum Zar erzogen, und am Ende des Romans kann man sich nur schwer vorstellen, daß sie das künftige Sowjetregime mit leidenschaftlicher Hingabe annehmen werden; solch eine Verwandlung hätte nur in einem sowjetischen Propagandaroman im Stil des Sozialistischen Realismus stattfinden können, was Bulgakows *Weiße Garde* entschieden nicht ist. Aber die Turbins werden überleben, denn das Ende des Romans zeigt politische Macht als ein vergängliches Phänomen: die Familie wird von ewigen Werten getragen, die ungeachtet des politischen Systems sich durchsetzen. Diese Werte sind zuvorderst eine Religiosität, die man als »zurückhaltend« charakterisieren könnte, weil sie sich weniger auf Kirchgang und Konventionen beruft als vielmehr auf eine höhere Bestimmung, die die Geschicke der Menschen lenkt und die Balance zwischen Gut und Böse regelt; zweitens – die Kunst, die in Form von Büchern und der Musik, die am Klavier gespielt und gesungen wird, den Turbins Trost und Freude spendet; und drittens – der familiäre Zusammenhalt, der Sicherheit bietet, ein Ideal, das es zu verteidigen gilt, und Maßstäbe, denen man gerecht werden muß.

Die Weiße Garde, die zwischen 1921 und 1923 geschrieben wurde, ist eines der deutlich autobiographischen Werke Bulgakows; natürlich nicht in jedem Detail, aber, was die Stimmung und Atmosphäre des Buches betrifft, so sind sie sicherlich eine Heraufbeschwörung dessen, was Bulgakow seiner eigenen Familie gegenüber empfand, und seiner Erlebnisse während der Revolutions- und Bürgerkriegsperiode. Michail Bulgakows eigene Familie war in Wirklichkeit viel größer als die in seinem Roman dargestellte: er wurde 1891 geboren, der älteste in einer Familie von sieben Kindern, von denen alle glücklich heranwuchsen. Seine Geschwister waren Wera (1892), Nadeschda (Nadja, 1893), Warwara (Warja, 1895), Nikolaj (Kolja, 1898), Iwan (Wanja, 1900) und Jelena (Ljolja, 1902). Ihr Vater, Afanassij Iwanowitsch, kam aus einer Priesterfamilie und schlug selbst eine Laufbahn als Theologe ein. Er wurde Professor für Vergleichende Theologie an der Theologischen Akademie von Kiew und veröffentlichte zahlreiche Aufsätze zu westeuropäischen Religionen, vom Katholizismus bis zum Methodismus. Afanassij Iwanowitsch lebte mit seiner jungen Frau Warwara Michailowna und ihrer ständig wachsenden Familie an verschiedenen Orten in Kiew, aber im Herbst 1906 zogen sie in eine große Wohnung im Haus Nummer 13 am Andrejewskij Hang, dem Haus, das in der *Weißen Garde* als Nummer 13 am Alexejewskij Hang beschrieben wird. In demselben Jahr jedoch erkrankte Afanassij Iwanowitsch an einem schweren Nierenleiden. Er starb 1907 im Alter von achtundvierzig Jahren und ließ den fünfzehnjährigen Mischa zurück, um seiner Mutter bei der Erziehung seiner vier Schwestern und zwei Brüder zu helfen. (Derselben Krankheit sollte schließlich Bulgakow selbst zum Opfer fallen, auch verhältnismäßig jung – er starb mit neunundvierzig Jahren.) Bulgakow hatte seinen Vater immer in liebender Erinnerung; er bewunderte und respektierte ihn als Gelehrten. Afanassij Iwanowitsch beherrschte Latein und Griechisch, auch Französisch, Deutsch, Englisch und die westslawischen Sprachen wie Polnisch und Tschechisch. »Das Bild einer Lampe mit grünem Schirm ist ein sehr wichtiges Bild für mich. Es stammt aus meinen Kindheitseindrücken – das Bild meines Vaters, der an seinem Arbeitstisch schreibt.«

Das Familienleben am Andrejewskij Hang 13 war nach wie vor erfüllt von Lachen und Freude, auch wenn das Einkommen der Familie nach dem Tod Afanassij Iwanowitschs um einiges schmaler geworden war. Drei Cousins lebten die meiste Zeit über in dem Haus und trugen zu der lebhaften Atmosphäre bei. Unter ihnen war Michails Cousin Konstantin, dem er als junger Mann besonders nahe stand, vielleicht weil seine eigenen Brüder, Nikolaj und Iwan, sieben und neun Jahre jünger waren als er. Alle Kinder erhielten dank der Kollegen ihres verstorbenen Vaters, die ihnen zu Stipendien verhalfen, eine gute Ausbildung, und die meisten schlugen dann eine akademische Laufbahn ein; sie waren belesen und sehr musikalisch, sie gingen oft ins Theater und vor allem in die Oper, um – unter anderen – Schaljapin zu hören. Auch Amateurtheater bereitete ihnen Vergnügen, und sie inszenierten oft eigene Stücke für ihre Familie und Freunde, zu Hause oder auf der Datscha, nahe Kiew in Butscha. Michail war besonders erfindungsreich, wenn es um komische Verse oder kleine Szenen oder Scharaden ging. Er überlegte sich sogar, ob er nicht eine Karriere am Theater oder als Sänger beginnen solle, aber schließlich entschied er sich im Jahr 1909 für das Medizinstudium. Dieser Beruf wurde ihm einerseits durch die zwei Brüder seiner Mutter nahegebracht, die beide Ärzte waren, andererseits durch den Familienfreund Iwan Pawlowitsch Woskressenskij, der sein Stiefvater werden sollte und dem sich alle Bulgakow-Kinder sehr verbunden fühlten. Als ein Weg zur literarischen Laufbahn – als der sie sich später erweisen sollte – bot die Medizin bedeutende Vorbilder in den Figuren Tschechows und Wikentij Weressajews, einem älteren Mann, der in Moskau Bulgakows Freund werden sollte. Der Schritt in Richtung Naturwissenschaft befriedigte auch Bulgakows neues Interesse am Darwinismus, der, laut seiner Schwester Nadja, ihn vor dem Jahr 1910 dazu gebracht hatte, sich vom Glauben abzuwenden, und in den folgenden Jahren zum Thema erbitterter Familiendebatten wurde, wobei Michail in seinem Atheismus von Iwan Pawlowitsch Woskressenskij, Warwara Michailownas künftigem Ehemann, unterstützt wurde.

Bulgakows Fortschritte als Medizinstudent waren nicht ganz geradlinig, vor allem, weil er sehr viel Zeit mit einer jungen Frau namens Tatjana Nikolajewna Lappa verbrachte. Er hatte sie 1908 kennengelernt, als sie aus ihrer Heimatstadt Saratow kommend ihre Tante in Kiew besuchte, und drei Jahre später sahen sie sich bereits so oft, daß der junge Bulgakow 1912 sein zweites Jahresabschlußexamen nicht bestand. Tatjana (Tassja) erinnerte sich später, daß sie all ihre freie Zeit zusammen verbrachten und mindestens zehn Mal im Jahr Gounods *Faust* sahen. Bulgakow vernachlässigte sein Studium auch zu Gunsten des Schreibens: 1912 zeigte er seiner Schwester Nadja einige Erzählungen, die er verfaßt hatte, und gestand ihr, daß er entschlossen sei, eines Tages Schriftsteller zu werden. Trotz der nicht unerheblichen Einwände der Eltern auf beiden Seiten heiratete der einundzwanzigjährige Michail im April 1913 Tatjana, kurz nachdem er sein Jahresabschlußexamen wiederholt und bestanden hatte, um ins dritte Studienjahr aufgenommen zu werden. Sie sollten elf Jahre zusammen verbringen, bis 1924.

Die sorgenfreie Zeit in Bulgakows Leben wurde mit dem Ausbruch des Ersten Weltkrieges im August 1914 beendet. Im folgenden Jahr wurde er, obgleich noch Student, eingezogen, um Verwundete in einem Krankenhaus in Saratow zu behandeln, und als er sein Diplom als Arzt erhielt, arbeitete er bereits nicht mehr als Freiwilliger des Roten Kreuzes, sondern leitete ein kleines Hospital tief in der Provinz – ohne jegliche Hilfe, außer der seiner Frau Tatjana, die ihm als Krankenschwester zur Seite stand. Die Erfahrung, unter derartigen Bedingungen zu arbeiten, ist in den Erzählungen festgehalten, die unter dem Titel *Aufzeichnungen eines jungen Arztes* in einem Band versammelt wurden. In ihnen beschreibt er sein Entsetzen angesichts der Primitivität der Landbevölkerung, die er behandelte; seine müßigen Versuche, die Syphilis einzudämmen, die sich aufgrund von schierer Ignoranz und Vorurteilen gefährlich ausbreitete; seine Angst davor, Operationen ausführen zu müssen, die er höchstens einmal als Student hatte beobachten können; und seine Sehnsucht, nach Hause, in die Zivilisation zurückzukehren. In einer Erzählung, die lange nicht in der Sowjetunion veröffentlicht wurde, beschreibt er auch die Erfahrung, morphiumsüchtig geworden zu sein. Dies passierte aufgrund eines Unfalls, während er einen Patienten wegen Diphterie behandelte. Er konnte die Sucht erst nach einem Jahr, dank Tatjanas entschlossener Hilfe überwinden.

Das erste Dokument in diesem Kapitel stammt vom Oktober 1917, dem Zeitpunkt der Bolschewistischen Revolution. Es ist ein Brief Bulgakows an seine Schwester Nadja in Moskau, abgeschickt aus der kleinen Stadt Wjasma, in die Bulgakow – zu seiner großen Erleichterung – im September versetzt worden war. Dort war er zumindest nicht völlig von seinen Arztkollegen abgeschnitten, doch während die Ereignisse des Oktobers voranschritten, wurde er immer unruhiger angesichts der Unmöglichkeit, Genaueres über das, was sich in Moskau zutrug, oder über seine Familie in Kiew zu erfahren. Seine Befürchtungen waren durchaus berechtigt: der Brief vom November 1917, der mitaufgenommen wurde, obwohl er weder an noch von Bulgakow geschrieben worden ist, belegt, in welcher Gefahr sich seine Mutter und sein Bruder Nikolaj in den Tagen unmittelbar nach dem bolschewistischen Umsturz am 25. Oktober befunden hatten. Nikolaj kämpfte zu dem Zeitpunkt als Soldat in der zaristischen Armee. Später beschlossen er und sein Bruder Iwan mit den übrigen Weißen zu emigrieren, und gelangten schließlich über Jugoslawien nach Paris, wo Nikolaj ein bedeutender Wissenschaftler auf dem Feld der Bakteriologie wurde, während Iwan einen für die weiße Emigration eher typischen Pfad einschlug: er wurde Balalaika-Spieler und Taxifahrer.

Zwischendurch hatte Bulgakow noch einmal die Möglichkeit, einige Zeit mit seiner Familie in Kiew zu verbringen, da er im Februar 1918 durchsetzte, aus gesundheitlichen Gründen von seinem Dienst beurlaubt zu werden. Über Moskau, wo er unvergeßliche Eindrücke von der Gewalt und den Schrecken der Revolution mitnahm, gelangte er nach Hause. Es ist dieser Zeitraum in Kiew, 1918 bis 1919, den er in dem Roman *Die Weiße Garde* beschreibt. Während das Land im Chaos versank und immer wieder neue Gruppierungen in Kiew die Macht übernahmen, war das Haus auf dem Andrejewskij Hang eine kostbare Zuflucht, und Bulgakow, der sich – ursprünglich ein Kinderarzt – auf syphilistische Erkrankungen spezialisiert hatte, eröffnete in dem Vorderzimmer, das die Straße überblickte, seine Praxis. Es stellte sich jedoch bald heraus, daß es gefährlich war, als Arzt zu praktizieren, denn die neuen Kräfte, die in die Stadt einzogen, zwangen meist alle medizinisch Ausgebildeten, für sie Dienst zu tun. Bulgakow gelang es einmal, nachdem er von Petljuras ukrainischen Truppen eingezogen worden war, zu entkommen und nach Hause zurückzukehren – ein offensichtlich traumatisches Erlebnis, bei dem er möglicherweise zum hilflosen Zeugen bei der Ermordung oder Folterung von Juden wurde. Irgendwann 1919, wahrscheinlich im Frühherbst, wurde er von den Weißen eingezogen und in die Hunderte von Kilometern entfernte Stadt Wladikawkas, im Nordkaukasus, abkommandiert. Wir wissen wenig über Bulgakows Gefühle, als er aus der Stadt Kiew aufbrach; obwohl man annehmen kann, daß er der Weißen Armee eine gewisse Sympathie entgegenbrachte, hat er wahrscheinlich nur ungern seine Familie und sein geliebtes Kiew erneut verlassen. Was er nicht wissen konnte, war, daß dieser Aufbruch einen Wendepunkt in seinem Leben und seiner beruflichen Laufbahn darstellte.

Erst 1988 wurde durch die gemeinsamen Anstrengungen von Marietta Tschudakowa und Grigorij Fajman der erste von Bulgakow geschriebene und veröffentlichte Text in der Sowjetunion aufgespürt, der am 26. November 1919 in einer kleinen Zeitung in der Stadt Grosnyj im Nordkaukasus erschienen war. Bulgakow hat anschließend fast alle Spuren seiner Weißen-freundlichen Veröffentlichungen verwischt – was nicht überrascht, denn sein Artikel »Zukunftsperspektiven« (S. 31) zeichnet ein düsteres Bild zum voraussichtlichen Werdegang des Landes unter bolschewistischer Herrschaft. Bulgakow scheint ihn geschrieben zu haben, während er mit der Weißen Armee nach Wladikawkas unterwegs war. Er gibt unmißverständlich Auskunft über seine Verzweiflung angesichts der Zerstörung, die das Land während der Jahre des Kriegschaos erfahren hatte, und stellt fest, daß es keine Hoffnung für die Zukunft gebe, wenn nicht die Weißen die Kontrolle über das Land von Trozkij und den anderen Bolschewiki zurückeroberten. Während der Westen im Wiederaufbau begriffen sei und erstarke, sieht er voraus, daß Rußland immer weiter unter internen Kämpfen leiden wird. Wie Tschudakowa gezeigt hat, ist der Artikel auch in der Hinsicht bemerkenswert, als gleich zu Beginn der schriftstellerischen Laufbahn Bulgakows Themen wie Schuld und die unvermeidliche Vergeltung, die seine eigene Generation würde erleiden müssen, eingeführt werden, Themen, die im Zentrum vieler seiner späteren Werke stehen sollten.

Ende 1919 und Anfang 1920 arbeitete Bulgakow als Arzt für die Weißen Truppen, aber er widmete bereits immer mehr Zeit der Literatur und veröffentlichte ein oder zwei Erzählungen. Dann traf die Nachricht ein, daß die Rote Armee sich Wladikawkas nähere und die Weißen sich zurückziehen müßten. Bulgakow hatte schon beschlossen, seine Medizinerlaufbahn abzubrechen, die so viel unliebsame Aufmerksamkeit von Seiten des Militärs mit sich brachte, und nun war ein günstiger Zeitpunkt, diesen Plan zu verwirklichen – wenn auch unter erheblicher Gefahr. Denn während die Weißen den Rückzug vorbereiteten, erkrankte Bulgakow an Typhus und war lange Zeit beinahe gänzlich bewußtlos und in einem sehr ernsten Zustand. Nur Tassja betreute ihn, die Ende 1919 nach Wladikawkas gekommen war. Als er im März 1920 wieder das Bewußtsein erlangt hatte, war die Stadt bereits unter Kontrolle der Roten Armee. Das Durcheinander all dieser Ereignisse brachte ihm die günstige Gelegenheit, für sich selbst eine neue Identität als Schriftsteller zu schaffen, obwohl er immer Angst haben mußte, daß irgend jemand seine Vergangenheit preisgegeben könnte. Bulgakow mußte jedoch nie wieder als Arzt arbeiten.

Die Materialien in diesem Abschnitt stammen aus der ersten Hälfte des Jahres 1921. Es sind hauptsächlich Briefe an Bulgakows Verwandte, vor allem an seine Lieblingsschwester Nadja und seinen Vetter Konstantin. Er war hocherfreut, als er wieder Kontakt zu Kiew hatte, denn er hatte während der ganzen Zeit wenig über das Schicksal seiner Familie erfahren; von seinen Brüdern Nikolaj und Iwan war überhaupt keine Nachricht eingetroffen – seit dem Zeitpunkt, als sie 1919 mit der Weißen Armee Kiew verlassen hatten, bis Anfang 1922, als es Nikolaj gelang, seiner Mutter aus der Emigration eine Botschaft zukommen zu lassen. Die Briefe Bulgakows geben einen guten Eindruck über seine Empfindungen, als er 1920 und 1921 seine ersten Schritte als Dramatiker machte. Insgesamt schrieb er fünf Stücke während dieser Periode. Gleichzeitig half er der örtlichen bolschewistischen Administration die Literatursektion der Kulturabteilung zu organisieren, was vor allem bedeutete, daß er Vorträge hielt und öffentliche Diskussionen zum Thema russische Literatur veranstaltete. Er fand sich in tiefem Widerspruch zu dem ikonoklastischen Geist, der in der nachrevolutionären Kultur vorherrschte und in dessen Namen oftmals Schriftsteller der Vergangenheit aufgrund ihrer Klassenzugehörigkeit verworfen und ihre Werke als für das Proletariat von geringer Bedeutung abgetan wurden. Bulgakow war an einer besonders hitzigen Debatte am 26. Oktober 1920 beteiligt, als er Puschkin gegen den Vorwurf in Schutz nahm, er sei ein frivoler, schwülstiger Dichter, der sich am Hof Zar Nikolajs I. angebiedert habe. Aber sein Publikum war nicht leicht zu überzeugen, und Bulgakow wurde anschließend in der örtlichen Presse als bürgerlicher Reaktionär angegriffen.

Die fünf Stücke, die Bulgakow während dieser Phase schrieb, waren *Selbstverteidigung*, *Die Turbin-Brüder*, *Die Tonbräutigame*, *Die Pariser Commune* und schließlich *Die Söhne des Mullahs* (das er gemeinsam mit einem örtlichen Anwalt verfaßte). Sie waren sehr unterschiedlich und reichten von einer Farce bis hin zum historischen Drama; und die Art, wie sie in dem kurzen Zeitraum von zwölf Monaten aus der Feder flossen, sollte sich als charakteristisch erweisen für die bemerkenswerte Geschwindigkeit, mit der Bulgakow schrieb, und für die Produktivität der folgenden Jahre. Später, in Moskau, verbrannte Bulgakow diese Stücke, da er sie ernsthafter Erwägungen nicht für wert hielt, obwohl mindestens zwei von ihnen – *Die Pariser Commune* und *Die Turbin-Brüder* – sogar aufgeführt worden waren. Aber als sollte aufs neue sein eigenes Diktum aus dem Roman *Der Meister und Margarita* bestätigt werden, nämlich, daß »Manuskripte nicht brennen«, tauchte 1960 eine Kopie des Textes von *Die Söhne des Mullahs* auf. In seiner Erzählung »Bohème« schreibt Bulgakow über *Die Söhne des Mullahs*: »Wir schrieben es in siebeneinhalb Tagen, in anderen Worten, wir brauchten dafür anderthalb Tage länger als zur Erschaffung der Welt. Dennoch – was dabei herauskam, ist noch schlechter als die Welt.« Es ist besonders bedauerlich, daß uns der Text der *Turbin-Brüder* unbekannt blieb, denn dies war offensichtlich ein früher Versuch, die Geschichte seiner eigenen Familie vor dem Hintergrund der jüngsten Ereignisse zu interpretieren. Die Tatsache, daß das Stück offensichtlich 1905 spielt, im Jahr der ersten Revolution – und nicht in den Jahren 1917 bis 1921, war vielleicht eine bewußte Verschleierung, um von der politischen Aktualität abzulenken. *Die Turbin-Brüder* wurde im Oktober 1921 in Wladikawkas aufgeführt; spätestens im Februar 1921 hat Bulgakow den Roman über seine Familie begonnen, der 1923 als *Die Weiße Garde* abgeschlossen wurde. Und erst, als er ihn beendet hatte, kehrte er zum Drama zurück und verwendete einen Teil des Materials aus der *Weißen Garde* für ein zweites Stück, die sehr erfolgreichen *Tage der Turbins.*

In all den Briefen, die Bulgakow während dieser Zeit an seine Verwandten schrieb, spürt man eine große Unzufriedenheit mit seinen damaligen Lebensbedingungen. Er ist angespornt von literarischem Ehrgeiz, und seine bescheidenen Erfolge in der Provinz können ihn nicht befriedigen. Teils träumt er davon, ein erfolgreicher Dramatiker in Moskau zu werden, auch wenn die dort vorherrschende kulturelle Atmosphäre ihm fremd ist; aber zugleich fragt er sich, ob er, solange es ihm noch möglich ist, in die Emigration fliehen solle – daher die kryptischen Bemerkungen darüber, daß er seine Familie womöglich lange nicht sehen werde, und die Anweisungen, was mit den Manuskripten der Prosaarbeiten, die er bereits in Kiew begonnen hatte, geschehen solle, falls er nach einer bestimmten Frist nicht wieder auftauche. Ein anderer Bereich der Ungewißheit war offenbar seine Ehe: er deutet an, daß Tassja vielleicht eine andere Zukunft bevorstehe als ihm selbst, wie immer sich seine eigene gestalten möge.

Jedenfalls brach Bulgakow Ende Mai 1921, zunächst alleine, auf, um nach einer Möglichkeit zu suchen, von einem der Häfen am Schwarzen Meer zu emigrieren. Er reiste von Wladikawkas auf einer sehr weitschweifigen Route über Baku am Kaspischen Meer nach Tiflis. Von dort aus schickte er Tassja eine Nachricht, in der er sie drängte, sich ihm anzuschließen, was sie dann auch tat, und gemeinsam reisten sie zur Hafenstadt Batum am Schwarzen Meer, geradewegs südwärts an die türkische Grenze. Sie verbrachten während des Sommers 1921 einige Monate in Batum, während Bulgakow versuchte, mit Artikeln für die örtlichen Zeitungen etwas Geld zu verdienen. Mehrmals hatte er Gelegenheit, mit dem Dichter Ossip Mandelstam, den er zu jener Zeit kennenlernte, darüber zu sprechen, wie man am besten in Moskau die Veröffentlichung eines Romans einfädelte. Gleichzeitig verhandelte Bulgakow jedoch mit den Kapitänen verschiedener Dampfer, die täglich nach Konstantinopel ausliefen, ob sie ihn nicht an Bord schmuggeln könnten. Gegen Ende des Sommers schickte er Tassja nach Moskau, während er weiterhin versuchte, das Land zu verlassen; und obwohl er ihr versicherte, er würde bei Gelingen dafür sorgen, daß sie ihm bald folgen könne, machte sie sich im August in der Gewißheit, ihn nie wieder zu sehen, auf den Weg. Wir wissen nicht genau, was dazu führte, daß Bulgakow seiner Unentschlossenheit ein Ende setzte, aber nach weiteren Wochen in Batum gab er schließlich seinen Plan zur Emigration auf. Er reiste nach Moskau, besuchte auf dem Weg seine Familie und traf Ende September 1921 bei Tassja in der Hauptstadt ein. Von da an war er entschlossen, eine große Laufbahn als Schriftsteller in der Sowjetunion zu verwirklichen.

3. Oktober 1917. Aus Wjasma nach Moskau
An seine Schwester Nadeschda

Liebe Nadja,

erst gestern erfuhr ich aus dem Brief unseres Onkels, daß Du in Moskau bist und Dich dort auf die Prüfungen vorbereitest. [. . .] Ich hatte schon immer vor, Dir zu schreiben, wußte aber Deine Adresse nicht. Schreibe mir, wann ist Dein Staatsexamen?

Ich habe überhaupt eine Bitte an Dich: Schreibe mir so oft es geht, soweit Du Zeit findest. Die Briefe meiner Angehörigen bedeuten für mich in dieser Zeit einen großen Trost. Bitte, schreibe mir auch Warjas Adresse. Aus Mamas letztem Brief weiß ich nur, daß Warja sich in Petrograd befindet. Ich habe mir schon lange vorgenommen, ihr zu schreiben, um mich zu erkundigen, wie es ihr geht. Auch von Mama habe ich seit Anfang September keine Nachrichten mehr. [. . .]

Ich müßte in diesen Tagen dringend in eigenen Angelegenheiten nach Moskau fahren, aber ich kann meine Arbeit hier nicht für einen Augenblick liegen lassen und möchte Dich bitten, für mich in Moskau einiges zu erledigen, soweit es Dir keine besondere Mühe macht.

1. Bitte kaufe das »Praktische Lehrbuch der klinischen Chemie, Mikroskopie und Bakteriologie« von Klopstock und Kowarskij [. . .] und schicke es mir. Könntest Du in Erfahrung bringen, welche der *allerbesten Lehrbücher* über Haut- und Geschlechtskrankhei-

ten, russisch oder deutsch, in Moskau zu haben sind, und es mir schreiben, *vorläufig ohne sie zu kaufen*, mit Titel und Preis. [. . .]

2. Schreibe mir, falls Du es weißt, was ein Paar Herrenschuhe (gute Qualität) in Moskau kostet. [. . .]

Ich denke, daß der Bücherkauf Dir keine besondere Mühe machen wird. Du kommst doch wahrscheinlich gelegentlich in eine Buchhandlung?

Wenn es klappt, möchte ich in ungefähr einem Monat versuchen, für ein paar Tage nach Moskau zu kommen, um das Wichtigste zu erledigen. [. . .]

Einen festen Kuß von Tassja und von mir.

Michail.

10. November 1917. Aus Kiew nach Moskau
Bulgakows Mutter an seine Schwester Nadeschda

Ich kann mir denken, daß Ihr viele schreckliche Aufregungen durchgemacht habt, da auch wir hier einiges durchstehen mußten. Am schlimmsten war die Lage des armen Nikolaj als Junker. Er mußte Erschütterndes durchmachen, und in der Nacht vom 29. auf den 30. auch ich an seiner Seite: Wir sind buchstäblich um Haaresbreite dem Tod entronnen. Am 25. Oktober traf man in Petschersk Vorbereitungen für ein Gefecht, und der Stadtteil wurde von der übrigen Stadt abgeschnitten. Solange in der Ingenieurschule das Telefon funktionierte, konnten wir mit Kolja telefonieren, aber dann wurde auch die Telefonverbindung unterbrochen. Am 28. wurde das Arsenal geplündert, und die Waffen fielen Arbeitern und verdächtigen Banden in die Hände . . .

Meine Sorge um Kolja wuchs, und ich beschloß, mich zu ihm auf den Weg zu machen, und am 29. nachmittags war ich bei ihm. Auf dem Hinweg hatte ich Glück. Aber auf dem Rückweg, als Kolja und ich um halb acht abends den Versuch unternahmen (er bekam eine Viertelstunde Urlaub, um mich zu begleiten), in die Stadt zu gelangen, an der Konstantin-Schule vorbei – da begann der berüchtigte Beschuß dieser Schule. Wir hatten soeben die Mauer von der Konstantin-Schule hinter uns, als der erste Schuß fiel. Wir liefen zurück und suchten Schutz hinter einem kleinen Mauervorsprung: Aber sobald das Kreuzfeuer eröffnet wurde – auf die Schule und von ihr kommend –, fanden wir uns in der Feuerlinie, und die Kugeln trafen die Mauer, hinter der wir standen. Glücklicherweise befand sich unter dem zufällig zusammengelaufenen Publikum (etwa sechs Menschen), das hier vor den Kugeln Schutz suchte, ein Offizier: Er befahl uns, uns flach auf den Boden zu legen, so nahe an die Mauern wie möglich. Wir haben eine entsetzliche Stunde durchgestanden: Das Rattern der Maschinengewehre, das Gewehrfeuer, das Einschlagen der Kugeln in die Mauer und dann auch noch das Heulen der Granaten ... Aber offenbar hatte unser Stündlein noch nicht geschlagen, und Kolja und ich blieben am Leben (eine Frau wurde getötet): aber wir werden diese Nacht nie vergessen ...

In einer kurzen Feuerpause schafften wir es (auf Kommando desselben Offiziers), uns in die Ingenieurschule zurückzuflüchten. Hier waren bereits alle Lichter gelöscht, nur der Scheinwerfer flackerte auf: Die Junker traten in Kampfordnung an, und man hörte die Kommandos der Offiziere; Kolja reihte sich ein, und ich sah ihn nicht mehr ... Ich saß auf einem Stuhl im Empfangszimmer und wußte, daß ich dort die ganze Nacht sitzen würde, denn an den Heimweg war in dieser schrecklichen Nacht überhaupt nicht zu denken, wir waren etwa acht Leidensgenossen, die in der Ingenieurschule von dem Ausbruch der Kampfhandlungen überrascht worden waren. Ich beruhigte mich nach den überstandenen Aufregungen, sobald das entsetzliche Herzklopfen sich gelegt hatte. Es ist unvorstellbar, daß mein Herz das Rennen über den offenen Platz zur Ingenieurschule ausgehalten hat. Als die Kugeln wieder um uns pfiffen, hatte Kolja beide Arme um mich gelegt, um mich vor den Kugeln zu schützen und mir beim Laufen behilflich zu sein. Armer Junge, er hatte solche Angst um mich, und ich um ihn ... Die Minuten schienen Stunden, und ich malte mir aus, wie es zu Hause, wo ich erwartet wurde, wohl aussehe, und zitterte, daß Wanetschka mich suchen und in den Kugelregen geraten könnte. Und meine hilflose Lage verwandelte sich in eine Folter ... Nach und nach wagte sich das Publikum aus dem Empfangszimmer auf den Gang hinaus, und dann bis zur Ausgangstür ... Zu dieser Zeit standen dort zwei Offiziere und ein Junker aus der Artillerieschule, die ebenfalls unterwegs von dem Feuer überrascht worden waren, und da bot einer der Offiziere denen, die es wünschten, an, sie über den Artillerie-Übungsplatz zu den Schlachthöfen in der Demijewka zu geleiten, dieser Stadtteil wurde nicht beschossen ... Unter den Unternehmungslustigen waren sechs Herren und zwei Damen (ich war eine davon). Und so machten wir uns auf den Weg ... Aber was war das für eine unheimliche und phantastische Wanderung bei vollständiger Dunkelheit, bei Nebel, quer durch Schluchten und Gräben, durch tiefen zähen Morast, im Gänsemarsch und schweigend, die Herren mit dem Revolver in der Hand. An der Ingenieurschule wurden wir von einer Patrouille angehalten (der Offizier hatte einen Passierschein mitgenommen), und am Rand einer Schlucht, in die wir hinabsteigen sollten, erschien die schemenhafte Figur Nikolajtschiks mit Gewehr ... Er erkannte mich, packte mich bei den Schultern und flüsterte mir leise ins Ohr: »Zurück! Das ist Wahnsinn! Wohin gehst Du? Sie werden Dich töten!« Aber ich bekreuzte ihn schweigend, gab ihm einen festen Kuß, der Offizier packte mich bei der Hand, und wir begannen den Abstieg in die Schlucht ... Mit einem Wort: Um ein Uhr in der Nacht war ich zu Hause (mein Wohltäter, der Offizier, begleitete mich bis vor die Haustür).

Ihr könnt Euch vorstellen, wie sie mich erwartet haben! Ich war physisch und seelisch so erschöpft, daß ich mich auf den ersten besten Stuhl fallen ließ und in Tränen ausbrach. Aber ich war zu Hause, ich durfte mich auskleiden und ins Bett legen, während der arme Nikolajtschik, der schon zwei Nächte nicht geschlafen hatte, noch zwei weitere Tage und Nächte durchhalten mußte. Und ich war froh, daß ich diese entsetzliche Nacht mit ihm gemeinsam erlebt hatte. [...]

Jetzt ist alles vorbei ... Gestern wurde bei uns feierlich die Ukrainische Republik proklamiert, mit einer großen Parade. Das Schicksal der Fahnenjunker ist noch nicht entschieden. Für einen Monat hat man sie nach Hause geschickt. Die Ingenieurschule hat am wenigsten gelitten: Vier wurden verwundet, einer wurde wahnsinnig. Sie haben sich geteilt – die eine Gruppe trat ihren Urlaub an, während die andere freiwillig in der Schule geblieben ist, Dienst tut und Wachen aufstellt. Kolja schloß sich der zweiten an, obwohl ich es lieber gesehen hätte, wenn er sich nach all diesen

Erschütterungen zu Hause ein wenig erholt hätte. Aber er hat sich schon immer für die Belange seiner Schule engagiert: Diese Ereignisse haben ihn noch mehr in ihren Bann gezogen, bei ihm entwickelte sich das Pflichtgefühl. Nun habe ich keinen Platz mehr zum Weiterschreiben . . .

Eure Euch liebende Mama.

31. Dezember 1917. Aus Wjasma nach Moskau
An seine Schwester Nadeschda

Liebe Nadja,

mit den besten Grüßen zum Neuen Jahr wünsche ich Dir von ganzem Herzen, daß dieses neue Jahr in nichts dem alten gleiche. [. . .]

Du schreibst mir nicht und hast mir auch Deine Adresse nicht angegeben, woraus ich schließen muß, daß Du auf einen Briefwechsel mit mir keinen besonderen Wert legst. [. . .]

Ich bin verzweifelt, daß ich aus Kiew keine Nachrichten habe. Und ich bin noch mehr verzweifelt, weil es mir nicht gelingt, mein Geld von der Bank in Wjasma zu bekommen, um es Mama zu überweisen. In mir regt sich immer stärker der Verdacht, daß die zweitausend Rubel im Meer der russischen Revolution untergehen werden. Ach, wie gut könnte ich diese zweitausend gebrauchen: Aber ich habe keine Lust, mich umsonst aufzuregen und an sie zu denken! . . .

Anfang Dezember fuhr ich nach Moskau, um Verschiedenes zu regeln, und kehrte mit leeren Händen zurück. Nun bin ich wieder in Wjasma im alten Trott, arbeite wieder in einer mir verhaßten Atmosphäre inmitten mir verhaßter Menschen. Meine Umgebung empfinde ich als so widerwärtig, daß ich in völliger Einsamkeit lebe. Dafür habe ich weiten Raum zum Nachdenken, und ich denke nach. Der einzige Trost für mich sind meine Arbeit und die Lektüre am Abend. Gerührt lese ich die alten Autoren (alles, wie es gerade kommt, denn Bücher sind hier selten) und berausche mich an den Bildern der alten Zeit. Ach, warum bin ich so spät auf die Welt gekommen! Warum habe ich nicht vor hundert Jahren gelebt! Aber das läßt sich natürlich nicht korrigieren! Es zieht mich schmerzlich fort von hier, nach Moskau oder nach Kiew, dorthin, wo immer noch, wenn auch versickernd, Leben stattfindet. Vor allem nach Kiew! In zwei Stunden beginnt das neue Jahr. Was wird es mir bringen? Vorhin habe ich geschlafen, und mir träumte von Kiew, von den vertrauten, lieben Gesichtern, mir träumte, es würde Klavier gespielt.

Vor kurzem, auf der Reise nach Moskau und nach Saratow, wurde ich Augenzeuge von Bildern, die ich nicht noch einmal sehen möchte.

Ich habe gesehen, wie die Menge die Fensterscheiben der Züge einschlug, ich habe gesehen, wie die Menschen geprügelt wurden. Ich habe in Moskau zerstörte und niedergebrannte Häuser gesehen ... Ich habe hungrige Menschenschlangen vor den Läden, gehetzte und erbarmungswürdige Offiziere gesehen, und ich habe die Zeitungen gesehen, in denen eigentlich immer dasselbe steht: über das Blut, das im Süden, im Westen und im Osten fließt ... Das neue Jahr bricht an. Einen festen Kuß von Deinem Bruder

Michail.

P. S. Ich warte auf einen Brief.

26. November 1919

Artikel, den Bulgakow im Lokalblatt der Stadt Grosnyj, Nordkaukasus, veröffentlichte.

»Zukunftsperspektiven«

Jetzt, da unsere unglückliche Heimat von der »großen sozialen Revolution« in den tiefsten Abgrund von Schmach und Armut gestoßen wurde, taucht vor manchem von uns immer häufiger derselbe Gedanke auf.

Es ist ein beharrlicher Gedanke.

Ein dunkler, ein düsterer Gedanke, erhebt sich in unserem Bewußtsein und fordert unabweisbar eine Antwort.

Er ist einfach: was wird weiter mit uns geschehen?

Sein Auftauchen ist ganz natürlich.

Wir haben unsere jüngste Vergangenheit analysiert. Oh, wir haben sehr deutlich jedes Moment der letzten zwei Jahre untersucht. Viele von uns haben sie nicht nur untersucht, sondern auch verflucht.

Die Gegenwart liegt vor unseren Augen. Sie ist derartig, daß man am liebsten die Augen schließen möchte.

Nur nichts sehen!

Es bleibt noch die Zukunft. Die geheimnisvolle, unbekannte Zukunft.

In der Tat: Was wird weiter mit uns geschehen? . . .

Kürzlich hatte ich Gelegenheit, einige Exemplare einer englischen Illustrierten durchzublättern.

Lange, wie verzaubert, betrachtete ich die wundervollen Photographien.

Und dann dachte ich lange, lange nach.

Ja, das Bild ist klar.

Riesige Maschinen in riesigen Anlagen fressen gierig Tag für Tag Steinkohle, donnern, hämmern, entlassen Ströme geschmolzenen Metalls, schmieden, reparieren, bauen . . .

Sie schmieden die Macht des Friedens, anstelle jener Maschinen, die erst vor kurzem, Tod und Zerstörung verbreitend, die Macht des Sieges geschmiedet haben.

Im Westen ist der große Krieg der großen Völker zuende. Jetzt lecken sie ihre Wunden.

Selbstverständlich werden sie genesen. Sie werden sehr bald genesen!

Und jeder, der endlich wieder zur Vernunft gekommen ist, jeder, der nicht länger an die jämmerliche Wahnvorstellung glaubt, daß unsere bösartige Krankheit auf den Westen übergreift und ihn infiziert, wird jenen mächtigen Aufschwung der titanischen Friedensarbeit erkennen, der die westlichen Länder auf den bislang unerreichten Gipfel friedlicher Machtfülle hinaufträgt.

Und wir?

Wir werden uns verspäten . . .

Wir werden uns so sehr verspäten, daß kein einziger zeitgenössischer Prophet uns sagen kann, wann wir sie endlich einholen und ob wir sie überhaupt je einholen werden?

Denn wir sind bestraft.

Wir können jetzt unmöglich aufbauen. Wir stehen einer schweren Aufgabe gegenüber – es gilt, die eigene Erde zu erobern, sie fremden Händen zu entreißen.

Die Stunde der Abrechnung hat geschlagen.

Die Helden Dobrowolzy* entreißen Trozkij die russische Erde Schritt um Schritt.

Und alle, alle – jene, die furchtlos ihre Pflicht erfüllen und die anderen, die jetzt in den südlichen Städten, fernab der Front, untergeschlüpft sind und dem bitteren Irrtum nachhängen, daß das Land auch ohne ihr Zutun gerettet werden kann, sie alle harren leidenschaftlich auf die Befreiung dieses Landes.

Und dieses Land wird befreit werden.

Denn es gibt kein Land, das nicht seine Helden hätte, und es ist verbrecherisch, zu glauben, die Heimat sei tot.

Aber man wird viel kämpfen, es wird viel Blut fließen müssen, denn solange im unheimlichen Schatten Trozkijs die von ihm verführten Toren mit Waffen in der Hand ihr Unwesen treiben, kann es kein Leben geben, wird es kein Leben geben, sondern nur Kampf auf Leben und Tod. Und man muß kämpfen.

Also, während dort, im Westen, die Maschinen für den Aufbau rattern, rattern bei uns Maschinengewehre, von einer Grenze zur anderen.

Die Raserei der beiden letzten Jahre stieß uns auf diesen furchtbaren Weg hinaus, und für uns gibt es kein Halten und keine Atempause. Wir haben den Kelch der Vergeltung an die Lippen gesetzt und müssen ihn leeren bis zur Neige.

Dort im Westen werden unzählige elektrische Lichter funkeln, Flieger sich in die gebändigte Luft bohren, dort wird gebaut, geforscht, gedruckt, gelernt werden.

Wir aber . . . wir werden kämpfen.

Denn es gibt keine Macht, die dies ändern könnte.

Wir werden unsere eigenen Metropolen erobern müssen.

Und wir werden sie erobern.

Die Engländer werden, eingedenk dessen, daß unser Blut wie Tau die Felder benetzte, daß wir mit Deutschland rangen, um es von Paris abzuziehen, uns auf Borg noch mehr Soldatenmäntel und Soldatenstiefel überlassen, damit wir schneller bis Moskau vorrücken.

* verweisen auf Anmerkungen im Anhang.

Und wir werden bis Moskau vorrücken.

Die gesinnungslosen Schurken und Rasenden werden vertrieben, verjagt, vernichtet werden.

Der Krieg wird enden.

Und das blutende, zerstörte Land wird versuchen, auf die Beine zu kommen.

Jene, die über »Ermüdung« klagen, werden leider eine Enttäuschung erleben. Denn eine noch größere »Ermüdung« bleibt ihnen nicht erspart ...

Nun gilt es, für die Vergangenheit mit immenser Arbeit zu bezahlen, mit strengem, asketischem Leben. Bezahlen – in der übertragenen und in der direkten Bedeutung dieses Wortes.

Bezahlen für die Raserei der Märztage, für die Raserei der Oktobertage, für verräterische nationalistische Autonomien, für die Demoralisierung der Arbeiter, für Brest, für den hemmungslosen Einsatz der Druckstöcke für die Geldfabrikation ... für alles!

Und wir werden die Rechnung bezahlen.

Und erst dann, wenn es schon sehr spät sein wird, werden wir darangehen, das eine oder andere aufzubauen, um gleichberechtigt zu sein, um wieder Zugang zu den Sälen von Versailles zu erlangen.

Wer wird diese lichten Tage erleben?

Wir?

O nein! Unsere Kinder, vielleicht, aber vielleicht auch erst unsere Enkel, denn die Geschichte hat einen langen Atem, und ein Jahrzehnt »überfliegt« sie ebenso schnell wie ein einzelnes Jahr.

Und wir, Repräsentanten einer glücklosen Generation, werden auch noch auf dem Totenbett als erbärmliche Bankrotteure unseren Kindern sagen müssen:

»Bezahlt, bezahlt nach Ehr und Gewissen und gedenkt in alle Ewigkeit der sozialen Revolution!«

1. Februar 1921. Aus Wladikawkas nach Moskau
An seinen Vetter Konstantin

Lieber Kostja,

über Deinen Brief habe ich mich gestern sehr gefreut. Endlich eine Nachricht von meinen Lieben! [...] Ich kann es gar nicht ausdrücken, wie glücklich ich war und wie erstaunt, daß alle am Leben sind und gesund, und offenbar auch alle zusammen sind.

(Diese verflixte Tinte!) Das einzige, was ich bedauerlich fand – Dein Brief war viel zu kurz. Ich las ihn mehrere Male hintereinander . . . Du fragst, wie es mir geht. Eigentlich ein hübscher Ausdruck. Es »geht« mir nämlich irgendwie, »leben« kann man das nicht nennen . . .

Wir haben uns ungefähr vor einem Jahr zuletzt gesehen. Im Frühling war ich krank, Flecktyphus, rezidiv, das hat mich ans Bett gefesselt. Ich bin dabei fast draufgegangen und wurde im Sommer wieder krank. Ich weiß noch, daß ich Dir vor ungefähr einem Jahr geschrieben habe, daß ich manchmal für Zeitungen schreibe. Meine Feuilletons erschienen in mehreren kaukasischen Blättern. Im letzten Sommer bin ich laufend aufgetreten mit Erzählungen und manchmal Vorträgen. Und auch einige meiner Stücke sind aufgeführt worden. Am Anfang der Einakter »Selbstschutz«, eine Humoreske, und dann ein wer weiß wie hastig heruntergeschriebenes Drama, »Die Turbin-Brüder«, in vier Akten. Mein Gott, was habe ich nicht alles gemacht! Ich hielt und halte Vorträge über Literaturgeschichte [. . .], ich spreche einleitende Worte und so weiter, und so weiter [. . .].

Mein Leben ist mein Leidensweg. Ach, Kostja, Du kannst es Dir nicht vorstellen, wie gern ich Dich bei der Premiere der »Turbins« dabeigehabt hätte! Du kannst es Dir nicht vorstellen, wie schwer mir das Herz war, daß dieses Stück in einem Provinznest uraufgeführt wurde, daß ich mich um vier Jahre verspätet habe mit dem längst fälligen Auftrag, dem Schreiben.

Im Theater grölte man nach dem Autor und klatschte, klatschte . . . Als sie mich nach dem zweiten Akt auf die Bühne holten, trat ich mit gemischten Gefühlen an die Rampe. Mit gemischten Gefühlen sah ich in die geschminkten Gesichter der Schauspieler und in den tosenden Zuschauerraum. Und dachte: Nun ist mein Traum in Erfüllung gegangen . . . Aber so ganz anders: Statt einer Moskauer Bühne – ein Provinztheater, statt eines Dramas um Aljoscha Turbin, das ich in mir trug, ein eilig fabriziertes, unreifes Stück.

Das Schicksal treibt seinen Spott mit mir. [. . .]

Aber ich beiße die Zähne zusammen und arbeite Tag und Nacht. [. . .]

So geht es mir also.

Ich sitze hinter einem Schreibtisch, auf dem sich Manuskripte häufen ... Zuweilen lese ich meine früher veröffentlichten Erzählungen (in Zeitungen! Zeitungen!) und denke: Und wo ist der Sammelband? Wo ist mein Ruf? Wo sind die verlorenen Jahre?

Ich arbeite beharrlich.

Ich schreibe einen Roman, das ist in der ganzen letzten Zeit das einzige Werk, das richtig durchdacht worden ist. Aber auch da das Unglück: ich widme mich dem individuellen Schaffen, während heute etwas ganz anderes an der Tagesordnung ist.

So geht es mir hinter den Kulissen, wo alle Schauspieler meine Bekannten, Freunde und Spießgesellen sind, der Teufel soll sie alle holen! Tassja war im Theater als Statistin beschäftigt. Jetzt ist die Truppe aufgelöst und sie arbeitslos.

Ich wohne in einem miesen Zimmer [...]. Früher wohnte ich in einem guten, hatte einen richtigen Schreibtisch, jetzt habe ich keinen mehr und muß beim Licht der Petroleumlampe schreiben.

Wie ich gekleidet bin? Was ich esse? ... Darüber zu schreiben lohnt nicht ...

Was weiter?

Im Frühjahr oder im Sommer möchte ich Wladikawkas verlassen.

Wohin?

Es ist wenig wahrscheinlich, aber immerhin möglich, daß ich im Sommer auf der Durchreise nach Moskau komme.

Ich wünsche mich weit weg.

Ich erwarte Deinen Brief mit Ungeduld. Schreibe ausführlich. Wo lebst Du und wie? [...]

Einen festen Kuß

Michail

P. S. Als Illustration meiner aufsehenerregenden und ruhmreichen Tätigkeit lege ich einen meiner zahlreichen Theaterzettel bei. Zur Erinnerung und für den Fall, daß wir uns nicht wiedersehen.

16. Februar 1921. Aus Wladikawkas nach Moskau
An seinen Vetter Konstantin

[. . .] In Wladikawkas bin ich in eine Lage geraten, wo es »weder vor, noch zurück« geht. Mein Wanderleben ist noch lange nicht zuende. Im Frühjahr muß ich entweder nach Moskau (vielleicht sehr bald) oder ans Schwarze Meer oder sonst irgendwohin . . . Laß mich wissen, ob Du eine Möglichkeit siehst, mich eine Zeitlang bei Dir aufzunehmen, falls ich nach Moskau kommen sollte. [. . .]

Dein Michail

April 1921. Aus Wladikawkas nach Moskau
An seine Schwester Nadeschda

Für den Fall, daß ich für lange und weit verreisen sollte, bitte ich Dich um folgendes: In Kiew habe ich einige Manuskripte zurückgelassen [. . .]. Ich habe Mama brieflich gebeten, sie aufzubewahren. Ich nehme an, daß Du in Moskau Wurzeln schlagen wirst. Laß diese Manuskripte aus Kiew kommen, sammle alles bei Dir und steck sie mit »Selbstsch.« und »Turb.« in den Ofen. Das ist meine eindringlichste Bitte . . .

Einen Kuß von Deinem Dich liebenden Michail

(P. S. [. . .] Anbei einige Besprechungen und Programme. Falls ich verreise und wir uns nicht wiedersehen sollten, zur Erinnerung an mich.)

26. April 1921. Aus Wladikawkas nach Kiew
An seine Schwester Wera

Liebe Wera,

vielen Dank für Deinen ausführlichen Brief. [. . .]

Ich bin sehr gerührt über Deine und Warjas guten Wünsche für meine literarische Arbeit. Ich kann es nicht ausdrücken, welche Qualen ich manchmal durchstehe. Ich denke, Ihr versteht das von selbst . . .

Ich bedaure, daß ich Euch meine Theaterstücke nicht schicken kann. Erstens ist es zu unbequem, zweitens sind sie nicht gedruckt, sondern in Schreibmaschinenabschriften und drittens sind sie alle Quatsch.

Es geht nämlich darum, daß mein Werk aus zwei scharf getrennten Teilen besteht: das Echte und das Abgerungene. [. . .] Ach, wenn wir uns doch alle einmal sehen könnten! Ich würde euch etwas Komisches vorlesen. Ich träume davon, meine Lieben zu sehen. Wißt ihr noch, wie wir manchmal in Nr. 13 gelacht haben? [. . .]

Einen Kuß von Deinem Dich liebenden Michail

26. April 1921. Aus Wladikawkas nach Moskau
An seine Schwester Nadeschda

Liebe Nadja,

eine Bekannte von mir, Olga Aristarchowna Mischon, wird nach Moskau kommen. Ich gab ihr einen Brief mit, in dem ich Dich bitte, unter meiner Wäsche das Beste und Nötigste herauszusuchen: und auch die weiße Hose und Tassjas Strümpfe und das weiße Kleid, und alles dieser Mischon mitzugeben, die nach Wladikawkas zurückkehren wird. [. . .] Sollte sie eine bequeme Verbindung haben, dann gib ihr möglichst viel mit, wenn nicht, dann wenigstens ein kleines Päckchen. Ich brauche dringend Wäsche.

In der letzten Zeit schreibe ich weniger – ich bin übermüdet. [. . .] Mit der Mischon keinerlei ärztliche Konversationen, auf die ich auch verzichte, seit ich mit der Naturwissenschaft fertig bin und mich der Journalistik widme. Mach das auch Konstantin klar. Er ist außerordentlich begabt für jede Art Lapsus.

Einen festen Kuß! Michail

Mitte Mai 1921. Aus Tiflis nach Wladikawkas
Von Nikolaj Pokrowskij, früher Journalist im Kaukasus

Demnächst mache ich mich reisefertig. Wenn Sie es sich nicht anders überlegt haben, kommen Sie sobald als möglich. Ich würde mich freuen, einen solchen Reisegefährten wie Sie zu haben . . . Ich denke, daß Sie in nächster Zukunft Ihre Brüder wiedersehen werden . . .

Ende Mai 1921. Aus Wladikawkas nach Moskau
An seine Schwester Nadeschda

Liebe Nadja,

heute reise ich nach Tiflis und Batum ab. Tassja bleibt einstweilen in Wladikawkas. Ich bin sehr eilig und fasse mich kurz. [. . .]

Solltest Du mehr als ein halbes Jahr keine Nachricht von mir erhalten, gerechnet von dem Tag, da Du diesen Brief erhältst, wirf alle Manuskripte in den Ofen. [. . .]

Sollte Tassja in Moskau auftauchen, so nimm sie wie eine Verwandte auf und stehe ihr in der ersten Zeit mit Deinem Rat zur Seite, solange ihre Lage sich noch nicht geklärt hat.

Einen Gruß an Konstantin. An alle. Ich weiß nicht, wie lange ich unterwegs bin.

Einen Kuß für Dich, liebe Nadja,

Michail

2. Juni 1921. Aus Tiflis nach Moskau
An seinen Vetter Konstantin und seine Schwester Nadeschda

Meine lieben Kostja und Nadja,

ich lasse Tassja aus Wladikawkas nachkommen und ziehe mit ihr nach Batum, sobald sie da ist und sobald sich uns eine Gelegenheit bietet. Vielleicht finde ich mich eines Tages auf der Krim wieder . . .

»Die Turbins« schreibe ich zu einem großen Drama um. Deshalb in den Ofen damit. [. . .]

Einen Kuß für alle! Wundert euch nicht über meine Wanderschaft, da ist eben nichts zu machen, es geht nicht anders. Was für ein Schicksal! Was für ein Schicksal! [. . .]

Einen Kuß für alle! Michail

2

1921-1925

Das Moskau, in dem sich Bulgakow im September 1921 niederließ, war eine Stadt, die von sieben Jahren des politischen und gesellschaftlichen Durcheinanders erschöpft war. Die drei Jahre der Kämpfe während des Ersten Weltkriegs, die den Februar- und Oktoberrevolutionen vorangingen, hatten bereits deutliche Spuren im Land hinterlassen. Bürgerkrieg in verschiedensten Konstellationen bedeutete, daß die Kämpfe bis 1921 an mehreren Fronten anhielten: gegen die Weiße Armee; gegen nationalistische Aufstände und gegen ausländische Einmischung. Gleichzeitig wurden auch andere Schlachten geschlagen, abgesehen von den spezifisch militärischen Operationen der Roten Armee. Während dieser Jahre wurde jeder Versuch, unterschiedliche politische Gruppierungen beizubehalten, unterdrückt, so daß die Bolschewiki unter Lenin bald eine wirksame diktatorische Kontrolle ausübten. Die Diktatur der Partei war im Namen des Proletariats ausgesprochen worden, aber als die Vertreter der Arbeiterklasse – vor allem Soldaten und Matrosen, die die Oktoberrevolution unterstützt hatten – begannen, ihre Zweifel an den undemokratischen Methoden der Bolschewiki zu äußern, mußten auch sie zerschlagen werden. Wie beispielsweise in der brutalen Unterdrückung des Aufstands der Matrosen von Kronstadt durch Marschall Tuchatschewskij im März 1921.

Es gab auch das Problem der Landbevölkerung, die bald entdeckte, daß die Versprechungen von Land und Brot in Wirklichkeit die gewaltsame Aneignung ihrer Felder für die Städte bedeuteten sowie das Verbot jeglichen Handels, der ihnen ein Einkommen hätte sichern können. Die Bauernschaft antwortete darauf mit Aufständen und verweigerte zunehmend jede Form der Beteiligung, so daß sie schließlich nicht mehr als das Existenzminimum produzierten. Der Preis für den Sieg der Bolschewiki im Jahr 1921 war somit eine Hungersnot in weiten Gebieten und ein katastrophaler Rückgang der industriellen Produktion in einem Land, das sie nun mehr oder weniger vollständig unter Kontrolle hatten und für das sie daher die volle Verantwortung trugen. Angesichts einer tiefen Krise, die die harterkämpften Errungenschaften der Bolschewiki zu zerstören drohte, beschloß Lenin, das einzuführen, was als Neue Ökonomische Politik (NEP) bekannt wurde: Die staatliche Zwangsrequirierung von Getreide sollte aufhören, weshalb als Konsequenz privater Handel in erheblichem Umfang zugelassen werden mußte – nicht nur im landwirtschaftlichen sondern auch im Konsumgütersektor; wobei Schwerindustrie, das Bankenwesen und der Außenhandel unter staatlicher Kontrolle blieben.

Als Bulgakow im September 1921 in Moskau eintraf, setzte die NEP gerade ein – sie sollte sieben Jahre lang, bis zur Einführung des ersten Fünfjahresplans 1928, in Kraft bleiben. Viele staatlich geleiteten Betriebe und Organisationen wurden aufgelöst – so auch die Literatursektion der Kulturabteilung, wo Bulgakow seinen ersten Arbeitsplatz in Moskau gefunden hatte – und durch Unternehmen ersetzt, die nach marktorientierten Prinzipien funktionierten. In einem langen Brief an seine Mutter vom November 1921 schreibt Bulgakow von den düsteren Aussichten für den Winter 1921/22, in dem er mit seiner Frau Tassja gegen schwere Hindernisse zu kämpfen hatte. Hätten sie nicht die Möglichkeit gehabt, in einem Zimmer zu leben, das an Bulgakows Schwager – Nadjas Ehemann, Andrej Semskij – vermietet war, wären sie vielleicht nicht durchgekommen. Bulgakow widerte es an, mit einem Dutzend oder mehr Menschen in dieser Kommunalwohnung an dem Großen Gartenring, Nr. 10, zu leben, wo er erneut gezwungen war, sich der Ignoranz und Kulturlosigkeit seiner Mitmenschen zu stellen. Er sollte eine Anzahl von wütenden satirischen Feuilletons schreiben – über Alkoholiker, prügelnde Ehemänner und andere schurkische Gestalten, vor dem Hintergrund einer Kommunalwohnung, nicht unähnlich jener, in der er lebte.

Aber im Winter 1921/22 stand Bulgakow vor dem noch viel dringlicheren Problem, wovon er und Tassja sich ernähren und wie sie sich vernünftig kleiden sollten. Er genoß nicht mehr die Vorteile seines Elternhauses in Kiew, das ihm eine gesicherte, wenn auch bescheidene Lebensweise erlaubt hatte. Mit der Rückkehr der Privatwirtschaft war für einige Moskauer eine bequeme bürgerliche Existenz wieder möglich geworden, die man in schicken Cafés, mit Pelzen und Schmuck zur Schau stellte. Diese Menschen, deren Wohlstand Zorn bei denen entfachte, die dachten, die Revolution habe mit solchen sozialen Ungerechtigkeiten aufgeräumt, wurden NEP-Leute genannt. Bei anderen jedoch, die, wie Bulgakow, gerade mit leeren Händen in Moskau angekommen waren, zehrte der Überlebenskampf alle Kräfte auf. Ihm blieb nichts, als die satte Zufriedenheit der NEP-Männer mit einer gewissen Verachtung zu betrachten, in die sich etwas Neid mischte. Die zweite spürbare Konsequenz der Wiedereinführung der Privatwirtschaft war eine galoppierende Inflation; in seinen Briefen spricht Bulgakow von zwei verschiedenen Währungskursen, die damals verwendet wurden – der eine wurde in Zehnereinheiten angegeben, der andere schließlich in Zehnereinheiten von Millionen von Rubeln. Die Briefe, die er an seine Verwandten schrieb, erweisen sich als einmaliges Zeugnis der frühen NEP-Periode, das nicht nur genaue Angaben über Inflation und Brotpreise bietet, sondern auch einen lebhaften Eindruck vom fieberhaften Pulsieren der Stadt Moskau.

Bulgakows mannigfaltige Versuche, einen Verdienst zusammenzukratzen, führte ihn zumeist zu journalistischen Arbeiten. Für eine kurze Zeit brachte ihm sein Schreiben für die *Handels- und Industrienachrichten* eine gewisse Sicherheit, obwohl die Zeitung bald pleite machte. Er nahm alle möglichen Gelegenheitsarbeiten an, was immer sich bot: er scheint auf irgendeine Anstellung im Zusammenhang mit der Flachsindustrie gehofft zu haben, versuchte sich als Conférencier und spielte in einer Schauspieltruppe mit, und durch Andrej Semskijs Bruder, Boris, arbeitete er kurz für das Komitee für Wissenschaft und Technik, das der Luftwaffe unterstellt war. Doch während all dieser Zeit saß er bis tief in der Nacht über seinen eigenen Werken, entschlossen, sich durchzusetzen in der Welt der Literatur. Er trug sich mit dem Plan für ein Stück über Zar Nikolaj II. und die Ermordung des Priesters Rasputin im Jahr 1916 – ein Stück, das er nie verwirklichen sollte –, in erster Linie jedoch entwickelte er seine Fähigkeiten im Bereich der erzählenden Prosa. Nach seinen fünf Wladikawkaser Stücken war er nun in der Periode zwischen 1921 und 1925 fast ausschließlich mit Prosa beschäftigt, während die folgende Phase, von 1925 bis 1929, wieder vom Drama dominiert wurde.

In einem wichtigen Schritt, um sich als Prosaschriftsteller – und nicht als Journalist für Tagesereignisse – zu etablieren, trat er der Redaktion zweier Zeitungen bei, für die er humoristische Feuilletons schrieb. Den ersten Vertrag schloß er mit einer in Berlin erscheinenden Zeitung namens *Nakanune* (*Am Vorabend*), die 1922 von Emigranten gegründet worden war, um wieder Kontakte zu der Sowjetunion und der bolschewistischen Regierung zu knüpfen. Diese begrüßte die Initiative, da die Philosophie der Zeitung lautete, ob man nun mit dem Marxismus-Leninismus sympathisiere oder nicht, die *de facto* Autorität der Bolschewiki müsse als einzige Macht anerkannt werden, die in der Lage sei, das Land zu regieren. Eine Reihe von Schriftstellern, die wegen der bolschewistischen Revolution emigriert waren, begannen während dieser Jahre in die Sowjetunion zurückzukehren. So auch der Romanschriftsteller Alexej Tolstoj, von dem sich Bulgakow später wegen seines Auftretens als Apologet Stalins abwandte. Daß Bulgakow die Bolschewiki nach wie vor mit derselben Verachtung betrachtete, wie er sie 1919 in seinem Artikel »Zukunftsperspektiven« zum Ausdruck gebracht hatte, geht aus seinen Tagebüchern der frühen zwanziger Jahre deutlich hervor, die auch nahelegen, daß er die naive prosowjetische Einstellung derer, die bei *Nakanune* mitarbeiteten, immer unerträglicher fand. Zwischen 1922 und 1924 schrieb Bulgakow etwa fünfundzwanzig Prosatexte für *Nakanune*, einige davon sehr reizvoll – in manchen steckten bereits die Keime späterer größerer Werke. Er trug sich auch mit der Hoffnung, daß die Verlagsabteilung von *Nakanune* seine autobiographischen *Notizen auf Manschetten* in Berlin herausbringen würde, was sie aber schließlich entgegen ihrer Zusage nicht tat. In vielen seiner Skizzen versuchte er jedoch seinen Lesern in Berlin und zu Hause einen humoristischen Eindruck von den Moskauer Entwicklungen und der wirren Atmosphäre der NEP-Periode zu vermitteln.

Die zweite Zeitung, für die Bulgakow arbeitete, war eine vollkommen andersartige Publikation – *Gudok* (*Signalpfeife*) war das offizielle Organ der Eisenbahnergewerkschaft. Dennoch schrieben einige der berühmtesten Autoren jener Tage für ihre letzte Seite witzige kurze Texte, und viele der Autoren, die sich durch die Arbeit bei *Gudok* kennengelernt hatten, wurden später wichtige Figuren in den Moskauer Literaturkreisen der zwanziger Jahre. Zu diesen Schriftstellern zählten Isaak Babel, Jurij Olescha, Walentin Katajew und die Satiriker Ilf und Petrow. Bulgakows besonderes Vergnügen war es, absurde kurze Briefe zu entwerfen, die angeblich von etwas schlichten Lesern eingeschickt worden waren, die sich über die Auswirkungen der NEP oder über das Leben in den hintersten Ecken der Provinz ausließen. Zwischen 1923 und 1926 schrieb Bulgakow über einhundert solcher Miniaturen. Er bekannte einmal: »Lassen Sie mich hier ein Geheimnis preisgeben: Für das Verfassen eines siebenundfünfzig- oder hundertzeiligen Feuilletons waren, wenn man die Zeit fürs Rauchen und Liedchenpfeifen dazunimmt, zwischen achtzehn und zwanzig Minuten nötig. Dann, um es tippen zu lassen, wenn man den kleinen Plausch mit der Tipse mitrechnet, acht Minuten. So, daß man das Ganze in einer halben Stunde abhandeln konnte.« Obwohl er in späteren Jahren die beim *Gudok* verschwendete Zeit beklagen sollte, die er lieber mit ernsthaftem Schreiben verbracht hätte, waren viele dieser kleinen Vignetten sehr witzig und bewiesen sein scharfes Ohr für Dialoge.

Um 1922 festigte Bulgakow bereits seine Position in Moskau und machte seine Gegenwart in der literarischen Gesellschaft energisch bemerkbar. Nachdem er einen Vortrag von Wikentij Weressajew gehört hatte, einem Autor von Arzterzählungen ähnlich seinen eigenen *Aufzeichnungen eines jungen Arztes*, ging Bulgakow ihm einen Besuch abstatten. Weressajew freundete sich mit ihm an und unternahm in den frühen Zwanzigern viel, um ihn zu fördern. 1922 veröffentlichte Bulgakow eine Anzeige, daß er Material zu zeitgenössischen Schriftstellern für ein biographisches Lexikon sammele; später wurde er als einer der Autoren für einen angekündigten Kollektivroman aufgeführt. Obwohl aus beiden Projekten nichts wurde, zeigen sie doch Bulgakows Bestreben, sich einen Namen zu machen. Er ging zu den Versammlungen zahlreicher literarischer Gesellschaften und war ein eifriger Leser zeitgenössischer russischer Literatur. Dieses Engagement unterscheidet sich deutlich von seinem Verhalten, sobald er sich als Schriftsteller etabliert hatte – von da an nahm er so wenig wie möglich am literarischen Leben seiner Zeitgenossen teil.

Bulgakow schrieb unentwegt. Zwischen 1921 und 1925 schrieb er neben seinen Feuilletons mehrere wichtige Werke, so die autobiographischen *Notizen auf Manschetten*, die mit viel Witz seine ersten Schritte in Wladikawkas und seine frühen Monate in Moskau nachzeichnen. Der Meister der Groteske, Nikolaj Gogol – ein von Bulgakow bewunderter Autor –, inspirierte ihn zu »Diaboliade« und »Tschitschikows Abenteuer«. Beides sind Bearbeitungen klassischer Gogolscher Sujets vor dem Hintergrund der sowjetischen Gegenwart. In »Diaboliade« befaßte er sich mit dem Konzept des Doppelgängers, während er in »Tschitschikows Abenteuern« den schurkischen, aber letztlich harmlosen Helden aus Gogols *Toten Seelen* thematisierte. *Die verhängnisvollen Eier* ist ein Science-Fiction-Alp im Stile von H. G. Wells über ein Experiment, das auf schreckliche Weise entgleist und Ungeheuer freisetzt, die Rußland verwüsten; während *Das Hundeherz* eine brillant verfaßte Phantasie über eine ungewöhnliche Operation darstellt, bei der einem gutmütigen Straßenköter die Hypophyse eines Säufers eingepflanzt wird, was zur Geburt eines grauenvollen proletarischen Menschen führte. Dieser Sowjetmensch vertreibt sich die Zeit mit Diebstahl und Saufereien, wobei er ein wunderliches Kauderwelsch aus Vulgarismen und Parteijargon von sich gibt. Am allerliebsten aber jagt er Katzen. Bulgakows Novelle wurde nicht zu unrecht als eine Satire auf die Behauptung der marxistischen Ideologie verstanden, der Kommunismus bringe einen »neuen Menschen« hervor – und der 1925 geschriebene Text konnte erst zweiundsechzig Jahre später in der Sowjetunion erscheinen.

Die Materialien in diesem Kapitel erlauben nicht mehr als einen flüchtigen Blick auf die endlosen Verhandlungen, auf die sich Bulgakow, um seine Werke zu veröffentlichen, immer wieder einlassen mußte – und die er fast alle vergeblich führte. Während seiner frühen Jahre in Moskau beendete er den Roman *Die Weiße Garde*, der zunächst *Die gelbe Fahne* hieß. Der Vorabdruck des ersten Teils des Romans Ende Dezember 1924, zusammen mit der Veröffentlichung des Bandes *Diaboliade*, der fünf Erzählungen enthielt, im Jahr 1925 beim Verlagshaus Nedra, scheint Bulgakow davon überzeugt zu haben, daß er endlich sein Ziel erreicht hatte, sich als Schriftsteller zu etablieren. Was er nicht voraussehen konnte, war, daß die Veröffentlichung der *Weißen Garde* abgebrochen und nie fortgesetzt würde, da die Zeitschrift *Rossija* von der sowjetischen Obrigkeit gezwungen wurde, ihr Erscheinen einzustellen; noch hätte er sich jemals vorstellen können, daß dies, obwohl seine wichtigsten Werke noch vor ihm lagen, die letzten Publikationen von wirklicher Bedeutung waren, die er zu Lebzeiten sehen würde.

Von 1921 bis 1925 ereigneten sich große Veränderungen in Bulgakows persönlichem Leben. Seine ersten Briefe an Nadja, die mit Andrej Semskij in Kiew lebte, während Bulgakow und Tassja ihr Zimmer in Moskau bewohnten, zeugen von Bulgakows gutem Verhältnis zu seiner Schwester. Er schreibt ihr mit großer Zuneigung und erkundigt sich immer wieder besorgt um ihr Wohlergehen; andrerseits kann er auch mit brüderlicher Energie auftreten, wenn es darum geht, sich selbst und auch ihr weiterzuhelfen, indem er ihr bei seiner Zeitung die Stelle des Kiewer Korrespondenten besorgt. Die Briefe vom November 1921 an seine Mutter deuten ebenfalls auf ihr enges Verhältnis hin, und er wird ihre Freude geteilt haben, als Anfang 1922 endlich die Nachricht, daß sein Bruder Nikolaj sicher und wohlbehalten in Jugoslawien sei, Kiew erreichte, wo man seit 1919 nichts von ihm gehört hatte. Tragischerweise lebte Bulgakows Mutter nicht mehr, als ein paar Monate später die Nachricht, daß auch ihr jüngster Sohn Iwan es sicher ins Ausland geschafft hatte, im Kiewer Elternhaus eintraf. Sie war Ende Januar 1922 an Typhus erkrankt und kurz danach gestorben. Für Bulgakow, dem das Elternhaus immer Sicherheit gegeben hatte, war der Tod der Mutter ein schwerer Schlag. Die Briefe, die er seinen Geschwistern im folgenden Jahr schrieb, sind von Sorge erfüllt, daß sie die von der Mutter geschaffene Harmonie erhalten, alle Streitigkeiten unter einander beenden und einen glücklichen

Haushalt entstehen lassen, der auch Iwan Pawlowitsch Woskressenskij, den alle Bulgakow-Kinder offensichtlich sehr achteten und liebten, miteinschließen sollte. Der Anfang der *Weißen Garde* mit der Beerdigung der Mutter der Turbins neben dem lange zuvor verstorbenen Vater ist besonders ergreifend, wenn man bedenkt, daß Bulgakow diese Passage erst sehr spät hinzufügte; er selbst hatte nicht nach Kiew fahren können, um dem Begräbnis seiner Mutter beizuwohnen.

Bulgakows Ehe litt in der Zwischenzeit wieder einmal unter den Spannungen, die sie schon in den Jahren 1919 bis 1921 bedroht hatten. Sobald das schwierigste erste Jahr in Moskau überstanden war und Bulgakows Karriere in der literarischen Welt anbrach, scheint der neue mondäne Bulgakow seine Frau nicht länger als angemessene Begleiterin empfunden zu haben. In ihrer eigenen Darstellung der beständig wachsenden Kluft innerhalb ihrer Ehe deutet sich an, daß sie fast immer zu Hause blieb, um den Haushalt zu führen, während er geschäftig den Lebensunterhalt verdiente – und sich immer öfter im neuen Freundeskreis aufhielt. Er scheint auf jeden Fall viel geflirtet zu haben, zumindest hatte er einen solchen Ruf; und dann traf er Anfang 1924 auf einem Fest Ljubow Jewgenjewna Beloserskaja. Sie war kürzlich aus der Emigration nach Moskau zurückgekehrt, zusammen mit anderen, die nach der Revolution aus dem Land geflohen, nun aber in der Annahme zurückgekehrt waren, daß sich die Lage beruhigt habe. Ljubow Jewgenjewna hatte in Konstantinopol und Berlin gelebt und Paris besucht. Sie war sehr lebhaft und attraktiv.

Bulgakow, der sein Leben lang sein schlechtes Benehmen in dieser Situation bedauert haben soll, überredete seine Frau im April 1924, daß sie sich scheiden lassen sollten: »Weißt Du, es ist einfach günstiger für mich, zu behaupten, ich sei Junggeselle. Aber mach Dir keine Sorgen, alles ist so wie vorher; die Scheidung ist nur eine Formalität.« Und tatsächlich lebte das Paar noch eine Weile zusammen an der Bolschaja Sadowaja. Aber während des Sommers organisierte er den Umzug aus der lauten Wohnung im fünften Stock in eine ruhigere Wohnung im selben Häuserblock. Später begriff Tatjana Nikolajewna, daß er sie nicht in einer so unangenehmen Umgebung hatte zurücklassen wollen; denn, wie sich herausstellte, suchte er in der

Zwischenzeit nach einer Wohnung für sich und Ljubow Jewgenjewna. Im späten November kündigte er plötzlich an, daß er nun für immer gehe, und zog bei Ljubow Jewgenjewna ein. Ihre Eheschließung wurde einige Zeit später, am 30. April 1925, registriert. Tatjana Nikolajewna, die außer einer gewissen Geschicklichkeit als Hutmacherin wenig Fähigkeiten besaß, blieb mit vielen Problemen alleine zurück, obwohl Bulgakow sie hin und wieder finanziell unterstützte. Anscheinend hatte er ihretwegen ein so schlechtes Gewissen, daß er nach seiner Erkrankung im Jahr 1940 ausdrücklich danach verlangte, sie zu sehen, damit er sie um Verzeihung bitten könne; aber zu der Zeit lebte Tatjana Nikolajewna bereits in Sibirien und konnte nicht erreicht werden.

Diese eher unattraktive Seite Bulgakows kommt in den Tagebuchauszügen zum Vorschein, die in den KGB-Archiven wiedergefunden und erstmals in den Jahren 1989/90 veröffentlicht wurden. Was erhalten geblieben ist, stellt offensichtlich nicht den vollständigen Text des Originals dar. Die von der Schreibkraft angefertigte Kopie scheint eine Auswahl der Passagen zu sein, in denen Bulgakow speziell auf politische Themen und aktuelle Ereignisse eingeht. Als Beobachter der politischen Szene erwies sich Bulgakow als recht präzise in seinen Einschätzungen der Entwicklungen sowohl innerhalb Rußlands als auch in Europa: bereits 1923 schrieb er, daß Europa offensichtlich einer Teilung in ein kommunistisches und ein faschistisches Lager entgegengehe. Bulgakow mißbilligt die Tatsache, daß Curzon die neue sowjetische Regierung im Jahr 1923 erniedrigen kann, in dem er sie vor ein Ultimatum stellt, das auf einigen ungeklärten Klagen beruht; und er weist mit einiger Besorgnis auf die Haltung der Orthodoxen Kirche hin, als Patriarch Tichon anscheinend vor der Fraktion der »Lebendigen Kirche« kapitulierte, die einen Kompromiß mit den Bolschewiki anstrebte. Bulgakow beobachtet auch mit einer gewissen boshaften Freude die Rivalitäten innerhalb der bolschewistischen Führung – obwohl sich seine Vorhersage des Sturzes Trozkijs als etwas verfrüht erweisen sollte. Es ist bemerkenswert, daß Bulgakow wie viele seiner Zeitgenossen in Trozkij, dem Kommissar der Roten Armee – und nicht in Lenin –, die treibende Kraft hinter den Bolschewiki zu vermuten schien.

In den Tagebüchern ist Bulgakow sehr offen, leichtfertig offen, wie er aufs schmerzlichste erfahren mußte, als die Tagebücher konfisziert wurden – so offen sollte er nie wieder in Briefen oder Aufzeichnungen schreiben. Unter anderem findet sich in den Tagebüchern eine gewisse Herablassung gegenüber Juden, was unter seinen heutigen Bewunderern einige Bestürzung hervorrief. Er ist auch sehr direkt in der Beschreibung seines Verhältnisses zu Ljubow Jewgenjewna, die er bereits einige Monate vor der Eheschließung als seine »Frau« bezeichnet. Er legt eine etwas unangenehme Gereiztheit gegen sich selbst an den Tag, was seine physische Anziehung ihr gegenüber anbelangt, und es gibt einige Hinweise darauf, daß er an ihrer Hingabe zweifelte, was manchmal zu heftigen Szenen führte. Einige Zeitgenossen haben angedeutet, daß Bulgakow zum Jähzorn neigte. Die Tagebücher belegen auch, wie obsessiv er seinen gesundheitlichen Zustand beobachtete, was vielleicht damit zusammenhing, daß er als Arzt wußte, er könne jederzeit derselben Krankheit erliegen wie sein Vater. Er beschreibt einen Rheumaanfall, der sich vor allem auf seine Knie auswirkte, und eine wiederkehrende Schwellung hinter seinem Ohr, die mehr als einmal operiert werden mußte, bis er schließlich sicher war, daß es sich nicht um ein bösartiges Geschwür handelte. Zudem können wir den Tagebuchseiten Hinweise auf eine nervliche Instabilität entnehmen, die sich mit der Zeit, als immer mehr Schwierigkeiten sich um sein Leben rankten, zu zwanghaften Angstzuständen auswuchs, wenn er allein zu Hause war oder auch die Wohnung alleine verlassen mußte. Insgesamt entspricht das Bild Bulgakows aus den Tagebüchern nicht ganz dem des kultivierten Mannes der Literatur, das er in späteren Jahren entstehen ließ. In den frühen zwanziger Jahren schrieb er so, als wäre er viel jünger als seine dreißigundetwas Jahre; vielleicht, weil er seine literarische Laufbahn gerade erst einschlug, hatte er den Ton eines draufgängerischen, selbstbewußten Jugendlichen, der einen wilden Lebensstil und exzessive Trinkgewohnheiten zur Schau stellen will. Aber was am deutlichsten hervortritt, ist sein besessener Ehrgeiz, als Schriftsteller zu großem Ruhm zu gelangen.

Anfang 1925 standen die Zeichen zu seinen Gunsten: *Die Weiße Garde* sollte in der Zeitschrift *Rossija* erscheinen, die Erzählungssammlung *Diaboliade* entstand gerade, und Bulgakow war kurz davor, eine neue Ehe zu schließen. Es war zu diesem Zeitpunkt, am 3. April 1925, daß er einen Brief erhielt, der einen neuen Lebensabschnitt für ihn markieren sollte – eine kryptische Einladung, im Moskauer Künstlertheater vorbeizuschauen, um eine Angelegenheit zu besprechen, die für ihn von Interesse sein könne. Dieser Brief, den er später an den Anfang seines *Theaterromans* setzen sollte, stellte den Auftakt seiner Karriere als einer der beliebtesten Moskauer Dramatiker dar.

23. Oktober 1921. Aus Moskau nach Kiew
An seine Schwester Nadeschda

Liebe Nadja,

wie geht es Dir? Ich habe Dir bis jetzt nicht geschrieben, weil ich so müde war und das Briefeschreiben vor mir her schob. Was macht Deine Gesundheit? Wie geht es Andrej? [. . .]

[. . .] Der verspielte Stil meiner Briefe läßt sich durch das Bedürfnis erklären, mein Entsetzen bei dem Gedanken an den kommenden Winter zu verdrängen. Aber Gott ist gnädig. Vielleicht gehen wir drauf, vielleicht auch nicht. Arbeit habe ich mehr als genug, aber vorläufig kommt nicht sehr viel dabei heraus. Vielleicht wird es mit der Zeit besser. Ich mobilisiere meine ganze Energie, und in der Tat, gewisse Resultate sind nicht zu übersehen.

Genaueres im nächsten Brief. Ich bin wirklich zu müde. Man rennt mit hängender Zunge herum wie ein Hund und ernährt sich nur von Kartoffeln. [. . .]

Einen festen Kuß für Dich und für Andrej,

auch von Tassja

Dein Dich liebender Michail

P. S. Ein Gedicht

Ein Riesenhaus auf der Großen Sadowaja Straße,
Darin unsereins, die organisierte Arbeiterklasse.
Ich schwimme mitten im Proletariat,
Wie ein, tschuljung, gottverdammtes Surrogat.
Auf Komfort legen wir keinen Wert,
Das WC ist schon seit langem gesperrt.

Mit dem Waschbecken ist es auch eine schöne Geschichte –
Am Tag ist es trocken, nachts sprudelt ein munterer Bach auf
Dielen aus Fichte.
Über die Ernährung dürfen wir uns nicht beklagen:
Kartoffeln und Süßstoff an allen Tagen.
Das elektrische Licht – ebenfalls von ganz besonderer Sorte –
Geht bald an, bald aus, ohne viele Worte.
Allerdings brannte es, dem Proletariat zur Freude
Vorgestern, gestern und brennt auch noch heute.
Unser Nachbar rechts spielt Balalajka,
Die Nachbarin links tremoliert »Arme Möwe« – »Arme
Tschajka« . . .

9. November 1921. Aus Moskau nach Kiew
An seine Schwester Nadeschda

Liebe Nadja,

ich schreibe Dir kurz, da in großer Eile. Nichts, gar nichts kann sich mit der Wirkung vergleichen, die Deine zwei Briefe vom 3. XI. hervorriefen. Ich habe unverzüglich Deine Bitte um Kartoffelbeschaffung an Boris weitergegeben. Ich hatte nicht im Leisesten vor, Andrej abzumelden: Ganz im Gegenteil! Ich habe ausdrücklich bestätigt, daß er und wir hier zusammenwohnen. Mir ist immer noch ein schwacher Hoffnungsschimmer geblieben, daß Du noch einmal Andrejs Gesundheitszustand bedenkst, bevor Du Dich endgültig für die Schrecken einer Rückkehr entscheidest.

Sieh ihn Dir bitte aufmerksam an. Ich sage Dir das als Arzt.

Gruß an alle. Von Tassja und mir einen Kuß für Dich und Andrej.

Michail

17. November 1921. Aus Moskau nach Kiew
An seine Mutter

Liebe Mama,

wie geht es Ihnen? Was macht Ihre Gesundheit? Schreiben Sie mir bitte, sobald sich Ihnen ein freier Augenblick bietet. Jede Nachricht von den Angehörigen ist angenehm, ganz besonders, wenn das Leben, wie ich es jetzt führe, nur aus Sträflingsarbeit besteht.

Ich bedauere sehr, daß ich Ihnen in diesem kurzen Brief kaum ausführlich schildern kann, welches Bild Moskau bietet. Ich kann nur in aller Kürze sagen, daß es von einem verbissenen Kampf ums Dasein und von der Anpassung an die neuen Lebensbedingungen bestimmt ist. Bedenkt man, daß ich vor anderthalb Monaten bei meiner Ankunft in Moskau nicht mehr besaß als das, was ich am Leibe trug, dann könnte man, glaube ich, behaupten, daß ich das Maximum von dem erreicht habe, was in dieser Zeit erreicht werden kann. Ich habe eine feste Anstellung, allerdings ist das noch lange nicht die Hauptsache. Man muß es auch verstehen, Geld zu beschaffen. Und Letzteres, stellen Sie sich vor, habe ich ebenfalls erreicht. Freilich in einem vorläufig bescheidenen Maßstab. Aber immerhin haben wir, Tassja und ich, in diesem Monat genug zu essen, konnten einen Kartoffelvorrat für den Winter anlegen, sie hat sich ihre Schuhe reparieren lassen, wir kaufen Brennholz und so weiter.

Ich habe nicht nur genug, sondern unmenschlich viel zu tun. Von morgens bis abends und das Tag für Tag, ununterbrochen. Die radikale Schrumpfung sowjetischer Behörden und die Etatkürzungen sind in vollem Gange. Meine Institution gehört zu den Opfern und haucht offenkundig ihren Geist aus. Demnächst werde ich also stellungslos sein. Aber das ist eine Bagatelle. Ich habe bereits die nötigen Maßnahmen getroffen, um den richtigen Augenblick nicht zu verpassen, und mich beizeiten um eine Anstellung in der Privatwirtschaft gekümmert. Sie haben wahrscheinlich schon gehört, daß nur dort oder im Handel eine Existenz in Moskau möglich ist. Auch meine Anstellung, beim Staat sozusagen, war nur insoweit befriedigend, als ich dort für den vergangenen Monat rund eine Million bekommen habe. Der Staat zahlt ungern und mit Verspätung, von einer Stelle dieser Art kann man nicht länger existieren.

Ich versuche gerade, in der Leinen-Industrie unterzukommen. Außerdem erhielt ich gestern ein Angebot, zu noch nicht geklärten Bedingungen, von einer neu gegründeten Industrie-Zeitung. Das ist ein reines Wirtschaftsblatt, und ich habe eine Probezeit. Gestern und heute hatte ich sozusagen Examen. Morgen wollen sie eine Million Vorschuß zahlen. Das würde bedeuten, daß ich bestanden habe und möglicherweise die Spalte »Chronik« bekommen werde.

Also: Leinen, Industriezeitung und private Aufträge (unregelmäßig), das sind meine Aussichten. Der Weg, auf dem ich Arbeit suche, und der Beruf*, alles, was ich noch in Kiew ins Auge gefaßt hatte, erwiesen sich als völlig richtig. In einem anderen Beruf kann man nicht arbeiten. Das würde bestenfalls zum Verhungern reichen.

Schwierig wird es Ende November und im Dezember, dann, wenn ich in die Privatwirtschaft überwechsle. Aber ich setze auf meinen riesigen Bekanntenkreis und inzwischen mit vollem Recht auf meine Energie, die ich nolens volens entwickeln mußte. Meine Verbindungen sind zahlreich, zur Presse, zum Theater und auch einfach geschäftlicher Art. Das bedeutet sehr viel im heutigen Moskau, das sich auf ein neues, lange nicht mehr dagewesenes Leben umstellt – harter Wettbewerb, Rennerei, Initiative usw. Es ist unmöglich, sich diesem Leben zu entziehen. Das würde den Untergang bedeuten. Ich lege keinen Wert darauf, zu denen zu gehören, die untergehen.

Tasska sucht eine Stelle als Verkäuferin, keine leichte Aufgabe, weil das ganze Moskau, nackt, bloß und barfuß, beim Handel, der noch auf schwachen Füßen steht, auf die eigenen Mittel und Möglichkeiten angewiesen ist und nur die eigenen Leute angestellt werden. Die arme Tasska muß sich jedesmal etwas einfallen lassen, um das Korn auf dem Schlegel zu dreschen und aus nichts ein Mittagessen zu zaubern. Aber sie ist fabelhaft! Mit einem Wort: Wir zappeln beide wie Fische auf dem Eis. Das Wichtigste ist ein Dach über dem Kopf. Andrejs Zimmer ist meine Rettung. Mit Nadjas Ankunft wird sich die Lage natürlich zuspitzen. Aber ich mache mir darüber vorläufig keine Gedanken, ich bemühe mich, mir keine Gedanken zu machen, denn mein Tag ist ohnehin ein harter Sorgentag.

In Moskau wird nur in Hunderttausenden und Millionen gerechnet, Schwarzbrot 600 Rubel, Weißbrot 14 000. Die Preise steigen und steigen! Die Geschäfte sind voll von Waren, aber was kann man kaufen?! Die Theater sind überfüllt, aber als ich gestern am Bolschoj vorüberging, weil ich noch etwas zu erledigen hatte (inzwischen kann ich mir überhaupt nicht mehr vorstellen, daß man herumlaufen kann, ohne etwas erledigen zu müssen!), boten die Spekulanten Karten zu 75 000, 100 000 und 150 000 Rubel an! In Moskau gibt es alles: Schuhe, Stoffe, Fleisch, Kaviar, Konserven, Delikatessen – alles! Es wird ein Café nach dem anderen eröffnet, sie schießen wie die Pilze aus dem Boden. Und überall Hunderttausende, Hunderttausende! Viele Hunderttausende! Die Schieber sind auf dem Vormarsch.

Ich habe nur einen Wunsch: Den Winter überstehen, im Dezember, der vermutlich der schwerste Monat sein wird, nicht aufgeben. Tasskas Hilfe ist für mich immens: Bei den riesigen Entfernungen (ohne zu übertreiben), die ich täglich zurücklegen muß, durch ganz Moskau, ermöglicht sie es, daß ich eine Menge Energie spare, indem sie mich ernährt und mir nur das übrigläßt, was für sie selbst zu schwer ist: das abendliche Holzhacken und das Heraufschleppen der Kartoffeln jeden Morgen.

Wir beide sausen durch Moskau in unsern leichten Mänteln. Ich bewege mich aus diesem Grunde stets seitwärts, eine Schulter voran (meine linke Schulter ist empfindlicher gegen Zug). Ich träume davon, für Tatjana ein Paar warme Schuhe aufzutreiben. Sie hat gar nichts außer ihren Pumps.

Hoffen wir! Solange wir ein Zimmer haben und gesund sind.

Ich weiß nicht, ob Sie eine so detaillierte Beschreibung Moskaus interessiert, und ob dies alles für Sie in Kiew nachvollziehbar ist.

Ich schreibe auch noch mit der Absicht, Sie wissen zu lassen, unter welchen Umständen ich meine idée fixe verwirklichen muß. Sie besteht darin, daß ich innerhalb von drei Jahren ein Minimum wieder erreichen will – eine Wohnung, Kleidung, Nahrung und Bücher. Mal sehen, ob es mir gelingt.

Ich will kein Wort darüber verlieren, weil Sie es mir nicht glauben würden, wie sparsam Tasska und ich geworden sind. Wir ehren jeden Holzscheit.

Das ist die Schule des Lebens.

Nachts schreibe ich, wenn es geht, an den »Aufzeichnungen eines jungen Arztes«. Daraus könnte etwas Solides werden. Und überarbeite das »Leiden«*. Aber mir fehlt die Zeit, die Zeit! *Das ist es, was mich schmerzt!*

Für Nadja

Eine Bitte: Richten Sie Nadja aus (ich habe keine Kraft mehr, an sie gesondert zu schreiben, mir fallen die Augen zu!), daß ich das Material, alles, für ein historisches Drama brauche – alles über Nikolaj und Rasputin* während der Jahre 1916 und 1917 (Mord und Umsturz). Zeitungen, Beschreibungen des Palais und *vor allem das Tagebuch von Purischkewitsch* – lebenswichtig! Beschreibung der Kleidung, Portraits, Erinnerungen. Sie wird schon wissen!

Ich liebäugele mit der Idee, bis Ende 1922 ein grandioses Drama in fünf Akten zu schreiben. Einige Entwürfe und Pläne liegen bereits vor. Dieser Gedanke fesselt mich unsäglich. [. . .]

Natürlich werde ich bei dieser auszehrenden Arbeit, die ich leiste, niemals dazu kommen, etwas Vernünftiges zu schreiben, aber allein schon der Traum und der Umgang damit sind mir teuer. Sollte sie das »Tagebuch« nur für beschränkte Zeit in die Hände bekommen, so bitte ich, *umgehend* Auszüge anzufertigen, alles, wo es um den Mord bei Grammophon-Musik, um die Verschwörung von Felix und Purischkewitsch, Purischkewitschs Lageberichte an Nikolaj und die Persönlichkeit von Nikolaj Michailowitsch geht, und es mir in Briefen zu schicken (ich denke, das wird wohl gehen? Mit der Aufschrift »Material für ein Theaterstück«?). Möglicherweise ist es unbescheiden, sie damit zu belästigen, aber sie wird es verstehen. Im Rumjanzew-Museum fehlen die Zeitungen von 1917!! Ich bitte sie sehr. [. . .]

Ihnen, teure Mama, einen festen Kuß,

auch von Tassja. Einen Kuß an alle

Michail

P. S. Meine angenehmste Erinnerung aus der ganzen letzten Zeit ist – werden Sie es raten?

Wie ich bei Ihnen auf dem Sofa schlief und Tee trank mit Franzbrötchen. Ich würde vieles darum geben, mich wenigstens zwei Tage lang so ausstrecken zu können, nach einem Tee, und nichts zu denken. So müde bin ich.

Einen festen Kuß für Iwan Pawlowitsch

An Kostja: Höchste Zeit für einen Brief

1. Dezember 1921. Aus Moskau nach Kiew
An seine Schwester Nadeschda

Liebe Nadja,

warum schreibst Du nicht! Eine Zeitlang sah ich mich dem Druck unserer reizenden Hausverwaltung ausgesetzt. »Aber A. M. hält sich dreihundertfünfundsechzig Tage im Jahr nicht in seinem Zimmer auf. Er muß abgemeldet werden. Und wo Sie herkommen, das weiß man auch nicht . . .« usw. usw.

Ohne mich zu einer Kriegserklärung hinreißen zu lassen, habe ich dem ziemlich dreisten und unverschämten Ton diplomatisch standgehalten. Offenbar habe ich sie abgehängt. Und durchgesetzt, daß Andrej nicht abgemeldet wird. Also, vorläufig ist alles beim alten. [. . .]

Ich bin zuständig für die Chronik der »Handels- und Industrienachrichten«, und wenn ich den Verstand verliere, so nur deswegen. Kannst Du Dir vorstellen, was es bedeutet, eine private Zeitung zu machen?! [. . .] Ich bin völlig durchgedreht. Und erst das Papier! Und wenn wir nicht genug Reklame auftreiben? Und erst die Chronik!! Und erst die Zensur!!! Jeder Tag wie im Irrenhaus. [. . .]

Bitte wundere Dich nicht, daß dieser Brief so entsetzlich nachlässig geschrieben ist. Das ist unbeabsichtigt, aber ich bin buchstäblich todmüde, und es ist mir alles egal. An Schreiben denke ich schon gar nicht mehr. Glücklich bin ich nur dann, wenn ich von Tasska heißen Tee bekomme. Wir beide essen jetzt unvergleichlich besser als zu Anfang. Ich wollte Dir einen langen Brief mit einer Schilderung von Moskau schreiben, aber dies ist dabei herausgekommen . . .

Kuß.

Michail

Auch für Andrej einen Kuß.

Den beiligenden Brief bitte an Kostja weitergeben.

15. Dezember 1921. Aus Moskau nach Kiew
An seine Schwester Nadeschda

Liebe Nadja,

das Grabesschweigen aus Kiew macht mir langsam Sorgen. Warum schreibst Du nicht?

Die Arbeit bei den »Nachrichten« wächst mir über den Kopf. Tasska und ich essen jetzt durchaus anständig. Wenn die »Nachrichten« weiter wachsen, hoffe ich, daß wir auch künftig gut auskommen. Ich bekomme drei Millionen Monatsgehalt, leider ohne Lebensmittelzuteilungen, das ist ungünstig.

Ich schreibe kurz (es ist halb drei nachts). Ich bitte Dich, informiere mich über die Marktpreise in Kiew (Weizen- und Roggenmehl pro Pud*, Brot pro Pfund, Butter pro Pfund, Sonnenblumenöl, Fleisch pro Pfund (Sorte?), Schweinefleisch, Milch (pro Becher oder anderes Maß), Stückzucker und Feinzucker pro Pfund usw. Prüfe die Quelle. Gib das Datum an. Zum Beispiel: Marktpreise in Kiew am soundsovielten: Fleisch, ein Pfund, usw. [. . .]

Wenn Du das nicht machen willst, dann vielleicht Andrej? Ich warte. Und bitte um Antwort. Warum schreibst Du nicht?

Kuß

Michail

30. Dezember 1921. Aus Moskau nach Kiew
An seine Schwester Nadeschda

Liebe Nadja,

laß mich doch bitte wissen, wie es bei Euch aussieht. Ihr laßt nichts von Euch hören! Die Redaktion der »Nachrichten« hatte Dir ein Angebot zugesandt, als Korrespondentin mitzuarbeiten. Zwei Beiträge pro Woche: Marktpreise (mit Datumsangabe) und eine Handels- und Industriechronik. [. . .] Vielleicht findest Du eine Vertretung für die »Nachrichten« in Kiew? Laß es mich wissen.

Glückwünsche zum neuen Jahr an alle

Michail

10. Januar 1922. Aus Moskau nach Kiew
An seine Schwester Nadeschda

Liebe Nadja,

heute erhielt ich Deinen Brief vom 1. I. mit dem Zusatz vom 2. I. Über die Auslagen für Zeitungen und Porto brauchen wir kein Wort zu verlieren! Schicke sie sofort ab. Selbstverständlich werden wir, sobald die erste Sendung eintrifft, einen Vorschuß überweisen (und auch in Zukunft!). [. . .]

Ich verstehe, daß Du Geld brauchst, konnte aber auf die Abrechnung keinen Einfluß nehmen, solange Deine Antwort nicht vorlag!! Jetzt werde ich Dampf machen.

In Eile. Einen Kuß für Dich und Andrej

Dein Michail [. . .]

P. S. Sei so gut und schreibe umgehend, welche Zeitungen in Kiew erscheinen (und ob es private gibt?). Mit dem nächsten Brief schicke ich Dir mein Feuilleton »Der Handel in Moskau«. Vielleicht siehst Du eine Möglichkeit, es irgendwo unterzubringen? Im Zuge der Neuen Ökonom. Pol. könnte es für Kiew durchaus informativ sein. [. . .]

13. Januar 1922. Aus Moskau nach Kiew
An seine Schwester Nadeschda

Liebe Nadja,

heute traf bei den »Nachrichten« Dein Bericht über die Marktpreise vom 31. Dezember ein, und ich habe darauf bestanden, daß der Redakteur Dir sogleich 50 000 überweist. Das ist bereits geschehen. Aber gleichzeitig mit Deinem Beitrag traf mich ein Schicksalsschlag, dessen Wucht Du sogleich erkennen wirst und von dem ich Dir nur höchst vertraulich erzählen möchte. Der Redakteur teilte mir mit, daß die »Nachrichten« dem Druck der äußeren Bedingungen kaum länger standhalten können. Der Redakteur meinte, es bestünden da noch gewisse Chancen, ich aber weiß ganz gewiß, daß sie die Nr. 7 nicht überleben werden. Finita! [. . .]

Du wirst verstehen, wie es mir heute zumute ist, da ich zusammen mit den »Nachrichten« Pleite mache.

Mit einem Wort: Ich bin erledigt.

Sonst hätte ich Dir geschildert, wie es in meinem Zimmer einen Tag vor Heiligabend und an Heiligabend durch die Decke geregnet hat.

Einen Kuß an alle!

Michail

[. . .]

Aus dem Tagebuch Bulgakows
25. Januar 1922

Ich habe das Tagebuch vernachlässigt. Schade: Inzwischen gab es viel Interessantes. . . . Ich bin bis heute stellungslos. Ich und meine Frau essen miserabel. Deshalb habe ich auch keine Lust zu schreiben. Schwarzbrot kostet inzwischen 20 000 pro Pfund.

26. Januar 1922

Mitglied in einem Schauspieler-Wanderkollektiv: Vorstellungen am Stadtrand. Gage: 125 pro Abend. Verschwindend gering. Natürlich werde ich wegen dieser Aufführungen keine Zeit zum Schreiben haben. Ein Teufelskreis. Meine Frau und ich können uns fast nie sattessen.

2. Februar 1922. Aus Kiew nach Moskau
Von seiner Schwester Nadeschda (Telegramm)

Mama gestorben. Nadja.

Aus dem Tagebuch Bulgakows
9. Februar 1922

Ich bin im schwärzesten Abschnitt meines Lebens. Meine Frau und ich hungern. Wir mußten meinen Onkel um etwas Mehl, Öl und Kartoffeln bitten. [. . .] Ich bin durch ganz Moskau gelaufen. Keine Arbeit. Die Filzstiefel sind auseinandergefallen.

15. Februar 1922

Weressajew sieht sehr häßlich aus, wie ein betagter Jude (sehr gut erhalten). Schlitzaugen unter geschwollenen, schweren Lidern. Glatze. Tiefe Stimme. Mir hat er sehr gut gefallen. [. . .] Weressajew hat guten Kontakt zu den Studenten, die von den brennenden Fragen unserer Zeit umgetrieben werden und ehrliche Antworten verlangen. Spricht wenig. Aber wenn er spricht, dann ist alles intelligent und verbindlich.

24. März 1922. Aus Moskau nach Kiew
An seine Schwester Nadeschda

Liebe Nadja,

[. . .] Ich kann gar nicht sagen, wie sehr ich mich über die Nachricht von Wanjas Gesundheit gefreut habe. [. . .]

Ich bin nicht nur Mitglied des Wissenschaftlich-Technischen Komitees, sondern auch Mitarbeiter einer neuen großen Zeitung (staatlich). An diesen zwei Stellen verdiene ich insgesamt 197 Rubel im Monat (nach dem Kurs des Volkskommissariats für Finanzen vom März rund vierzig Millionen), das heißt, die Hälfte von dem, was ich für das Leben (wenn meine Existenz in den vergangenen zwei Jahren überhaupt noch ein Leben genannt werden kann) mit Tasska brauche. Sie hat selbstverständlich keine Stelle und kocht auf einem kleinen Kanonenofen. [. . .]

Das Moskauer Leben will ich nicht beschreiben. Das ist etwas derart Fantastisches, daß man für die Schilderung mindestens acht Seiten brauchte. Sonst kann man es nicht verstehen. Und ich weiß auch nicht, ob es Dich interessiert? Ich führe hier jedenfalls zwei, drei Beispiele an, die ich willkürlich herausgreife.

Besonders Charakteristisches, was mir aufgefallen ist: 1. Ein Mensch, der schlecht gekleidet ist, ist verloren; 2. die Anzahl der Straßenbahnen nimmt zu, die Geschäfte, wie man hört, machen Pleite, die Theater (mit Ausnahme des Kabaretts) machen Pleite, und die privaten Verlage (schöngeistige) gehen ein. Über die Preise läßt sich überhaupt nichts mehr sagen, denn die Inflation galoppiert, und manchmal haben sich die Preise vom Vormittag bereits abends verändert. Zum Beispiel: Morgens kostet das Sonnenblumenöl 600 und abends 650 usw. Heute habe ich mir englische Halbschuhe, braune, auf dem Markt für 4½ (in Worten viereinhalb) Zitronen gekauft. Ich habe mich sehr beeilt, weil sie in einer Woche 10 kosten werden.*

Alles andere, ich wiederhole, läßt sich nicht beschreiben. Das Wohnungsproblem ist noch mal etwas Besonderes. Glücklicherweise ist jener Alptraum im 5. Stock, in dem ich ein halbes Jahr ums Überleben kämpfte, wenigstens billig (im März rund 700 000). [. . .]

Vor einer Woche hat man aufgehört zu heizen.

Ich ertrinke buchstäblich in Arbeit. Ich habe keine Zeit zum Schreiben, keine Zeit, mich vernünftig mit dem Französischen zu befassen. Ich stelle mir eine Bibliothek zusammen (bei den Antiquaren, diesem dreisten und ignoranten Gesindel kosten die Bücher mehr als im Laden). [. . .]

Schreibe mir! Kuß!

Michail

* Gerade als ich diesen Brief in den Umschlag stecken wollte, entdeckte ich: Es sind keine englischen Halbschuhe, sondern amerikanische, mit Pappsohle. Mein Gott! Wie leid bin ich das alles!

24. März 1922. Aus Moskau nach Simferopol
An seine Schwester Wera

Liebe Wera,

ich habe mir oft vorgenommen, mich hinzusetzen, um Dir zu schreiben, aber glaube mir – meine Sträflingsarbeit macht mich so müde, daß ich abends manchmal kaum in der Lage bin, auch nur eine einzige Zeile zu schreiben. Von Dir habe ich im Herbst letzten Jahres einen Brief bekommen und ihn sofort beantwortet. Wahrscheinlich hat meine Antwort Dich nicht erreicht. Ein junger Mann, der uns besuchte (er hat nur Tasska angetroffen, ich war nicht zu Hause), erzählte, Du hättest mir mein Schweigen übelgenommen. Jetzt möchte ich den Briefwechsel mit meinen Angehörigen beleben und hoffe, daß Du mir schreiben wirst.

Erstens: Hast Du die Nachricht vom Tode unserer Mutter bekommen? (Sie starb am 1. Februar 1922 an Flecktyphus.) Warja hat aus Kiew sofort an Dich telegraphiert. [. . .]

Das Allerschlimmste in Moskau – das Wohnungsproblem. Ich wohne in einem Zimmer, das ich nach der Übersiedlung von Andrej S. übernommen habe. Das Zimmer ist miserabel, die Nachbarschaft nicht minder. Bolschaja Sadowaja 10, Wohnung 50. Ich fühle mich darin keineswegs heimisch, mich einzurichten kostete die allergrößte Mühe. Die Moskauer Preise will ich gar nicht erwähnen, sie sind unvorstellbar. [. . .] Ich habe in Moskau unzählige Bekannte (Journalisten und Künstler), aber ich sehe kaum jemanden, denn ich ertrinke in Arbeit und rase ausschließlich in Zeitungsangelegenheiten durch Moskau. [. . .]

Ich mache mir große Sorgen, wie Du lebst. Müßt Ihr hungern?

Bei Iwan Pawlowitsch hat sich nun die ganze Gesellschaft versammelt (Ljolja, Kostja, Warja, Lena), und Andrej ist mit Nadja bei Wassilij Pawlowitsch untergekommen.

Ich habe Sehnsucht nach der Familie.

Wanja und Kolja sind gesund, man hat mir von ihnen geschrieben.

Ich erwarte von Dir einen Brief, in dem Du über Dein Leben und Deine Pläne schreibst.

Kuß

Dein Michail

[. . .]

18. April 1922. Aus Moskau nach Kiew
An seine Schwester Nadeschda

Liebe Nadja,

verzeih, daß ich Dir nicht rechtzeitig zu Ostern geschrieben habe. Ich führe ein Sträflingsleben und habe buchstäblich keine Minute Zeit für mich. Nur an den zwei Feiertagen konnte ich einmal verschnaufen. Und jetzt beginnt wieder mein Alptraum. [. . .]

Die Wohnungsmieten steigen. Im April waren es anderthalb Millionen, seit März wird nicht mehr geheizt. Sämtliche Bucheinbände sind mit Schimmel bedeckt. [. . .]

Ich gebe mir die größte Mühe, ein neues Zimmer zu finden. Aber das ist hoffnungslos. Für eine Zimmervermittlung verlangt man eine astronomische Summe. [. . .]

Preise: Sinnlos darüber zu schreiben: Von einem Tag auf den anderen eine Steigerung um Hunderttausende. Vor Ostern: 1 Pud Weizenmehl – achtzehn Millionen, ein Pfund Weißbrot – dreihundertfünfundsiebzigtausend, Butter eine Million zweihunderttausend pro Pfund. [. . .]

Kuß

Michail

[. . .]

6. Oktober 1922. Moskau
An die russischen Schriftsteller

M. A. Bulgakow arbeitet an einer vollständigen Bibliographie zeitgenössischer russischer Autoren, mit zusammenfassender Darstellung ihres literarischen Schaffens. Die Vollständigkeit dieses Nachschlagewerkes hängt im wesentlichen von der Reaktion der Schriftsteller auf dieses Vorhaben und von ihrer Bereitschaft ab, es mit lebendigem und wertvollem Material über sich selbst zu unterstützen. Der Verfasser bittet sämtliche russischen Schriftsteller in allen Städten Rußlands und des Auslands, ihm autobiographisches Material an die Adresse: Moskau, Bolschaja Sadowaja Nr. 10, Wohnung 50, zuzusenden.

29. Dezember 1922. Moskau
Von Je. Kritschewskaja (Chefredakteurin von *Nakanune*)

Als P. Sadyker bei mir war, sagte er, daß er sich mit Ihnen und Katajew getroffen und mit Ihnen über eine feste Anstellung übereingekommen sei, die Ihnen regelmäßige Einkünfte sichern würde. Ich kann eine solche Regelung nur begrüßen.

23. Januar 1923. Aus Moskau nach Kiew
An seine Schwester Wera

Liebe Wera,

ich danke Euch für den telegraphischen Gruß. Ich freute mich von Herzen, als ich erfuhr, daß Du in Kiew bist. Leider konnte ich dem Telegramm nicht entnehmen, ob Du endgültig zurückgekommen bist oder nur vorübergehend. Es ist mein schönster Traum, daß die ganze Familie endlich sich dauerhafte Nester baut, in Moskau und in Kiew.

Ich denke, daß Ihr, Du und Ljolja, gemeinsam und in gutem Einvernehmen, das Leben wieder auf derselben Stelle aufbauen könntet, wo unsere Mutter es aufgebaut hat. Ich mag mich täuschen, aber ich glaube, daß es auch zum Besten von Iwan Pawlowitsch wäre, wenn irgendjemand aus der Familie, die mit ihm eng verbunden ist und ihm viel zu verdanken hat, in seiner Nähe bliebe. Voll Kummer denke ich jedesmal an Kolja und Wanja, weil keiner von uns im Augenblick in der Lage ist, ihnen unter die Arme zu greifen. Mit unendlicher Trauer gedenke ich des Todes unserer Mutter und fürchte, daß nun Iwan Pawlowitsch in Kiew niemanden an seiner Seite hat. Mein einziger Wunsch besteht darin, daß Deine Anwesenheit keinen Konflikt in der Familie verursacht, sondern, ganz im Gegenteil, die Kiewer zusammenführt. Deshalb freute ich mich so sehr, als ich die Worte las: »harmonische Familie«. Das ist für uns alle das Wichtigste. Wirklich, ein bißchen guten Willen und Ihr hättet ein fabelhaftes Leben. Ich urteile aus eigener Erfahrung: Nach diesen Jahren schwerer Prüfungen schätze ich am meisten die Ruhe! Wie wünsche ich mir, inmitten meiner Familie zu sein! Aber es ist nichts zu machen. Hier in Moskau, unter unvergleichlich schwierigeren Bedingungen als bei Euch, hoffe ich dennoch, das Leben in normale Bahnen zu lenken.

In Kiew ruht die Hoffnung also auf Euch, Warja und Ljolja. Mit Ljolja hatte ich oft darüber gesprochen. Auch sie, wie alle anderen, ist von den jüngsten Ereignissen gezeichnet und wünscht sich, ebenso wie ich, in Kiew nichts anderes als Frieden und Harmonie.

Ich habe an Dich eine große Bitte: Lebt friedlich miteinander im Namen unserer Mutter.

Ich habe sehr viel zu tun und bin todmüde. Vielleicht wird es mir im Frühjahr gelingen, eine kurze Reise nach Kiew zu unternehmen, und ich hoffe, Dich zu treffen und Iwan Pawlowitsch zu sehen. Wenn Du Dich in Kiew akklimatisiert hast, mußt Du Dich von Iwan Pawlowitsch und Warwara beraten lassen, ob man nicht etwas unternehmen könnte, um Mamas Grundstück in Butscha zu behalten. Ich wäre untröstlich, wenn wir es verlören.

Bitte richte Iwan Pawlowitsch meine und Tassjas herzlichsten Grüße aus.

Dein Bruder Michail

21. Februar 1923. Aus Berlin nach Moskau
Von P. Sadyker (Redaktion von *Nakanune*)

Sehr geehrter Michail Wassiljewitsch [sic],

nach dem Erscheinen unserer ersten Bücher zeichnet sich gegenwärtig die Möglichkeit einer baldigen Veröffentlichung der neuen Bücher ab. Während meines Moskauer Aufenthalts hatten Sie mir Ihre »Notizen auf Manschetten« angeboten, aber damals konnte ich nichts entscheiden, da ich mir über die Situation unseres Verlages nicht im klaren war. Ich bitte Sie, uns die Rechte zu überlassen. Bedauerlicherweise sind wir nicht in der Lage, Ihnen das Moskauer Honorar anzubieten. Wir können sieben bis acht Dollar pro Druckbogen zahlen, das ist das Maximum.

Frühling 1923. Moskau
An seine Schwester Nadeschda

Liebe Nadja,

einen festen Kuß für Dich, Andrej und das Kleine. Vielen Dank für den Kuchen. Es tut mir sehr leid, daß Ihr nicht gekommen seid. Ich hätte Euch mit einem Punschkuchen bewirtet. Ich lebe wie der letzte Abschaum – krank und von allen verlassen. Ich lasse mich bei Euch nicht blicken, weil ich in größter Eile den ersten Teil eines Romans abschließen möchte: Er heißt »Die gelbe Fahne«. Und ich komme bald. [. . .]

Dein Michail

Aus Bulgakows Tagebuch
24. Mai 1923

Es ist lange her, seit ich das Tagebuch aufgeschlagen habe – am 21. April fuhr ich aus Moskau nach Kiew und blieb dort bis zum 10. Mai. In Kiew ließ ich mich operieren (Geschwulst hinter dem linken Ohr). In den Kaukasus, wie ich es vorhatte, hab ich es nicht geschafft. Am 12. Mai kehrte ich nach Moskau zurück. [. . .]

Überhaupt leben wir am Vorabend großer Ereignisse. Heute stehen in den Zeitungen Gerüchte über die Entsendung englischer Kriegsschiffe ins Weiße und Schwarze Meer und der Hinweis, daß Curzon von keinem Kompromiß hören will und von Krassin verlangt (er war nach dem Ultimatum sofort im Flugzeug nach London geeilt), das Ultimatum peinlich genau einzuhalten.

Moskau lebt ein bewegtes Leben, besonders, wenn man es mit Kiew vergleicht. Das hervorstechendste Merkmal – in Moskau wird ein ganzes Meer Bier getrunken. Auch ich trinke Bier in großen Mengen. Überhaupt führe ich in letzter Zeit ein Lotterleben. Aus Berlin ist hier Graf Alexej Tolstoj eingetroffen. Er läßt sich gehen und ist etwas unverschämt. Trinkt viel.

Ich bin völlig aus der Bahn geraten – seit anderthalb Monaten keine Zeile geschrieben.

11. Juli 1923

Die längste Pause in meinem Tagebuch. Indes war alles in der Zwischenzeit Vorgefallene von höchstem Interesse. Der vielbeachtete Konflikt mit England nahm ein stilles, friedliches und schmähliches Ende. Die Regierung ging den Weg erniedrigendster Konzessionen. [. . .]

An den Zäunen und Mauern seit vorgestern ein Aufruf des Patriarchen, der mit folgenden Worten beginnt: »Wir, von Gottes Gnaden Patriarch von Moskau und ganz Rußland . . .« Und der Sinn: Er ist ein Freund der Sowjetmacht, verurteilt die Weißgardisten und verurteilt ebenso die Lebendige Kirche. Keinerlei Kirchenreformen, ausgenommen die neue Orthographie und der neue Stil. Unvorstellbare Intrigen innerhalb der kirchlichen Kreise. Die Lebendige Kirche ist wie außer sich. Sie hatten vor, den Patriarchen Tichon endgültig zu stürzen. [. . .]

Ein widerlicher, kalter und regnerischer Sommer.

Weißbrot – vierzehn Millionen das Pfund.

25. Juli 1923

Das Leben ist nach wie vor alptraumartig, rasend schnell, chaotisch. Leider gebe ich viel Geld für Alkohol aus. [. . .] Bedauerlicherweise komme ich mit dem Roman, wegen der Arbeit bei »Gudok«, die mich die beste Zeit des Tages kostet, kaum voran.

Moskau ist außerordentlich lebhaft. Der Straßenverkehr nimmt zu.

27. August 1923

Ich saß neben Katajew. Alexej Tolstoj sprach über Literatur und nannte unter den modernen Schriftstellern auch mich und Katajew. Das Buch* ist immer noch nicht da.

28. August 1923. Aus Krolewez nach Moskau
Von dem Schriftsteller Jurij Sljoskin

Lieber Michail,

ich schreibe Dir aus dem gesegneten, gottvergessenen Städtchen Krolewez, wo ich nach Tschernigow das Ende des Sommers abwarten möchte. Es ist ein echtes Dorf mit unzähligen Obstgärten,

Gemüsegärten, Schluchten, staubigem Weißdorn und bezaubernden buntbemalten Häuschen. Ich schwimme hier in Seligkeit, schreibe jeden Morgen, anschließend nehme ich ein Sonnenbad, gehe spazieren und fresse mich voll. Alles ist billig, von ausgezeichneter Qualität und Geschmack. Beeren gab es in großen Mengen. Jetzt esse ich den ganzen Tag Äpfel – sämtliche Sorten, sämtliche Farben und Geschmacksrichtungen, zum Preis von 2 Rubel 50 zehn Stück. Ich habe nicht einmal Sehnsucht nach Moskau, dabei wird es langsam Zeit . . .

Ich glaube, daß ich Anfang des Monats meine Zelte hier abbreche. Was gibt es Neues im »Nakanune«? [. . .] Was hört man von unseren Berliner Büchern? Und wann sollen sie endlich erscheinen? Überhaupt – was gibt es Neues in der Literatur?

In Tschernigow und in Krolewez hielt ich Vorträge über Moskau und nannte Dich und Katajew als die Begabtesten der jungen Generation, die im »Nakanune« mitarbeiten.

Was macht Dein Roman? Ich setze große Hoffnungen auf ihn. Ist die »Diaboliade« fertig? Sobald ich zurück bin, mußt Du mir daraus vorlesen, ich freue mich darauf. [. . .]

Ein Handkuß für Tanjuscha, und richte ihr aus, nein, ich will es ihr persönlich ausrichten, weil das, was ich empfinde, keine Zeugen verträgt.

Kuß Dein Jurij Sljoskin

31. August 1923. Aus Moskau nach Krolewez
An Jurij Sljoskin

Lieber Jurij,

ich beeile mich mit meiner Antwort, damit mein Brief Dich noch rechtzeitig in Krolewez erreicht. Ich beneide Dich. Ich bin hier in Moskau völlig heruntergekommen. [. . .]

Die Veröffentlichung unserer Bücher kostet mich Nerven: Bis jetzt rührt sich nichts. Endlich teilte mir Potechin mit, daß er sie stündlich erwartet. Gerüchten zufolge sollen sie bereits fertig sein. (Mein Buch und Dein Buch kommen als erste.) Interessant, ob man sie durchgehen läßt. Um mein Buch mache ich mir die größten Sorgen. Es ist ihnen nicht im Traum eingefallen, mich Korrektur lesen zu lassen.

Die »Diaboliade« habe ich abgeschlossen. Aber man kann kaum damit rechnen, daß er irgendwo durchkommen wird. Leschnew* hat sie abgelehnt.

Den Roman habe ich abgeschlossen, aber er ist noch nicht abgeschrieben und liegt wie ein Berg da, über dem ich sinniere. Ab und zu korrigiere ich etwas. [. . .]

Ich glaube, daß es sich nicht mehr lohnt, Dir unsere Bücher nach Krolewez zu schicken. Wahrscheinlich wirst Du, wenn sie in meine Hände geraten, wieder in Moskau sein.

Es ist nicht leicht, Dir in einem kurzen flüchtigen Brief viel Neues mitzuteilen. Jedenfalls befindet sich die literarische und verlegerische Welt eindeutig nicht auf dem absteigenden, sondern auf dem aufsteigenden Ast.

Komm! Es gibt manches Interessante zu besprechen. Tanja läßt Dich und Lina grüßen. Und ich schicke Lina einen separaten, einen Extragruß.

In Moskau wird eine unvorstellbare Menge Bier getrunken.

Einen Kuß für Dich!

Dein M. Bulgakow

Aus Bulgakows Tagebuch
2. September 1923

Heute war ich mit Katajew bei Alexej Tolstoj auf seiner Datscha. Er war dieses Mal sehr nett. Das einzige, was mir mißfällt, ist die unmögliche Art, wie er und seine Frau mit jungen Schriftstellern umspringen. Freilich wird alles durch sein wirklich großes Talent wettgemacht. [. . .]

Inmitten meiner Niedergeschlagenheit und Nostalgie erlebe ich gelegentlich, so wie jetzt, unter diesen absurden Umständen vorübergehender Beengung in einem widerwärtigen Zimmer eines widerwärtigen Hauses, wahre Explosionen von Sicherheit und Kraft. Auch jetzt spüre ich in meinem Innern, wie meine Ideen hinaufdrängen, und es stimmt, daß ich als Schriftsteller unermeßlich stärker bin als alle, die ich kenne. Aber unter solchen Umständen, wie sie mich augenblicklich umgeben, werde ich möglicherweise nie hochkommen.

3. September 1923

Nach dem entsetzlichen Sommer haben wir anhaltend wunderbares Wetter. Schon seit einigen Tagen hellen Sonnenschein und Wärme. Ich gehe jeden Tag zur Arbeit in meinen »Gudok« und schlage dort völlig hoffnungslos den ganzen lieben langen Tag tot.

Es hat sich so ergeben, daß ich wenig Geld habe und, wie immer, über meine bescheidene Verhältnisse lebe. Essen und Trinken reichlich und gut, aber sonst kann man sich nichts leisten. Ohne dieses verdammte Gesöff, das Bier, kann ich keinen einzigen Tag auskommen.

18. September 1923

Heute fühle ich mich nicht ganz wohl. Ich habe wenig Geld. Dieser Tage erhielt ich eine Nachricht von Kolja: Er ist krank (Blutarmut), bedrückt, voller Heimweh. Ich schrieb nach Berlin an »Nakanune«, sie sollen ihm fünfzig Franken schicken. Ich hoffe, daß dieses Gesindel es auch tut. [. . .]

Solange ich keine Wohnung habe, bin ich kein Mensch, sondern nur ein Halbmensch.

30. (17., nach dem alten Kalender) September 1923

Weil ich konservativ bin . . . ich wollte schon schreiben: bis auf die Knochen konservativ bin, aber das ist ein Klischee, kurz und gut, weil ich konservativ bin, zieht es mich an den alten Feiertagen stets zu meinem Tagebuch. Wie schade, daß ich nicht mehr weiß, an welchem Tag ich vor zwei Jahren nach Moskau gekommen bin. Zwei Jahre. Hat sich inzwischen vieles verändert? Natürlich, vieles. Dennoch überrascht mich der zweite Jahrestag im selben Zimmer und als innerlich denselben.

Neben allem anderen bin ich krank.

Erstens, zur Politik: Zu der ewig gleichen, abscheulichen und widernatürlichen Politik. In Deutschland hält immer noch dasselbe Durcheinander an. Allerdings beginnt die Mark zu steigen, [. . .] dafür brach in Bulgarien der Bürgerkrieg aus. Man liefert sich Schlachten mit den Kommunisten. [. . .] Für mich gibt es keinen Zweifel darüber, daß diese zweitrangigen slawischen Staaten, ebenso unzivilisiert wie Rußland, für den Kommunismus einen hervorragenden Boden abgeben. Unsere Zeitungen bauschen die

Ereignisse auf alle mögliche Weise auf, vielleicht spaltet sich die Welt tatsächlich in zwei, wer weiß, in Kommunismus und Faschismus.

Wie es weitergeht – das weiß niemand. [. . .]

Würde ich meine eingebildeten und wirklichen Lebensängste beiseiteschieben, dann müßte ich zugeben, daß es in meinem Leben nur einen einzigen großen Mangel gibt – das Fehlen einer Wohnung.

Auf meinem literarischen Weg mache ich langsame Fortschritte, aber immerhin Fortschritte. Davon bin ich überzeugt. Es ist nur schlimm, daß ich mir nie darüber klar und ganz sicher bin, was wirklich gut geschrieben ist.

5. Oktober 1923

In Deutschland entstand statt der erwarteten kommunistischen Revolution ein offener, sich weit ausbreitender Faschismus.

18. Oktober 1923

Heute war ich beim Arzt, um ihn wegen meiner Beinschmerzen zu konsultieren. Er machte mir großen Kummer, weil er nichts an mir in Ordnung befunden hat. Ich werde nicht umhin können, mich ernsthaft mit meiner Gesundheit zu beschäftigen. Das Schönste ist, daß ich mich fürchte, das Bett hüten zu müssen, weil das liebenswerte Organ*, bei dem ich arbeite, mir eine Grube gräbt und bereit ist, mich erbarmungslos vor die Tür zu setzen.

[. . .] Ein Franzbrot kostet 17 Millionen, ein Pfund Weißbrot 65 Millionen, Eier, 10 Stück, kosteten gestern 200 Rubel. [. . .]

Über die »Notizen auf Manschetten« – kein Ton. Offensichtlich ist alles aus.

19. Oktober 1923

Ich erwarte eine Antwort von »Nedra« wegen der »Diaboliade«. Alles in allem reicht es für Essen und Kleinigkeiten, aber für Kleidung reicht es nicht. Ja, ich hätte keine Angst um die Zukunft, wenn man nicht mit Krankheiten rechnen müßte. Also müssen wir auf Gott vertrauen und leben. Das ist die einzige, die beste Methode.

26. Oktober 1923

Ich fühle mich nicht wohl, und mein Unwohlsein ist schlimm, weil es mich ins Bett zwingen kann. [. . .] Auf dem Weg von

»Gudok« ging ich bei Sajzew im »Nedra« vorbei. Meine Erzählung »Diaboliade« ist angenommen, aber sie zahlen nicht mehr als fünfzig Rubel pro Bogen und das Geld wird es nicht vor nächster Woche geben. Die Erzählung ist idiotisch und überhaupt nichts wert. Aber Weressajew (einem der Redakteure von »Nedra«) hat sie sehr gefallen.

In den Augenblicken des Unwohlseins und der Einsamkeit gebe ich mich traurigen und mißgünstigen Gedanken hin. Ich bedaure voll Bitterkeit, daß ich die Medizin aufgegeben und mich zu einer unsicheren Existenz verurteilt habe. Aber Gott ist mein Zeuge, daß die Liebe zur Literatur mein einziger Beweggrund war.

Die Literatur ist jetzt eine schwierige Angelegenheit. Mit meinen Ansichten [. . .] ist es schwer, zu veröffentlichen und überhaupt zu leben. Mein kränklicher Zustand ist unter solchen Verhältnissen ebenfalls höchst störend.

Aber wir wollen den Kopf nicht hängen lassen. Vorhin habe ich den »Letzten der Mohikaner« durchgeblättert, den ich kürzlich für meine Bibliothek gekauft habe. Welcher Zauber in diesem altmodischen, sentimentalen Cooper! Sein David, der die ganze Zeit Psalmen singt, brachte mich auf den Gedanken an Gott.

Es kann sein, daß die Starken und Mutigen Ihn nicht brauchen. Aber solchen wie mir erleichtert der Gedanke an Ihn das Leben. Mein schlechter Gesundheitszustand ist kompliziert, unabsehbar. Ich fühle mich wie zerschlagen. Er könnte mich am Arbeiten hindern, weshalb ich mir Sorgen darüber mache und auf Gott vertraue. [. . .]

Ein unglückseliges Volk sind wir; dunkel und unzivilisiert. [. . .] Meine Vorahnungen trügen mich nie, wenn es um Menschen geht. Nie. Eine Schar exemplarischer Schurken formiert sich um »Nakanune«. Ich kann mir gratulieren, daß ich dazu gehöre. Oh, mir steht in der Zukunft noch manche Anstrengung bevor, wenn ich von meinem Namen den Schmutz, der daran klebt, abkratzen werde. Aber ich kann mit reinem Gewissen von mir selber behaupten: eherne Notwendigkeit hat mich gezwungen, dort mitzumachen. Gäbe es keinen »Nakanune«, dann hätten weder die »Notizen auf Manschetten«, noch manches andere das Licht der Welt erblickt, Seiten, auf denen ich die Möglichkeit hatte, aufrichtig mein literarisches Wort mitzuteilen. Man muß schon ein besonderer Held sein, um vier Jahre lang zu schweigen, zu schweigen, ohne jede Hoffnung, in Zukunft den Mund aufmachen zu dürfen. Ich bin bedauerlicherweise kein Held. [. . .]

Von Kolja keine Post. Den Briefwechsel mit Kiew habe ich hoffnungslos verschlampen lassen.

27. Oktober 1923

Soeben habe ich [. . .] eine Möbelgarnitur angesehen, für ein Boudoir, zu einem sehr günstigen Preis – 6 Tscherwonzen. Tassja und ich haben beschlossen, sie zu kaufen, falls der Verkäufer mit dem Geld bis zur nächsten Wochen warten will. Morgen wird es sich entscheiden, ich gehe ein Risiko ein – in der nächsten Woche wollen sie im »Nedra« das Honorar für die »Diaboliade« auszahlen.

Ende Oktober 1923. Moskau
An seine Schwester Nadeschda

Liebe Nadja,

ich habe die Erzählung »Diaboliade« verkauft an »Nedra«, und die Ärzte haben gesagt, daß meine beiden Kniegelenke schwer angegriffen sind: Außerdem habe ich eine Möbelgarnitur gekauft, mit Seide bezogen, sehr anständig. Sie steht bereits in meinem Zimmer.

Ich weiß nicht, wie es weitergeht – meine Krankheit, Rheuma, bedrückt mich sehr. Aber wenn ich nicht verrecke wie ein Hund – ich würde jetzt sehr ungern sterben –, kaufe ich auch noch einen Teppich. [. . .]

Einen Kuß für Tschischka.

Dein verstorbener Bruder Michail

Aus Bulgakows Tagebuch
29. Oktober 1923

Heute haben sie zum ersten Mal geheizt. Ich habe den ganzen Abend verloren, weil ich die Fenster zukitten mußte. Der erste Tag mit Heizung wurde dadurch festlich begangen, daß die berühmte Annuschka das Küchenfenster während der ganzen Nacht sperrangelweit offenstehen ließ. Ich weiß wirklich nicht, was man mit dem Gesindel machen soll, das diese Wohnung bevölkert. Ich habe infolge der Krankheit eine schwere Depression, und solche Zwischenfälle bringen mich aus der Fassung.

6. November 1923

Ich bin dabei, Gorkijs meisterliches Buch »Meine Universitäten« zu lesen. Mein Kopf ist voller Gedanken, und nun sehe ich irgendwie deutlich – ich muß aufhören zu lachen. Außerdem – Literatur ist mein Leben. Ich werde nie mehr zur Medizin zurückkehren. Gorkij als Mensch ist mir unsympathisch, aber was ist das für ein riesenhafter, starker Autor! Und wie schrecklich und gewichtig sind seine Aussagen über den Schriftsteller. [. . .] Meine zweiunddreißig Jahre und die an die Medizin verschwendete Zeit machen mir angst, und auch meine Krankheit und Anfälligkeit. Ich habe hinter dem Ohr eine idiotische Geschwulst, die schon zweimal wegoperiert wurde. [. . .]

Ich will jetzt lernen. Ausgeschlossen, daß die heute mich beunruhigende Stimme nicht prophetisch sein sollte. Ausgeschlossen! Ich kann nichts anderes sein. Ich kann nur eines sein – Schriftsteller. Wir wollen also sehen und lernen, wir wollen schweigen.

8. Januar 1924

Heute in den Zeitungen Trozkijs Gesundheitsbulletin: Es beginnt mit den Worten: »L. D. Trozkij erkrankte am 5. November vergangenen Jahres an . . .« und endet »beurlaubt unter völliger Befreiung von allen Pflichten für die Dauer von mindestens zwei Monaten«. Ein Kommentar zu diesem historischen Bulletin ist überflüssig.

Also, am 8. Januar 1924 haben sie Trozkij vor die Tür gesetzt. Gott allein mag wissen, was Rußland erwartet. Mag er ihm beistehen.

22. Januar 1924

Soeben (halb sechs Uhr abends) verkündete Sjomka, daß Lenin gestorben sei. Es gebe, sagt er, eine offizielle Bekanntmachung.

25. Februar 1924

Heute abend erhielt ich von Pjotr Nikanorowitsch* die frische Nummer des Almanachs »Nedra«. Darin meine Erzählung »Diaboliade«. [. . .] Also, zum ersten Mal erscheine ich nicht auf einem Zeitungsbogen oder in einem dünnen Zeitschriftenheft, sondern in einem Buch, einem Almanach. So ist es. Aber welche Qualen hat es gekostet. Die »Notizen auf Manschetten« sind beerdigt.

15. April 1924

In Moskau zahlreiche Verhaftungen von Personen mit »guten« Familiennamen. Und wieder Ausweisungen. Heute war David Kisselgof* hier. Er ist, wie immer, voller phantastischer Gerüchte. Er erzählte, in Moskau kursiere ein Manifest von Nikolaj Nikolajewitsch*. Hol der Teufel diese ganzen Romanows! Die haben uns gerade noch gefehlt.

25. Mai 1924. Moskau
An Pjotr Sajzew (Verlag Nedra)

Lieber Pjotr Nikanorowitsch,

ich überlasse Ihnen die »Notizen auf Manschetten« und bitte Sie nachdrücklich, deren Schicksal möglichst bald zu klären. [. . .] Ich würde mich sehr freuen, wenn Sie die »Manschetten« annähmen. Mir persönlich gefallen sie gut.

Es wäre günstig, wenn Nikolaj Semjonowitsch* baldigst eine Lesung der »Manschetten« bei sich veranstalten wollte. Ich würde sie selbst vorlesen, und ihr Schicksal würde sich augenblicklich entscheiden.

Für mich selbst wünsche ich nichts, außer zu sterben. So glänzend ist es um mich bestellt!

Ihr M. Bulgakow

P. S. Ich werde Sie anrufen und bei Ihnen (heute und morgen) vorbeikommen.

31. Mai 1924, Moskau
An Pjotr Sajzew (Verlag Nedra)

Lieber Pjotr Nikanorowitsch,

Alles kommt auf ein Mal, wie es so geht: Ich liege mit einer Blinddarmentzündung im Bett. [. . .] Eine Stellung möchte ich nicht annehmen, sondern mit dem ersten Geld in den Süden reisen. Schreiben Sie mir, was mit den »Notizen« ist?

Ihr M. Bulgakow

[. . .]

Aus Bulgakows Tagebuch

21. Juli 1924

Abends, wie gewöhnlich, bei Ljubow Jewgenjewna [. . .]; auf dem Heimweg im Regen war es mir traurig und irgendwie heimatlos zumute. Ilf und Jurij Olescha sind aus Samara gekommen. In Samara gibt es zwei Straßenbahnen. Auf der einen steht »Platz der Revolution – Gefängnis«, auf der anderen – »Platz der Sowjets – Gefängnis«. Oder etwas Ähnliches. Mit einem Wort, alle Wege führen nach Rom! [. . .]

Mit Olescha kann man immerhin interessant plaudern. Er ist scharfzüngig und witzig.

25. Juli 1924

Heute telefonierte ich mit Leschnew und brachte in Erfahrung, daß man vorläufig auf eine Verhandlung mit Kaganskij wegen einer Veröffentlichung der »Weißen Garde« als Einzelband ohne weiteres verzichten kann, da er zur Zeit kein Geld hat. Eine Überraschung. [. . .] Ich bin überzeugt, daß ich auf der »Garde« sitzenbleiben werde. Mit einem Wort – weiß der Teufel, was das alles soll. Spät, um Mitternacht, bei Ljubow Jewgenjewna.

6. August 1924

Interessant, wie lange die »Union der Sozialistischen Republiken« in dieser Situation* existieren kann.

9. August 1924

Nun gibt es in Moskau Autobusse. [. . .] Vorläufig nur einige wenige. Sehr schön. Massiv und gleichzeitig elegant. Alles braun, und die Fensterrahmen (die Autobusse haben Glasfenster) gelb. Einstöckig, aber riesig.

26. August 1924

Konsultierte Professor Martynow wegen der abscheulichen Geschwulst hinter dem Ohr. Er glaubt nicht, daß sie bösartig ist, und ordnete eine Röntgenaufnahme an.

26. September 1924

Soeben zurück aus der »Aida« im Bolschoj, mit Ljubow Jewgenjewna. [. . .] Den ganzen Tag auf Geldsuche für ein gemeinsames Zimmer mit Ljubow Jewgenjewna.

18. Oktober 1924

Große Komplikationen mit meiner grotesken Novelle*.

Angarskij hat etwa zwanzig Stellen angestrichen, die der Zensur zuliebe geändert werden müssen. Kommt sie durch die Zensur?

20./21. Dezember 1924

Die Hoffnungen der Weißen Emigration und der heimischen Konterrevolutionäre, daß die Geschichte mit dem Trozkismus und Leninismus zu blutigen Konfrontationen oder zu einem Umsturz innerhalb der Partei führen würde, haben sich selbstverständlich, wie ich auch angenommen hatte, nicht bestätigt. Sie haben Trozkij geschluckt, und das war alles. [. . .]

Moskau ertrinkt in Schmutz und wird immer heller – in der Stadt behaupten sich seltsamerweise zwei Phänomene nebeneinander: Totaler Wundbrand und planvoller Lebenswille. Im Stadtzentrum, beginnend in der Lubjanka, führte »Wodokanal« für die künftige Metro Probebohrungen durch. Das ist neues Leben. Aber die Metro wird nicht gebaut, weil sämtliche Mittel dafür fehlen. Das ist der Wundbrand.

Ein Straßenverkehrsplan wird entwickelt. Das ist neues Leben. Aber es gibt keinen Straßenverkehr, denn es fehlen Straßenbahnen; es ist lachhaft – acht Busse für ganz Moskau.

Wohnungen, Familien, die Wissenschaften, Arbeit, Komfort und Nutzen – das alles ist vom Wundbrand erfaßt. Nichts kommt von der Stelle. Alles hat der sowjetische bürokratische Höllenrachen verschlungen. Jeder Schritt, jede Bewegung eines sowjetischen Bürgers – eine Folter, die Stunden, Tage und zuweilen Monate kostet. Die Läden sind geöffnet. Das ist neues Leben. Aber sie gehen pleite, und das ist der Wundbrand. Und so ist es überall. Der Zustand der Literatur ist schrecklich.

23. Dezember 1924

Heute ist nach dem neuen Stil der 23., morgen also Heilig-Abend. An der Erlöser-Kathedrale werden grüne Tannen verkauft. Heute bin ich sehr spät aus dem Haus gegangen, ungefähr um zwei Uhr mittags. Erstens, weil meine Frau* und ich sehr lange geschlafen haben. Um halb eins weckte uns Wassilewskij*, der gerade aus Petersburg angekommen war. Ich mußte die beiden wieder einmal allein in die Stadt gehen lassen. [. . .] Heute konnte ich kein Geld auftreiben und kam deshalb verdrießlich und mißmutig nach Hause zurück, dachte sehr gereizt an ihren gemeinsamen Ausflug. [. . .] Zu Hause überfiel mich eine schreckliche Wut [. . .]. Ein Gespräch über Politik ist in jedem Fall zu vermeiden.

26. Dezember 1924

Ich konnte es mir nicht verkneifen*, mehrmals mit einem Beitrag über die gegenwärtigen Schwierigkeiten bei der Arbeit aufzufallen, mit Seitenhieben gegen die Zensur und ähnlichem, Dinge, die ich nicht hätte sagen sollen. Ljaschko, ein proletarischer Schriftsteller, der für mich (aus Instinkt) eine unüberwindliche Antipathie empfindet, opponierte mit dürftig verschleierter Gereiztheit: »Ich verstehe nicht, welche ›Wahrheit‹ Genosse Bulgakow meint?« [. . .] Und als ich darüber sprach, daß unsere Epoche eine Epoche der Cochonerie sei, sagte er haßerfüllt: »Alles, was Sie da reden, ist Unsinn . . .« [. . .]

Aber viel mehr als sämtliche Ljaschkos beschäftigt mich die Frage: Bin ich ein Belletrist oder nicht?

27./28. Dezember 1924

Ich schreibe nachts, weil meine Frau und ich fast jede Nacht bis drei, manchmal bis vier Uhr morgens wach bleiben. Inzwischen ist das zu einer komischen Gewohnheit geworden. Wir stehen sehr spät auf, manchmal um zwölf, manchmal um vier Uhr nachmittags, aber manchmal auch um zwei. [. . .]

Moskau – eine großartige Stadt. Meine zärtliche und einzige Liebe, den Kreml, habe ich heute nicht gesehen. [. . .] In einem Zeitungskiosk auf dem Kusnezkij entdeckte ich zufällig die vierte Nummer der »Rossija«. Darin ist der erste Teil meiner »Weißen Garde«, vielmehr nicht der erste Teil, sondern das erste Drittel, erschienen. Ich konnte mich nicht beherrschen und kaufte das Heft in noch einem anderen Kiosk. [. . .] Bald kommt mir der Roman schwach, bald sehr stark vor. Ich kann mich in meinen Empfindungen nicht mehr zurechtfinden. Aus irgendeinem Grunde galt meine größte Aufmerksamkeit der Widmung*. Es ist vollbracht. Sie ist nun meine Frau. [. . .] Es fiel mir auf, daß sie beim Gehen ein wenig watschelt. Angesichts meiner Pläne ist es entsetzlich töricht, aber ich glaube, ich bin in sie verliebt. Mich beschäftigt nur ein Gedanke. Hätte sie sich mit jedem so behaglich eingerichtet, oder gilt es ausschließlich mir? [. . .] Weder fürs Tagebuch, noch für die

Öffentlichkeit: Meine Frau überwältigt meine Sinne. Das ist gut, aber auch zum Verzweifeln, aber auch lustvoll, aber gleichzeitig auch hoffnungslos kompliziert; ich bin ausgerechnet jetzt nicht bei Kräften, sie aber möchte meinetwegen ... Heute habe ich zugesehen, wie sie sich für unseren Besuch bei Nikitins umkleidete, und ich habe gierig zugesehen. [...] ... und das Teufelsweib verschlingt mich, wie der Sumpf eine Kanone ... [...] Aber allein sein, ohne sie, ist für mich bereits undenkbar. Offensichtlich habe ich mich an sie gewöhnt.

2./3. Januar 1925

Als ich am Kreml vorbei ging und den Eckturm erreicht hatte, schaute ich hinauf, blieb stehen, betrachtete den Kreml, und als ich dachte »Wie lange noch, Herr?«, tauchte plötzlich eine graue Gestalt mit Aktentasche auf und musterte mich eingehend. Und ließ sich dann nicht mehr abschütteln. Ich ließ sie vorgehen, und eine gute Viertelstunde marschierten wir vereint. Er spuckte vom Trottoir auf die Fahrbahn, ich ebenso. Erst am Denkmal Alexanders II. gelang es mir, ihn abzuschütteln.

3. Januar 1925

Entsetzlicher Zustand: Ich verliebe mich immer mehr in meine Frau. Wie schade – zehn Jahre lang habe ich Ureigenes von mir gewiesen ... Weiber waren eben Weiber. Jetzt aber erniedrige ich mich sogar bis zu leichter Eifersucht. Sie ist mir irgendwie lieb und voll Reiz. Und dick.

4. Januar 1925

Heute erschien »Bohème« in »Krassnaja niwa«, Nr. 1. Das ist mein Debut in der sumpfigen Kloake spezifisch sowjetischer Publizistik. Ich habe sie durchgelesen, und sie hat mir sehr gut gefallen.

5. Januar 1925

»Wie soll das alles enden?« fragte mich heute ein Freund. Solche Fragen werden mechanisch und stumpfsinnig, verzagt und gleichgültig und wie auch immer gestellt. Genau in dem Moment zechten Kommunisten in seiner Wohnung, in einem Zimmer auf der anderen Seite des Korridors. Im Korridor stank es irgendwie widerwärtig und scharf, und einer der Parteigenossen hatte sich, nach den Worten meines Freundes, saumäßig betrunken und war eingeschlafen. Mein Freund war auch eingeladen, und eine Absage konnte er sich nicht leisten. Mit einem höflichen und unterwürfigen Lächeln verschwand er immer wieder zu ihnen ins Zimmer. Sie haben ihn wiederholt gerufen. Er kam immer wieder zu mir herüber und beschimpfte sie flüsternd. Ja, irgendwann wird das alles ein Ende nehmen. Herr, daran glaube ich. [. . .]

Heute im »Gudok« fühlte ich zum ersten Mal voll Entsetzen, daß ich nicht mehr imstande bin, weitere Feuilletons zu verfassen. Physisch nicht mehr imstande. Es ist ein Mißbrauch meiner Person und Physiologie.

16. Januar 1925

Vorgestern war ich [. . .] bei einem Vortrag von A. Belyj. [. . .] Es ging um seine Erinnerungen an Walerij Brjussow. Auf mich machte das alles einen unerträglichen Eindruck. Ein symbolistischer Unsinn. [. . .] Ich ging, ohne das Ende abzuwarten. Nach Brjussow sollte eine Lesung aus Belyjs neuem Roman folgen. Merci.

14. Februar 1925. Moskau
Von Boris Leontjew (Verlag Nedra)

Bitte das Manuskript »Hundeherz« zum Vorlesen mitbringen.

20. Februar 1925. Moskau
Von Boris Leontjew (Verlag Nedra)

Lieber M. A.,

beeilen Sie sich, tun Sie alles, was in Ihren Kräften steht, um uns so schnell wie möglich Ihre Erzählung »Hundeherz« abzuliefern. Nikolaj Semjonowitsch verreist in zwei bis drei Wochen ins Ausland, und die Zeit wird uns nicht mehr reichen, das Ganze bei Glawlit* durchzuziehen. Und ohne ihn wird die Sache kaum klappen. Wenn Sie Ihr Werk nicht bis zum Herbst einmotten wollen – beeilen Sie sich, beeilen Sie sich.

3. April 1925. Moskau
Von Boris Werschilow (Moskauer Künstlertheater)

Sehr geehrter Michail Afanassjewitsch!

Es wäre mir außerordentlich wichtig, Sie kennenzulernen und eine Reihe von Fragen zu besprechen, die für mich sehr interessant und möglicherweise auch für Sie nicht ganz bedeutungslos sind.

Sollten Sie frei sein, würde ich mich freuen, Sie morgen abend (4. IV.) in den Räumen des Studios zu treffen . . .

Mit freundlichen Grüßen

B. I. Werschilow

3

1925-1930

Die geheimnisvolle Botschaft, die Bulgakow im April 1925 erhielt, war eine Einladung von Boris Werschilow, einem Regisseur am Moskauer Künstlertheater, der mit Bulgakow die Möglichkeit einer Adaption des Romans *Die Weiße Garde* besprechen wollte. Werschilow und seine Kollegen am Künstlertheater hatten natürlich nicht den vollständigen Text des Romans gelesen, da er erst ab Dezember 1924 in der Zeitschrift *Rossija* veröffentlicht wurde und Bulgakow ihn teilweise noch überarbeitete. Aber der Vorschlag fügte sich gut mit Bulgakows eigenen Plänen: im Januar 1925 bereits hatte er begonnen, eine Dramatisierung des Romans zu skizzieren. Während er daran arbeitete, hatte er sicher das 1921 entstandene Stück *Die Turbin-Brüder* über seine Familie im Hinterkopf, das er 1923 verbrannt hatte. Diese Einladung war wie die Erfüllung seiner langgehegten Träume. In einem der ersten Kapitel seines grimmig-satirischen *Theaterromans* – etwa zehn Jahre später geschrieben, als die Zusammenarbeit mit dem Moskauer Künstlertheater und dessen Regisseuren Konstantin Stanislawskij und Wladimir Nemirowitsch-Dantschenko in Frustration und Bitterkeit gemündet war – erinnert sich Bulgakow an sein bewunderndes Staunen, als er erstmals das Künstlertheater betrat. »[. . .] wir befanden uns in einem kleinen Zuschauersaal mit etwa dreihundert Plätzen. An der Decke im Kronleuchter brannten trüb zwei Birnen, der Vorhang war offen und gab die gähnende Bühne frei. Sie war feierlich, rätselhaft und leer. Die Ecken verschwammen mit der Dunkelheit, und in der Mitte ragte, matt blinkend, ein sich aufbäumendes goldenes Pferd. [. . .] ›Das ist meine Welt‹, flüsterte ich und bemerkte nicht, daß ich anfing, laut zu sprechen.« Das Emblem des Pferdes kann sofort als ein verschlüsselter Hinweis auf das Wahrzeichen des Künstlertheaters ausgemacht werden: Tschechows Möwe, die den Bühnenvorhang zierte. Und tatsächlich war Bulgakow, wie einer der festangestellten Regisseure es später formulieren sollte, der Tschechow des Moskauer Künstlertheaters der sowjetischen Periode, er war der Autor, der während der späten Zwanziger und frühen Dreißiger am stärksten mit dem Theater identifiziert wurde, als er speziell für dieses Theater eine ganze Reihe von Stücken schrieb. Das Verhältnis zwischen Bulgakow und dem Künstlertheater sollte sich jedoch nach diesem ersten euphorischen Zusammentreffen nicht eben harmonisch gestalten.

Die Niederschrift des Stückes *Die Weiße Garde* beschäftigte Bulgakow im Frühjahr und Sommer 1925, als er einige Monate auf Einladung des Dichters Maximilian Woloschin mit Ljubow Jewgenjewna auf der Krim verbrachte. Woloschin nahm führende Persönlichkeiten der literarischen Welt als Gäste bei sich auf, und mit seiner Einladung an Bulgakow war dieser endgültig in der Literaturszene etabliert. Die Aufgabe, einen so langen Roman für die Bühne zu bearbeiten, war durchaus nicht einfach, und trotz aller vorangegangenen Erfahrung, die Bulgakow als Dramatiker in Wladikawkas gesammelt hatte, lag schließlich ein schleppender Fünfakter vor, der nach Meinung des Theaters unmöglich an einem einzigen Abend aufgeführt werden konnte. Im Oktober 1925 schrieb Bulgakow an Wassilij Luschskij vom Künstlertheater in einem Ton höchster Empörung angesichts der Kritik an seinem Stück. Der kämpferische Tonfall war überraschend für einen Autor, dem man gerade die Chance zu seinem ersten größeren Durchbruch geboten hatte. Aber diesmal gelang es dem Theater, Bulgakow zu beruhigen, und bis Ende Januar hatte er den Text umgeschrieben und auf vier Akte gekürzt. Die zweite Version des Stückes *Die Weiße Garde* wurde sechs Monate geprobt, aber als im Juni 1926 die Generalprobe stattfand, griff das »Glawrepertkom« (Repertoire-Hauptkomitee), die sowjetische Zensurstelle für Theaterwesen, erstmals maßregelnd ein – der Auftakt zu einer langen Kette von Interventionen in das Schicksal der Werke Bulgakows. Es wurde festgestellt, daß »*Die Weiße Garde* von Anfang bis Ende eine Apologie auf die Weiße Armee sei und [. . .] völlig inakzeptabel; es kann in der vom Theater eingespielten Form nicht aufgeführt werden«. Bulgakow war gezwungen, wenn auch unter Protesten – wie man dem Brief des Theaters vom 4. Juni 1926 entnehmen kann –, einschneidende Veränderungen vorzunehmen. Er mußte das Stück auf drei Akte verkürzen; eine eindrucksvolle Szene streichen, in der ukrainische Nationalisten unter Petljura einen Juden foltern; den Schluß umschreiben, so daß der jüngste Turbin-Bruder sich allmählich den Bolschewiki annäherte und das Stück mit den anschwellenden Tönen der Internationale endete; das Stück umbenennen, um das provozierende Beiwort »weiß« ganz zu vermeiden – wodurch es zu dem entschärften Titel *Die Tage der Turbins* kam.

Diese Auseinandersetzung mit dem »Repertoire-Hauptkomitee« war nicht die einzige Unannehmlichkeit, die ihren Schatten auf den Sommer des Jahres 1926 warf. Bulgakow hatte auch Schwierigkeiten mit dem Wachtangow-Theater, was die Aufführung seines zweiten Moskauer Stückes anging – *Sojkas Wohnung*, das er im Herbst und Winter 1925 geschrieben hatte. Ein größerer Kontrast zu den *Tagen der Turbins* ist kaum möglich. Statt der edlen Empfindungen und des wirklichkeitsgetreuen Hintergrunds von Kiew, zeichnete Bulgakow hier ein düsteres Bild der Moskauer Unterwelt während der NEP-Zeit. Das Stück spielt in einer kleinen Schneiderei, die nachts zum Bordell wird. Die Figuren sind in Diebstahl, Betrug, Drogenhandel und schließlich in einen Mord verstrickt. Bulgakows Briefe an den Regisseur Alexej Popow – den ersten schickte er im Juli 1926 von einer Datscha bei Moskau, wo er den Sommer verbrachte – zeigen ihn in einer beinahe hysterischen Aufregung über die Absichten des Theaters, das Stück auf drei Akte zu kürzen, und verraten auch seinen paranoid anmutenden Argwohn, das Theater wolle bewußt die Aufführung hinauszögern.

Vielleicht war einer der Gründe für seine angegriffenen Nerven der Umstand, daß die GPU kürzlich seine Wohnung durchsucht hatte, wobei seine Tagebücher und das Manuskript von *Hundeherz* beschlagnahmt worden waren. Marietta Tschudakowa vermutet, daß die Durchsuchung, die am 7. Mai 1926 stattfand, mit einer gegen Issaj Leschnew, dem Herausgeber der Zeitschrift *Rossija*, inszenierten Anklage zusammenhing. Die Zeitschrift, in der zwei Drittel des Romans *Die Weiße Garde* erschienen war, wurde Ende 1925 von den Behörden eingestellt, wobei der letzte Teil des Romans noch bei Leschnew lag. Bulgakow hatte in dem Fall Leschnew wenig zu befürchten, mit dem er wegen des Manuskripts der *Weißen Garde* ohnehin im Streit lag, aber das Eindringen der Geheimpolizei in seinen privaten Lebensbereich muß ihn erschüttert haben – sowie auch die Konfiszierung seiner Tagebücher, die so intim – und so entlarvend – waren, daß nicht einmal Ljubow Jewgenjewna von ihnen wußte.

Es hatte in dem vorangegangenen Jahr bereits andere Hinweise darauf gegeben, daß seine Position wackelig war, zumindest was die sowjetischen Behörden anging. Seine Erzählungssammlung *Diaboliade* wurde kurz nach ihrer Veröffentlichung, Sommer 1925 im Verlag Nedra, beschlagnahmt, obwohl im April 1926 dann eine Neuauflage genehmigt wurde. Nedra hatte beschlossen, *Die verhängnisvollen Eier* – nachdem die Novelle in einem ihrer Almanache erschienen war – nicht als Einzelband zu veröffentlichen, und Bulgakows Hoffnung, in anderen Ländern übersetzt und veröffentlicht zu werden, wurden getrübt, nachdem D. Umanskij, ein Kulturbürokrat, der zugesagt hatte, seine Texte im Ausland zu fördern, es sich aus politischen Rücksichten anders überlegt hatte. Dies folgte auf die Botschaft des Verlages Nedra, daß auch *Hundeherz* nicht zur Veröffentlichung zugelassen würde, und zwar auf Anweisung des einflußreichen Parteimitgliedes L. B. Kamenew. Bulgakow hatte zumindest noch die Hoffnung, daß eine vollständige Ausgabe des Romans *Die Weiße Garde* erscheinen würde, obwohl die Verhandlungen, die er mit zwei verschiedenen Verlagen führte, schließlich auch versandeten.

Auf diesem Hintergrund kam es schließlich am 5. Oktober 1926 zur Premiere der *Tage der Turbins* im Moskauer Künstlertheater, auf die kurz danach, am 28. Oktober, die Premiere von *Sojkas Wohnung* im Wachtangow-Theater folgte. *Die Tage der Turbins* war trotz der zahlreichen Verstümmelungen ein sofortiger und überwältigender Erfolg beim Publikum. Es war das erste Stück seit der Revolution, in dem die Weißen nicht als blutdurstige Unterdrücker dargestellt wurden, und es gibt Berichte von Menschen, die aufstöhnten oder das Bewußtsein verloren angesichts der mitfühlenden Darstellung des schweren Schicksals, das ihnen und so vielen ihrer Angehörigen zwischen 1917 und 1921 widerfahren war. Die Reaktionen der Kritiker andererseits waren scharf – sie fanden ihre Vermutung bestätigt, das Moskauer Künstlertheater Stanislawskijs sei nach wie vor ein Hort reaktionärer Ideen. Orlinskij war einer der vielen Kritiker, die über die kommenden Jahre eine kontinuierliche Kampagne gegen das, was er höhnisch »Bulgakowismus« nannte, führten, und Bulgakow wurde von den parteigetreuen Literaturkritikern – die in der Überzahl waren – wegen ideologischer Abweichungen mit wütenden Artikeln und Rezensionen überschüttet. Aber das Stück wurde ein Kassenschlager, und diese Kluft zwischen seiner wirklichen Popularität und den Schmähungen der Kritiker erwies sich als charakteristisch für Bulgakows Position. Das Repertoire-Hauptkomitee beschloß unterdessen, die Aufführung des Stückes ausschließlich im Moskauer Künstlertheater zu genehmigen: während seines bemerkenswerten anfänglichen Bühnenlebens durfte es tatsächlich in keinem anderen sowjetischen Theater jemals aufgeführt werden, so daß man Bulgakow sowohl ein breiteres Publikum als auch eine dringend benötigte regelmäßige Einkommensquelle verwehrte.

Bulgakow hatte mit unverminderter kreativer Energie bereits eine ganze Weile vor den Premieren von den *Tagen der Turbins* und *Sojkas Wohnung* einen Vertrag für ein drittes Stück unterschrieben, das am Kammertheater unter Leitung von Alexander Tairow inszeniert werden sollte. Dieses Stück, das schließlich relativ spät, im März 1927, bei Tairow abgeliefert wurde, hieß *Die Purpurinsel* und basierte auf einer Idee, die Bulgakow schon früher zu einer in der Zeitung *Nakanune* veröffentlichten Erzählung verarbeitet hatte. Eines der charakteristischen Merkmale des Schriftstellers Bulgakow ist eben diese Fähigkeit zur Adaption und Übertragung – sei es seiner eigenen Werke, sei es die fremder Autoren – von einem Genre ins andere. *Die Purpurinsel* ist eine Burleske, in der von Jules Verne erfundene Figuren die Geschichte der Revolution als eine Kabbelei zwischen Eingeborenen auf einer Insel darstellen, wobei der Streit zunächst mit einigem Erfolg von fremden adligen Kolonisatoren ausgenutzt wird. Die Struktur des Stückes ist die eines Schauspiels im Schauspiel. Die Rahmenhandlung spielt in einem Moskauer Theater, und Bulgakow benutzt diesen Hintergrund, um die groben und auf lächerliche Weise willkürlichen Entscheidungen der sowjetischen Zensoren aufs Korn zu nehmen. Insbesondere die absurd anmutende Figur des Zensors Sawwa Lukitsch ist offensichtlich so angelegt, daß die zeitgenössischen Zuschauer in ihm einen von Bulgakows bösartigsten Kritiker, Wladimir Bljum, wiedererkennen konnten.

Sobald *Die Purpurinsel* abgeschlossen war, setzte sich Bulgakow an sein viertes Moskauer Stück, *Die Flucht*. Im Sommer 1927 bewältigte er auch mit Ljubow Jewgenjewna einen Umzug. Sie lebten nun, nachdem sie bereits eine ganze Reihe von Wohnungen bezogen hatten, an der Bolschaja Pirogowskaja, höchstens einhundert Meter von den goldenen Kuppeln des Nowo-Dewitschij Klosters entfernt. Hier verbrachten sie den Rest ihres Ehelebens, obwohl Bulgakow bald über die Dunkelheit der Wohnung und den Lärm vom nahegelegenen Straßenbahndepot klagen sollte. Das neue Stück war wieder im Auftrag des Moskauer Künstlertheaters geschrieben worden, wenn auch der berühmte Regisseur Meyerhold – den Bulgakow nicht persönlich kannte – in einem Brief versuchte, das Stück für sein eigenes Theater zu gewinnen. *Die Flucht*, im März 1928 beendet, ist vielleicht Bulgakows größte Leistung als Dramatiker. Auf Ljubow Jewgenjewnas Erzählungen vom Leben in der Emigration zurückgreifend, führt es die Darstellung der Weißen weit über das Bild des revolutionären Kampfes in der *Weißen Garde* hinaus und zeigt sie als Flüchtlinge und Emigranten in Konstantinopel und Paris. Wie so oft bei Bulgakow verharrt das Stück zwischen Tragödie und Farce, aber was es von den früheren Werken unterscheidet, ist seine gewagte Konstruktion als Sequenz von acht Träumen. Diese schließen so außergewöhnliche formvollendete Miniaturkompositionen wie ein mit Leichen »geschmücktes« Bahngleis ein, auf dem die toten Körper angeblicher Verräter von Laternenpfählen herabbaumeln – zum Tode verurteilt vom melancholischen weißen General Chludow, der dem Wahnsinn verfallen war; aber auch ein absurdes Wettrennen zwischen Küchenschaben (das russische Wort für Flucht, *beg*, kann im Plural, *bega*, auch Wettrennen bedeuten), das zum Zeitvertreib und um ein wenig Geld zu verdienen von russischen Emigranten in Konstantinopel veranstaltet wird. Das Stück untersucht beinahe ängstlich die Themen von Schuld und Vergeltung, die bereits in Bulgakows autobiographischer Prosa über die Bürgerkriegszeit angeklungen waren. Die Beschäftigung mit diesen Themen rührt offenbar von dem vermeintlichen Versäumnis, Gewalt und Totschlag nicht verhindert zu haben, und von dem Gefühl, sich nicht genügend um die jüngeren Brüder gekümmert zu haben. Bulgakow vertiefte seine Auseinandersetzung mit Schuld und Feigheit in mehreren seiner späteren Werke, und in *Der Meister und Margarita* rückte er diese Frage schließlich in den Mittelpunkt.

Im Sommer 1928 begannen die anhaltenden Pressekampagnen gegen Bulgakow ernsthafte und schädliche Folgen zu zeitigen. Im Februar 1928 hatte Bulgakow die Genehmigung einer Auslandsreise beantragt, teils um einen gewissen Sachar Kaganskij zu stellen, der sein Bestes tat, um an die Honorare Bulgakows heranzukommen, aber auch um einige Zeit in Paris zu verbringen und seinen Bruder zu besuchen. Der Moskauer Stadtrat verweigerte ihm barsch die Reisegenehmigung. Als Bulgakow im Sommer 1928 von einer Reise nach Leningrad – wo er im April 1928 seinen Freund, den Schriftsteller Jewgenij Samjatin besucht hatte – und in den Kaukasus zurückkehrte, erfuhr er, daß *Die Flucht* nicht für die Bühne zugelassen würde und das Repertoire-Hauptkomitee angeordnet hatte, *Die Tage der Turbins* abzusetzen, sobald irgendein neues Stück auf die Bühne gebracht werden könne – und *Sojkas Wohnung* sofort vom Spielplan zu streichen. Während des Sommers wurde Bulgakow immer wieder Hoffnung gemacht, daß diese Entschlüsse rechtzeitig für die neue Spielzeit aufgehoben würden, und im August reiste er nach Odessa, um zu besprechen, ob es möglich sei, *Die Flucht* in einem dortigen Theater zu inszenieren. Im September erhielt er die – unter diesen Umständen überraschende – Nachricht, daß *Die Purpurinsel*, das vom Repertoire-Hauptkomitee bereits seit anderthalb Jahren geprüft wurde, freigegeben worden war. Anfang Oktober wurde auch *Die Flucht* plötzlich doch zur Aufführung genehmigt, aber beinahe ebenso plötzlich, wie die Entscheidung gefallen war, wurde sie auch wieder zurückgenommen – diesmal aufgrund von leidenschaftlichen Ansprachen vor dem Komitee, vorgetragen von zwei seiner unversöhnlichsten Gegner, dem Kritiker Leopold Awerbach und dem Dramatiker Wladimir Kirschon. Im Dezember fand die nicht öffentliche Premiere der *Purpurinsel* statt, aber der Künstlerrat des Kammertheaters selbst äußerte schwerste Bedenken gegen das Stück. Mit Beginn des Jahres 1929 waren die Erfolge, die Bulgakow seit 1925 erzielt hatte, sämtlich bedroht.

Als letzter legte Stalin selbst Hand an, um die Stücke endgültig aus der Öffentlichkeit zu verbannen – die erste in einer ganzen Reihe von direkten Interventionen im Fall Bulgakows. In einem Brief, der am 2. Februar 1929 geschrieben wurde, mit dem er auf eine Frage einging, die im Zusammenhang mit dem Dramatiker Bill-Belozerkowskij an ihn herangetragen worden war, erklärte Stalin: »In der *Flucht* manifestiert sich das Bestreben, Mitleid, wenn nicht gar Sympathie für eine bestimmte Gruppierung unter den verabscheuungswürdigsten anti-sowjetischen Emigranten heraufzubeschwören; also ist es ein Versuch, die Weiße Sache zu rechtfertigen – oder zumindest im Ansatz zu rechtfertigen. In der vorliegenden Fassung ist *Die Flucht* eine anti-sowjetische Erscheinung. Nichtsdestotrotz hätte ich nichts gegen eine Aufführung der *Flucht*, wenn Bulgakow seinen acht Träumen einen oder zwei hinzufügte, in denen er die inneren sozialen Mechanismen des Bürgerkriegs in der UdSSR darstellte, so daß der Zuschauer begreifen könnte, daß all diese Serafimas [die Heldin der *Flucht*] und diversen ehrgeizigen Universitätsdozenten, sämtlich auf ihre Weise ›ehrenwert‹, nicht aufgrund irgendeiner Laune der Bolschewiki aus Rußland hinausgeschmissen wurden, sondern weil sie auf Kosten der Menschen lebten (obwohl sie ›ehrenwert‹ waren); und daß die Bolschewiki, indem sie diese ›ehrenwerten‹ Betreiber der Ausbeutung verjagten, den Willen der Arbeiter und Bauern ausführten und aus dem Grund absolut richtig handelten.«

Im selben Brief beschrieb Stalin *Die Purpurinsel* als Schund. Aber im weiteren bezeichnete er *Die Tage der Turbins* als ein Werk, in dem die überwältigenden Kräfte des Bolschewismus hervortreten. Diese bizarre Interpretation läßt vermuten, daß Stalin die recht verunstaltete letzte Version des Stückes geschluckt hatte, die Bulgakow hatte anfertigen müssen, damit sein Werk überhaupt je die Bühne erreichte. Vielleicht legte Stalin, seinem tyrannischen Wesen entsprechend, das Stück auch so aus, daß die Bolschewiki bei den Weißen auf einen würdigen Feind gestoßen waren, der erst nach zähen Kämpfen – umso ruhmreicher also – besiegt worden war. Was immer man von dieser Interpretation halten mag, die Tatsache bleibt, daß Stalin dieses Stück offensichtlich gefiel: in den Archiven des Künstlertheaters ist festgehalten, daß er es nicht weniger als fünfzehn Mal gesehen hat. Bulgakow selbst scheint geglaubt zu haben, daß Stalin ihm mehr Hochachtung entgegenbrachte, weil er sich als Autor ehrlich geäußert und nicht vorgegeben hatte, die Bolschewiki enthusiastisch zu unterstützen. Diese Annahme Bulgakows erklärt größtenteils, warum und in welcher Form er sich an Stalin wandte, als er 1929 begann, ihm Bittbriefe zu schreiben. Stalins Gefallen an den *Tagen der Turbins* mag auch ein wichtiger Grund dafür gewesen sein, daß Bulgakow in den Jahren 1929 und 1930 die Verhaftung erspart blieb, als viele seiner Freunde und Bekannten aus der Kunst- und Literatursphäre, wie etwa sein Schwager Andrej Semskij, unter diversen Vorwänden Haftstrafen von zwei oder drei Jahren in Gefängnissen oder Lagern antreten mußten.

Bei aller Anerkennung Stalins für *Die Tage der Turbins* bewirkte sein Brief vom Februar 1929 letztlich das Aus für sämtliche Inszenierungen Bulgakowscher Stücke in Moskau; *Die Purpurinsel* wurde noch bis in den Sommer gespielt, aber *Die Tage der Turbins* wurde schon bald abgesetzt – und *Die Flucht* erst gar nicht realisiert. Zusammen mit dem früheren Verbot von *Sojkas Wohnung* bedeutete diese Entwicklung die endgültige Verbannung Bulgakows von den sowjetischen Bühnen. Ihm blieben nur zwei hellstrahlende Punkte am Horizont, um seine Verzweiflung zu lindern. Der erste war seine Bekanntschaft mit Jelena Sergejewna Schilowskaja, der Frau eines hohen Militärs. Bulgakows Ehe mit Ljubow Jewgenjewna hatte ihm nicht das Glück gebracht, nach dem er strebte, und er war sofort von der attraktiven Jelena Sergejewna hingerissen. Sie sollte die Liebe seines Lebens werden, und während des Frühjahrs und Sommers 1929 warf er sich Hals über Kopf in eine stürmische Affäre mit ihr. Der zweite Talisman für die Zukunft war ein Prosatext, an dem Bulgakow bereits im Vorjahr gearbeitet hatte – dem Verlag Nedra hatte er zur Veröffentlichung sogar schon ein Kapitel angeboten, das aber abgelehnt worden war – und zu dem er nun im Frühjahr 1929 zurückkehrte. Dies waren die Anfänge des großen Romans, an dem er nun für den Rest seines Lebens mit Unterbrechungen arbeiten würde – die Anfänge von *Der Meister und Margarita.*

Im Juli 1929 nahm er jedoch all seine Courage zusammen und schrieb einen freimütigen Brief an die Mitglieder der sowjetischen Regierung – Stalin, Kalinin und Swiderskij – und an den Schriftsteller Maxim Gorkij, in dem er auf seine mißliche Lage hinwies und seine vergeblichen Versuche, während der vergangenen zehn Jahre seine Werke zu verlegen oder aufzuführen. Er legt nahe, daß ihm als einzige Möglichkeit bleibe, gemeinsam mit seiner Frau, Ljubow Jewgenjewna, aus der Sowjetunion ausgewiesen zu werden. Bulgakows öffentliche Äußerungen in Briefen wie diesem haben eine – in der Situation durchaus verständliche – Neigung zum Melodramatischen. Sie sind jedoch faszinierende Dokumente, die seine vielleicht naiven Hoffnungen widerspiegeln, durch eine vollkommen offene Sprache mit den Herrschern über die Sowjetkultur in einen rationalen Dialog zu treten. In diesen Angelegenheiten war der Schlüssel zum Erfolg, wie allgemein bekannt war, die Vermittlung durch Maxim Gorkij, den großen alten Mann der sowjetischen Literatur, dessen Rückkehr in die Sowjetunion für die Bolschewiki ein wirkungsvoller Propagandacoup gewesen war. Bulgakow wußte von Weressajew, daß Gorkij ihn schätzte, und seine Briefe an den Schriftstellerkollegen, die auf sein Juli-Schreiben folgten, und die erneute Anfrage im September bei Awel Jenukidse, einem Mitglied des Zentralkomitees, sind vor diesem Hintergrund zu verstehen. Aber seine Bitten und Beschwerden blieben dieses Mal noch unbeantwortet.

Nichtsdestoweniger begann Bulgakow, unerschrocken und mit bemerkenswerter Unverwüstlichkeit, im Oktober 1929 die Arbeit an einem weiteren Stück, dessen erste Fassung er bis zum frühen Dezember abgeschlossen hatte. Auch dieses war im Vergleich zu den vorangegangenen Dramen ein ganz neues Unternehmen: kein gegenwartsbezogenes Thema, Handlungsort war nicht Rußland –

stattdessen ein biographisches Stück über Jean-Baptiste Molière. Bulgakow vertiefte sich in historische Quellen und las zahlreiche französische und russische biographische Darstellungen des großen Dramatikers. Diese Materialien verdichtete er dann zu einem Molière-Bildnis, wobei er sich in keiner Weise biographischen Konventionen verpflichtet fühlte, sondern eine phantasievolle Impression der widrigen Umstände zeichnete, unter denen Molière hatte arbeiten müssen. Es überrascht nicht, daß Bulgakow angesichts seiner eigenen Erfahrungen vor allem zwei Schwierigkeiten hervorhob, mit denen Molière zu kämpfen hatte. Die erste war der Druck der öffentlichen Meinung, was mit Molières angeblich inzestuöser Verbindung mit seiner Frau Armande zusammenhing. Die zweite war die Beziehung zwischen Autor und Herrscher, zwischen Molière und Ludwig XIV, deren Darstellung im Stück von Bulgakows Zeitgenossen natürlich auf mögliche Analogien zur sowjetischen Gegenwart abgeklopft wurde.

Wieder einmal trug Bulgakow sein Stück zum Moskauer Künstlertheater, in der Hoffnung, daß es aufgeführt werde, und wieder wurden seine Hoffnungen enttäuscht. Am 18. März 1930 teilte ihm das Repertoire-Hauptkomitee mit, daß sein Stück nicht genehmigt worden war. Dies veranlaßte ihn kurze Zeit später, seinen wichtigsten Brief an die Sowjetregierung zu schreiben – er bildet den Abschluß dieses Kapitels. In ihm beschreibt Bulgakow die Verleumdungen, denen er in der sowjetischen Presse ausgesetzt war, und kommt zu dem Schluß, daß es für ihn tatsächlich keinen Platz in der sowjetischen Kultur gebe. Er besteht recht freimütig auf der Notwendigkeit der Pressefreiheit und dem Nutzen der Satire und räumt ein, daß seine Klassenherkunft und seine Überzeugungen mit den Erfordernissen der sowjetischen Gesellschaft im Widerspruch stünden. Wieder einmal kommt er zu dem Schluß, daß die einzige menschliche Lösung die Ausreiseerlaubnis für seine Frau und ihn sei. Wenn dies nicht möglich sei und wenn er nicht vor Armut umkommen solle, müsse ihm die Regierung eine Anstellung verschaffen. Dieses Mal erhielt Bulgakow eine Antwort.

19. April 1925. Aus Zagreb nach Moskau
Von seinem Bruder Nikolaj (Postkarte)

Christus ist auferstanden, mein lieber Mischa! Glück und Gesundheit wünsche ich Dir!

Die Postkarte zeigt das Institut für Allgemeine Experimentelle Pathologie und Pharmakologie, wo ich zur Zeit arbeite und wohne.

10. Mai 1925. Aus Moskau nach Koktebel (Krim)
An Maximilian Woloschin

Sehr geehrter Maximilian Alexandrowitsch,

N. S. Angarskij überbrachte mir Ihre Einladung nach Koktebel. Ich danke ergebenst; lassen Sie mich bitte durch ein paar Zeilen wissen, ob ich mit meiner Frau im Juli/August in Ihrem Landhaus mit einem separaten Zimmer rechnen kann. Ein Besuch bei Ihnen wäre uns äußerst angenehm. Nehmen Sie meine besten Grüße entgegen!

M. Bulgakow

21. Mai 1925. Moskau
Von Boris Leontew (Verlag Nedra)

Lieber Michail Afanassjewitsch,

Anbei Ihre »Notizen auf Manschetten« und »Hundeherz«. Machen Sie damit, was Sie wollen. Sarytschew im Glawlit* erklärte, daß der Aufwand, das »Hundeherz« nochmal durchzusehen, sich gar nicht lohne. »Das Manuskript ist im Ganzen unzulässig«, oder etwas Ähnliches.

26. Mai 1925. Moskau
Von Boris Werschilow (Moskauer Künstlertheater)

Wie steht es mit dem Stück unserer »Weißen Garde«? Ich stehe heute noch unter dem bezaubernden Eindruck Ihres Romans. Ich sehne mich danach, an Ihren Stücken zu arbeiten. Meiner Rechnung nach muß der 1. Akt »unseres« Stücks inzwischen abgeschlossen sein?

28. Mai 1925. Aus Koktebel nach Moskau
Von Maximilian Woloschin

Lieber Michail Afanassjewitsch,

ich würde mich sehr, sehr freuen, Sie in Koktebel zu sehen, wann immer Sie kommen möchten. Ein separates Zimmer steht bereit.

Ich bitte Sie sehr, alles was Sie geschrieben haben, mitzubringen (veröffentlicht und unveröffentlicht).

7. Juni 1925. Moskau
Von Issaj Leschnew (Zeitschrift *Rossija*)

Lieber Michail Afanassjewitsch!

Sie haben die »Rossija« völlig vergessen. Das Material zu Nr. 6 sollte schon längst in der Druckerei sein, der Schluß der »Weißen Garde« sollte gesetzt werden. Sie aber haben das Manuskript noch immer nicht vorbeigebracht. Wir bitten Sie ausdrücklich, die Sache nicht in die Länge zu ziehen.

Sommer 1925. Aus Koktebel nach Moskau
An Pawel Markow (Moskauer Künstlertheater)

Das Drama »Die Weiße Garde« ist in Arbeit. Anfang August wird es fertig sein.

31. August 1925. Moskau
Von Ilja Sudakow (Moskauer Künstlertheater)

Morgen, Sonntag, um drei Uhr mittags, müssen Sie Ihr Stück K. S. Stanislawskij in seiner Wohnung vorlesen. Leontjewskij Gasse, Haus Nr. 6.

Frühherbst 1925. Moskau
Von Boris Leontjew (Verlag Nedra)

Die Nachrichten sind sehr wichtig und unangenehm: In den höheren Sphären zieht ein Gewitter auf anläßlich des Buches »Diaboliade«. Eine vorläufig undurchsichtige Attacke gegen uns. Das Buch wird demnächst beschlagnahmt.

11. September 1925. Moskau
Von Boris Leontjew (Verlag Nedra)

Ihre Erzählung »Hundeherz« ist uns von L. B. Kamenew zurückgeschickt worden. Er hat sie auf Wunsch von Nikolaj Semjonowitsch gelesen und uns sein Urteil mitgeteilt: »Sie ist eine ätzende Attacke auf unsere gegenwärtigen Verhältnisse und kommt auf keinen Fall für eine Veröffentlichung in Betracht . . .«

Natürlich kann man das Ganze nicht an zwei oder drei besonders schwierigen Seiten festmachen; sie würden kaum das Urteil eines Mannes wie Kamenew beeinflussen. Dennoch meinen wir, daß Ihre damalige Weigerung, einen veränderten Text einzureichen, eine bedauernswerte Rolle in dieser Angelegenheit gespielt hat.

28. September 1925. Moskau
Von Wikentij Weressajew

Michail Afanassjewitsch! Sollten Sie je in der Klemme sitzen, wenden Sie sich an mich. Ich wünsche mir so sehr, daß Sie es genauso unkompliziert tun, wie ich es Ihnen anbiete! Begreifen Sie, daß ich es nicht einmal für Sie persönlich tue, sondern mich nur von dem Wunsch leiten lasse, die gewichtige künstlerische Potenz, die Sie darstellen, ein wenig zu beschirmen.

Angesichts dieser Hetzjagd, zu der jetzt geblasen wird, wird es Ihnen gewiß wohltun zu wissen, daß Gorkij (der mir im Sommer geschrieben hatte), dem Sie bereits sehr aufgefallen sind, Sie ebenso hoch schätzt.

5. Oktober 1925. Moskau
Von Ilja Sudakow (Moskauer Künstlertheater)

Sehr verehrter Michail Afanassjewitsch!

1) Die Regie für »Die Weiße Garde« steht fest (B. I. Werschilow

und ich). 2) Wir haben die Rollen verteilt und rechnen morgen mit der Bestätigung. [. . .] Ich bitte Sie, sich morgen um halb vier mit mir und B. I. Werschilow im Theater zu treffen. Ich würde gern den Roman »Die Weiße Garde« noch einmal lesen. Hätten Sie vielleicht die Liebenswürdigkeit, ein Exemplar mitzubringen, falls Sie eines besitzen? Die Proben für »Die Weiße Garde« beginnen, sobald die Rollen abgeschrieben sind. Die Aufführung ist für März vorgesehen, auf der Bühne des Künstlertheaters.

Herzlichen Gruß.

Ihr ergebener Ilja Sudakow

15. Oktober 1925. Moskau
An Wassilij Luschskij (Moskauer Künstlertheater)

Sehr geehrter Wassilij Wassiljewitsch,

die gestrige Sitzung, an der teilzunehmen ich die Ehre hatte, hat mir gezeigt, daß das Schicksal meines Stücks sehr kompliziert ist. Man diskutierte eine Aufführung auf der Kleinen Bühne, erst in der nächsten Spielzeit und schließlich tiefgreifende Veränderungen, die im Grunde auf ein völlig neues Theaterstück hinauslaufen.

Während ich auf einige Korrekturen, die sich bei der gemeinsamen Arbeit mit der Regie ergeben mögen, gern einzugehen bereit bin, sehe ich mich gleichzeitig keinesfalls in der Lage, das Stück neu zu schreiben.

Die einschneidende und harte Kritik im Verlaufe der gestrigen Sitzung führte natürlich dazu, daß ich von meinem Stück ernsthaft enttäuscht bin (Kritik ist mir willkommen), konnte mich aber nicht davon überzeugen, daß es unbedingt auf der Kleinen Bühne gespielt werden müßte.

Auf die Frage nach der Spielzeit schließlich kann es für mich nur eine einzige Antwort geben: Diese Spielzeit, und auf keinen Fall die nächste.

Deshalb bitte ich Sie, sehr geehrter Wassilij Wassiljewitsch, umgehend folgende Punkte der Direktion vorzulegen und mir eine verbindliche Antwort auf folgende Fragen zukommen zu lassen.

Ist das Künstlertheater bereit, in den Aufführungsvertrag folgende Punkte ohne Einschränkung aufzunehmen?

1) Aufführung nur auf der Großen Bühne,

2) In der laufenden Spielzeit (März 1926),

3) Korrekturen, aber keine grundsätzliche Verlagerung der Handlungsachse.

Falls diese Bedingungen für das Theater unannehmbar sind, erlaube ich mir, die ablehnende Antwort als Signal aufzufassen, daß ich über das Stück wieder frei verfügen kann.

Mit dem Ausdruck der Hochachtung

M. Bulgakow

26. Oktober 1925. Moskau
An die Schlichtungskommission des Russischen Schriftstellerverbandes

Antrag

Der Redakteur der Zeitschrift »Rossija«, Issaj Grigorjewitsch Leschnew, hat nach der Liquidation des Verlages »Rossija« den Schluß meines Romans »Die Weiße Garde« widerrechtlich zurückgehalten und sich geweigert, ihn mir wieder auszuhändigen.

Ich bitte, die Veröffentlichung der »Weißen Garde« durch Leschnew auf die Tagesordnung der Schlichtungskommission zu setzen und meine Interessen zu vertreten.

Michail Afanassjewitsch Bulgakow

10. November 1925. Aus Wien nach Moskau
Von D. Umanskij

Ihre Erzählung* habe ich nach meiner Ankunft in Wien noch einmal gelesen: Ihr Inhalt könnte in einem für die UdSSR unvorteilhaften Sinne ausgelegt werden, deshalb habe ich meinen Entschluß geändert. Meiner Meinung nach sind eine Übersetzung in eine fremde Sprache und eine Veröffentlichung außerhalb der UdSSR nicht ratsam! Eine Satire verlangt größtes Fingerspitzengefühl! Sind Sie nicht derselben Meinung?

6. Dezember 1925. Moskau
An Wikentij Weressajew

Lieber Wikentij Wikentjewitsch!

Ich war bei Ihnen, um Ihnen ohne jeden Pomp zu gratulieren.

Gestern, als ich mich darauf einstimmte, einen förmlichen Brief an Sie zu schreiben, fing ich an, Sie wieder zu lesen, der Brief blieb ungeschrieben, aber ich habe mich im Laufe der Nacht davon überzeugt, wie wesentlich das ist, was Sie auf Ihrem langen Weg geschaffen haben.

Wiederholt habe ich in den letzten erstaunlichen Jahren irgendeinen Band von Ihnen aus dem Regal geholt und mich dabei überzeugt, daß Ihre Bücher leben. Es ist uns nicht gegeben, das menschliche Wann und Wo zu kennen, aber ich glaube, und zwar von ganzem Herzen, daß ich Ihr neues Buch in der Hand halten werde und daß es mich genauso aufwühlen wird, wie mich vor vielen Jahren auf der ersten Stufe einer steilen Treppe Ihre »Aufzeichnungen eines Arztes« aufgewühlt haben.

Das wird eine wirkliche Freude sein: ein Zeichen, daß unsere Russische Literatur am Leben geblieben ist – und ihr gilt meine ganze Liebe.

Einen festen Kuß für Sie,

Michail Bulgakow

1926. Moskau
Autobiographische Notizen für Pawel Popow

Das Bedürfnis, Musik zu hören, ist ein sehr charakteristischer Zug von mir. Man könnte sagen, daß ich die Musik, gute Musik, über alles liebe. Sie begünstigt das Schöpferische. Ich habe Wagner sehr gerne. Bevorzuge Sinfonie-Orchester mit starker Bläserbesetzung. Als die Truppen Petljuras und die der Bolschewiki in Kiew einmarschierten, fehlte jede Musik.

Unter den Schriftstellern bevorzuge ich Gogol; meiner Meinung nach kann sich niemand mit ihm vergleichen. Die »Toten Seelen« habe ich mit neun gelesen und sie für einen Abenteuer-Roman gehalten. [. . .]

Träume spielen für mich eine außerordentliche Rolle. Jetzt habe ich nur traurige Träume. [. . .]

Das Bild einer Lampe mit grünem Schirm ist ein sehr wichtiges Bild für mich. Es stammt aus meinen Kindheitseindrücken – das Bild meines Vaters, der an seinem Arbeitstisch schreibt.

4. April 1926. Aus Koktebel nach Moskau
Von Maximilian Woloschin

Lieber Michail Afanassjewitsch,

vergessen Sie nicht, daß es ein Koktebel und ein Haus Woloschin gibt, in dem Sie jederzeit willkommen sind. [. . .] Ich bitte jetzt schon: Bringen Sie den Schluß der »Weißen Garde« mit. Ich kenne nur Teil 1 und 2, und die Fortsetzung der »Verhängnisvollen Eier«. Es erübrigt sich, zu wiederholen, daß wir Sie und Ljubow Jewgenjewna ungeduldig erwarten und sehr lieben.

Unser Winter verlief ruhig und glücklich. Ich habe nur mit Wasserfarben gemalt und überhaupt keine Gedichte geschrieben. Dank der Diät habe ich zwanzig Pfund abgenommen. Nun sind der Frühling und die ersten Gäste im Anzug.

4. Juni 1926. Moskau
An den Theaterrat und die Direktion des Moskauer Künstlertheaters

Hiermit erlaube ich mir, Sie davon in Kenntnis zu setzen, daß ich keineswegs bereit bin, die Petljura-Szene aus meinem Drama »Die Weiße Garde« zu streichen.

Begründung: Die Petljura-Szene ist ein organischer Teil des Ganzen.

Ebensowenig bin ich bereit, den neuen Titel »Dem Ende entgegen« zu akzeptieren, falls der Titel meines Stückes geändert werden müßte.

Ebensowenig bin ich bereit, ein Stück in vier Akten zu einem in drei Akten zusammenzustreichen.

Ich bin bereit, zusammen mit dem Theaterrat über einen neuen Titel für das Drama »Die Weiße Garde« zu diskutieren.

Falls das Theater den obengenannten Punkten nicht zustimmen kann, bitte ich, das Stück »Die Weiße Garde« umgehend abzusetzen.

Michail Bulgakow

24. Juni 1926. Moskau
An den Vorsitzenden des Rats der Volkskommissare

Am 7. Mai dieses Jahres führten Mitarbeiter der GPU bei mir eine Haussuchung durch (Durchsuchungsbefehl 2287, Aktenzeichen 45), in dessen Verlauf folgende Manuskripte beschlagnahmt und in das Durchsuchungsprotokoll eingetragen wurden, die für mich von sehr großem persönlichem Wert sind:

die Novelle »Hundeherz« in zwei Exemplaren und mein Tagebuch (3 Hefte).

Ich bitte dringend um Rückgabe.

16. Juli 1926. Aus Subrilowka, Gouvernement Saratow
Von Alexej Popow (Wachtangow-Theater)

Seien Sie gegrüßt, teurer Autor!

Es schreibt Ihnen Ihr schlimmster Feind, der von Ihnen verabscheute Regisseur. [. . .] Gestern erhielt ich einen Brief von Kusa, in dem er mir von seinem Gespräch mit Ihnen und den Plänen einer Überarbeitung von »Sojkas Wohnung« berichtet und mich bittet, Ihnen meine Meinung mitzuteilen, *was ich hiermit tue*:

Ich beschwöre Sie, im Interesse der Sache, im Interesse der erfolgreichen Aufführung unseres Stücks, es auf drei Akte zu reduzieren. [. . .]

Ich freue mich, wenn Sie »mit zusammengebissenen Zähnen« mir bis zum 5. August an folgende Adresse antworten: Dorf Subrilowka, Gouvernement Saratow, A. D. Popow.

26. Juli 1926. Aus Krjukow bei Moskau nach Subrilowka
An Alexej Popow

Seien Sie gegrüßt, teurer Regisseur!

Ihr Brief vom 16. Juli erreichte mich gestern in Krjukow bei Moskau.

Offensichtlich liegt ein Mißverständnis vor: Ich ging davon aus, daß ich dem Studio ein *Stück* verkaufte, das Studio aber geht davon aus, daß ich ihm einen *Kanavas* verkaufte, auf dem das Studio sticken kann, wie es ihm gefällt.

Sagen Sie doch bitte selbst, Sie, ein Regisseur, wie kann man ein Stück von vier Akten zu einem von drei Akten zusammenstreichen? [. . .]

Kurz: »Sojkas Wohnung« ist ein Vierakter. Es ist un-mög-lich, es in einen Dreiakter zu verwandeln.

Ein neues Stück mit drei Akten werde ich nicht schreiben. Ich bin krank (erstens), überanstrengt (zweitens), und drittens sagt mir das Publikum, das bei den Proben dabei war, mit vollem Recht: »Lassen Sie sich von denen nichts sagen« (nichts für ungut, Theaterrat!), »die sind an allem selber schuld!«

Viertens: Ich habe es mir folgendermaßen vorgestellt: Ich schreibe Dramen, das Studio bringt sie zur Aufführung. Aber mitnichten! Es führt sie nicht auf! O nein! Für Aufführungen hat es keine Zeit! Es hat alle Hände voll mit anderen Pflichten: Es entwirft Projekte für Änderungen. Und mir wird wohl dann die Aufgabe zuteil, für die Aufführungen zu sorgen! Nur – ich habe kein Theater! (*Zu meinem Leidwesen!*) [. . .]

Lassen Sie es mich endlich wissen: Will das Wachtangow-Theater »Sojkas Wohnung« aufführen oder nicht? Oder werden wir vielleicht bis in das Jahr 1928 hinein an dem Stück herumbasteln? [. . .]

Ich hoffe, Sie werden es mir nicht übelnehmen, daß dieser Brief etwas zerfahren ist. [. . .]

In den nächsten Tagen erhält die Sekretärin des Studios die neue »Sojka« portionsweise zum Abschreiben. Falls ich nicht den Geist aufgebe. Sollte sie schlechter werden als die alte, dann fällt die Verantwortung dafür auf Euer aller Haupt. (*In erster Linie trifft es den Rat!*)

Ich schreibe Ihnen ohne »die Zähne zusammenzubeißen«. Sie haben Arbeit investiert. Ich auch.

Ich grüße Sie!

Ihr M. Bulgakow. [. . .]

Ich bin häufig in Moskau. Von der Datscha aus.

3. August 1926. Aus Subrilowka nach Moskau
Von Alexej Popow

Guten Tag, sehr geehrter Michail Afanassjewitsch!

Ihren langen Brief habe ich erhalten. Und bedaure sehr, daß Überanstrengung, Nervosität und, die Hauptsache, *Ihr Mißtrauen gegen das Theater*, dem Sie Ihr Stück anvertrauten, der sachlichen und positiven Arbeit im Wege steht. Ihr Mißtrauen führt dazu, daß Sie dem Rat, der mit größter Intensität an dem Stück arbeitet und Sie für diese Arbeit gewinnen möchte, bösen Willen unterstellen. In Ihrem Mißtrauen und Ihrer Gereiztheit gehen Sie so weit, daran zu zweifeln, ob wir Ihr Stück aufführen *wollen*. Was soll dieser Unsinn?! Michail Afanassjewitsch! Was hat das Jahr 1928 damit zu tun? Wir haben nur zweieinhalb Monate für das Stück gebraucht und schließen die Arbeit daran nach der bei uns üblichen Zeit (dreieinhalb bis vier Monate) ab, und das wissen Sie auch selbst.

11. August 1926. Aus Moskau nach Subrilowka
An Alexej Popow

Sehr geehrter Alexej Dmitrijewitsch!

Die Überanstrengung läßt sich nicht leugnen. Im Mai lauter Überraschungen, die mit dem Theater zusammenhingen, und ebenfalls im Mai eine Hetze mit der »Garde« im Künstlertheater (Inspektion durch die Regierung!), im Juni ununterbrochen kleinere Aufträge, weil ich vorläufig von keinem Stück irgendwelche Einnahmen habe, im Juli Änderungen an »Sojka«. Im August alles auf einmal. Aber von einem »Mißtrauen« kann keine Rede sein. Warum auch? [. . .] Es gibt nur eines: Sie sehen meine Figuren mit anderen Augen als ich, und Sie möchten auch den Knoten ein wenig anders knüpfen, als ich ihn geknüpft habe. Aber es ist ja nicht viel! Und eine Verständigung ist nicht ausgeschlossen. [. . .]

Ich hoffe, daß weder Diskussionen, noch Kriege, noch Mißverständnisse uns wesentlich bedrohen können. Ich wünsche mir ein gutes Resultat nicht weniger, als es das Studio sich wünscht, aber kein Desaster!

Als Beweis eine Aufstellung dessen, womit ich mich jetzt befasse. [. . .] Beim *besten Willen,* ich habe immer noch keine Ahnung, wie ich die Ereignisse in drei Akte hineinpressen soll. Die Grundformel des Stücks, bitte, verstehen Sie, ist viergliedrig. [. . .] Vielleicht könnte es Ihnen gelingen, Akt drei und vier mit Zwischenvorhang zu spielen (als ein Akt); aber warum liegt Ihnen soviel an drei Akten?

19. August 1926. Moskau
An Wikentij Weressajew

Lieber Wikentij Wikentjewitsch!

[. . .] Wann haben Sie vor, zurückzukommen? Wie steht es mit

Ihrer Gesundheit? Arbeiten Sie über Puschkin? Wie ist das Meer? Wenn Sie alle diese Fragen beantworten wollten, würden Sie mir eine Freude bereiten. Ich denke stets mit großer Wärme an Sie.

Indem ich zwischen Moskau und der Datscha bei Moskau pendelte (Tennis in den seltenen Pausen ohne Regen), habe ich es soweit gebracht, daß mein Gesundheitszustand sich anhaltend und deutlich verschlechtert hat. Von den zahlreichen Bekannten hört man nur Erfreuliches: Wenn wir uns begegnen, spricht man darüber, wie schlecht ich aussehe, erkundigt sich mitleidig und liebevoll, weshalb ich denn in Moskau geblieben sei, oder behauptet, daß ich ... im Herbst zu Wohlstand komme!! (Ein Wink mit dem Zaunpfahl in Richtung Theater.)

Die letztere Idee wirkt so suggestiv, daß ich in meinem Herzen eine einzige Absicht nähre – ab Herbst meine Schulden zurückzuzahlen!!

In den seltenen Augenblicken geistiger Klarheit weiß ich übrigens, daß der Gedanke an Wohlstand ein dummer Gedanke ist.

Somit verbleibe ich mit den besten Wünschen für Ihre Erholung

Ihr ergebener M. Bulgakow

17. November 1926. Moskau
Von Wassilij Kusa (Wachtangow-Theater)

Diesmal scheinen unsere und Ihre Qualen ein Ende zu nehmen; das Repertoire-Komitee hat die Aufführung befürwortet* und erteilte dem Stück das Prädikat »interessant« und »von gesellschaftlichem Belang«. Sie haben nur zwei Korrekturen empfohlen – darüber morgen mündlich.

18. November 1926. Moskau
An Wikentij Weressajew

Lieber Wikentij Wikentjewitsch!

Anbei zwei Karten für Sie und Ihre Gattin für »Die Tage der Turbins«. Außerdem lege ich fünfzig Rubel bei, als erste Rückzahlung meiner Schulden. Erst seit gestern wird mir in kleinen Portionen mein Honorar ausgezahlt (den Löwenanteil haben meine Hauptgeldgeber, in erster Linie das Theater, einbehalten). Das ist der einzige Grund, warum ich mich Ihnen gegenüber verspätet habe.

Ich spreche Ihnen meinen großen Dank aus und begebe mich zur GPU (ich wurde wieder bestellt)*.

Ihr aufrichtig ergebener
M. Bulgakow

7. Februar 1927. Moskau
Diskussionsbeitrag im Meyerhold-Theater anläßlich der Aufführung von *Die Tage der Turbins* und anderer Stücke in Moskau

[. . .] Der Vorredner meinte, daß die NEP-Männer in »Die Tage der Turbins« gehen, um zu weinen, und in »Sojkas Wohnung«, um zu lachen. Ich möchte nicht lange diskutieren und Ihre Aufmerksamkeit in Anspruch nehmen, um Genosse Orlinskij zu überzeugen, aber dieser Mann, diese Persönlichkeit, weckt in mir nun bereits seit einigen Monaten – und zwar seit dem 5. Oktober 1926, einem für mich sehr denkwürdigen Tag, weil an diesem Tag die Premiere der »Tage der Turbins« stattgefunden hat – den Wunsch, ein paar Worte zu sagen. [. . .]

Jedesmal, wenn er sich zu einem Stück von mir schriftlich oder mündlich zu Wort meldet, behauptet er Dinge, die es nicht gibt. Hier zum Beispiel entschlüpfte ihm der Satz: »Der Verfasser und das Theater haben in panischer Angst den Titel des Stückes geändert.« Was den Verfasser betrifft, so ist das eine Unwahrheit. Vom Theater kann ich nicht verbindlich behaupten, ob es sich nun in einem panischen Zustand befunden hat oder nicht. Ich weiß es nicht. [. . .] Ich habe den Titel nicht in panischer Angst geändert. [. . .] Ich weiß definitiv, daß der Verfasser darauf bestanden hat, den ersten und ursprünglichen Titel »Die Weiße Garde« beizubehalten. [. . .] Das ist das erste. Und dann noch ein sehr wichtiges Detail. [. . .] Dieses Detail bezieht sich auf die Offiziersburschen, die Arbeiter und Bauern im Stück. [. . .] Über die Offiziersburschen: Ich, Verfasser dieses Dramas, »Die Tage der Turbins«, der sich in Kiew während der Hetmanschtschina und der Petljurowschtschina* aufgehalten und die Weißgardisten in Kiew von innen, hinter zugezogenen cremefarbenen Gardinen erlebt hat, behaupte, daß zu der Zeit, in der sich die Ereignisse meines Stückes abspielen, ein Offiziersbursche in Kiew nicht einmal mit Gold aufzuwiegen war. [Lachen, Beifall] [. . .] Ich möchte hier in wenigen Worten zwei Auftritte mit einem Offiziersburschen schildern: Einer aus meiner Feder, der zweite von Orlinskij. Bei mir würde er so aussehen: »Wassilij, setz den Samowar auf«, sagt Alexej Turbin. Der Bursche antwortet: »Zu Befehl«, und verschwindet für den Rest des Stücks. Orlinskij braucht einen anderen Burschen. Ich stelle also fest: Alexej Turbin, ein guter Mensch, hätte niemals seinen Burschen verprügelt oder mit Nackenschlägen traktiert – das ist es, wofür Orlinskij sich interessiert. [. . .]

Ich habe nichts dagegen einzuwenden, daß das Stück nach Belieben verrissen wird, ich bin daran gewöhnt, aber ich sehe es gern, wenn das auf Grund von exakten Tatsachen geschieht. Ich behaupte, daß der Kritiker Orlinskij keine Ahnung hat von der Zeit um das Jahr 1918, die in meinem Roman und in meinem Drama dargestellt wird.

24. Februar 1927. Moskau
An seine Schwester Nadeschda

Liebe Nadja,

hier sind zwei Karten für Dich und eine (zweite Reihe, unten) für Marussja.

M.

Sie sind alle für morgen.

3. März 1927. Moskau
Aus dem Sekretariat des Kammertheaters

Sie haben Alexandr Jakowlewitsch Tairow gestern versprochen, das Stück »Die Purpurinsel« zu schicken. Dementsprechend traf er die nötigen Verabredungen im Repertoire-Komitee, um das Stück dort heute vorzulesen. Leider hatte er nichts, was er vorlesen konnte. Dabei sind im Augenblick Gelegenheit und Stimmung sehr günstig, was Alexandr Jakowlewitsch verständlicherweise ausnützen möchte. Ich bitte Sie sehr, die Exemplare unserem Boten mitzugeben . . . Man darf diese Gelegenheit nicht verstreichen lassen, da in wenigen Tagen die Zusammensetzung des Komitees sich ändern und es wesentlich schwieriger sein wird, das Stück durchzubringen ...

4. März 1927. Moskau
Aus dem Sekretariat des Kammertheaters

Zwei Exemplare der »Purpurinsel« für das Kammertheater erhalten.

26. Mai 1927. Aus Tiflis nach Moskau
Von Wsewolod Meyerhold

Verehrtester!

Ihren Vor- und Vatersnamen kenne ich leider nicht. Ich bitte Sie, mir für die kommende Spielzeit ein Stück von Ihnen zu überlassen. Smyschljajew sagte mir, Sie hätten schon ein neues Stück, und hätten auch nichts dagegen, daß dieses Drama in dem von mir geleiteten Theater zur Aufführung kommt.

Schreiben Sie mir nach Rostow am Don, wo ich den ganzen Juni verbringen werde. [...]

Mit bestem Gruß,
W. Meyerhold

24. Juni 1927. Aus Rostow am Don nach Moskau
Von Wsewolod Meyerhold

Sehr geehrter Michail Afanassjewitsch!

Herzlichen Dank, daß Sie auf meinen Brief reagiert haben. Wie ärgerlich, daß Sie kein Stück für mich haben!

Aber was will man machen?

Wir müssen uns im Herbst unbedingt sehen. Geben Sie mir Ihr Ehrenwort, daß Sie mich unter der Telefonnummer 3 04 11 anrufen, ich bitte Sie, mich anzurufen, dann werden wir Tag und Stunde unseres Treffens verabreden. [...]

Mit besten Grüßen,
W. Meyerhold

Dezember 1927. Aus Moskau nach Paris
An Wladimir Binschtok (Vertreter der Sowjetischen Agentur für Autorenrechte)

Mich erreichte eine Nachricht aus dem Ausland, daß ein gewisser Kaganskij und andere Personen, deren Namen mir unbekannt sind, behaupten, ich hätte ihnen die Rechte auf die Einnahmen aus meinem Roman »Die Weiße Garde« und aus meinem Drama »Die Tage der Turbins« übertragen.

Ich versichere hiermit, daß ich weder Kaganskij noch anderen Personen irgendwelche Vollmachten erteilt habe.

14. Dezember 1927. Aus Zagreb nach Moskau
Von seinem Bruder Nikolaj

Großartiger und guter Mischa,

es ist mir wohlbekannt, daß Du dich wärmstens für mich eingesetzt hast, ebenso, wie Du seinerzeit stets bemüht warst, unserem Wanja* zu helfen. Es fällt mir im Augenblick schwer, meine Empfindungen Dir gegenüber in Worte zu fassen, aber glaub mir, daß sie aufrichtig und gut sind. In unsern Briefen sprechen Wanja und ich immer wieder von Dir, davon, was wir über Dich hören und lesen, und freuen uns. [. . .]

Komm gut mit Deiner Arbeit voran, sei glücklich und bleibe gesund. Deine Frau Ljuba und Dich küssen wir herzlichst. Habe Dank.

Kolja

21. Februar 1928. Moskau
Ergänzung zum Antrag auf Genehmigung einer Auslandsreise

Zweck der Auslandsreise

Ich reise, um Sachar Leontjewitsch Kaganskij zur Verantwortung zu ziehen, der im Ausland behauptet hat, er habe von mir die Rechte auf die Veröffentlichung der »Tage der Turbins« erworben, und auf dieser Grundlage die deutsche Veröffentlichung des Theaterstückes veranlaßt und sich die »Rechte« für Amerika hat bestätigen lassen usw. [. . .]

Ich reise nach Paris, um eine Besprechung mit dem Théâtre des Mathurins wegen einer Aufführung der »Tage der Turbins« zu führen und die Société des Auteurs Dramatiques*, der ich als Mitglied beigetreten bin, zu konsultieren.

Ich bitte, meine Frau, die mir als Übersetzerin helfen wird, mit mir reisen zu lassen. Ich könnte ohne sie meine Angelegenheiten nur schlecht regeln (weil ich nicht deutsch spreche).

In Paris habe ich vor, notwendige Studien über die Stadt zu machen und die Inszenierung meines Stückes »Die Flucht« zu überdenken, das kürzlich vom Moskauer Künstlertheater angenommen wurde. (Akt IV dieses Stückes spielt in Paris). Die Reise darf auf keinen Fall länger als zwei Monate dauern, weil meine Anwesenheit in Moskau notwendig ist (Probe zu »Die Flucht«).

Ich hoffe auf die Genehmigung einer Reise in so wichtigen und wahrheitsgemäß geschilderten Angelegenheiten.

M. Bulgakow

P. S. Eine Verweigerung der Genehmigung meiner Reise würde meine Arbeit als Dramaturg aufs schwerste beeinträchtigen.

8. März 1928. Moskau
Aus der Verwaltungsabteilung des Moskauer Stadtrats

Hiermit teilt die Verwaltungsabteilung Ihnen mit, daß Ihr Antrag auf eine Reisegenehmigung ins Ausland abgelehnt wurde.

12. März 1928. Aus Moskau nach Leningrad
An Ljudmila und Jewgenij Samjatin

Liebe Ljudmila Nikolajewna und Jewgenij Iwanowitsch!

Moskau bereitete mir einen säuerlichen Empfang, und als erstes wurde ich krank. [. . .] Beim schwermütigen Abschied von Ihrer bezaubernden Stadt muß ich entweder bei Ihnen oder bei Nikolaj Ernestowitsch* meinen Schal (zweifarbig – violett und schwarz) an der Garderobe hängengelassen haben. Bitte schicken Sie ihn mir nach. Grüßen Sie alle von mir!

Ich wünsche Ihnen Heiterkeit für die Feiertage!

Ihr M. Bulgakow [. . .]

P. S. Moskau ist abstoßend.

20. Juli 1928. Aus Moskau nach Amerika
An Herbert Biberman (Theateragent; der Brief ist auf englisch geschrieben)

Sehr geehrter Herr Biberman!

Ich habe Ihren liebenswürdigen Brief erhalten.

Ich möchte Ihnen mitteilen, daß ich mich im Zusammenhang mit dem Mißbrauch der Rechte für die Aufführung und den Nachdruck meines Romans »Die Tage der Turbins« auf dem europäischen Kontinent gezwungen sah, einen besonderen Vertrag mit dem Verleger Fischer abzuschließen, der mich gegenwärtig im Ausland vertritt und meine Rechte wahrnimmt.

Aus diesem Grunde bitte ich Sie höflichst, die anfallenden Honorare für die Aufführung und Veröffentlichung dieses Stücks an die Firma Fischer zu überweisen.

Zu Ihrer Information lege ich den Vertragstext bei.

Ich verbleibe, sehr geehrter Herr Biberman, mit besten Wünschen

Ihr M. Bulgakov

18./19. August 1928
Aus Konotop – Kiew – Odessa nach Moskau
An seine Frau Ljubow Jewgenjewna

Lieber Topson!

Ich reise wohlbehalten und bin sehr froh, daß ich die Ukraine sehe. Aber in diesem Zug herrscht eine wahre Hungersnot. Ich ernähre mich von Tee und Landschaften. Ich bin allein in meinem Abteil und sehr froh, daß ich schreiben kann. Einen Gruß an die Hausgemeinschaft, unter anderem an die Kater. Ich hoffe, daß bis zu meiner Ankunft der zweite nicht mehr da ist (verkaufe ihn in die Sklaverei).

Tsch, tsch, tsch . . .

Dein M. [. . .]

Langsam glaube ich an meinen Stern: Das Wetter hat sich verschlechtert!

Dein M.

Sch, sch, sch. Wie stark zieht einen die Erde an, auf der man geboren wurde.

13. September 1928. Aus Leningrad nach Moskau
Von Jewgenij Samjatin

Gratuliere zur »Purpurinsel«!

Lieber Alter,

erlauben Sie mir, Sie an Ihr Versprechen zu erinnern, dem Almanach des Dramaturgenverbands die »Première« zu überlassen. Wann dürfen wir das Manuskript erwarten? Es ist höchste Zeit.

Ich bitte Sie, unseren gemeinsamen Freund Bulgakow sich nicht zum Vorbild zu nehmen, der die zugesandten Briefe einfach beiseite legt, sondern zu antworten, wie es sich gehört. [. . .]

Ihr Jewgenij Samjatin

27. September 1928. Aus Moskau nach Leningrad
An Jewgenij Samjatin

Lieber Jewgenij Iwanowitsch!

Dieses Mal zögerte ich mit der Antwort auf Ihren Brief gerade darum, weil ich mir vorgenommen hatte, Ihnen so schnell wie möglich zu antworten.

Zu den sieben Seiten der »Première«, die ohne sich zu rühren in der rechten Schublade lagen, schrieb ich innerhalb von zwei Wochen weitere dreizehn dazu, und sämtliche zwanzig engbeschriebene Seiten habe ich nach einer eingehenden Korrektur gestern in jenem Ofen verbrannt, an dem Sie sich bei mir bereits mehr als einmal gewärmt haben.

Und es war gut, daß ich mich beizeiten besonnen habe.

Angesichts der mich umgebenden Menschen, die noch am Leben sind, durfte an die Veröffentlichung dieses Opus nicht einmal im Traum gedacht werden.

Gut, daß ich es nicht abgeschickt habe. Sie werden mir verzeihen, daß ich mein Wort nicht gehalten habe, dessen bin ich sicher, wenn ich Ihnen sage, daß eine Veröffentlichung auf keinen Fall erlaubt worden wäre.

Es gibt keine »Première«!

Überhaupt scheinen die Übungen auf dem Gebiet der Schönen Literatur offenbar ein Ende zu nehmen.

Das ist nicht einmal das Schlimmste. Das Schlimmste ist, daß ich meinen geschäftlichen Briefwechsel vernachlässigt habe. Der Mensch ist am Ende.

Zu der Liebe, die ich für Sie nach Ihren Glückwünschen empfinde, gesellt sich nun ein gewisser Schrecken (heiliger Schrecken).

Sie gratulierten mir zwei Wochen, bevor »Die Purpurinsel« genehmigt wurde.

Sie sind also ein Prophet.

Und die Genehmigung – ich weiß nicht, was ich davon halten soll. Ich schrieb »Die Flucht« und reichte sie ein.

Aber genehmigt wurde »Die Purpurinsel«.

Reinste Mystik.

Wer? Was? Warum? Wozu?

Undurchdringlicher Nebel hüllt das Gehirn ein.

Ich hoffe, Sie vergessen mich nicht in Ihren Gebeten! [. . .]

Ach, Leningrad, du entzückende Stadt!

Ihr M. Bulgakow

8. Oktober 1928. Aus Moskau nach Berlin
An den Verlag Ladyschnikow

Hiermit erteile ich dem Verlag Ladyschnikow die Erlaubnis, mein Drama »Sojkas Wohnung« ins Deutsche zu übersetzen, dieses Stück in die Liste der verlagseigenen Theaterstücke aufzunehmen und meine Autorenrechte unter den Bedingungen wahrzunehmen, die in dem Brief des Ladyschnikow-Verlags vom 3. Oktober 1928 an mich genannt sind.

Ich erkläre, daß ich weder Herrn Liwschiz, noch Herrn Kaganskij irgendwelche Rechte auf dieses Stück überlassen habe.

25. April 1929. Aus Moskau nach Zagreb
An seinen Bruder Nikolaj

Lieber Kolja,

heute habe ich erfahren, daß Deine Übersiedlung nach Paris beschlossene Sache ist. Ich freue mich darüber und wünsche Dir von Herzen, daß Dein Schicksal sich dort glücklich gestaltet. Ich bitte Dich, mich wissen zu lassen, wann Du Deine Zelte abbrichst, und mir *sofort* nach der Ankunft in Paris Deine Adresse zu schreiben. Möglicherweise werde ich Dir finanziell helfen können.

Ich habe Dich bereits gebeten, mir meine spärlichen Briefe nicht übelzunehmen. Unsere furchtbare und lange Trennung hat nichts verändert: Ich habe Dich und Wanja nicht vergessen, noch werde ich Euch je vergessen. [. . .]

3. Mai 1929. Aus Zagreb nach Moskau
Von seinem Bruder Nikolaj

Lieber Mischa!

[. . .] Meine Abreise war für Ende Mai vorgesehen, aber sie wird wahrscheinlich erst in den letzten Junitagen stattfinden, da Gynäkologie und Gerichtsmedizin noch ausstehen – meine letzten Arbeiten und Prüfungen. Außerdem muß ich als Ausländer auf die Einreise- und Arbeitsbewilligung der französischen Regierung warten. [. . .]

Ich bin Dir zutiefst dankbar für alles, was Du für mich getan hast (und Du hast, glaube mir, sehr viel für mich getan!), für die ständige Bereitschaft, mir mit Rat und Tat beizustehen. Aber ich bitte Dich eindringlich, nichts mehr zu unternehmen, solange ich Dich nicht um etwas bitte. Glaube mir, daß ich neben der tiefen und aufrichtigen Dankbarkeit ständig von dem Bewußtsein gequält werde, daß die Unterstützung, die mir zuteil wird, Entbehrungen und Einschränkungen für wen auch immer bedeutet.

15. Juli 1929. Aus Leningrad nach Moskau
Von Jewgenij Samjatin

Sehr geehrter Genosse Instrukteur!

Ich sehe sehr wohl ein, daß jede Erinnerung an eine Stadt, in der Sie 10 (in Worten: zehn) Mal unter dem Billardtisch durchkriechen mußten, für Sie nicht angenehm ist. Seien Sie versichert, daß nur die äußerste Notlage mich dazu veranlassen konnte, Ihnen eine derartige Unannehmlichkeit zu bereiten.

Es wird Ihnen bekannt sein – ich schreibe keine Stücke mehr. Aber ein gutes amerikanisches Stück* würde ich den Moskauer Theatern gern empfehlen – dringendst. Zu diesem Zweck muß ich wissen, welche Theaterleute sich augenblicklich in Moskau aufhalten. [. . .]

Ihr Jewgenij Samjatin (alias Faux Pas)

19. Juli 1929. Aus Moskau nach Leningrad
An Jewgenij Samjatin

Lieber Jewgenij Iwanowitsch! Für das Kriechen unterm Billardtisch gilt die berühmte Formel: »Ich bin es heute, morgen seid Ihr es!«* [. . .]

Der Ihre bis zum Grabe (das schon um die Ecke wartet)

M. Bulgakow

23. Juli 1929. Aus Moskau nach Zagreb
An seinen Bruder Nikolaj

Lieber Kolja!

Ich gratuliere Dir zur Beendigung Deines Universitätsstudiums!

Ich wünsche Dir, daß Du in Deinem Herzen so bleibst, wie ich Dich vor vielen Jahren erlebt habe.

Ansonsten, lieber Doktor, weißt Du selbst am besten, was Du Dir wünschst. Ich vertraue darauf, daß Dein Leben nach all den Prüfungen voll Licht sein wird. [. . .]

Dein M. Bulgakow

Juli 1929. Moskau
An Stalin, Kalinin, Swiderskij, Gorkij

An den Generalsekretär der Partei J. W. Stalin
An den Vorsitzenden des ZK M. I. Kalinin
An den Leiter des Glawiskusstwo A. I. Swiderskij
An Alexej Maximowitsch Gorkij
von dem Schriftsteller Michail Afanassjewitsch Bulgakow (Moskau)

Antrag

In diesem Jahr rundet sich ein Dezennium meiner schriftstellerischen Tätigkeit in der UdSSR. Von den vergangenen zehn Jahren habe ich die letzten vier der Dramaturgie gewidmet und vier Theaterstücke geschrieben. Drei von ihnen (»Die Tage der Turbins«, »Sojkas Wohnung« und »Die Purpurinsel«) wurden auf den Bühnen der Moskauer Staatstheater aufgeführt, das vierte, »Die Flucht«, wurde vom Moskauer Künstlertheater angenommen und während der Proben für die Inszenierung verboten.

Jetzt habe ich erfahren, daß »Die Tage der Turbins« und »Die Purpurinsel« vom Spielplan gestrichen wurden. »Sojkas Wohnung« wurde in der letzten Spielzeit auf Anordnung der Regierung nach der 200. Vorstellung abgesetzt. Auf diese Weise sind in der laufenden Spielzeit alle meine Theaterstücke verboten worden, darunter auch »Die Tage der Turbins«, die rund dreihundertmal gespielt wurden. [. . .]

Davor wurden verboten: Meine Erzählung »Notizen auf Manschetten«. Die Neuauflage des Sammelbandes satirischer Erzählungen »Diaboliade« wurde untersagt, während ein Sammelband meiner Feuilletons ebenfalls verboten wurde sowie alle Vortragsabende mit »Tschitschikows Abenteuern«. Die Veröffentlichung des Romans »Die Weiße Garde« in der Zeitschrift »Rossija« wurde mittendrin abgebrochen, da die Zeitschrift selbst verboten wurde.

Mit jeder Neuveröffentlichung wandte mir die Kritik in der UdSSR größere Aufmerksamkeit zu, wobei kein einziges meiner Werke, sei es belletristisch oder dramatisch, jemals und an irgendeiner Stelle positiv besprochen wurde. Im Gegenteil, je bekannter mein Name in der UdSSR und im Ausland wurde, desto wütender wurden die Pressestimmen, bis sie schließlich den Charakter haltloser Beschimpfung annahmen.

Alles, was ich veröffentlichte, wurde mit ungeheuerlichen, ablehnenden Besprechungen empfangen. Mein Ruf wurde nicht nur in der Tagespresse, sondern auch in Nachschlagewerken wie der Großen Sowjetischen Enzyklopädie und der Literatur-Enzyklopädie ruiniert.

In meiner Ohnmacht reichte ich einen Antrag auf eine Reisegenehmigung ins Ausland ein, wenn auch nur für einen kurzen Aufenthalt. Mein Antrag wurde abgelehnt . . .

Meine Werke »Die Tage der Turbins« und »Sojkas Wohnung« wurden mir gestohlen und ins Ausland gebracht. In der Stadt Riga versah ein Verlag meinen Roman »Die Weiße Garde« eigenmächtig mit einem neuen Schluß und ließ das Buch mit diesem stümperhaften Ende unter meinem Namen erscheinen. Meine Honorare im Ausland werden unterschlagen.

Darauf reichte meine Ehefrau Ljubow Jewgenjewna Bulgakowa einen zweiten Reiseantrag ein, um allein im Ausland meine geschäftlichen Angelegenheiten zu regeln, während ich als Geisel zurückbleiben wollte.

Unser Antrag wurde abgelehnt.

Ich habe mehrfach beantragt, mir meine von der GPU beschlagnahmten Manuskripte zurückzugeben und habe nur ablehnende oder überhaupt keine Bescheide auf meine Anträge erhalten.

Ich bat um die Erlaubnis, mein Theaterstück »Die Flucht« im Ausland veröffentlichen zu dürfen, um einen Raubdruck außerhalb der Grenzen der UdSSR zu vermeiden. Meine Bitte wurde abgelehnt.

Nun, am Ende eines Dezenniums sind meine Kräfte erschöpft: Ohne alle Existenzmittel, im Zentrum einer Hetzkampagne, angesichts des Druck- und Aufführungsverbotes in der UdSSR, an der Grenze eines Nervenzusammenbruchs, wende ich mich an Sie und bitte, bei der Regierung der UdSSR MEINE AUSWEISUNG, WIE AUCH DIE MEINER FRAU L. Je. BULGAKOWA, die sich dem vorliegenden Antrag anschließt, zu befürworten.

M. Bulgakow

10. August 1929. Aus Paris nach Moskau
Von seinem Bruder Nikolaj

Lieber Mischa,

von der Spitze des Eiffelturms sende ich Dir meine herzlichsten Grüße. Ich bin hier wohlbehalten angekommen und finde mich allmählich zurecht. [. . .]

Nikolaj

24. August 1929. Aus Moskau nach Paris
An seinen Bruder Nikolaj

Lieber Kolja!

Vielen Dank für Deinen Besuch bei Wladimir Lwowitsch. Ich bitte Dich, das erhaltene Honorar in Paris so lange aufzubewahren, bis ich – sobald ich es brauche – schreibe, wie Du darüber verfügen sollst. Ich bin Dir äußerst verbunden für Deine Bereitschaft, mir in meinen Verlagsangelegenheiten zu helfen. Ich habe nichts anderes erwartet.

Natürlich sind meine Briefe dürftig: Was will man da machen!

Und nun möchte ich Dir etwas sagen, lieber Bruder: Meine Lage ist prekär.

Meine sämtlichen Theaterstücke sind von den Spielplänen in der UdSSR abgesetzt, und es wird auch keine einzige Prosazeile von mir veröffentlicht. 1929 fand meine literarische Hinrichtung statt. Ich unternahm einen letzten Anlauf und richtete ein Gesuch an die Regierung, mir und meiner Frau eine Auslandsreise zu genehmigen, für einen von ihr festzusetzenden Zeitraum.

In meinem Herzen bin ich ohne Hoffnung. Es gab ein unheimliches Vorzeichen – Ljubow Jewgenjewna hat man auch allein nicht reisen lassen, obwohl ich hier zurückgeblieben wäre (das war vor einigen Monaten).

Wie eine Viper ringelt sich bereits das finstere Gerücht um mich, ich sei in jeder Beziehung dem Untergang geweiht.

Falls mein Gesuch abgelehnt wird, kann man sagen: Das Spiel ist aus, Zeit, die Karten einzusammeln und die Kerzen zu löschen.

Ich werde verurteilt sein, in Moskau zu sitzen und nicht zu schreiben, weil nicht nur meine Werke, sondern schon mein bloßer Name sie aus der Fassung bringt.

Ohne im geringsten kleinmütig zu sein, lasse ich Dich wissen, mein lieber Bruder, daß mein Untergang nur eine Frage der Zeit ist. Wenn sich kein Wunder ereignet, selbstverständlich. Aber Wunder geschehen verhältnismäßig selten.

Ich bitte Dich sehr, mir zu schreiben, ob Du diesen Brief verstanden hast, aber unter keinen Umständen mich zu *trösten und zu bedauern*, damit sich meine Frau nicht aufregt.

Nun hast Du einen Brief, der nicht so dürftig ist wie sonst.

Schlimm, daß ich mich in diesem Frühling auf einmal müde fühlte und von Gleichgültigkeit erfaßt wurde. Schließlich hat alles seine Grenzen.

Ich freue mich, daß Du Dich eingelebt hast und glaube, daß Du eine glänzende Gelehrtenlaufbahn vor Dir hast. Schreibe Iwan, daß ich ihn nicht vergessen habe. Er soll mir wenigstens ein paar Zeilen schicken. Deine Briefe sind für mich ein großer Trost, und ich hoffe, daß Du mir nach der Lektüre dieses Briefes oft schreiben wirst. Beschreibe mir Paris (selbstverständlich nur sein äußeres Leben). Also, ich werde von Deinem liebenswürdigen Angebot

Gebrauch machen und Dich im nächsten Brief bitten, einiges für mich zu erledigen. Ich werde Dich nicht übermäßig belästigen.

Also dann, einen Kuß für Dich, Nikol,

Dein M. Bulgakow. [. . .]

P. S. Ich bitte um *umgehende Antwort.* [. . .]

Wladimir Lwowitsch schrieb mir, daß Du »furchtbar nett« bist, und das war mir sehr angenehm. Ist es denn möglich, daß er Dir kein Exemplar meines Romans* gegeben hat? Ich habe vergessen, ihn darum zu bitten.

3. September 1929. Moskau
An den Sekretär des Zentralen Exekutivkomitees der UdSSR Awel Jenukidse

– Angesichts der Tatsache, daß meine Werke für die sowjetische Gesellschaft absolut unannehmbar sind,

– angesichts dessen, daß das totale Verbot meiner Werke in der UdSSR mich zum Untergang verurteilt,

– angesichts dessen, daß meine Vernichtung als Schriftsteller bereits eine materielle Katastrophe nach sich gezogen hat (das Fehlen von Rücklagen, Steuerschulden und das Unterschreiten des Existenzminimums ab kommendem Monat können belegt werden),

– angesichts meiner maßlosen Erschöpfung

– und der Fruchtlosigkeit sämtlicher Anstrengungen,

wende ich mich an das höchste Organ der Sowjetunion, an das Zentrale Exekutivkomitee und bitte, mir und meiner Ehefrau Ljubow Jewgenjewna Bulgakowa einen Auslandsaufenthalt für eine von der Regierung festgesetzte Dauer zu genehmigen.

MICHAIL AFANASSJEWITSCH BULGAKOW
(Autor der Theaterstücke »Die Tage der Turbins«, »Die Flucht« und anderer.)

3. September 1929. Moskau
An Maxim Gorkij

Sehr geehrter Alexej Maximowitsch!

Ich habe an die Regierung der UdSSR ein Gesuch gerichtet, mit der Bitte, mir und meiner Frau die Ausreise aus der UdSSR für eine mir vorzuschreibende Dauer zu genehmigen.

Ich bitte Sie, Alexej Maximowitsch, meinen Antrag zu unterstützen. Ich hatte die Absicht, Ihnen in einem ausführlichen Brief alles zu schildern, was mit mir geschehen ist, aber meine Erschöpfung und Hoffnungslosigkeit ist grenzenlos. Ich kann nicht schreiben.

Alles ist verboten worden, ich bin ruiniert, zu Tode gehetzt, völlig allein.

Warum soll man einen Schriftsteller in einem Land festhalten, in dem seine Werke nicht leben dürfen? Ich bitte um die humane Entscheidung – mich gehen zu lassen.

Hochachtungsvoll

Ihr M. Bulgakow

28. September 1929. Moskau
An Maxim Gorkij

Sehr geehrter Alexej Maximowitsch!

Jewgenij Iwanowitsch Samjatin ließ mich wissen, daß Sie meinen Brief erhalten haben, jedoch eine Kopie dieses Briefes wünschen.

Eine Kopie besitze ich nicht, mein Brief hatte ungefähr folgenden Inhalt:

»Ich richtete über A. I. Swiderskij an die Regierung der UdSSR ein Gesuch, in dem ich auf meine unerträgliche Lage aufmerksam machte und um die Erlaubnis bat, gemeinsam mit meiner Ehefrau Ljubow Jewgenjewna Bulgakowa einen Urlaub im Ausland verbringen zu dürfen, dessen Dauer von der Regierung festgesetzt werden soll.

Ich hatte die Absicht, Ihnen ausführlich zu schildern, was mit mir geschieht, aber meine grenzenlose Erschöpfung erlaubt mir nicht mehr zu arbeiten.

Ich möchte nur das eine sagen: Warum hält man einen Schriftsteller in der UdSSR fest, dessen Werke in der UdSSR nicht leben können? Um seinen Untergang zu besiegeln?

Ich bitte um die humane Entscheidung – mich gehen zu lassen.

Ich bitte Sie inständig, für mich einzutreten.

Ferner bitte ich Sie um die Liebenswürdigkeit, mir den Erhalt dieses Briefes zu bestätigen.«

Heute möchte ich zu diesem Brief folgendes hinzufügen:

– alle meine Theaterstücke sind verboten worden,

– nirgends wird auch nur eine Zeile von mir gedruckt,

– etwas Abgeschlossenes habe ich nicht, und an Autorenhonoraren geht keine Kopeke ein,

– keine Behörde, keine Person beantwortet meine Gesuche.

Kurz – alles, was ich in zehnjähriger Arbeit in der UdSSR geschrieben habe, ist ausgelöscht worden. Nur eines ist übriggeblieben, was noch ausgelöscht werden kann – meine physische Existenz. Ich bitte um die humane Entscheidung – mich gehen zu lassen!

Hochachtungsvoll

Ihr M. Bulgakow

14. Oktober 1929. Moskau
Aus dem Moskauer Künstlertheater

Bürger M. A. Bulgakow,

angesichts des Verbots der Aufführung des Theaterstücks »Die Flucht« durch das Repertoire-Hauptkomitee ersucht Sie die Direktion des Moskauer Künstlertheaters, entsprechend § 6 des unterzeichneten Vertrags, den von Ihnen erhaltenen Vorschuß von 1000 Rubeln rückzuerstatten.

28. Dezember 1929. Aus Moskau nach Paris
An seinen Bruder Nikolaj

Lieber Kolja,

ich höre nichts von Dir, und das bringt mich auf den Gedanken, daß Dir etwas zugestoßen sein könnte.

Ich bitte Dich, mir diesen Brief telegraphisch zu beantworten – schreibe mir, ob Du gesund bist, Deine Adresse und überweise mir umgehend (möglichst telegraphisch) mein Honorar, das Du von Binschtok erhalten hast.

Dein Michail

P. S. Meine Lage ist bedrückend.

16. Januar 1930. Aus Moskau nach Paris
An seinen Bruder Nikolaj

Lieber Kolja,

Deinen Brief vom 6. I. erhielt ich rechtzeitig. [. . .] Bitte entschuldige, daß ich mich so spät dafür bedanke. Ich bitte Dich inständig, mit den langen Pausen in unserm Briefwechsel Nachsicht zu haben. Bitte, schreibe öfter! Bitte, verstumme nicht. Mein neuerliches Schweigen ist durch die Verschlechterung meiner Lage bedingt. [. . .]

Zu meiner Situation:

Um alle meine literarischen Werke ist es geschehen, ebenso um meine Pläne. Ich bin zum Schweigen verurteilt und, was sehr gut möglich ist, zum Verhungern. Unter unvorstellbar schwierigen Umständen schrieb ich in der zweiten Hälfte des Jahres 1929 ein Theaterstück über Molière. Moskaus beste Fachleute haben es als das stärkste meiner fünf Theaterstücke bezeichnet. Aber alle Tatsachen weisen darauf hin, daß es die Bühne nicht erblicken wird. Die Qual dauert schon anderthalb Monate, obwohl es um Molière geht und das 17. Jahrhundert . . . Obwohl ich die Gegenwart darin nicht einmal gestreift habe.

Sollte dieses Stück untergehen, bleibt mir keine Rettung – jetzt schon leide ich blanke Not. Ich habe weder Schutz noch Hilfe. Ich informiere Dich ganz nüchtern: Mein Schiff geht unter, das Wasser überspült bereits die Kommandobrücke. Jetzt gilt es, mutig dem Tod in die Augen zu sehen. Ich bitte, das, was ich schreibe, ernstzunehmen.

Siehst Du irgendeine Möglichkeit, mir mein Honorar zu übermitteln (Über eine Bank? Mit Scheck? Ich weiß nicht, wie), ich bitte Dich darum: *Ich habe keine Kopeke mehr*. Natürlich hoffe ich, daß Du es auf einem legalen Weg schickst, um eventuelle Schwierigkeiten für uns zu vermeiden. [. . .]

Ich warte ungeduldig auf eine Nachricht von Dir. Ich wünsche Dir alles Gute in Deinem Leben

Dein Michail

[. . .]

27. Januar 1930. Aus Paris nach Moskau
Von seinem Bruder Nikolaj

Eine telegraphische Überweisung des Gewünschten ist leider nicht möglich, weil keine Überweisungen in die UdSSR angenommen werden. Ich suche nach einer anderen Möglichkeit . . .

19. Februar 1930. Aus Moskau nach Paris
An seinen Bruder Nikolaj

Lieber Kolja,

die Benachrichtigung aus der Bank für Außenhandel in Moskau über die eingegangene Überweisung von 40 Dollar erhielt ich am 17. II., und gestern (18. II.) holte ich auch das Geld ab.

Selbstverständlich habe ich mich auf der Stelle geweigert, mir die Dollars auszahlen zu lassen, und erhielt nach dem Kurs der Staatsbank (1 Rubel 94 Kopeken) 77 Rubel 66 Kopeken.

Ich bin Dir für Deine Mühe sehr dankbar und sehr gerührt [. . .]

Einen Kuß und meinen Dank!

Dein Michail

21. Februar 1930. Aus Moskau nach Paris
An seinen Bruder Nikolaj

Lieber Kolja,

Du fragst, ob mich Deine Arbeit interessiert? Sie interessiert mich außerordentlich! Ich habe den Entwurf »Bacterium prodigiosum« erhalten. Ich freue mich und bin stolz, daß Du Dir unter den schwierigsten Lebensbedingungen Deinen Weg gebahnt hast. Ich sehe Dich vor mir als Jüngling, ich habe Dich schon immer geliebt und bin jetzt der festen Überzeugung, daß Du ein Gelehrter werden wirst.

Mich interessiert nicht nur diese Arbeit, sondern auch alles, worüber Du in Zukunft arbeiten wirst, und Du machtest mir eine große Freude, wenn Du mir alles schickst, was Du veröffentlichst. Glaub mir, keiner Deiner Verwandten oder Bekannten würde jeder von Dir geschriebenen Zeile größere Aufmerksamkeit entgegenbringen.

Manche unter meinen Bekannten haben mich nach unserer Familie gefragt, und es war für mich stets ein Trost, daß ich von Deiner großen Begabung erzählen konnte.

Lediglich der Gedanke, daß wir uns wahrscheinlich niemals im Leben wiedersehen werden, bedrückt mich. Mein Schicksal war verworren und entsetzlich. Jetzt hat es mich zum Verstummen gebracht, und für einen Schriftsteller kommt das dem Tode gleich.

Eine Gegenfrage an Dich: Interessierst Du Dich für meine schriftstellerische Arbeit? Schreib es mir. Wenn Du Dich auch nur ein wenig dafür interessierst, höre Dir das Folgende an, und zwar möglichst aufmerksam (wenngleich meine Erfahrung und mein Gespür mir nach der aufmerksamen Lektüre Deiner Briefe sagen, daß ich bei Dir sowohl Interesse als auch Aufmerksamkeit voraussetzen kann).

Ich habe versucht, meine Aufgabe als Schriftsteller unter unglaublich schwierigen Bedingungen gewissenhaft zu erfüllen. Heute ist meine Arbeit blockiert. Ich bin eine komplizierte Maschine (so sehe ich es), deren Erzeugnisse in der UdSSR keinen Absatz finden. Das wurde mir mit krasser Deutlichkeit bewiesen, und das beweist man mir immer noch anläßlich meines Molière-Dramas.

Nacht für Nacht zermartere ich mir den Kopf, während ich nach einem Mittel zu unserer Rettung suche. Aber weit und breit ist keines zu sehen. An wen könnte ich, überlege ich mir, noch ein Gesuch richten ...

Und nun das Naheliegende:

Sei so gut und nimm noch eine Weile diese Mühe auf Dich (ich werde Dir, nehme ich an, nicht mehr lange zur Last fallen!). Einen Teil des Honorars, das Wladimir Lwowitsch Dir ausgezahlt hat, überweise mir wieder über die Bank. Jede Summe, und sei sie noch so gering, ist für mich äußerst wichtig. Ich weiß nicht, wieviel er Dir ausgezahlt hat? Aber überweise mir nicht alles, sondern tue folgendes: Ich brauche dringend Tee, Kaffee, Socken und Strümpfe für meine Frau. Wenn es Dir keine zu große Mühe macht, so schicke mir doch ein Päckchen mit Tee, Kaffee, zwei Paar Socken und zwei Paar Damenstrümpfe (Größe IX, aber auf keinen Fall Seide). Ich habe keine Ahnung, was das kosten kann. Am besten: Zuerst das Päckchen und von dem Rest – etwa 10 Dollar über die Bank –, und alles, was übrigbleibt, hebst du auf für meine Ausgaben. Sollte ich mich verkalkuliert haben, dann bitte nur das Päckchen.

Falls Wanja in Not ist, bekomme ich ein Päckchen und er etwas Geld von dem Rest. Ich bitte Dich, das selbst auszurechnen!

Am 15. März ist der Stichtag für die Finanzinspektion (Einkommenssteuer für das vergangene Jahr). Ich nehme an, daß in meiner engen und durch und durch feuchten Wohnung (übrigens: Ich leide seit einigen Jahren an Rheumatismus) kein einziger Einrichtungsgegenstand mehr zurückbleiben wird – falls nicht ein Wunder geschieht. Ich mache mir keine Sorgen um den Plunder, meinetwegen, Stühle, Tassen – zum Teufel damit. Aber ich zittere um die Bücher! Ich habe keine gute Bibliothek, aber immerhin, ein Leben ohne Bücher ist für mich der Tod! Wenn ich arbeite, arbeite ich sehr gründlich, und ich muß viel lesen.

Alles, was mit »Am 15. März« beginnt, ist nicht von Belang – es bedeutet keinesfalls, daß ich mich beklage oder um Hilfe rufe. Ich teile Dir dieses Problem einfach mit, zu meiner eigenen Kurzweil.

Finde Dich mit dem Gedanken ab, daß meine Briefe an Dich sich häufen werden (aber ich wiederhole, wahrscheinlich nicht für lange). Ich bin freilich kein Meister im Briefeschreiben: Ich plage mich ab, die Worte fließen mir nicht aus der Feder, und ich bin außerstande, meine Gedanken vernünftig auszudrücken ...

Ich warte ungeduldig auf eine Nachricht von Dir. Sei mutig, kühn, und vergiß nicht Deinen Bruder Michail. Denke, wenn sich eine Gelegenheit bietet, an Michail Bulgakow.

Kuß

Michail

[...]

18. März 1930. Moskau
Aus dem Repertoire-Hauptkomitee

Auf Anordnung des Vorsitzenden des RHK teile ich Ihnen mit, daß Ihr Theaterstück »Die Kabale der Heuchler« zur Aufführung nicht zugelassen wird.

25. März 1930. Aus Moskau nach Paris
An seinen Bruder Nikolaj

Lieber Kolja,

ich habe von Dir keine Nachricht, was sehr traurig ist.

Ich schrieb Dir einen Brief, in dem ich um ein Päckchen bat (Socken und Kaffee).

Du brauchst es nicht zu schicken. Ich habe gehört, daß der Zoll stark erhöht wurde.

Stattdessen bitte ich dringend (es handelt sich um einen schwerkranken Menschen), die auf der beiliegenden Liste aufgeführten Medikamente zu kaufen und umgehend an die folgende Adresse abzuschicken:

Leningrad, Karl-Liebknecht-Straße 98, Wohnung 34.

Nadeschda Jewgenjewna Tarnowskaja.

Ich wäre Dir zutiefst verpflichtet.

Dein Michail

[. . .]

28. März 1930. Moskau
An die Regierung der UdSSR

Ich wende mich an die Regierung der UdSSR mit folgendem Schreiben:

1.

Nachdem meine sämtlichen Werke verboten worden waren, erhoben sich unter den vielen Mitbürgern, denen ich als Schriftsteller bekannt bin, Stimmen, die mir immer wieder denselben Rat gaben, ein »kommunistisches Theaterstück« zu verfassen (ich zitiere sie in Anführungszeichen) und mich außerdem mit einem reumütigen Brief an die Regierung der UdSSR zu wenden, in dem ich meinen früheren Ansichten, die ich als Schriftsteller geäußert habe, abschwöre und beteuere, ich wollte künftig als ein der Idee des Kommunismus ergebener schriftstellernder Weggefährte arbeiten.

Der Zweck: Mich zu retten vor Verfolgung, bitterster Armut und dem unvermeidlichen Finale im Tode.

Diesen Rat habe ich nicht befolgt. Ich hätte wohl kaum vor der Regierung der UdSSR eine gute Figur gemacht, wenn ich einen unaufrichtigen Brief geschrieben hätte, der einen schmierigen und zudem naiven politischen Salto mortale dargestellt hätte. Und den Versuch, ein kommunistisches Theaterstück herzustellen, habe ich erst gar nicht unternommen, in der Voraussicht, daß ein solches Theaterstück mir nicht gelingen kann.

Der in mir gereifte Wille, meinem schriftstellerischen Leidensweg ein Ende zu setzen, veranlaßt mich, die Regierung der UdSSR in einem aufrichtigen Brief anzusprechen.

2.

Beim Sichten der Zeitungsausschnitte stellte ich fest, daß es innerhalb von zehn Jahren in der sowjetischen Presse 301 Besprechungen meiner Werke gegeben hat. 3 davon haben mich gelobt, 298 – feindselig verrissen.

Diese 298 bieten ein Spiegelbild meines schriftstellerischen Lebens.

Der Held meines Theaterstücks »Die Tage der Turbins«, Alexej Turbin, wurde in einem veröffentlichten Gedicht als »HUNDESOHN« bezeichnet und der Verfasser als »TOLLER ALTER HUND«. Man titulierte mich als eine »literarische PUTZFRAU, die in der KOTZE von einem Dutzend Gäste Eßbares zusammensucht«.

Man schrieb:

»MISCHKA Bulgakow, mein Gevatter, IST AUCH, WENN SIE DEN AUSDRUCK ENTSCHULDIGEN WOLLEN, SO EIN SCHRIFTSTELLER, DER IM ALTEN KEHRRICHT WÜHLT ... Was hast Du, Brüderchen, für einen RIECHKOLBEN, frage ich Dich? ... Ich, als ein Mensch mit Manieren, MÖCHTE SO EINEM AM LIEBSTEN MIT DER WASCHSCHÜSSEL EINS ÜBERBRATEN! ... Wir haben diesen Spießer Turbin genauso nötig, wie EIN KÖTER EINEN BH ... Da haben wir DIESEN HUNDESOHN, DIESEN TURBIN, DEM SOLL MAN WEDER KASSENEINNAHMEN, NOCH ERFOLG GÖNNEN ...« (»Schisn iskusstwa«, Nr. 44, 1927)

Man schrieb über Bulgakow, der sei geblieben, was er schon immer war, »eine NEOBOURGEOISE MISSGEBURT, die ihren giftigen, senilen Speichel auf die Arbeiterklasse und deren kommunistische Ideale spuckt«. (»Komsomolskaja prawda«, 14. November 1926)

Man teilte mit, daß ich Gefallen fände an der »ATMOSPHÄRE EINER HUNDEHOCHZEIT um die rothaarige Frau eines Freundes*« (A. Lunatscharskij, »Iswestija«, 8. Oktober 1926), daß mein Theaterstück »Die Tage der Turbins« »ÜBLEN GESTANK VERBREITE« (Sitzungsstenogramm eines Agitprop-Treffens vom Mai 1927) usw. usw.

Ich beeile mich zu bemerken, daß ich, wenn ich zitiere, mich keineswegs über die Kritiker beklagen oder eine Polemik entfesseln möchte. Meine Absichten sind sehr viel ernster.

Ich beweise mit den entsprechenden Dokumenten, daß die gesamte Presse der UdSSR und mit ihr sämtliche Institutionen, die das Repertoire zu kontrollieren haben, jahrelang, im Verlauf meiner gesamten schriftstellerischen Arbeit, einmütig und mit außerordentlicher Wut zu beweisen trachteten, daß die Werke Michail Bulgakows in der UdSSR keine Existenzberechtigung haben.

Und ich behaupte, daß die Presse der UdSSR VOLLKOMMEN RECHT HAT.

3.

Der Anlaß dieses Briefes ist meine Burleske »Die Purpurinsel«.

Sämtliche Kritiker der UdSSR, ohne Ausnahme, empfingen dieses Theaterstück mit der Behauptung, es sei »unbegabt, zahnlos, kümmerlich« und stelle ein »Pasquill auf die Revolution« dar.

Die Eintracht war vollkommen, wurde aber plötzlich und absolut überraschend gestört.

In Nr. 12 des Repertoire-Bulletins für 1928 erschien eine Besprechung von P. Nowizkij, in der mitgeteilt wurde, die »Purpurinsel« sei eine »interessante und witzige Burleske«, in der sich »der unheilverkündende Schatten des Großinquisitors erhebt, der alles Schöpferische unterdrückt, SKLAVISCHE, ABSURDE, SPEICHELLECKERISCHE SCHABLONENHAFTE FIGUREN heranzieht und die Persönlichkeit des Autors und des Schauspielers verwischt«, und daß in der »Purpurinsel« von der »unheilverkündenden, finsteren Macht, die HELOTEN, SPEICHELLECKER und PANEGYRIKER großzieht«, die Rede ist.

Ferner hieß es: »Sollte eine derartige finstere Macht existieren, DANN SIND DER ZORN UND DER BÖSE WITZ DES VON

DER BOURGEOISIE HOCHGEPRIESENEN AUTORS GERECHTFERTIGT.«

Es wird wohl erlaubt sein zu fragen: Wo in all dem die Wahrheit liegt?

Was ist schließlich und endlich die »Purpurinsel«? Ein »kümmerliches, unbegabtes« Stück oder eine »witzige« Burleske?

Die Wahrheit liegt in der Besprechung Nowizkijs. Ich kann nicht beurteilen, ob und inwieweit mein Stück witzig ist, aber ich gestehe, daß sich darin tatsächlich ein unheilvoller Schatten erhebt, und zwar der Schatten des Repertoire-Hauptkomitees. Dort ist es, wo Heloten, Panegyriker und eingeschüchterte »Bedienstete« großgezogen werden. Dort ist es, wo man die schöpferische Idee mordet. Dieses Komitee ist dabei, die sowjetische Dramatik zu Grunde zu richten, und das wird ihm auch gelingen.

Ich habe solche Gedanken nicht hinter dem Ofen geflüstert. Ich habe ihnen die Form einer dramatischen Burleske gegeben und diese Burleske auf die Bühne gebracht. Die sowjetische Presse, die sich schützend vor das Repertoire-Hauptkomitee stellte, schrieb daraufhin, daß die »Purpurinsel« ein Pasquill auf die Revolution sei. Das ist ein nicht-ernstzunehmendes Gewäsch. Ein Pasquill auf die Revolution ist dieses Stück nicht, aus vielen Gründen, von denen ich hier – aus Mangel an Platz und Zeit – nur einen anführen möchte: Ein Pasquill auf die Revolution ist wegen der grandiosen Ausmaße der Revolution ein Ding der Unmöglichkeit. Eine Burleske ist kein Pasquill und das Repertoire-Hauptkomitee nicht die Revolution. Aber wenn die deutsche Presse schreibt, »Die Purpurinsel« sei der erste Aufruf zur »Pressefreiheit« in der UdSSR (»Molodaja gwardija«, Nr. 1, 1929) – so schreibt sie die Wahrheit. Das gebe ich zu. Der Kampf gegen die Zensur, wie auch immer sie beschaffen ist und unter welchem Regime auch immer sie existiert, ist für mich eine Pflicht des Schriftstellers, ebenso, wie die Forderung nach Pressefreiheit. Ich bin ein glühender Verehrer dieser Freiheit und glaube, daß ein Schriftsteller, der behaupten wollte, er brauche sie nicht, mit einem Fisch zu vergleichen wäre, der öffentlich beteuert, daß er auf das Wasser nicht angewiesen sei.

4.

Dies also ist eine der Grundkomponenten meines Schaffens, und sie allein genügt, um die Existenzberechtigung meiner Werke in der UdSSR zu bezweifeln. Aber diese erste Komponente steht in enger Beziehung zu den anderen, die sich in meinen satirischen Erzählungen ausmachen lassen: den schwarzen und mystischen Farben (ich bin ein mystischer Schriftsteller), in denen die unzähligen Monstrositäten unseres Alltags dargestellt werden, dem Gift, das meine Sprache durchtränkt, der tiefen Skepsis angesichts des revolutionären Prozesses in meiner rückständigen Heimat, der Konfrontation dieses revolutionären Prozesses mit der von mir geliebten Großen Evolution und vor allem zu der Darstellung der grauenhaften Züge meines Volkes, jener Züge, die schon lange vor der Revolution die schmerzlichen Leiden meines Lehrers M. Je. Saltykow-Schtschedrin verursachten.

Man braucht gar nicht erwähnen, daß die sowjetische Presse nicht einmal im Traum daran dachte, ernsthaft darauf einzugehen, da ihre kaum überzeugenden Spekulationen über die »Verleumdung« in M. Bulgakows Satire ihr dafür keine Zeit lassen.

Nur ein einziges Mal, ganz am Anfang meines literarischen Weges, bemerkte man mit einer Nuance hochmütigen Staunens:

»M. Bulgakow beabsichtigt, der Satiriker unserer Epoche zu werden.« (»Knigonoscha«, Nr. 6, 1925)

Leider wird hier das Verb »beabsichtigt« völlig unbegründet im Präsens gebraucht. Eigentlich gehört es in das Plusquamperfekt: M. Bulgakow HATTE BEABSICHTIGT, ein Satiriker zu werden, und ist es geworden, ausgerechnet in einer Zeit, wo eine echte Satire (die keine tabuisierten Zonen kennt) in der UdSSR absolut undenkbar ist.

Nicht mir kommt die Ehre zu, diesen kriminellen Gedanken öffentlich auszusprechen. Er ist mit absoluter Klarheit in einem Aufsatz von W. Bljum (»Literaturnaja gaseta«, Nr. 6) ausgedrückt und glänzend und exakt auf eine Formel gebracht:

JEDER SATIRIKER IN DER UDSSR VERÜBT EIN ATTENTAT AUF DAS SOWJETISCHE SYSTEM.

Bin ich also in der UdSSR überhaupt denkbar?

5.

Und schließlich die letzten Komponenten in meinen gemordeten Theaterstücken »Die Tage der Turbins«, »Die Flucht« und dem Roman »Die Weiße Garde«: Meine Beharrlichkeit in der Darstellung der russischen Intelligenzija als der besten gesellschaftlichen Schicht unseres Landes. Insbesondere die Darstellung der intelligenzlerischen Adelsfamilie, die der Wille des unabänderlichen historischen Schicksals in den Jahren des Bürgerkriegs in das Lager der Weißen Garde führt, eine Darstellung in der Tradition von »Krieg und Frieden«. Sie ergibt sich absolut organisch für einen Schriftsteller, der durch seine Herkunft mit der Intelligenzija verbunden ist.

Aber Darstellungen dieser Art führen dahin, daß ihr Autor in der UdSSR, ungeachtet aller seiner Bemühungen, SICH LEIDENSCHAFTSLOS ÜBER ROT UND WEISS ZU ERHEBEN, gleich seinen Helden, als Weißgardist und Feind abgestempelt wird, was für ihn, wie jedem begreiflich sein dürfte, das berufliche und menschliche Ende bedeutet.

6.

Damit ist mein literarisches Portrait komplett, und es ist ebenso sehr mein politisches Portrait. Ich vermag nicht zu sagen, wieviel Kriminelles es enthält, aber ich bitte nur um eines: nichts dahinter zu suchen. Es ist in jeder Beziehung gewissenhaft ausgeführt.

7.

Heute bin ich vernichtet.

Meine Vernichtung wurde von der sowjetischen Öffentlichkeit freudig begrüßt und als »ERRUNGENSCHAFT« bezeichnet.

R. Pikel äußerte anläßlich meiner Vernichtung («Iswestija«, 15. September 1929) folgenden liberalen Gedanken:

»Wir möchten damit keineswegs sagen, daß Bulgakows Name aus der Liste der sowjetischen Dramatiker gestrichen ist.«

Und tröstete den abgestochenen Schriftsteller mit den Worten, es ginge nur »um seine früheren Theaterstücke«. Jedoch bewies das wirkliche Leben in Gestalt des Repertoire-Hauptkomitees, daß der Liberalismus des R. Pikel keineswegs begründet ist.

Am 18. März 1930 erhielt ich vom Repertoire-Hauptkomitee ein Schreiben mit der lakonischen Mitteilung, daß keineswegs ein früheres, sondern mein neues Theaterstück »Die Kabale der Heuchler« (»Molière«) zu einer AUFFÜHRUNG NICHT ZUGELASSEN WIRD.

Kurz gesagt: Mit diesen zwei Zeilen eines amtlichen Schreibens wird vieles begraben – die Arbeit in den Archiven, Phantasie und ein Theaterstück, das von qualifizierten Kennern der Bühne vielfach das Prädiakt »glänzend« erhielt.

R. Pikel täuscht sich. Nicht nur um meine früheren Stücke ist es geschehen, sondern auch um die heutigen und alle künftigen. Und so habe ich eigenhändig die erste Niederschrift eines Romans mit dem Teufel als Hauptfigur, das Manuskript einer Komödie und den Anfang eines zweiten Romans »Theater« in den Ofen geworfen.

Alles, was ich schreibe, hat keine Chance.

8.

Ich bitte die sowjetische Regierung zu berücksichtigen, daß ich kein Politiker, sondern ein Schriftsteller bin, und daß ich meine gesamte Produktion der sowjetischen Bühne gewidmet habe.

Ich bitte, die beiden folgenden Urteile der sowjetischen Presse zu beachten.

Beide stammen aus der Feder verbissener Feinde meiner Werke und sind deshalb sehr wichtig.

1925 schrieb man:

»Es taucht ein Schriftsteller auf, DER SICH NICHT EINMAL ALS WEGGEFÄHRTE TARNT.« (L. Awerbach, »Iswestija«, 20. September 1925).

Und 1929:

»Sein Talent ist ebenso zu bemängeln wie das gesellschaftlich Reaktionäre in seinem Werk.« (R. Pikel, »Iswestija«, 15. September 1929).

Ich bitte zu berücksichtigen, daß die Unmöglichkeit zu schreiben für mich bedeutet, bei lebendigem Leibe begraben zu werden.

9.

ICH BITTE DIE REGIERUNG DER UDSSR, ANZUORDNEN, DASS ICH DAS TERRITORIUM DER SOWJETUNION IN BEGLEITUNG MEINER EHEFRAU LJUBOW JEWGENJEWNA BULGAKOWA UMGEHEND ZU VERLASSEN HABE.

10.

Im Vertrauen auf die Humanität der sowjetischen Regierung bitte ich, mich, als Schriftsteller, der seinem Vaterland nicht nützlich sein kann, großzügig in die Freiheit zu entlassen.

11.

Sollte das von mir oben Dargestellte nicht überzeugen und ich zu lebenslänglichem Verstummen in der UdSSR verurteilt sein, bitte ich die sowjetische Regierung um einen meinen Fähigkeiten entsprechenden Arbeitsplatz und um eine Dienstverpflichtung als festangestellter Regisseur an irgendeinem Theater.

Ich bitte ausdrücklich und betont um einen KATEGORISCHEN BEFEHL, DER ZU EINER DIENSTVERPFLICHTUNG FÜHRT, weil meine sämtlichen Versuche, eine Arbeit auf jenem einzigen Gebiet, wo ich der UdSSR nützlich sein kann, und zwar als hochqualifizierter Spezialist, mit einem völligen Fiasko endeten. Mein Name ist inzwischen derart suspekt, daß meine sämtlichen Bewerbungen mit Schrecken quittiert wurden, ungeachtet der Tatsache, daß in Moskau unzählige Schauspieler und Regisseure und auch Theaterdirektoren von meiner virtuosen Bühnenkunst überzeugt sind.

Ich stehe der UdSSR als absolut ehrlicher Spezialist zur Verfügung, als Regisseur und Schauspieler, der alles andere als ein Schädling ist, vielmehr bereit, gewissenhaft an jeder beliebigen Inszenierung zu arbeiten, von Shakespeare bis zu den Autoren der Gegenwart.

Ich bitte, mich als assistierenden Regisseur dem Künstlertheater zuzuweisen – der besten aller Schulen, geleitet von den Meistern K. S. Stanislawskij und W. I. Nemirowitsch-Dantschenko.

Wenn ich nicht als Regisseur angestellt werden kann, so bitte ich um feste Anstellung als Statist. Wenn nicht Statist – um Anstellung als Bühnenarbeiter. Sollte auch Letzteres unmöglich sein, bitte ich die Sowjetregierung, mit mir zu verfahren, wie sie es für nötig erachtet, aber zumindest irgendwie zu handeln. Denn ich, ein Theaterschriftsteller, der fünf Stücke geschrieben hat und sowohl in der UdSSR als auch im Ausland bekannt ist, sehe in diesem Moment buchstäblich der Not, der Obdachlosigkeit und dem Untergang ins Auge.

M. Bulgakow

4

1930–1932

Jelena Sergejewna hat uns in ihren Aufzeichnungen hinterlassen, was Bulgakow ihr sagte, als er am Abend des 18. Aprils 1930, etwa drei Wochen nachdem er den Brief an die sowjetische Regierung abgeschickt hatte, zu ihr stürzte. »Er legte sich nach dem Mittagessen kurz hin, wie immer, aber das Telephon klingelte gleich darauf und Ljuba rief ihn und sagte, daß ihn jemand vom Zentralkomitee sprechen wolle. M. A. glaubte es nicht und beschloß, daß man ihn veralbern wolle – zu der Zeit kam so etwas schon mal vor. Zerzaust und verstimmt griff er nach dem Hörer und vernahm: ›Michail Afanassjewitsch Bulgakow?‹ ›Ja, ja!‹ ›Genosse Stalin wird jetzt mit Ihnen sprechen.‹ ›Was? Stalin? Stalin?‹ Und augenblicklich hörte er eine Stimme mit deutlich georgischem Akzent.«

Im Laufe ihrer Unterhaltung wurden drei wichtige Punkte angeschnitten. Stalins erste Frage war, ob Bulgakow wirklich ins Ausland wolle; Bulgakow, überrascht und unvorbereitet, antwortete: »Ich habe ausgiebig darüber nachgedacht, ob ein russischer Schriftsteller außerhalb seiner Heimat leben kann. Und es scheint mir, daß er es nicht kann.« Wir werden nie wissen, was passiert wäre, hätte Bulgakow in jenem Augenblick erklärt, daß er wirklich das Land verlassen wolle – offensichtlich war er sich des Risikos bewußt, daß Stalin, statt ihm diese Bitte zu gewähren, vielleicht seine Verhaftung angeordnet hätte, wegen antisowjetischen Verhaltens. Wie auch immer, Bulgakows Aussage, daß er es vorziehe, in der Sowjetunion zu bleiben, führte zu einer positiven Reaktion Stalins, der ihn als nächstes fragte, wo er gerne arbeiten wolle – wie wäre es mit dem Moskauer Künstlertheater? Bulgakow erklärte, er habe sich dort erkundigt, aber man habe ihn abgewiesen, worauf Stalin vorschlug, daß er es noch einmal mit einer Bewerbung versuchen solle: Stalin deutete also an, daß er für einen günstigen Ausgang sorgen würde. Drittens schlug Stalin vor, daß er und Bulgakow sich gelegentlich zu einem Gespräch treffen sollten. Bulgakows anfängliche Reaktion war enthusiastisch, womit er den vielleicht naiven, aber sehr menschlichen Glauben – oder zumindest die Hoffnung – verriet, daß seine Qualen das Ergebnis eines Mißverständnisses seien; vielleicht wußte Stalin eigentlich gar nicht, was sich im einzelnen abspielte, und er würde die Dinge schon richtigstellen, wenn man sie ihm nur vernünftig erklärte. Ohne Frage faßte es Bulgakow später als eine Art endgültiger Ablehnung auf, daß dieses Gespräch, das er fest vereinbart glaubte, nie stattfand. Es war ein wunder Punkt, auf den er immer wieder zurückkam, etwas, was sein Leben während der folgenden zehn Jahre verdüsterte.

Im nachhinein scheint Bulgakows Haltung gegenüber Stalin politisch naiv, ja moralisch fragwürdig. Aus den Briefen und Tagebüchern geht deutlich hervor, daß er nicht die geringsten Illusionen darüber hatte, welchen enormen Schaden die Literatur und das dramatische Schaffen in der Sowjetunion durch den Dogmatismus und die Engstirnigkeit der staatlich verordneten Zensur erlitten hatte. Seine eigene Erfahrung war die einer so hartnäckigen und heimtückischen Verfolgung, daß er als Künstler fast gänzlich zum Schweigen verurteilt worden war. Wie bei vielen Zeitgenossen war seine Einschätzung Stalins allerdings eine etwas andere Angelegenheit. Dies hing vor allem damit zusammen, daß Stalin mit Vergnügen eine Art Katz-und-Maus-Spiel mit den führenden Persönlichkeiten der Kultur spielte, was bedeutete, daß sie in eine Beziehung hineingezogen wurden, die von Entsetzen und Faszination zugleich geprägt war.

Vielleicht befriedigte Stalin lediglich seine Eitelkeit, indem er sich persönlich der Karrieren bestimmter Moskauer Intellektueller annahm. Tatsächlich aber bedeuteten seine sehr gezielten Interventionen oft die Entscheidung zwischen zwei Extremen: Gefangenschaft und Tod oder Erfolg und Zugang zu einem Publikum.

Nadeschda Mandelstam beschreibt in ihrem Memoirenband *Das Jahrhundert der Wölfe* zwei Vorfälle, die sich 1934, also vier Jahre später, ereigneten. Beim ersten – ein eher harmloses Beispiel – ging es um Issaj Leschnew, den ehemaligen Herausgeber der Zeitschrift *Rossija*, der sich geweigert hatte, Bulgakow das Manuskript der *Weißen Garde* zurückzuschicken, und 1926 verhaftet worden war. Im Zusammenhang mit seinem Prozeß war Bulgakows Wohnung von der GPU durchsucht worden. 1934 hatte Leschnew wieder recht gute Beziehungen zu Teilen des Parteiapparats, und Stalin persönlich rief bei ihm an, um mitzuteilen, daß ihm die Erlaubnis gegeben würde, ein bestimmtes Buch zu veröffentlichen. Der unglückliche Leschnew war gerade nicht zu Hause und wartete anschließend eine ganze Woche darauf, daß Stalin zurückrief. Der andere Vorfall, von dem Nadeschda Mandelstam erzählt, betraf ihren Mann, Ossip Mandelstam, der im Mai 1934 verhaftet worden war. Überraschend rief Stalin Boris Pasternak an, um ihm zu sagen, daß Mandelstams Fall nochmals geprüft worden sei und alles gut ausgehen werde. Aufgeregt und verwirrt beendete Pasternak die Unterhaltung damit, daß er vorschlug, sich zu einem Gespräch zu treffen. »Worüber?« »Über Leben und Tod«, antwortete Pasternak, worauf Stalin auflegte. Pasternak versuchte zurückzurufen, wurde aber nicht durchgestellt. Und wie Bulgakow sollte er sein Leben lang bedauern, nicht das Richtige gesagt zu haben und daß ein weiteres Gespräch nie stattfand. Stalin scheint in der Tat einige der eigenwilligsten Künstler seiner Zeit – Schostakowitsch, Prokofjew, Achmatowa, Pasternak und Bulgakow – zu einer seltsamen Art der Ehrfurcht veranlaßt zu haben. Wenn sie ihn, anders als Mandelstam, nicht persönlich angriffen, tolerierte er ihr Überleben, solange er hin und wieder an den Fäden ziehen und klarstellen konnte, wer wirklich die Macht hatte.

Wie immer man die Beziehung Stalins und Bulgakows bewertet, Tatsache bleibt, daß Stalins Anruf, auf den Bulgakows sofortige Berufung als assistierender Regisseur des Moskauer Künstlertheaters folgte, endlich eine Klärung der verzweifelten Situation brachte, in der sich Bulgakow seit dem Verbot der fünf Stücke, die er seit 1925 geschrieben hatte, befand. Jelena Sergejewna sollte später immer wieder darauf hinweisen, daß Stalin durch sein Eingreifen

Bulgakow womöglich vor dem Selbstmord gerettet haben könnte und ihm demzufolge zumindest zehn weitere Lebensjahre geschenkt habe.

Bulgakow begann im Mai 1930 seine offizielle Anstellung am Moskauer Künstlertheater mit einer dramatischen Bearbeitung von Gogols *Toten Seelen*. Seine Rolle war eigentlich die des assistierenden Regisseurs, aber sobald er die Bühnenfassung sah, die das Theater benutzen wollte, beschloß er, selbst eine zu schreiben. Wie immer wurde sein Text vom Theater erheblich verändert – in diesem Fall durch die gemeinsamen Direktoren Stanislawskij und Nemirowitsch-Dantschenko, und die Fassung geriet wesentlich harmloser und konventioneller, als das, was Bulgakow ursprünglich entwickelt hatte. In Bulgakows Version sollte Gogol selbst als Figur auf der Bühne auftauchen. Er sollte im eleganten Rom seine Satire auf das enge provinzielle russische Leben schreiben – aber diese Rahmenhandlung wurde insgesamt abgelehnt. Die Proben am Künstlertheater zogen sich wieder quälend lange hin, wie Bulgakow 1932 in einem Brief an Pawel Popow, in dem er auf die Geschichte der Inszenierung zurückblickt, klagend schrieb. Aber als das Stück schließlich anlief, wurde es zu einem Erfolg, und die überarbeitete Version von Bulgakows Bühnenfassung wurde vom Künstlertheater noch jahrzehntelang verwendet.

Im April 1930, kurz nach Stalins Anruf, wurde Bulgakow auch am TRAM, am Theater der jungen Arbeiter, angestellt. Im Juli 1930 fuhr er mit dem TRAM-Ensemble auf die Krim – eine Reise, von der er seiner Frau Ljubow in komischen Briefen berichtete. Kaum angekommen, begann er Jelena Sergejewna Telegramme zu schicken. Er wollte sie überreden, auf die Krim nachzukommen. Als sie ihm nicht gleich antwortete, bat er Ljubow, herauszufinden, ob Jelena Sergejewna erkrankt sei. Dieser Briefwechsel legt nahe, was in späteren Interviews mit Freunden Ljubow Jewgenjewnas bestätigt werden sollte – nämlich, daß sie von der Beziehung zwischen Bulgakow und Jelena Sergejewna wußte und daß dies für sie keine schmerzliche Angelegenheit mehr war – anscheinend führte sie zu jener Zeit bereits ein eigenes, getrenntes Leben. Jelena Sergejewna sagte aber schließlich doch unter vielen Entschuldigungen ab.

Das Jahr 1930 wurde für Bulgakow ein recht glückliches, überschattet nur von Geldsorgen. 1931 begannen die Schwierigkeiten wieder zuzunehmen Zuerst kam es zu der sehr schmerzlichen Entscheidung Jelena Sergejewnas, daß sie sich nicht mehr sehen sollten. Als ihr Ehemann Jewgenij Alexandrowitsch Schilowskij von ihrer Affäre erfuhr, bestand er darauf, daß sie sofort beendet werde; und Jelena Sergejewna, die um das Schicksal ihrer beiden Söhne Jewgenij (Schenja) und Sergej (Serjoscha) fürchtete, erklärte sich mit den Bedingungen, daß sie Bulgakow weder sehen noch mit ihm telephonieren sollte, einverstanden. Vom 25. Februar bis irgendwann im Juni 1932 sprachen sie nicht miteinander, und Bulgakow fiel in tiefe Depressionen und Einsamkeit. Seine Briefe aus dieser Zeit legen nahe, daß er zu Ljubow Jewgenjewna keine wirkliche Nähe mehr empfand, und er beschreibt sich als mehr oder weniger allein lebend mit seinem Hund Bouton – benannt nach Molières Diener in seinem eigenen Stück.

Ende Mai 1931 schrieb Bulgakow in dem Gefühl, die mit Stalin getroffenen Vereinbarungen erfüllt zu haben, einen weiteren Brief an Jossif Wissarionowitsch. Diesmal bat er darum, mit Ljubow Jewgenjewna vom 1. Juli bis zum 1. Oktober ins Ausland reisen zu dürfen. Er begann seinen Brief mit Gogol-Zitaten, wobei er seinen Wunsch, fremde Länder zu besuchen, mit der Versicherung seiner Liebe zu Rußland rechtfertigen wollte – seine Liebe würde sogar noch wachsen, so wie bei Gogol, als dieser nach Italien fuhr, um *Die toten Seelen* zu schreiben. Diesmal antwortete Stalin aber nicht, und Bulgakows Depression vertiefte sich. Aus den Briefen an seine Freunde Weressajew und die Dramatikerin Natalja Wenkstern spricht eine Melancholie, die seine gesamte Korrespondenz der folgenden Jahre charakterisieren sollte. Während des Sommers 1931 beendete er eines seiner schwächeren Stücke, *Adam und Eva*, ein Science-Fiction-Drama über die Gefahren des Krieges, der bevorzustehen schien. Es war vom Leningrader Roten Theater in Auftrag gegeben worden, aber im Herbst wurde das Stück sowohl vom Roten Theater als auch vom Wachtangow Theater in Moskau abgelehnt.

Im Spätsommer 1931 nahm Bulgakow den Auftrag eines anderen Leningrader Theaters an, einen weiteren großen Klassiker des neunzehnten Jahrhunderts für die Bühne zu bearbeiten: Tolstojs *Krieg und Frieden*. Dieser Auftrag, der Bulgakow wohl kaum mit großem Enthusiasmus erfüllte, weckte zumindest das Interesse eines seiner Freunde, des Literaturwissenschaftlers Pawel Popow. Popow und Bulgakow hatten sich während der zwanziger Jahre ab und zu in Moskau gesehen, aber Bulgakow hatte nach der Verhaftung Popows im Jahr 1929 nichts mehr von ihm gehört. Im Herbst 1931 erhielt er plötzlich einen Brief von Popow, in dem dieser schrieb, daß er nun mit seiner Ehefrau Anna Iljinitschna, einer Enkelin Lew Tolstojs, in Leningrad leben dürfe. Als er vom Projekt *Krieg und Frieden* hörte, schlug er vor, seine Frau, die zu der Zeit an den Erstfassungen des Romans arbeitete, um Material für die Bühnenfassung zu bitten. Pawel Popow sollte ein wichtiger Freund werden, und die Briefe, die ihm Bulgakow in den folgenden Jahren schrieb, nahmen den Charakter einer Art Tagebuch an, eines Protokolls seiner literarischen Laufbahn. Popow, der den Menschen und Schriftsteller Bulgakow verehrte, hatte sich vorgenommen, eines Tages sein Biograph zu werden, und für den Rest ihres Lebens korrespondierten die beiden Männer mehr oder weniger regelmäßig, wobei sie uns mit unschätzbaren Einsichten versorgten, was Bulgakows Gemütszustand und seine geistige Verfassung anbelangte.

Die Wiederherstellung der Verbindung zu Pawel Popow kam kurz bevor Bulgakow den Kontakt zu einem anderen Freund, dem Schriftsteller Jewgenij Samjatin, verlor. Samjatin, der Autor des antiutopischen Romans *Wir*, der George Orwells *1984* beeinflussen sollte, war in mancher Hinsicht anders als Bulgakow. War Samjatin beispielsweise von der Sorge erfüllt, daß der zunehmende Dogmatismus der sowjetischen Kultur Innovationen und Experimente der Zukunft bedrohte, so bedrückte Bulgakow der Umstand, daß die sowjetische Kulturpolitik das Erbe und die Traditionen der Vergangenheit zerstören könnte. Samjatin lebte in Leningrad, was bedeutete, daß die beiden sich nicht häufig sahen. Aber sie waren schon mehrere Jahre enge Freunde, und die gutgelaunte Vertrautheit ihrer Briefe unterscheidet sich deutlich von dem eher förmlichen Stil, den Bulgakow gewöhnlich in seiner Korrespondenz pflegte. Nachdem Samjatin in der sowjetischen Presse heftig angegriffen worden war, hatte auch er in einem Brief an Stalin um die Erlaubnis zur Ausreise gebeten; und dank der Unterstützung Gorkijs erhielt er sie auch tatsächlich. Im Spätherbst 1931 traf Bulgakow Vorbereitungen, um Samjatin und dessen Frau vor ihrer Abreise ein letztes Mal zu sehen. Dies muß für Bulgakow ein bitterer Augenblick gewesen sein, der in ihm den Eindruck verstärkte, ihm allein sei das Schicksal bestimmt, nie auch nur einen Zipfel der restlichen Welt zu sehen – ein Wunsch, der inzwischen zur Obsession geworden war.

Gorkij hatte vielleicht im Jahr 1929 die sowjetische Regierung nicht davon überzeugen können, Bulgakow ins Ausland reisen zu lassen, aber er konnte ihm zumindest in einer Hinsicht im Herbst 1931 helfen, als er ein gutes Wort für das Molière-Stück einlegte, dessen Aufführungsverbot 1930 Bulgakows ersten Brief an die sowjetische Regierung veranlaßt hatte. Im Sommer 1931 nahm Bulgakow eine Reihe von Veränderungen am Molière-Stück vor, wobei er hauptsächlich einige Andeutungen auf übernatürliche Mächte strich, und schließlich wurde es am 3. Oktober zur Aufführung zugelassen – vorläufig nur in Moskau und Leningrad, aber mit der Zusicherung, daß es in angemessener Zeit auch in anderen Städten gespielt werden dürfe. Endlich spürte Bulgakow wieder inneren Auftrieb – und diese zuversichtliche Stimmung schlägt sich am deutlichsten in dem Ende 1931 schnell hingeworfenen, anerkennenden Brief an Stanislawskij am Künstlertheater nieder, in dem er seine Begeisterung darüber äußert, wie der berühmte Regisseur in seiner Inszenierung der *Toten Seelen* dem Stück überhaupt erst Leben eingehaucht habe.

Mitte Januar kam dann eine wirklich erstaunliche Nachricht: die Regierung hatte darum gebeten, daß das Moskauer Künstlertheater *Die Tage der Turbins* unverzüglich wieder auf die Bühne bringe. Die Erklärung hierfür war offensichtlich, daß Stalin zur Aufführung eines anderen Stücks ins Künstlertheater gekommen war und gefragt hatte, warum *Die Turbins* nicht mehr gespielt würden. Nemirowitsch-Dantschenko hatte auf taktvolle Weise versucht zu erklären, daß das Stück aufgrund von Stalins eigener negativer Beurteilung der Werke Bulgakows im Jahr 1929 abgesetzt worden sei. Aber am nächsten Tag wurde bereits telephonisch im Theater angefragt, wie schnell sie das Stück wieder auf den Spielplan setzen könnten. Bulgakow brach bei dieser Nachricht beinahe zusammen, und als sein Freund Fjodor Michalskij aus dem Künstlertheater angerannt kam, um ihm zu gratulieren, fand er den Schriftsteller mit den Füßen im heißen Wasserbad und kalten Kompressen auf Kopf und Herz vor. Von da an sollte *Die Tage der Turbins* ein fester Bestandteil des Spielplans werden – die einzige regelmäßige Einkommensquelle Bulgakows.

Die bittere Erfahrung der vorangegangenen drei Jahre hatte Bulgakow jedoch gelehrt, als wie zerbrechlich sich jeder Erfolg erweisen konnte. Und tatsächlich – er hatte gerade erst, zu seiner eigenen großen Erleichterung, die abgeschlossene Bühnenfassung von *Krieg und Frieden* im Februar nach Leningrad geschickt und sich allmählich von der Aufregung um *Die Tage der Turbins* erholt, als ihn ein neuer Schlag traf – von einer völlig unerwarteten Seite, aus Leningrad, wo das Große Schauspielhaus bereits einen Vertrag für das Molière-Stück abgeschlossen hatte. Plötzlich erhielt Bulgakow die Nachricht, daß das Stück abgesetzt werde, eine Entscheidung, die ihn vollkommen verblüffte. Zum ersten Mal, so schrieb er Popow, konnte er nicht den Behörden die Schuld geben, die das Stück ja genehmigt hatten. Im Laufe der folgenden Woche sollte er zu seiner Empörung erfahren, daß ihm dieser Schlag von einem einzelnen Individuum zugefügt worden war, von einem Rivalen, dem kommunistischen Schriftsteller und Dramatiker Wsewolod Wischnewskij. Der einflußreiche Wischnewskij hatte lediglich in einer lokalen Zeitung den Entschluß des Theaters kritisiert, ein Stück von Bulgakow auf den Spielplan zu setzen, und es aufgefordert etwas »Belangvolleres«, im Sinne der Interessen der Arbeiter, aufzuführen – und das Theater hatte die Inszenierung auf der Stelle abgeblasen. Bulgakow war niedergeschmettert von diesem Unglück, und in seinen Briefen vom März und April 1932 sieht man ihn in Zorn und Schmerz mit der Frage kämpfen, was er in der Vergangenheit hätte anders tun müssen, um die Frustrationen zu vermeiden, die ihn nun hinter jeder Ecke erwarteten. Er spricht davon, »fünf schicksalhafte Fehler« in seinem Leben begangen zu haben, eine kryptische Bemerkung, die man nur schwer entziffern kann: eventuell gehörte der Umstand, daß er 1921 nicht emigriert war, zu diesen Fehlern; daß er während seines Gesprächs mit Stalin im Jahre 1930 seine Ausreise nicht entschlossener verlangt hatte; und, vielleicht, die Tatsache, daß er Jelena Sergejewna hatte gehen lassen.

Das Frühjahr 1932 schleppte sich hin mit den üblichen deprimierenden Briefen seines Bruders Nikolaj aus Frankreich, der über diverse zweifelhafte Gestalten berichtete, die versuchten, sich Bulgakows Honorare anzueignen. Obwohl er noch mit Ljubow Jewgenjewna zusammenlebte, war ihre Ehe offensichtlich am Ende. Bulgakow war verzweifelt entschlossen, aus seiner Wohnung an der Pirogowskaja Straße auszuziehen und irgendwie in einem neuen Wohnblock unterzukommen, der gerade für Schriftsteller erbaut wurde, aber das war nur möglich, wenn er das Geld für die Anzahlung aufbrachte – seine finanzielle Situation blieb jedoch sehr schwierig. Aber schließlich wandten sich seine persönlichen Angelegenheiten entschieden zum Guten. Im Juni 1932 beendete Jelena Sergejewna ihre Trennung, indem sie um ein Treffen bat, und obwohl sie anschließend für den Rest des Sommers verreiste, um zu überdenken, was sie tun sollten, war Bulgakow voller Hoffnung. Vielleicht von seinem Optimismus angefeuert, unterschrieb er im Juli 1932 einen Vertrag mit den Verlegern einer Serie namens »Lebensläufe der Großen« für eine Prosabiographie Molières. Obwohl die Inszenierung des Molière-Stückes in Leningrad abgesagt worden war und das Künstlertheater in Moskau sich nicht gerade damit beeilte, kehrte Bulgakow mit Enthusiasmus und Energie zum Thema Molière zurück. Er stürzte sich in historische Recherchen, las eine Vielzahl von Studien, die frühe Molière-Biographie von Grimarest und Historiker der Epoche wie etwa Eugène Despois. In jenem Sommer arbeitete er zum ersten Mal seit drei Jahren wieder an einem Werk, dem er sich innerlich verbunden fühlte.

Im Frühherbst, als Jelena Sergejewna nach Moskau zurückkehrte, mußten dann noch quälende Absprachen durchgestanden werden, nicht nur mit ihrem Ehemann Jewgenij Alexandrowitsch Schilowskij, sondern auch mit ihrem älteren Sohn Jewgenij, der bei seinem Vater bleiben sollte. Aber im September 1932 wurde Jelena Sergejewnas Ehe endlich aufgelöst; am 3. Oktober wurde Bulgakow von Ljubow Jewgenjewna geschieden – für sie wurde ein separates Zimmer gemietet, das sich allerdings in der Nachbarwohnung befand –, und am nächsten Tag, am 4. Oktober 1932, heirateten Bulgakow und Jelena Sergejewna. Nachdem sie einige Wochen in Leningrad verbracht hatten, kehrten sie nach Moskau zurück, um ihr gemeinsames Leben in der Pirogowskaja Straße zu beginnen, zusammen mit Jelena Sergejewnas sechs Jahre altem Sohn. Für Bulgakow brach eine Zeit großen persönlichen Glücks an – es sollte in Zukunft oftmals seine beruflichen Frustrationen und die anhaltende politische Gängelung kompensieren.

10. Mai 1930. Moskau
An die Direktion des Moskauer Staatlichen Künstlertheaters

Ich bitte die Direktion des MSKT um Anstellung als Regisseur.

M. Bulgakow

15.–17. Juli 1930
Vor Kursk – vor Simferopol – vor Mishor nach Moskau
An seine Frau Ljubow Jewgenjewna

15. Juli 1930. Morgens. Vor Kursk

Also, Ljubanja, jetzt kannst Du Dich für mich freuen: Ich bin weg! Du vermißt mich doch, nicht wahr? [. . .] Meine Adresse erfahre ich wahrscheinlich in Sewastopol. Liebchen, geh doch beim Schneider vorbei. Öffne alle Briefe. Dein.

Die stürmische Energie der TRAM*-Leute trieb sie im Zug auf und ab, und sie brachten die Kunde, daß in der 1. Klasse noch Plätze frei seien. In Serpuchowo löste ich nach und wechselte den Waggon. In Serpuchowo gab es im Bahnhofsrestaurant nicht einen Tropfen irgendeiner Flüssigkeit. Kannst Du Dir die TRAM-Leute mit Gitarre vorstellen, ohne Kissen, ohne Teekannen, ohne Wasser, auf nackten Holzbänken? Am Morgen sind sie wohl ein Haufen schöner Leichen, nehme ich an. Ich habe mich oben häuslich eingerichtet. Genieße widerwillig Landschaften. Sonne. Gänse.

16. Juli 1930. Vor Simforopol. Morgens.

Liebe Ljubanja! Hier ist heller Sonnenschein. Die Krim ist genauso schäbig, wie sie immer schon war. Die TRAM-Leute sind knackig wie junge Gürkchen. In den Bahnhofrestaurants findet sich dies und das, meistenteils aber eine ziemliche Leere. Im Süden kommen Bauersfrauen zu den Zügen und bieten Gurken, Kirschen, Eier, Weißbrot, Zwiebeln und Milch an. Der Zug hat Verspätung. [. . .] Ich küsse Dich. Wie geht's Bouton*?

Ich bitte Dich, mein Engel, geh' beim Schneider vorbei. Der soll meinen Anzug aufbewahren. Ich werde ihn nach meiner Rückkehr anprobieren. Sobald ein Telegramm vom Theater in Leningrad kommt, mußt Du telegraphieren.

M.

17. Juli 1930. Krim. Mishor. Pension »Magnolia«

Liebe Ljubinka,

ich habe es gut getroffen. Das Wetter ist unbeschreiblich schön. Ich bedaure sehr, daß niemand von meinen Freunden hier ist, lauter fremde Visagen. Ernährung: privat offensichtlich unmöglich. Für die Kurgäste in der Pension durchaus erträglich. Schade, daß ich Dich nicht mitnehmen konnte (ich habe schreckliche Gewissensbisse, daß ich allein in der Sonne sitze). Gleich fahre ich in einem Motorboot nach Jalta, mal gucken, wie es dort aussieht. Grüß alle! Kuß!

Mak

Aber die TRAM-Leute sind sympathisch.

Juli 1930. Aus Mishor nach Moskau
An Jelena Sergejewna Schilowskaja (Telegramm)

1. Überzeugt Ihre Dienststelle bekommt sofort mit gewichtigen Attesten in Moskau Kurbüro Bewilligung für Krim Südufer Sewastopol.

2. Dienststelle erhält bestimmt Kurplatz zwischen Mishor – Jalta. Wie steht es um Gesundheit. Gruß an Familie. Telegrammadresse Krim, Mishor, Pension Magnolia. Bulgakow.

22. Juli 1930. Aus Mishor
An die befreundete Dramatikerin Natalja Wenkstern

Liebste Natalja Alexejewna!

Auf der Krim – glühende Hitze. Das Meer – ist so wie es immer ist ... Die Langeweile ist nicht einmal grün, sondern einfach phänomenal, wie man es nur in einem Traum erleben kann. In den ersten Augusttagen mache ich mich auf den Heimweg.

28. Juli 1930. Aus Mishor nach Moskau
An Ljubow Jewgenjewna (Telegramm)

Warum keine Post von Ljussetta*. Wahrscheinlich erkrankt.

Juli 1930. Aus Moskau nach Mishor
Von Jelena Sergejewna Schilowskaja (Telegramme)

1. Seien Sie gegrüßt, Mischenka, mein lieber Freund. Ich denke oft an Sie, mit sehr großer Herzlichkeit. Erholen Sie sich, nehmen Sie zu. Man möchte Sie heiter, frisch, grauenhaft attraktiv wiedersehen. Ihre Madelaine Angsthase-Wankelmut.

2. Lieber Mischenka große Freude über Ihre baldige Rückkehr, quälen Sie mich nicht Dickwanstow

31. Juli 1930. Aus Zagreb nach Moskau
Von seinem Bruder Nikolaj

Lieber Mischa!

Ich schreibe diesen Brief aus der Hals-Nasen-Ohren-Klinik der Universität Zagreb. Am 29. VII. unterzog ich mich zwei Operationen an Nase und Hals. [...] Dein Schweigen bedrückt mich natürlich sehr, zumal einige meiner Briefe hintereinander unbeantwortet blieben. Auf Umwegen habe ich Einiges über Dich gehört – zum Beispiel über die Anstellung am Moskauer Künstlertheater –, aber ich messe dem keine große Bedeutung bei, solange ich nichts von Dir höre. [...]

Nikol

6. August 1930. Moskau
An Konstantin Stanislawskij

Sehr verehrter Konstantin Sergejewitsch!

Nach meiner Rückkehr von der Krim, wo ich meine nach den beiden für mich so komplizierten Jahren angegriffenen Nerven auskurieren sollte, möchte ich Ihnen ein paar einfache, nicht offizielle Zeilen schreiben:

Das Verbot sämtlicher von mir verfaßter Theaterstücke hat mich gezwungen, mich mit einem Brief an die Regierung der UdSSR zu wenden, in dem ich bat, mich entweder ins Ausland reisen zu lassen, wenn es mir nun einmal unmöglich sein sollte, als Dramatiker weiterzuarbeiten, oder mir den Posten eines Regisseurs an einem sowjetischen Theater zuzuweisen.

Es gibt ein einziges, das beste Theater. Das ist Ihnen zur Genüge bekannt.

Und in meinem Schreiben an die Regierung steht: »Ich ersuche Sie, mir eine Anstellung an der besten Schule, die von den Meistern K. S. Stanislawskij und W. I. Nemirowitsch-Dantschenko geleitet wird, zu gewähren.« Man ging auf meinen Brief ein und ermöglichte mir, eine Bewerbung an das Künstlertheater zu richten, um daselbst eine Stelle zu erhalten.

Nach der bedrückenden Trauer um meine untergegangenen Stücke war es mir eine Erleichterung, nach langer Pause und in neuer Eigenschaft das Theater zu betreten, das Sie zum Ruhme unseres Landes geschaffen haben.

Heißen Sie, Konstantin Sergejewitsch, den neuen Regisseur mit ungetrübtem Herzen willkommen. Seien Sie versichert, daß er Ihr Künstlertheater liebt. [. . .]

Hochachtungsvoll

Ihr Michail Bulgakow

7. August 1930. Aus Moskau nach Zagreb
An seinen Bruder Nikolaj

Lieber Nikol!

Gestern erhielt ich Deinen Brief aus Zagreb vom 31. VII. 30. [. . .] *Davor hatte ich von Dir keinen einzigen Brief erhalten.* Mein Brief an Dich enthielt die Bitte um Medikamente. Er (wie auch der vorhergehende) blieb unbeantwortet. [. . .]

1. Moskauer Künstlertheater: Die Nachricht von meiner Anstellung trifft zu. Ich bin Regisseur am Moskauer Künstlertheater [. . .].

2. Ich brauche dringend Geld. Nämlich: Mein Gehalt im Künstlertheater ist 150 Rubel monatlich, aber ich bekomme es nicht, da es für die Löschung meiner Steuerschuld für das letzte Viertel des vergangenen Jahres einbehalten wird. Mir bleiben ein paar Rubel für den ganzen Monat. Außerdem verdiene ich weitere 300 Rubel monatlich im TRAM (Theater der jungen Arbeiter). Diese Stelle habe ich ungefähr zur selben Zeit bekommen wie die am Künstlertheater.

Aber die Wunden, die meinen Finanzen im letzten Jahr zugefügt wurden, sind so tief, so irreparabel, daß auch die 300 TRAM-Rubel für das Stopfen der Schuldenlöcher draufgehen (es ist wie ein klebriges Spinngewebe).

Ich schreibe Dir das alles nicht, um Dich zu langweilen oder um von Dir bedauert zu werden.

Sogar in Moskau haben irgendwelche Hundesöhne das Gerücht verbreitet, ich erhielte 500 Rubel monatlich je Theater. Nun sind es schon mehrere Jahre, daß sich in Moskau und im Ausland lauter Phantastereien um meinen Namen ranken. Und meistens bösartige.

Aber Du weißt ja, daß man eine verläßliche Nachricht über mich nur aus meinen eigenen Briefen, und seien sie noch so spärlich, bekommen kann.

Also: Solltest Du etwas von meinem Geld in Händen haben und auch die Möglichkeit, es in die UdSSR zu überweisen, so überweise es *unverzüglich*. [. . .] Gute Besserung. Ich hoffe auf den allergünstigsten Verlauf Deiner Operation. Bin glücklich über Deine hingebungsvolle wissenschaftliche Tätigkeit. Ich wünsche Dir glänzenden Erfolg für Deine Forschung, Kühnheit, Energie und daß Du nie ohne Hoffnung bist! Ljuba läßt Dich grüßen.

Dein Michail

4. September 1930. Moskau
Von Konstantin Stanislawskij

Lieber und teurer Michail Afanassjewitsch!

Sie können sich kaum vorstellen, wie sehr ich mich über Ihren Eintritt in unser Theater freue! Ich hatte nur in den wenigen Proben zu den »Turbins« Gelegenheit, mit Ihnen zusammenzuarbeiten, und habe damals sofort den Regisseur in Ihnen gespürt (vielleicht auch den Schauspieler?!).

Molière und mancher andere haben diese Berufe mit der Literatur vereinigt! Ich grüße Sie von ganzem Herzen, glaube aufrichtig an Ihren Erfolg und wünsche mir, sobald wie möglich mit Ihnen zusammenzuarbeiten.

29. Dezember 1930. Moskau
An die Direktion des Moskauer Künstlertheaters

Ich brauche jede freie Minute – zwischen den Proben für die »Toten Seelen« und der allabendlichen Arbeit im TRAM –, um die Rolle des »Ersten«, des Chronisten*, zu konzipieren, bin aber gezwungen, täglich und stündlich alles liegenzulassen, um in der Stadt Geld aufzutreiben. Ich halte es für meine Pflicht, die Direktion davon zu unterrichten, daß meine Kräfte zur Neige gehen.

18. März 1931. Moskau
An Konstantin Stanislawskij

Teurer, sehr verehrter Konstantin Sergejewitsch!

Ich habe im TRAM gekündigt, weil mir die Arbeit dort über den Kopf wächst.

Ich möchte Sie bitten, mich nicht nur als Regisseur, sondern auch als Schauspieler des Künstlertheaters zu beschäftigen. [. . .]

Ihr ergebener M. Bulgakow

Anfang 1931. Moskau
An Jossif Stalin (Entwurf)

Sehr geehrter Jossif Wissarionowitsch!

Seit ich verstummt bin, sind ungefähr achtzehn Monate verstrichen. Jetzt, da ich mich sehr leidend fühle, darf ich Sie bitten, mein erster Leser zu werden* . . .

30. Mai 1931. Moskau
An Jossif Stalin

Sehr geehrter Jossif Wissarionowitsch!

»Immer stärker wurde in mir der Wunsch, ein moderner Schriftsteller zu werden. Aber gleichzeitig sah ich, daß man bei der Darstellung der Gegenwart unmöglich in jenem hochgestimmten und gelassenen Zustand verweilen kann, der für die Ausführung eines großen und harmonischen Werkes notwendig ist.

Die Gegenwart ist allzu lebendig, allzu bewegend, allzu irritierend. *Die Feder des Schriftstellers neigt sich unmerklich der Satire zu.*

... Ich ahnte immer schon, daß das Leben große Opferbereitschaft von mir fordern wird und daß ich, um meinem Vaterland dienen zu können, fern von ihm mich entwickeln muß.

... Ich wußte nur, daß ich keineswegs zu dem Zwecke reise, um mich an fremden Ländern zu ergötzen, sondern vielmehr um zu dulden, als ahnte ich, daß ich Rußland nur außerhalb Rußlands schätzen, es nur aus der Ferne lieben lernen würde.«

Nikolaj Gogol

Ich bitte Sie inständig um Fürsprache bei der Regierung der UdSSR, damit ich vom 1. Juli bis zum 1. Oktober 1931 beurlaubt werde und diese Zeit im Ausland verbringen darf.

Ich kann sagen, daß sich nach anderthalb Jahren des Schweigens nun neue schöpferische Pläne mit unbezwinglicher Macht in mir geregt haben, daß diese Pläne umfangreich und bedeutend sind, und bitte die Regierung, mir ihre Verwirklichung zu ermöglichen.

Seit Ende 1930 leide ich an einer schweren Neurasthenie mit Angstzuständen und Herzbeklemmungen und fühle mich gegenwärtig am Ende meiner Kräfte.

Ich habe zwar Pläne, aber keine physischen Kräfte mehr, und ebenso fehlen mir die für die Durchführung meiner Absichten notwendigen Voraussetzungen.

Die Krankheitsursache ist mir wohlbekannt.

Auf dem weiten Feld der russischen Literatur war ich in der UdSSR der einzige literarische Wolf. Man gab mir den Rat, mir den Pelz zu färben. Ein törichter Rat. Ob gefärbt oder geschoren – ein Wolf wird nie wie ein Pudel aussehen.

Man hat mich wie einen Wolf behandelt. Einige Jahre lang jagte man mich nach allen Regeln der Literatur-Hatz in einem umzäunten Hof.

Ich nehme keinem etwas übel, aber ich bin sehr erschöpft, und Ende 1929 brach ich zusammen. Denn auch ein wildes Tier kann müde werden.

Nun tat das wilde Tier kund und zu wissen, es sei nicht länger ein Wolf, ein Schriftsteller, es schwöre seinem Beruf ab. Es verstumme. Das war, sagen wir es unverblümt, kleinmütig.

Es gibt keinen Schriftsteller, der verstummen kann, und wenn er verstummt, dann ist er eben kein wahrer Schriftsteller.

Wenn aber ein wahrer Schriftsteller verstummt, dann ist es der Tod.

Die Ursache meiner Krankheit ist die Hetzkampagne, die ich lange Jahre ertragen habe, und das anschließende Verstummen.

Im vergangenen Jahr leistete ich folgendes:

– ungeachtet der sehr großen Schwierigkeiten verwandelte ich Gogols »Tote Seelen« in ein Theaterstück,

– arbeitete ich als Regisseur des Moskauer Künstlertheaters bei den Proben zu diesem Stück mit,

– arbeitete als Schauspieler, indem ich erkrankte Schauspieler bei diesen Proben vertrat,

– wurde vom Moskauer Künstlertheater verpflichtet, bei sämtlichen Revolutionsfeiern und Veranstaltungen des laufenden Jahres Regie zu führen,

– nahm etliche Aufgaben im Moskauer TRAM wahr, wobei ich mich nach dem vollen Arbeitstag im Künstlertheater auf die abendliche Arbeit im TRAM umstellen mußte,

– kündigte im TRAM am 15. III. 1931, als ich merkte, daß mein Gehirn mir den Dienst versagte und daß der Nutzen, den ich diesem Theater brachte, nur sehr gering sein konnte,

– übernahm die Regie im Theater des Sanproswet* bis Juli.

Und begann, nachts zu schreiben.

Aber ich habe mich überschätzt.

Ich bin erschöpft.

Jetzt sind all meine Eindrücke monoton, die Pläne tragen einen Trauerflor, Kummer und die gewohnte Ironie vergiften mich.

In den Jahren meiner schriftstellerischen Tätigkeit haben mir alle Mitbürger, Parteimitglieder und Parteilose, eingeredet – und schließlich mit Erfolg –, daß ich von dem Augenblick an, da ich meine erste Zeile geschrieben und veröffentlicht hatte, bis zum Ende meines Lebens kein anderes Land der Erde zu sehen bekäme.

Sollte das wahr sein – dann sind meine Horizonte verhangen, die Türen zur höchsten schriftstellerischen Schule verriegelt, und ich bin der Möglichkeit beraubt, entscheidende Fragen endgültig zu lösen. Die Psychologie des Strafgefangenen ist perfekt.

Wie soll ich dann mein Land, die UdSSR, künftig besingen?

Bevor ich diese Zeilen an Sie zu schreiben begann, habe ich alles erwogen. Ich muß die Welt sehen und, wenn ich sie gesehen habe, zurückkommen. Das ist der Schlüssel zu allem.

Ich möchte Sie, Jossif Wissarionowitsch, davon unterrichten, daß bedeutende Künstler, die das Ausland bereits kennen, mich davor gewarnt haben, dort zu bleiben.

Ich wurde ermahnt, mich besonders vorsichtig zu verhalten, die Tür nicht versehentlich hinter mir zuzuschlagen, falls die Regierung mir diese Tür öffnen sollte, mir nicht den Rückweg abzuschneiden und damit eine Situation heraufzubeschwören, die weit schlimmer wäre als ein Aufführungsverbot meiner Stücke.

Nach der Meinung aller Personen, die sich für meine Arbeit ernsthaft interessieren, bin ich in keinem anderen Land, außer dem eigenen, der UdSSR, denkbar, weil ich elf Jahre aus diesem Land all meine Kräfte geschöpft habe.

Solchen Warnungen gegenüber bin ich hellhörig, und die gewichtigste kam von meiner Frau, die bereits im Ausland war und mir, als ich um die Ausweisung bat, kategorisch erklärte, daß sie unter keinen Umständen im Ausland bleiben wolle, und daß ich dort spätestens nach einem Jahr an Heimweh einginge.

(Ich bin noch nie im Leben im Ausland gewesen. Die gegenteilige Behauptung in der Großen Sowjetischen Enzyklopädie ist unrichtig.)

»Einen solchen Bulgakow kann das sowjetische Theater nicht gebrauchen«, schulmeisterte ein Kritiker, nachdem ich verboten worden war.

Ich weiß nicht, ob das sowjetische Theater mich gebrauchen

kann oder nicht, ich aber brauche das sowjetische Theater so nötig, wie die Luft zum Atmen.

Ich bitte die Regierung der UdSSR, mich bis zum Herbst ausreisen zu lassen und meiner Frau, Ljubow Jewgenjewna Bulgakowa, zu erlauben, mich zu begleiten. Um das Letztere bitte ich, weil ich ernstlich krank bin. Ich brauche die Begleitung eines mir nahestehenden Menschen. Ich leide an Angstzuständen, sobald ich alleine bin.

Sollten zu diesem Brief irgendwelche zusätzliche Angaben erforderlich sein, so bin ich bereit, vor einer zuständigen Person zu erscheinen und sie zu machen.

Aber indem ich diesen Brief schließe, gestehe ich Ihnen, Jossif Wissarionowitsch, daß ich als Schriftsteller davon träume, zu Ihnen persönlich bestellt zu werden.

Glauben Sie mir, ich wünsche es nicht nur, weil es die günstigste aller Möglichkeiten wäre, sondern weil Ihr Anruf im April 1930 eine tiefe Spur in meiner Erinnerung hinterlassen hat.

Sie sagten: »Vielleicht sollten Sie wirklich ins Ausland gehen . . .?«

Ich bin mit solchen Gesprächen nicht verwöhnt worden. Dieser Satz hat mich gerührt, und im guten Glauben habe ich ein ganzes Jahr lang, ohne mich zu schonen, in sowjetischen Theatern gearbeitet.

M. Bulgakow

29. Juni 1931. Aus Moskau
An Wikentij Weressajew

Lieber Wikentij Wikentjewitsch!

Gute Menschen anzurufen traue ich mich nicht mehr und ebensowenig, an sie zu schreiben oder sie zu besuchen: Es ist sehr ungezogen, wie ich von der Bildfläche verschwunden bin, ich weiß es selbst.

Aber ich hoffe, Sie werden mir glauben, wenn ich Ihnen sage, daß das Theater mich mit Haut und Haaren gefressen hat. Es gibt mich einfach nicht mehr. Nur die »Toten Seelen«. Außer der Adaption und den Korrekturen, deren Zwangsherrschaft offenbar kein Ende nehmen wird, kommt die Regie und auch Schauspielerei dazu (vom kommenden Herbst an werde ich zu der Truppe gehören – wie gefällt Ihnen das?). [. . .]

Das Ende der Geschichte ist sehr ernst: ich bin krank, Wikentij Wikentjewitsch. Ich möchte nicht die Symptome aufzählen, sondern nur sagen, daß ich meine Geschäftsbriefe nicht mehr beantworte. Und hin und wieder regt sich der giftige Gedanke – habe ich nicht tatsächlich meinen Kreis vollendet? In der Gelehrtensprache heißt so etwas Neurasthenie, wenn ich mich nicht irre.

[. . .]

Ihnen wünsche ich das Allerbeste.

Ihr M. Bulgakow

1. Juli 1931. Aus Moskau nach Subzow an der Wolga
An die befreundete Dramatikerin Natalja Wenkstern

[. . .] Alles hängt von den Umständen ab. Wenn alles klappt, dann versuche ich im Juli (vielleicht nach dem 10.) nach Subzow auszubrechen. [. . .] Meine Pläne: Allein im Nebenhaus zu sitzen, zu schreiben und mich mit Ihnen in hochliterarischen Gesprächen genüßlich zu ergehen. Außer dem Schreiben werde ich eine nackte Lebensart pflegen: Bademantel, Pantoffeln, Schlafen, Essen . . .

Wenn ich komme, erzähle ich Ihnen viel Komisches, was nur für Sie allein bestimmt ist. [. . .] Ich werde mich verkriechen wie Diogenes in sein Faß.

22.–28. Juli 1931. Aus Moskau
An Wikentij Weressajew

Lieber Wikentij Wikentjewitsch!

Heute aus der Stadt Subzow zurückgekehrt, wo ich zwölf Tage schrieb und badete, fand ich Ihren Brief vom 17. VII. vor und freute mich sehr darüber. [. . .]

In der Tat: Warum sehen wir uns so selten? In jenem dunklen Jahr, als ich zerschmettert wurde und die Karten mir nur das eine sagten – einen Strich zu ziehen und mir eine Kugel durch den Kopf zu jagen, sind Sie gekommen und haben mich wieder aufgerichtet. Die allergescheiteste schriftstellerische Zartheit! [. . .]

Die tägliche Hetze kann von vielerlei Art sein. Bei mir ist sie widernatürlich. Sie setzt sich zusammen aus der dunkelsten Unruhe, aus Zersplitterung in lauter Kleinigkeiten, mit denen ich mich gar nicht abgeben sollte, aus absoluter Verzagtheit, neurasthenischen Ängsten und kraftlosen Anstrengungen. Einer meiner Flügel ist gebrochen.

Ich habe die menschlichen Beziehungen und auch meine Korrespondenz vernachlässigt. [. . .] Glauben Sie vielleicht, ich hätte nicht versucht, an Sie zu schreiben, als das Theater mir keine Zeit ließ, Sie zu besuchen? Ich kann Ihnen versichern, daß ich es mehrfach versucht habe. Aber ich bringe keine fünf Briefzeilen zusammen. Ich habe Angst vorm Schreiben! Und verbrenne die angefangenen Briefe im Ofen. [. . .]

26. Juli

Wikentij Wikentjewitsch! Bitte lesen Sie das Folgende aufmerksam! Und geben Sie mir einen Rat.

Ich habe großes Pech. Mein Gespräch mit dem Generalsekretär kam nicht zustande. Das ist entsetzlich und ein schwarzer Sarg. Ich wünsche mir verzweifelt, andere Länder zu sehen, und sei es noch so flüchtig. Das ist mein erster Gedanke beim Aufwachen und mein letzter beim Einschlafen.

Ein ganzes Jahr lang habe ich darüber gegrübelt: Was ist eigentlich geschehen? Das war doch keine Halluzination, als ich seine Worte hörte? Er war es doch, der diesen Satz sagte: »Vielleicht sollten Sie wirklich ins Ausland gehen . . .?«

Er hat es doch gesagt! Was ist inzwischen geschehen? Er wollte mich doch empfangen? . . . [. . .]

27. Juli

In Moskau kursieren zwei Theorien. Nach der ersten (die zahlreiche Anhänger hat) stehe ich unter ununterbrochener, genauester Beobachtung, wobei jede meiner Zeilen, Gedanken, Sätze, Schritte abgewogen wird. Es ist eine zwar schmeichelhafte Theorie, aber sie hat einen Fehler. Auf meine Frage – »Warum, wenn das alles so interessant und wichtig ist, warum darf ich nicht schreiben?« – kommt der Moskauer Spießbürger zu folgendem Schluß: »Eben darum! Sie schreiben Gottweißwas und müssen deshalb erst in der Esse der Entbehrungen und Widerstände durchgeglüht werden. Und wenn Sie endgültig durchgeglüht sind, dann strömt Lobpreis aus Ihrer Feder.«

Aber das würde die Formel »Das Sein bestimmt das Bewußtsein« einfach auf den Kopf stellen, denn es ist einfach unvorstellbar, daß ein Mensch, dessen Sein nur aus Entbehrungen und Mißgeschick besteht, plötzlich in Lobpreisungen ausbricht. Deshalb glaube ich nicht an diese Theorie.

Und nun die andere Theorie: Sie hat beinahe keine Anhänger, dafür zähle ich zu ihnen.

Nach dieser Theorie ist überhaupt nichts da! Weder Feinde, noch Esse, noch Beobachtungen, noch der Wunsch nach Lobpreisungen – nichts. Keiner interessiert sich dafür, keiner braucht es, wovon ist überhaupt die Rede? Die Stücke dieses Bürgers wurden gespielt, und eines Tages wurden sie abgesetzt, was ist schon dabei? Warum soll dieser Bürger, irgendein Sidor, Pjotr oder Iwan, warum soll er an das Zentralkomitee schreiben, an das Volkskommissariat für Erziehung und an Gott weiß welche Instanzen noch, Eingaben und Bitten schreiben und auch noch Ausreiseanträge?! Was erreicht er damit? Er erreicht überhaupt nichts. Weder Gutes, noch Schlechtes, keinerlei Resonanz. Und das ist richtig so, und ist vernünftig! Denn, will man erst allen Sidors antworten, dann haben wir bald eine babylonische Sprachverwirrung.

Das ist die richtige Theorie, Wikentij Wikentjewitsch! Aber auch sie taugt nichts. Denn auch sie wurde relativiert, als ich auf dem Tiefpunkt meiner Verzweiflung das Glück hatte, vom Generalsekretär angerufen zu werden, vor etwa einem Jahr. Verlassen Sie sich auf meinen Geschmack: Er führte die Unterhaltung energisch, klar, staatsmännisch und elegant. Im Herzen des Schriftstellers leuchtete die Hoffnung auf: nur noch ein letzter Schritt – mit ihm zusammenkommen und den Schicksalsspruch vernehmen. [. . .]

28. Juli

Aber dann fiel ein dichter Vorhang. Es verstrich über ein Jahr. Noch ein Brief kam selbstverständlich nicht in Frage.

Trotzdem habe ich im Frühling geschrieben und den Brief abgeschickt. Das Aufsetzen dieses Briefes war eine einzige Qual. Dem Generalsekretär gegenüber ist nur eine einzige Haltung möglich – Wahrheit und Ernst. Aber versuchen Sie, alles in einem Brief unterzubringen! Dann muß man vierzig Seiten schreiben. Am besten ließe sich diese Wahrheit in einem Telegramm ausdrücken:

»Gehe zugrunde an nervlicher Anspannung. Ermöglichen Sie drei Monate *Szenenwechsel*. Komme zurück!«

Das wäre alles. Die Antwort könnte auch per Telegramm erfolgen: »Abreise morgen.«

Bei der bloßen Vorstellung einer solchen Antwort begann das strapazierte Herz zu klopfen, und ich meinte Licht zu erblicken. Ich stellte mir die Sonnenfluten über Paris vor! Ich schrieb also den Brief. Ich zitierte Gogol, ich versuchte alles, was mein Herz erfüllt, mitzuteilen.

Aber das Licht verlosch. Die Antwort blieb aus. Jetzt ist meine Stimmung düster. Jemand wollte mich trösten: »Der Brief ist nicht angekommen.» Das ist ausgeschlossen. Ein anderer, ein praktischer Kopf, ohne Lichtfluten und Träumereien, unterzog den Brief einer strengen Prüfung. Und war höchst unzufrieden.

»Wer soll Dir glauben, daß Du so krank bist und Deine Frau Dich unbedingt begleiten muß? Wer soll Dir glauben, daß Du zurückkommst? Wer soll Dir überhaupt glauben?«

Undsoweiter.

Seit meiner Kindheit hasse ich den Ausdruck »Wer soll Dir das glauben?« Dort, wo dieses Wort »Wer soll Dir das glauben?« regiert, kann ich nicht leben, gibt es mich nicht. Ich könnte ja selbst ein Dutzend solcher Fragen stellen: »Und wer soll mir glauben, daß Gogol mein Lehrer ist? Und wer soll mir glauben, daß ich große Pläne habe? Und daß ich ein Schriftsteller bin?« Undsoweiter, undsoweiter.

Nun erwarte ich nichts Gutes mehr. Aber ein Gedanke peinigt mich. Für mich ist es offenbar Zeit, an Wichtigeres zu denken. Aber bevor ich mich zu Wichtigem und Furchtbarem entschließe, möchte ich, wenn schon nicht eine Ausreisegenehmigung, doch zumindest eine Auskunft erhalten. Habe ich nicht Anrecht auf eine Auskunft?

Ich schließe diesen Brief, weil Sie ihn sonst nie erhalten werden. Sollten wir uns nicht bald sehen, werde ich Ihnen noch einen Brief über mein Stück schreiben.

Wikentij Wikentjewitsch, ich bin unruhig geworden, ängstlich, abergläubisch, erwarte jeden Augenblick ein Unglück.

Ich wünsche Ihnen Gesundheit und gute Erholung. Einen Gruß an Marija Germogenowna.

Ich erwarte Ihren Besuch, Ihren Anruf. Ljubow Jewgenjewna ist in Subzow.

Ihr M. Bulgakow.

P. S. Ich habe den Brief durchgelesen und sehe, er ist verteufelt schlecht geschrieben! Entschuldigen Sie.

12. August 1931. Nach Moskau
Von Wikentij Weressajew

Lieber Michail Afanassjewitsch!

Ich erhielt Ihren Brief und spürte weniger aus Ihren Worten als aus dem Brief als ganzem, wie schwer Sie erkrankt sind und wie zerknüllt alles in Ihrer Seele ist. Meinen Rat? Ich habe nicht verstanden, worauf sich mein Rat beziehen soll. Aber ich denke nach wie vor, daß die Hoffnung auf einen Aufenthalt im Ausland eine absolut sinnlose Hoffnung ist. [. . .]

Es ist sehr schwer, jemandem in Ihrer Lage etwas zu raten, und dennoch möchte ich Ihnen einen Rat geben. Stellen Sie sich vor, einem Mann wird eröffnet: »Sie werden keine Kinder haben.« Darauf sagt er sich: »Wozu dann das Geschlechtsleben? Zum Teufel damit!« Und er gerät in eine schreckliche Lage: Die Gesundheit läßt nach, er ist gereizt, unbefriedigt, träumt von nackten Mädchen, seine Gedanken kreisen immer nur um denselben Punkt. Ist denn das Bedürfnis zu schreiben für einen Künstler schwächer als der Geschlechtstrieb? Kann er denn überhaupt, ohne daran zu zerbrechen, sich sagen: »Ich werde nicht gedruckt – wozu dann schreiben?« Das ist entschieden falsch.

29. August 1931. Aus Paris nach Moskau
Von seinem Bruder Iwan

Mein lieber Mischa!

Ich wünschte mir schon lange, Dir mein Leben zu beschreiben, Dir alles Mögliche mitzuteilen, und etwas über Dich, über Dein Leben zu erfahren. Ich bin nach Paris gezogen, wo ich Kolja wieder getroffen habe, nach einer zehnjährigen Trennung. Ich spiele jetzt Balalaika im Orchester und als Solist.

Ich bin, wie Du weißt, verheiratet und habe eine Tochter – Ira.

Sie wird demnächst sieben. Die Meinen sind über Dich bestens unterrichtet und lieben Dich, als gehörtest Du zu ihnen, freuen sich, wenn Du Dich freust und trauern, wenn Du trauerst. [. . .] Ich wünsche mir sehr, die Verbindung zu Dir nicht abreißen zu lassen, aber ich möchte Dich und Deine Arbeit nicht stören. Ich schreibe auch, vielmehr, ich habe geschrieben: Vorwiegend Gedichte, ein wenig Prosa. Ich hätte Dir gern etwas davon gezeigt. Jetzt habe ich unheimlich viel zu tun (von drei Uhr nachmittags bis Mitternacht). Nun, da ich mit Kolja zusammen bin, geht es mir besser. Früher fühlte ich mich einsam und von allen abgeschnitten.

6. Oktober 1931. Aus Moskau nach Leningrad
An Ruwim Schapiro (Großes Schauspielhaus in Leningrad)

Hiermit teile ich ihnen mit, daß das Repertoire-Hauptkomitee die Aufführung von »Molière« auf den Bühnen Moskaus und Leningrads genehmigt hat. [. . .]

Wenn Ihr Theater »Molière« aufführen möchte, bitte ich, einen Vertrag mit mir abzuschließen.

26. Oktober 1931. Aus Moskau nach Leningrad
An Jewgenij Samjatin

Lieber Jewgenij Iwanowitsch!

Was ist denn das für ein Benehmen – nicht eine Zeile an seine guten Freunde? Wann reisen Sie ins Ausland? Ich hörte, daß Sie Ende Oktober oder Anfang November nach Moskau kommen wollen. Lassen Sie mich kurz wissen – wann genau? [. . .]

P. S. Es macht Spaß, wenn man, wie ich, in der Provinz wohnt, Pfeife und Koffer eines echten Touristen zu bewundern.

M. B.

28. Oktober 1931. Aus Leningrad nach Moskau
Von Jewgenij Samjatin

Lieber Afanassjewitsch!

Also – die drei Ms sollen leben: Michail, Maxim*, Molière! Diese wunderbare Kombination aus drei Ms wird Ihnen Glück bringen: Ich freue mich für Sie! Sie avancieren also zum Dramatiker, und ich zum Ahasver . . .

Meine Reise beginnt wahrscheinlich am 14. XI. In Moskau bin ich voraussichtlich am 4. oder 5.: Alles hängt davon ab, wann ich das Visum bekomme (es ist immer noch nicht da – der Teufel soll sie alle holen!).

30. Oktober 1931. Aus Tjarlewo bei Leningrad nach Moskau
Von Pawel Popow

Ich freue mich, Sie in Leningrad zu sehen, zumal wir Ihnen nützlich sein könnten: A. I.* tippt augenblicklich die Varianten von »Krieg und Frieden« ab, und für Sie könnten sich einige Entwürfe Tolstojs bei der Gestaltung der Figuren in den von Ihnen ausgewählten Romanszenen als hilfreich erweisen. Sie könnten sich mit A. I. verabreden und die betreffenden Varianten durchsehen.

25. Dezember 1931. Moskau
An Maxim Gorkij

Sehr geehrter Alexej Maximowitsch!

Mein »Molière« ist zur Aufführung freigegeben, zunächst nur für Moskau und Leningrad [. . .].

Da ich weiß, von welcher Bedeutung Ihr positives Urteil für diese Genehmigung war, möchte ich mich bei Ihnen von Herzen bedanken.

Ich habe die Genehmigung bekommen, das Stück nach Berlin zu schicken, und ich habe es an den Fischer Verlag geschickt, mit dem ich in der Regel meine Verträge über die Rechte und Aufführungsgenehmigungen im Ausland abschließe.

31. Dezember 1931. Moskau
An Konstantin Stanislawskij

Ich wollte Ihnen diesen Brief am Tag nach den Proben zur Ballszene in den »Toten Seelen« schreiben. Aber ich hatte erstens gewisse Bedenken und war zweitens nicht im Theater (erkältet).

Dieser nicht-geschäftliche Brief soll die Begeisterung ausdrükken, die mich in diesen Tagen erfüllt. Im Verlauf von drei Stunden verwandelten Sie vor meinen Augen jene verknotete Szene, die erstarrt war und nicht leben wollte, in eine durch und durch lebendige.

Es gibt eine Magie des Theaters!

In mir weckt sie die schönsten Hoffnungen und richtet mich auf, wenn mein Geist verzagt. Ich werde verlegen, sollte ich sagen, was mich am meisten entzückt hat. Ich weiß es nicht, ehrlich. Wahrscheinlich Ihr Satz über Manilow: »Man darf ihm nichts sagen und ihm keine Fragen stellen – er bleibt sofort an einem kleben« – das war der Höhepunkt. Eine phantastische Charakteristik, gerade für die Bühne, und Ihre Art es vorzumachen – allerhöchste Meisterschaft!

Ich mache mir um Gogol nicht die geringsten Sorgen, wenn Sie bei den Proben dabei sind. Er wird kommen, weil Sie es möglich machen. Er wird in den ersten Bildern der Aufführung unter Gelächter kommen und im letzten wieder abgehen, bedeckt von der Asche tiefer Nachdenklichkeit. Er wird kommen.

Ihr Michail Bulgakow

19. Januar 1932. Aus Paris nach Moskau
Von seinem Bruder Nikolaj

Alle Dinge, die für Ljuba bestimmt sind (die Bluse, die Strümpfe und der kleine Kamm) sind ein Geschenk von Wanja und mir. Das Übrige hätten wir Dir gern geschenkt, Mischa, aber weder ich noch Iwan sind augenblicklich dazu in der Lage, und deshalb müssen wir leider auf die von Dir, Mischa, angegebene Überweisungsmöglichkeit aus Berlin zurückgreifen. 500 (Fünfhundert) Francs müssen überwiesen werden! Ich verstehe sehr gut, daß das sehr viel ist, aber im Augenblick sehe ich keine andere Möglichkeit. Sollte die Summe zu hoch sein, oder solltest Du, Michail, keine entsprechenden Reserven haben, dann überweise uns so viel, wie Dir möglich ist!

25. Januar – 24. Februar 1932. Aus Moskau nach Tjarlewo bei Leningrad
An Pawel Popow

Lieber Pawel Sergejewitsch!

Nun, endlich, kommt es zu einer Antwort auf Ihren letzten Brief. Die Schlaflosigkeit, seit neuestem meine treue Gefährtin, kommt mir zuhilfe und führt meine Feder. Gefährtinnen halten selten die Treue, wie bekannt. Oh, wie wünschte ich, daß diese mir untreu würde!

Also, lieber Freund, Sie fragen mich, was am besten zu einem Gläschen Wodka schmeckt? Schinken. Aber das genügt nicht. Dazu gehört Dämmerung, ein altes, verschlissenes Sofa, die Umgebung alter und treuer Dinge. Der Hund muß auf dem Boden neben dem Stuhl liegen, und die Straßenbahnen dürfen sich nicht bemerkbar machen. Im Augenblick, es ist bereits nach fünf, heulen sie schon, während sie aus dem Depot ausschwirren. Meine gottverdammte Behausung bebt. Übrigens möchte ich mein Schicksal nicht herausfordern. Sonst könnte ich im Sommer auch sie verlieren, wenn ich Pech habe – der Vertrag läuft ab. [. . .]

Haben Sie es schon gehört? Hat es sich bis Leningrad und Tjarlewo herumgesprochen? Nein? Bitte sehr: Am 5. Januar rief man mich aus dem Theater an und teilte mir mit, daß »Die Tage der Turbins« ab sofort wieder auf dem Spielplan sei. Es ist mir peinlich, aber ich gestehe: Diese Mitteilung hat mich umgeworfen. Mir wurde physisch übel. Eine Woge von Freude, aber gleich darauf meine alte Melancholie. Ja, das Herz, das Herz! [. . .]

Und dann schwappte die Nachricht über die Stadt. Mein Gott, was hat es dann nicht alles gegeben! [. . .]

30. Januar.

Es gab einen dreifachen Verdruß. Der erste drückte sich in der Formel aus: »Meinen Glückwunsch. Jetzt kommen Sie zu Geld!« – Einmal – erträglich. Zweimal – erträglich. Aber beim hundertsten Mal wird es unerträglich. Man sage, was man will, aber wir sind doch unkultiviert! Was ist das für eine Art zu gratulieren! Zumal eine Gratulation diesen Inhalts, für einen wie mich, noch lange Zeit einen idiotischen Hohn bedeuten wird. Ich denke mit Entsetzen an den kommenden Sommer und an die Wohnungsfrage.

Nummer zwei: »Ich bin tödlich beleidigt, wenn ich keine Karten für die Première bekomme!« Eine mittelalterliche Marter.

Der dritte ist der schlimmste: Es stellte sich heraus, daß der Moskauer Bürger um jeden Preis wissen wollte: »Was hat das zu bedeuten?« Mit dieser Frage begann man mich zu foltern. Damit hatten sie den wunden Punkt getroffen! Darauf begannen sie, Erklärungen auf eigene Faust zu suchen, angesichts der Tatsache, daß weder der Autor noch sonst jemand etwas zu erklären wünschte oder zu erklären vermochte. Und darauf haben sie so viel zusammenerklärt, Pawel Sergejewitsch, so viel, daß es einem schwarz vor Augen werden konnte. [. . .] Und dennoch, Pawel Sergejewitsch, was hat das zu bedeuten? Weiß ich es?

Ich weiß es. In der ersten Hälfte des Monats Januar 1932 ging im Moskauer Künstlertheater aufgrund von Ursachen, die mir unbekannt sind und die ich keiner Analyse unterziehen kann, die bemerkenswerte Weisung der Regierung der UdSSR ein, das Stück »Die Tage der Turbins« wieder auf den Spielplan zu setzen.

Für den Autor dieses Stückes bedeutet das, daß ihm – dem Autor – ein Teil seines Lebens zurückgeschenkt wird. Das ist alles.

24. Februar 1932.

Heute erhielt ich Ihre Karte vom 20. II. 1932. Ich bedanke mich innigst für Ihren Glückwunsch!

Diesen Brief, obgleich er überholt ist, werde ich an Sie abschikken, wie auch die anschließenden. Sie sehen also, wie ich mich im epistolarischen Stil übe. Mühsam, als wäre ich vor einen Wagen gespannt! Dieser Brief geht also als »Brief Nr. 1« ab. [. . .]

Michail

20. Februar 1932. Aus Tjarlewo nach Moskau
Von Pawel Popow (Postkarte)

Ich habe gestern Löcher in die Moskauer Zeitung gelesen, aber ich fand nur: »›Die Tage der Turbins‹ (ausverkauft)«, das letzte Wort sagte mir nicht viel, denn ich habe es bereits vor einigen Jahren in diesem Zusammenhang gesehen: Außerdem hätte ich gern noch ein paar andere Worte gelesen, denn an dieser Stelle braucht man, wie es in den Redaktionen heißt, eine »Annotation«. Hier kursieren verschiedene phantastische Gerüchte, die ich zu beschwichtigen versuche.

15. März 1932. Moskau
An Wikentij Weressajew

Immer wieder nehme ich mir vor, Sie in der Dämmerung zu besuchen, mich mit Ihnen über Literatur zu unterhalten, aber die Proben nehmen kein Ende.

Wir proben bei Stanislawskij – und da wird es immer spät.

Indes meldet sich zuweilen das quälende Bedürfnis nach einem Gespräch.

Gestern erhielt ich die Nachricht, daß mein »Molière« in Leningrad beerdigt wurde. Das Große Schauspielhaus schickte mir einen Brief, in dem es mir mitteilt, daß der künstlerisch-politische Beirat die Aufführung ablehnt und daß das Theater mich von allen Vertragsverpflichtungen entbindet.

Meine Empfindungen?

Meine erste Regung war, jemanden bei der Gurgel zu packen und mich in den Kampf zu stürzen. Dann klärte sich mein Gemüt. Ich sah ein, daß es niemanden gibt, den ich packen kann und daß ich auch nicht weiß, weshalb und wofür. Die Kämpfe gegen die Windmühlen fanden, wie Ihnen bekannt sein dürfte, in Spanien, und zwar in ferner Vergangenheit, statt.

Das ist ein törichtes Unterfangen.

Ich bin alt.

Und die Vorstellung, daß jemand mir von der Seite einen kalten, energischen Blick zuwirft, lacht und sagt: »Soso, streng dich an, streng dich mal an!« Nein, nein undenkbar.

Das Bewußtsein der eigenen vollständigen, unbezweifelbaren Ohnmacht muß man für sich behalten. [. . .]

19. März 1932. Aus Moskau nach Tjarlewo
An Pawel Popow

Brief Nr. 2

[. . .] Worum geht es?

In erster Linie ist es ein solcher Schlag für mich, daß ich nicht darüber sprechen möchte. Es fiele mir schwer und dauerte lange.

Ich habe alles auf die Première im April (voraussichtlich) an der Fontanka gesetzt. Doch dies Spiel ist verloren. Der Sommer hat sich in Luft aufgelöst . . . kurz, was soll ich da lange reden?

Sie sind der einzige, vor dem ich zugebe, daß das ein wirklicher Schlag war. Sagen Sie es keinem, damit man es nicht zum Anlaß nimmt, mir weiteren Schaden zuzufügen.

Ferner bedeutet das, zu meinem Entsetzen, daß die Genehmigung des Repertoire-Hauptkomitees für alle Theaterstücke außer den meinen gilt.

Es ist mir nun eine angenehme Pflicht, zu betonen, daß ich dieses Mal gegenüber den Staatsorganen keinerlei Beschwerden vorbringen kann. Die Genehmigung ist da.

Der Staat, vertreten durch seine Kontrollorgane, hat das Stück nicht abgesetzt. Und ihn triff keine Verantwortung, wenn das Theater das Stück absetzt. Wer hat es nun abgesetzt? Das Theater? Aber ich bitte Sie! Wozu hätte es dann 1200 Rubel an mich auszahlen und ein Direktionsmitglied zur Vertragsunterzeichnung nach Moskau schicken sollen?

Endlich schlug wie ein Blitz aus heiterem Himmel eine Information aus Leningrad ein. Es stellte sich heraus, daß das Stück keineswegs von einem Staatsorgan abgesetzt worden war. Eine völlig unerwartete Figur hat »Molière« den Garaus gemacht.

»Molière« wurde das Opfer eines Privatmannes ohne jede Autorität, eines unpolitischen Kunstgewerblers, aus Gründen, die mit Politik nichts zu tun haben. Dieser Bastler ist von Beruf Theaterschriftsteller. Er erschien im Theater und jagte allen einen solchen Schrecken ein, daß man das Stück fallen ließ. [. . .]

Worum geht es hier eigentlich?

Es geht darum: An der Fontanka, mitten am hellichten Tag, bekam ich einen Messerstich in den Rücken und zwar vor den Augen eines schweigend verharrenden Publikums. Das Theater schwört übrigens, daß es »Hilfe!« gerufen habe, daß aber niemand zur Hilfe herbeigeeilt sei. Ich verbiete mir den leisesten Zweifel daran, daß es geschrien hat, aber es hat ganz leise geschrien. Es hätte einen telegraphischen Hilferuf nach Moskau richten sollen, und zwar wenigstens an das Volkskommissariat für Bildung.

Augenblicklich neigen sich zwei oder drei mitfühlende Gesichter über mich. Sie sehen, der unbekannte Bürger schwimmt in seinem Blut. Sie raten ihm: »Schrei doch!« Schreien im Liegen halte ich für unschicklich. Es ist keinesfalls bühnenwirksam! [. . .]

Als vor hundert Jahren der Großmeister unseres russischen Schriftstellerordens getroffen wurde, fand man an seinem Leichnam eine schwere Verletzung durch Schußwaffe. Wenn hundert Jahre später einer seiner Nachfahren vor der großen Reise entkleidet wird, wird man an ihm einige Narben von Messerstichen entdecken. Und alle am Rücken. Man hat bloß die Waffen gewechselt!

Fortsetzung folgt, falls genehm. In mir ist es trübe.

Ihr M. Bulgakow

14.–20. April 1932. Aus Moskau nach Tjarlewo
An Pawel Popow

Fünf Uhr morgens. Ich kann nicht schlafen. Ich lag da, führte Selbstgespräche, und gestatte mir, lieber Pawel Sergejewitsch, ein wenig mit Ihnen zu plaudern. [. . .]

Jetzt schaue ich Nacht für Nacht nicht mehr nach vorn, sondern rückwärts, weil ich in der Zukunft nichts mehr für mich entdecken kann. In der Vergangenheit beging ich fünf schicksalhafte Fehler. Wären sie nicht gewesen [. . .], schiene die Sonne mir heute ganz anders, und ich müßte nicht in der Morgendämmerung meine Zeilen tonlos im Bett vor mich hinflüstern, sondern brächte sie, wie es sich gehört, am Schreibtisch zu Papier. Aber jetzt ist nichts mehr zu ändern, nichts mehr rückgängig zu machen. Ich verfluche nur jene zwei Anfälle plötzlicher Zaghaftigkeit, unabweisbar wie eine Ohnmacht, der ich zwei von den fünf Fehlern verdanke. Ich kann mich rechtfertigen: Diese Zaghaftigkeit war rein zufällig – eine Folge meiner Überanstrengung. Die Jahre meiner schriftstellerischen Arbeit haben mich müde gemacht. Ich habe eine Entschuldigung, aber keinen Trost.

15. April. Fortsetzung

Müde, wie ich bin, spüre ich, daß es unbedingt nötig und an der Zeit ist, das Fazit zu ziehen, endgültige Entscheidungen zu treffen, und ich lasse immer wieder mein bisheriges Leben an mir vorüberziehen und frage mich, wer denn eigentlich wirklich mein Freund war. Es waren ihrer so wenige! Ich denke an Sie, ich denke unter allen Umständen und unerschütterlich an Sie, Pawel Sergejewitsch

20. April

[. . .]

Ich weiß, es ist nicht die feine Art, nur von sich zu reden, aber ich kann nicht schreiben, über nichts anderes schreiben, solange ich den Knoten in meiner Seele nicht aufgeknüpft habe. Ich werde Ihnen zuallererst von den »Turbins« schreiben, denn an diesem Stück hängt mein ganzes Leben, wie an einem einzigen Faden, und Nacht für Nacht bete ich zu meinem Schicksal, daß kein Schwert diesen Faden durchschneiden möge.

Aber zunächst gehe ich zur Probe, dann werde ich schlafen, und wenn ich genug geschlafen habe, schreibe ich den Brief.

24. April 1932. Aus Moskau nach Tjarlewo
An Pawel Popow

... also, meine Reflexionen. Es ist am besten, nehme ich an, daß Sie selbige nach der Lektüre in den Ofen werfen. Der Ofen ist schon seit geraumer Zeit meine Lieblingsredaktion. Er gefällt mir, weil er, ohne wählerisch zu sein, die Quittungen aus der Wäscherei ebenso gierig verschlingt wie angefangene Briefe und sogar, o Schmach, o Schmach, Gedichte! Schon als Kind habe ich Gedichte gehaßt (ich meine nicht Puschkin, Puschkin – das sind keine Gedichte!), und wenn ich welche schrieb, so ausschließlich humoristische, zum Ärger meiner Tante und zum Kummer meiner Mutter, die sich nichts sehnlicher wünschte, als daß ihre Söhne Verkehrsingenieure würden.

Es ist mir unbekannt, ob die Verstorbene weiß, daß ihr Jüngster die Solo-Balalaika in Frankreich spielt, der Mittlere auf dem Gebiet der Bakteriologie im selben Frankreich forscht und der Älteste sich geweigert hat, überhaupt etwas zu werden.

Ich nehme an, daß sie es weiß. Und hin und wieder, wenn ich in bitteren Träumen den Lampenschirm sehe, die Klaviertasten, Faust und sie selbst (und in den letzten Tagen habe ich sie bereits dreimal im Traum gesehen. Warum läßt sie mich nicht in Ruhe?), dann möchte ich sagen: »Fahren wir doch zusammen ins Künstlertheater. Ich möchte Ihnen ein Stück* zeigen. Das ist alles, was ich vorzuweisen habe. Schließen wir Frieden, Mama?«

Dieses Stück wurde am 18. Februar aufgeführt. Von der Twerskaja bis zum Theater reihten sich die Menschen, die mechanisch murmelten: »Haben Sie eine Karte?« Das gleiche auf der Dmitrowka.

Ich war nicht im Saal. Ich war hinter den Kulissen, und die Schauspieler hatten ein solches Lampenfieber, daß ich davon angesteckt wurde. [. . .]

Da erschien ein Bote in Gestalt einer wunderschönen Frau. In der letzten Zeit entwickelte sich bei mir eine bestimmte Fähigkeit bis zur Vollkommenheit, die mir das Leben schwer macht. Es ist die Fähigkeit, im voraus zu wissen, was jemand, der auf mich zugeht, von mir wünscht. Offensichtlich sind die Hüllen um meine Nerven fadenscheinig geworden, und der Umgang mit meinem Hund lehrt mich ständige Wachsamkeit.

Mit einem Wort: Ich weiß, was man mir sagen wird, und es ist schlimm, daß ich weiß, es wird nichts Neues sein. Überraschungen sind ausgeschlossen, alles ist bekannt. Ich sah den angestrengt lächelnden Mund und wußte – sie wird mich bitten, nicht vor den Vorhang zu treten . . .

Der Bote sagte, K. S. habe angerufen und gefragt, wo ich mich befände und wie ich mich fühlte. Ich sagte, ich fühlte mich wohl, befände mich hinter den Kulissen und würde nicht vor den Vorhang treten.

O, wie der Bote strahlte! Und sagte, K. S. halte diesen Entschluß für sehr weise.

Eine besondere Weisheit kann ich in diesem Entschluß nicht entdecken. Es ist ein ganz einfacher Entschluß. Ich wünsche nicht, mich zu verbeugen, nicht, vor den Vorhang gerufen zu werden, ich wünsche überhaupt nur, daß man mich um Christi willen in Ruhe läßt, daß ich ein heißes Bad nehmen kann und nicht täglich daran denken muß, was ich mit meinem Hund machen soll, wenn mein Mietvertrag im Juni abläuft.

Und überhaupt – ich wünsche nichts.

Es gab zwanzig Vorhänge. Und dann quälten mich die Schauspieler und Bekannten mit Fragen: »Warum sind Sie nicht vor den Vorhang gekommen? Was wollten Sie damit demonstrieren?« Also: gehst du hinaus, so demonstrierst du etwas, gehst du nicht hinaus, demonstrierst du ebenfalls etwas. Ich weiß nicht, weiß wirklich nicht, wie ich mich verhalten soll.

6. Mai 1932. Aus Moskau nach Paris
An seinen Bruder Nikolaj

Lieber Kolja,

Ich bitte Dich, mir in folgender Angelegenheit zu helfen. Der S. Fischer Verlag, Berlin 57, Bülowstr. 90, der meine Rechte im Ausland zu vertreten hat, schickte mir einen Brief, in dem er mich wissen läßt, daß ein gewisser Herr Gréanin der Société des Auteurs et Compositeurs Dramatiques eine Vollmacht (?!!!) des Autors vorgelegt und dreitausend Francs in Empfang genommen hat! [. . .]

Überhaupt, was machen sie mit mir im Ausland?

Erinnerst Du Dich, Du schriebst mir einmal, daß Dir gewisse Typen um mein Stück herum nicht geheuer seien. Wer war das? Schreibe ausführlich, nenne die Namen. Bitte. Hilf mir, diese Attacken auf mein Honorar abzuwehren und vor allem möglichst bald diesem Herrn Gréanin auf die Schliche zu kommen.

7. Mai 1932. Aus Moskau nach Tjarlewo
An Pawel Popow

[. . .] Also, die »Toten Seelen« . . . In neun Tagen werde ich 41. Unvorstellbar, aber so ist es.

Und nun, am Ende meiner schriftstellerischen Tätigkeit, sah ich mich gezwungen, Bühnenfassungen herzustellen. Ein strahlendes Finale, nicht wahr? Ich sehe mir die Bücherregale an und bin fassungslos: Wer, ach, wer kommt morgen an die Reihe? Turgenew? Leskow? Der Brockhaus-Efron? Letzterer hat glücklicherweise sich selbst in Szene gesetzt, offensichtlich in weiser Voraussicht dessen, was in den Jahren 1929–31 passieren sollte . . . Nämlich . . .

1). Die »Toten Seelen« *lassen sich nicht für die Bühne bearbeiten.* Nehmen Sie das als Axiom aus dem Munde eines genauen Kenners dieses Werkes. Mir wurde gesagt, daß es bereits 160 Bühnenfassungen gibt. Ob es stimmt oder nicht, die »Toten Seelen« sind jedenfalls unspielbar.

2). Aber warum habe ich es dennoch übernommen?

Ich habe nichts übernommen, Pawel Sergejewitsch. Ich übernehme schon lange nichts mehr, weil ich nicht mehr Herr meiner Schritte bin, sondern das Schicksal verfügt über mich und packt mich bei der Gurgel. Kaum hatte ich meine Stelle im Moskauer

Künstlertheater angetreten, als ich schon als assistierender Regisseur bei den »Toten Seelen« eingesetzt wurde. [. . .] Ein flüchtiger Blick in das Heft mit der Bühnenfassung, die von einem dafür beauftragten Theatermann hergestellt worden war, genügte, damit es mir schwarz vor Augen wurde. [. . .] Mit einem Wort: Ich mußte es selbst schreiben. [. . .]

Sie hätten Nemirowitsch sehen sollen, als er es gelesen hatte! Wie Sie sich denken können, geht es nicht um die 161. Bühnenfassung und überhaupt nicht um eine Bühnenfassung, sondern um etwas ganz anderes [. . .].

Wlad Iwan* war außer sich vor Zorn und Entsetzen. Es gab eine große Schlacht, aber immerhin ging das Stück in dieser Gestalt in den Probensaal. Und nun wird daran schon fast zwei Jahre gearbeitet! [. . .]

8.–13. Juni 1932. Aus Moskau nach Tjarlewo
An Pawel Popow

Ich bin mit der Numerierung meiner Briefe durcheinander geraten und werde sie deshalb nicht mehr weiter numerieren. Ihre Briefe erreichen mich pünktlich und verschaffen mir immer ein gutes Gefühl. Sie kommen mit den anderen, freilich nicht so häufigen, aber mich immerhin belastenden Geschäftsschreiben. Die kann man leicht nach den folgenden Merkmalen klassifizieren:

a) Briefe aus dem Inland

b) Briefe aus dem Ausland

Die ersten sind von kleinlich-alltäglicher Natur. Für das Telefon zum Beispiel im Monat sowieso des Jahres sowieso müssen neun Rubel nachgezahlt werden. Oder es muß begründet werden, weshalb ich nicht Mitglied im Stadtkomitee der Schriftsteller bin? Und wenn ich irgendwo Mitglied bin, dann »bitte angeben«.

Ich bin Mitglied in RABIS* und bin sehr froh, daß ich dort Mitglied bin. Aber in der Tiefe meiner Seele lauert der Gedanke, daß es gar nicht so wichtig ist, wo ich Mitglied bin. Diese Fragen und Antworten kosten mich nur eine Unmenge Zeit.

Mit einem Wort, ein Mückenschwarm, der es einem unmöglich macht, die Natur zu genießen.

Briefe aus dem Ausland sind etwas ganz anderes. Trifft ein solcher Brief ein, dann liegt er auf dem Tisch wie ein Ziegelstein. Ich kenne seinen Inhalt, bevor ich den Umschlag öffne: Die einen fragen, was sie tun, wie sie sich verhalten und auf welche Weise sie mit XY verfahren sollen, und die anderen teilen von Zeit zu Zeit mit, daß da oder dort mein Honorar gestohlen wurde.

Seit ungefähr fünf Jahren erhalte ich solche Briefe und beantworte sie. Jetzt aber, in diesem Jahr, fällt mir die Feder aus der Hand. Es gibt nichts auf der Welt, was einem nicht zuviel wird. [. . .]

In der Tat: Ich schreibe irgendwohin, ins Ungewisse, an Menschen, die ich nicht kenne, wodurch mein Schreiben, genau genommen, gar keinen Einfluß nehmen kann. Wie kann ich aus meiner Pirogowskaja Einfluß darauf nehmen, was in der Bülowstraße oder in der Rue Ballu geschieht?

23. Juni 1932. Aus Tjarlewo nach Moskau
Von Pawel Popow

Lieber Michail Afanassjewitsch!

Unser Glückwunsch zu der erfolgreichen Generalprobe der »Toten Seelen«. Endlich haben wir auch davon erfahren, denn in der letzten Zeit sind die Lebenszeichen von Ihnen gänzlich versiegt. [. . .] Wir hoffen dennoch, Sie in Leningrad zu sehen.

30. Juni 1932. Moskau
An Konstantin Stanislawskij

Lieber Konstantin Sergejewitsch!

Als Antwort auf meine Bitte um einen Vorschuß von zweieinhalbtausend zahlte mir Nikolaj Wassiljewitsch* 1000 aus und keine Kopeke mehr – da kommen einem die Tränen.

Ich bitte Sie, Konstantin Sergejewitsch, inständig, weisen Sie die Verwaltung an, mir ein zweites Tausend auszuzahlen – ich brauche es dringend, um meine Wohnungsangelegenheit zu regeln.

Wie kann ich schon gegen Nikolaj Wassiljewitsch ankommen? Wie?!

Er sagt: »Ich werde meinen Fotoapparat verkaufen und Ihnen etwas leihen.«

Ich möchte Nikolaj Wassiljewitsch keine Scherereien machen

und bei ihm etwas leihen oder in einer wichtigen Wohnungsangelegenheit von seinem Fotoapparat abhängig sein!

Glauben Sie mir, Konstantin Sergejewitsch, daß mir das Bitten keineswegs leicht fällt!

4. August 1932. Aus Moskau nach Tjarlewo
An Pawel Popow

Lieber Freund Pawel Sergejewitsch,

Sobald Jean Baptiste Pocquelin de Molière mich ein wenig aufatmen läßt und ich wieder ein wenig zum Nachdenken komme, setze ich mich voller Lust an einen Brief.

Eine Biographie – zehn Druckbogen – bei der Hitze – und auch noch in Moskau!

Ich möchte Ihnen über Ernstes und Wichtiges schreiben. Und das ist ausgeschlossen angesichts des Grimarest, Despois und anderer Ausländer auf meinem Tisch. [. . .]

6. September 1932. Aus Moskau
An Jewgenij Schilowskij (Entwurf)

Lieber Jewgenij Alexandrowitsch,

Ich traf mich mit Jelena Sergejewna auf ihren Wunsch, und wir haben uns ausgesprochen. Wir lieben einander genauso, wie wir uns früher geliebt haben. Und wir wollen h . . .

4. Oktober 1932. Moskau
An W. Sachnowskij (Moskauer Künstlertheater)

Vertraulich. Eilt.

Um 15.45 standesamtliche Trauung. Erlauben Sie mir, in zehn Minuten zu gehen.

5

1932–1936

Die Aussicht, endlich mit Jelena Sergejewna zusammenzukommen, hatte während der ganzen restlichen Monate des Jahres 1932 einen belebenden Effekt auf das literarische Schaffen Bulgakows. Abgesehen von seiner Arbeit an der Molière-Biographie im Laufe des Sommers, reifte in ihm noch eine weitere Idee im Zusammenhang mit Molière heran. Im Juli war er vom Sawadskij Theater beauftragt worden, *Le bourgeois gentilhomme* zu übersetzen. Etwa um die Zeit seiner Heirat mit Jelena Sergejewna, im September, Oktober und in der ersten Hälfte des November nahm Bulgakow dieses Projekt mit großer Energie in Angriff, und was entstand, war nicht eigentlich eine Übersetzung, sondern eine »Molièriana«, wie er es nannte: ein Potpourri Molièrescher Themen und Figuren, vor allem auf *Le bourgeois gentilhomme* basierend, aber auch gespickt mit Bulgakows eigenen Reflexionen darüber, wie es dem Theater gelingt, den Schein zur Wirklichkeit werden zu lassen. Das Resultat war ein überschäumendes Stück, das aber vom Theater abgelehnt wurde, vermutlich, weil es nur noch wenig mit dem ursprünglichen Auftrag zu tun hatte.

Unverzagt schrieb Bulgakow während des Winters 1932/33 an seinem Molière-Buch weiter und lieferte es am 5. März 1933 beim Verlag ab. Aber einen Monat später wurde auch diese Arbeit abgelehnt, und zwar aus ähnlichen Gründen: der Lektor Alexandr Tichonow fand den Ton und die Struktur zu verspielt, und Gorkij, dem man das Manuskript zugeschickt hatte, um auch seine Ansicht einzuholen, stimmte bei dieser Gelegenheit mit Tichonow überein, statt Bulgakow zu unterstützen. Das Problem mag gewesen sein, daß die Herausgeber dieser Reihe, die kürzlich angelaufen war, eine Sammlung von durch und durch konventionellen Biographien im Sinn hatten – genau solche Bände, wie sie bis heute diese Reihe charakterisieren. Bulgakow hingegen hatte einen geistreichen, brillanten Text hervorgebracht. Seine Darstellung beginnt damit, daß der Erzähler die Geburt Molières beobachtet – und die Hebamme, der die Vorstellung vom zukünftigen Ruhm des Säuglings völlig gleichgültig ist; und Bulgakow fährt fort, indem er sich in eine noch größere, noch kunstvollere Abschweifung stürzt, die sich mit dem Wesen des künstlerischen im Gegensatz zum politischen Ruhm auseinandersetzt sowie mit den Höhen und Tiefen in Molières Schriftstellerkarriere, was auf unangenehme Weise an bestimmte Sachverhalte in der Sowjetunion erinnerte. Laut Tichonow gibt es »einige leicht durchschaubare Anspielungen auf unsere sowjetische Wirklichkeit«, bemerkte Bulgakow spöttisch in einem Brief an Pawel Popow vom 13. April 1933, in dem er von dem Fiasko berichtet. Man kann hinzufügen, daß es nur gut war, daß Tichonow nie das – noch unveröffentlichte – Notizbuch sah, in das Bulgakow die erste Fassung der Biographie schrieb – mit noch weit deutlicheren Anspielungen.

Für Bulgakow war die Ablehnung dieses Werks ein weiterer Schlag, der anzudeuten schien, daß man ihn auch in den dreißiger Jahren daran hindern würde, das Publikum mit jenen Werken zu erreichen, die ihm am wichtigsten waren. Die Vorbereitungen zu seinem Stück über Molière waren im Moskauer Künstlertheater praktisch zum Stillstand gekommen – die Proben wurden nur sporadisch und dann lustlos durchgezogen; die Adaption von *Le bourgeois gentilhomme* war nicht angenommen worden; und nun schien auch die Molière-Biographie, an der er mit solcher Begeisterung gearbeitet hatte, auf Ablehnung zu stoßen. Die »Molière-Jahre« zwischen 1929 und 1933 hatten ihm große persönliche Befriedigung gegeben – aber sie brachten ihm keinen materiellen Gewinn.

Dieses völlige Scheitern aller Bulgakowschen Unternehmungen seit 1929 führte dazu, daß er mit größerer Intensität an einem Roman arbeitete, dem späteren *Meister und Margarita*, und zwar nach seinen Flitterwochen mit Jelena Sergejewna, die sie während des Oktober 1932 in Leningrad verbrachten. Nachdem er, wie 1930 in seinem Brief an Stalin berichtet, die frühere Fassung des Romans aus dem Jahr 1928 verbrannt hatte, kehrte er nun mit erneutem Enthusiasmus zu diesem Projekt zurück und schrieb daran in jeder freien Minute, die er seinen weltlicheren Verpflichtungen abringen konnte. Der Text, ursprünglich wohl als satirischer Roman über die Moskauer Kulturszene konzipiert, in dem eine Christus- sowie eine Teufelsgestalt auftraten, bekam nun allmählich ganz neue Züge. Wie Marietta Tschudakowa gezeigt hat, erhielt die erste vollständige Fassung des Romans, die zwischen 1932 und 1936 abgeschlossen wurde, mit dem neuen Helden, dem namenlosen Meister, eine zusätzliche autobiographische Dimension. Der Autor eines Buches, das die Geschichte von Christus und Pontius Pilatus nachzeichnet, ist durch Schwäche und Feigheit negativ charakterisiert. Seine Begabung wird gerettet durch die Liebe, die ihm von der mutigen Margarita entgegengebracht wird. Margarita wird durch den Pakt mit einer Teufelsgestalt – dem letztlich gutwilligen Woland – in eine Hexe verwandelt, die an den Kritikern, durch die der Meister ruiniert worden ist, zornige Rache übt. Die Figur der Margarita ist eindeutig Jelena Sergejewna nachempfunden, von der alle, die sie kannten, gesagt haben, daß sie ihrem Mann mit leidenschaftlicher Entschlossenheit zur Seite stand. Man hat in den komplexen Verflechtungen des Romans wahre Episoden – manchmal auch in der Phantasie des Lesers heraufbeschworene Episoden – aus Bulgakows Leben mit Jelena Sergejewna ausgemacht.

Eine wichtige Informationsquelle unterscheidet die Dokumente aus diesem und dem Schlußkapitel von den vorhergegangenen: die Tagebücher, die Jelena Sergejewna ab dem 1. September 1933 auf Wunsch Bulgakows schrieb. Sie geben eine detaillierte Chronik seiner täglichen Aktivitäten, seines gesellschaftlichen Kreises, seiner Begegnungen – und seiner ständig wachsenden Verzweiflung. Zusammen mit Bulgakows Korrespondenz aus dieser Zeit zeichnen die Tagebücher ein außerordentlich lebhaftes Bild der Elite der Moskauer Kulturszene, einer Welt, deren Pole das Moskauer Künstlertheater und das Bolschoj darstellten. Zugleich war dies jedoch die Zeit des Stalinschen Terrors, der nach dem Mord an

Kirow im Dezember 1934 zu neuen Höhepunkten gelangte – ein Mord, von dem man inzwischen weiß, daß Stalin selbst ihn angeordnet hatte, um dann die vermeintliche Bedrohung im Staate als Vorwand für eine Verschärfung der Verfolgungen zu nutzen. Aus Jelena Sergejewnas Tagebüchern spricht die Anspannung, die daraus erwuchs, daß man ständig beobachtet wurde und von Informanten umgeben war – in einer Zeit, als Verhaftungen, Lager und Verbannung, Todesstrafen zu den alptraumartigen Vorkommnissen des täglichen Lebens gehörten.

In den Jahren 1932 bis 1936, nach dem Scheitern des Molière-Projekts, arbeitete Bulgakow an einer Reihe eher unbedeutender Werke. So gab beispielsweise ein Leningrader Varietétheater im Sommer 1933 das eher unbefriedigende *Glückseligkeit*, ein Science-Fiction-Stück mit einem etwas hölzernen anti-utopischen Plot, in Auftrag. Das Stück wurde zwischen Dezember 1933 und April 1934 geschrieben, und bis dahin hatte auch das Satirentheater in Moskau es schon unter Vertrag. Aber weder das Satirentheater noch das Leningrader Varieté waren mit dem Ergebnis zufrieden – der Besuch des verlegenen Leningrader Theaterdirektors ist in einem Brief an Pawel Popow vom 10. Juli 1934 sehr witzig beschrieben. Im September wurde Bulgakow gebeten, den Text völlig umzuschreiben, wobei die Science-Fiction-Szenen gestrichen werden sollten, allerdings die Idee, Iwan den Schrecklichen per Zeitmaschine in die Gegenwart zu holen, beibehalten wurde. Im Oktober 1935 wurde der nun *Iwan Wassiljewitsch* betitelte Text beim Repertoire-Hauptkomitee eingereicht, das trotz anfänglichen Argwohns und Zögerns zum Schluß kam, daß es keinen wirklich subversiven Inhalt in dieser amüsanten, wenn auch oberflächlichen, Komödie gebe, und es zur Aufführung genehmigten. Ende 1935 begannen schließlich die Proben von *Iwan Wassiljewitsch* am Satirentheater. Zwischendurch hatte Bulgakow an sporadischen und eher halbherzigen Proben seines *Molière* teilnehmen müssen, wobei ihn immer wieder Gerüchte erreichten, daß das Aufführungsverbot für *Die Flucht* eventuell aufgehoben würde. Er arbeitete auch selbst als Schauspieler am Moskauer Künstlertheater – für ihn eine ganze neue Beschäftigung, die er teils aus Geldmangel anzunehmen gezwungen war, aber offensichtlich, laut Zeitzeugen, auch vergnüglich fand. Er kostümierte sich gerne als Richter für die Bühnenfassung der Dickens'schen *Pickwick Papers,* bei deren Erarbeitung er der befreundeten Dramatikerin Natalja Wenkstern geholfen hatte.

Im Sommer 1934 stieß Bulgakow sogar in die Sphäre des Kinos vor. Er wurde angesprochen, ob er ein Drehbuch für Gogols *Tote Seelen* schreiben könne – ohne Zweifel aufgrund der Beliebtheit seiner Adaption für des Künstlertheater. Aber dieser Auftrag wurde wie bereits die Bühnenfassung zu einer mühseligen, frustrierenden Angelegenheit: alle originellen Vorschläge Bulgakows wurden abgelehnt – sein Konzept, die visuellen Möglichkeiten des Kinos so auszunutzen, daß man Gogols hyperbolische Metaphern realisieren konnte, also beispielsweise eine Person wie eine Kompanie auf den Helden vorrücken ließ, oder auch die bereits früher entwickelte Idee, Gogol selbst in einer Rahmenhandlung auf seinem Balkon in Rom auftreten zu lassen. Bulgakow wurde erneut gezwungen, sich auf eine wesentlich konventionellere Version einzulassen. Das Filmstudio lehnte drei unterschiedliche Rohfassungen des Drehbuchs ab, und Bulgakow mußte schließlich nicht nur offiziell Beschwerde wegen Vertragsbruchs einreichen, sondern sich auch gegen den Regisseur, Iwan Pyrjew, zur Wehr setzen, der immer wieder versuchte, den Text selbst umzuschreiben und sich dadurch die Rechte zu sichern. Seine Erfahrungen bei einem weiteren Drehbuch, der Adaption von Gogols *Revisor* für ein Kiewer Filmstudio, waren weniger quälend. Während der gesamten Arbeit herrschte ein freundschaftliches Klima, aber Bulgakow war so erschöpft und von anderen Projekten derart in Anspruch genommen, daß er schließlich gerne fünfundsiebzig Prozent seiner Rechte an dem Drehbuch abgab und dem Regisseur M. S. Korostin genehmigte, das meiste selbst zu schreiben.

Im August 1930 begann Bulgakow ein größeres Projekt zu skizzieren. Er wollte ein weiteres biographisches Stück schreiben, aber diesmal über Rußlands Nationaldichter – Alexandr Puschkin. 1937 stand Puschkins hundertster Todestag bevor, und man würde dieses Ereignis natürlich in vielen Theatern begehen – an diesem Projekt konnte also eigentlich nichts schieflaufen. Bulgakow beschloß, seinen alten Freund Wikentij Weressajew als Co-Autor miteinzubeziehen: dies sollte nicht nur ein Zeichen seiner Dankbarkeit für

Weressajews beständige moralische und finanzielle Unterstützung sein, sondern das Projekt auch akademisch absichern. Weressajew war einer der führenden Puschkin-Forscher der Sowjetunion, er hatte zahlreiche biographische Studien geschrieben und eine hochgeschätzte Sammlung von Erinnerungen an Puschkin herausgegeben. Nach kurzem Zögern war Weressajew einverstanden. Seine anfänglichen Zweifel waren darin begründet, daß Bulgakow absolut entschlossen war, Puschkin während der Dauer des gesamten Stücks nicht auf der Bühne erscheinen zu lassen. Vermutlich fürchtete Bulgakow, daß ein solcher Auftritt zu einer Banalisierung der Gestalt des Dichters führen könnte, aber vielleicht meinte er auch nach all seiner Erfahrung mit dem Molière-Projekt, daß er den Zorn der Kritiker nicht gleich dadurch reizen sollte, indem er ein »nicht wirklichkeitsgetreues« Bild Puschkins präsentierte. Das Stück, das er mit Weressajews Hilfe schrieb, *Die letzten Tage* oder *Puschkin*, ist eine kunstvolle Darstellung der finsteren Mächte, die Puschkins Lebensende bestimmten: die feindliche Haltung des Hofs; der Umstand, daß sowohl der Zar als auch D'Anthès seiner Frau Natalja nachjagten; der Neid der literarischen Kreise; die finanziellen Schwierigkeiten. All dies gipfelte in dem berühmten Duell von 1837, das für Puschkin tödlich ausging. Sein Tod ist seit jeher in Rußland als Attentat ausgelegt worden. Trotz umsichtiger Vorbereitungen war auch die Niederschrift dieses Stücks von zahlreichen Schwierigkeiten begleitet. Die Probleme begannen vor allem, als Weressajew beschloß, daß seine Rolle unterbewertet sei, und zu diesem Thema einen wütenden Briefwechsel mit Bulgakow begann, wobei er ihm vorwarf, die sozialen Aspekte von Puschkins tragischem Schicksal zu verdrängen. Im Sommer 1935, gerade als Bulgakow meinte, das Stück beim Wachtangow-Theater abliefern zu können – und auch beim Künstlertheater, das hoffte, eine konkurrierende Inszenierung auf die Bühne zu bringen –, wurden die Briefe zwischen Weressajew und ihm immer bitterer. Ende 1935 beschloß Weressajew jedoch, seinen Namen zurückzuziehen, wobei er ein Anrecht auf die Hälfte der Tantiemen behielt, und am Wachtangow-Theater begannen die Vorbereitungen für die Inszenierung.

Das Frühjahr 1935 brachte auch den vermeintlichen Höhepunkt, was das quälende Hin-und-Her um das Molière-Stück anbelangte. Es wurde nun bereits vier Jahre lang geprobt, teils unter der Regie von Nikolaj Gortschakow, seit kurzem mit Stanislawskij selbst. Bulgakow hatte bei den Probearbeiten assistieren müssen, und die Arbeitserfahrungen mit Stanislawskij brachten ihn in Rage. In seinem Brief beschreibt er anschaulich, wie Stanislawskij ihm Änderungen aufzuzwingen versuchte, um Molière auf der Bühne eindeutig als Genie erscheinen zu lassen. Stanislawskij verschwendete auch unendlich viel Zeit mit seiner berühmten »Methode«, nach welcher die Schauspieler sich weniger mit dem Text als mit diversen Übungen und Improvisationen beschäftigen sollten. Einige Jahre später würde Bulgakow in seinem witzigen, aber unversöhnlichen *Theaterroman* eine böse Satire auf diese Episoden schreiben. 1935 verlor er jedoch schlicht und einfach die Geduld mit Stanislawskij, und nach einer besonders verdrießlichen Probe schrieb er dem Regisseur ultimativ, das Stück solle in seiner ursprünglichen Form auf die Bühne – oder gar nicht. Stanislawskij zog sich empört zurück. Für ihn sprang Nemirowitsch-Dantschenko ein, Co-Direktor des Künstlertheaters und nunmehr Erzrivale Stanislawskijs. Anfang 1936 schienen die Aussichten einer öffentlichen Aufführung von *Molière*, einem Stück von großer persönlicher Bedeutung für Bulgakow, endlich realistisch. Eine Reihe von inoffiziellen Premieren fand im Februar und Anfang März statt. Jede Aufführung war erfolgreicher als die vorangegangene und jede endete mit mindestens zwanzig Vorhängen. Künstlerisch war das Stück ein Triumph. Aber in den ersten Monaten des Jahres 1936 kam es zu einer scharfen anti-intellektuellen Kampagne: in einer Serie von gehässigen Artikeln in der *Prawda* wurde eine ganze Reihe von führenden Schriftstellern, Künstlern und Komponisten attackiert, wie beispielsweise Schostakowitsch, und die Besprechungen von *Molière* waren ausnahmslos ablehnend. Am Morgen des 9. März 1936 erschien ein zorniger Verriß in der *Prawda*. Als Bulgakow an dem Tag ins Theater kam, hatte die Leitung bereits alle weiteren Aufführungen abgesetzt – mit einer Reaktionsschnelle, die Bulgakow den Direktoren nie verzeihen sollte. Und obwohl man die Pläne für die Inszenierung von *Puschkin* am Wachtangow-Theater und von *Iwan Wassiljewitsch* am Satirentheater noch kurze Zeit weiterverfolgte, wurden beide Projekte kurz darauf ebenfalls einfach fallengelassen. Dies war Bulgakows schlimmste Niederlage. Es war ein Schlag, von dem er sich nie wirklich erholen sollte.

Die Jahre zwischen 1932 und 1936 waren – so wie sie sich in Jelena Sergejewnas Tagebüchern darstellen – eine lebendige, ereignisreiche Zeit, aber zugleich auch voller düsterer und bedrohlicher Momente. Es ist charakteristisch für Bulgakows Briefe, daß in ihnen selten von anderen Menschen oder Dingen, die nicht direkt mit seinen eigenen Angelegenheiten zusammenhängen, die Rede ist. Sicherlich liegt dies an seinem Hang zur Egozentrik, aber auch an Bulgakows Neigung, seine Briefe als eine Art Tagebuchersatz zu benutzen oder auch, wie beispielsweise die Briefe an seinen Bruder im Ausland, als Träger gewisser Botschaften, für eben diejenigen bestimmt, die seine Post eventuell unterwegs abfingen. Das Schweigen über andere war jedoch auch eine Gewohnheit der Diskretion, die viele sowjetische Bürger auszeichnete. Im Gegensatz zu den Briefen ihres Mannes sind Jelena Sergejewnas Tagebücher sehr offenherzig und geben einen faszinierenden Einblick in das tägliche Leben der Bulgakows. Sie sind zum Beispiel hilfreich, wenn man erfahren will, welche Menschen von ihr – und daher mit gewissen Einschränkungen auch von Bulgakow selbst – als wirkliche Freunde eingeschätzt wurden. Jakow Leontjew, der zuerst am Moskauer Künstlertheater arbeitete und später in der Verwaltung des Bolschoj, taucht immer wieder als eine im Hause der Bulgakows sehr geschätzte Person auf. Bulgakows alte Freunde Pawel Popow und Nikolaj Ljamin werden von Jelena Sergejewna mit recht unfreundlichen Kommentaren bedacht – obwohl Bulgakow sich offensichtlich häufig mit ihnen traf –, und für die Ehefrauen Popows und Ljamins findet sie ausgesprochen scharfe Worte. Es ist besonders auffällig, daß Bulgakows Schwestern, vor allem Nadja und Jelena (Ljolja), die beide in Moskau lebten, selten zu Gast waren. In der Familie hieß es, Jelena Sergejewna habe das enge Verhältnis der Geschwister nicht besonders unterstützt, was ihr von den Schwestern übel genommen wurde.

Zu den regelmäßigen Besuchern Mitte der Dreißiger gehörten Dmitrijew, ein Bühnenbildner, der Arzt Arendt (durch Heirat mit Leontjew verwandt) und Autoren wie beispielsweise Ilf und Petrow. Anna Achmatowa kam gelegentlich, wenn sie die Mandelstams in deren Wohnblock in der Naschtschonskij Straße besuchte, wohin auch Bulgakow und Jelena Sergejewna – zu seiner großen Erleichterung – im Februar 1934 gezogen waren. Achmatowa war keine enge Freundin, aber sie bewunderte Bulgakows Werke und traute seinem Scharfsinn und seiner Integrität, was den Umgang mit der Parteispitze anbetraf; mehr als einmal kam sie, um seinen Rat einzuholen, nachdem Freunde oder Familienmitglieder mit der GPU in Schwierigkeiten geraten waren. Tatsächlich machte sich Bulgakow einen Namen als Verfasser von Briefen an Stalin, und mehrere Freunde und Bekannte ließen sich von ihm helfen, wie schon Samjatin im Jahr 1930 bei dem Entwurf des Briefes, der ihm schließlich die Ausreisegenehmigung brachte.

Die Bulgakows hatten ein besonders schwieriges Verhältnis zu Jelena Sergejewnas Schwester Olja (Olga Sergejewna Bokschanskaja) und deren Ehemann Jewgenij Kaluschskij. Bokschanskaja arbeitete als Sekretärin im Moskauer Künstlertheater, zunächst für die gesamte Direktion, dann allein für Nemirowitsch-Dantschenko, während Kaluschskij Schauspieler am Künstlertheater war. Olgas blinde Verehrung für Nemirowitsch-Dantschenko und ihre fehlende Sensibilität für Bulgakows Talent und Empfindsamkeit erzürnten Jelena Sergejewna. Olga verstand sich beispielsweise ausgesprochen gut mit dem linientreuen Dramatiker Afinogenow, einer Gestalt, der Bulgakow oft im Künstlertheater begegnete und deren schriftstellerische Laufbahn der Direktion wichtiger zu sein schien, was Bulgakow kränkte. Es gelang Olga und Jelena dennoch, sich regelmäßig und zumeist in recht freundschaftlicher Atmosphäre zu sehen.

Unter den anderen häufigeren Besuchern des Bulgakow-Haushalts war eine ganze Reihe von Spitzeln und Schnüfflern – in diesem Zeitraum Kantorowitsch, Emmanuil Schuchowizkij und Grigorij Konskij –, die gezwungenermaßen toleriert werden mußten, trotz der penetranten Art, mit der sie jedes Gespräch auf politische Themen lenken wollten. Es ist fast unmöglich, sich die anhaltende Spannung vorzustellen, die aus dieser Situation resultierte, und Bulgakow machte sich hin und wieder das Vergnügen, die unbeliebten Besucher zu provozieren. Die Aufmerksamkeit dieser Spitzel nahm besonders zu, nachdem der neue amerikanische Botschafter William Bullitt eine Aufführung der *Tage der Turbins* besucht hatte, was eine ganze Serie von Einladungen zu gesellschaftlichen Anlässen nach sich zog: Gäste der amerikanischen Botschaft kamen, um die Bulgakows in ihrer Wohnung zu besuchen, und diese wurden wiederum zu einer Reihe großer Empfänge eingeladen. Der bemerkenswerteste war ein prächtiger Ball, den der Botschafter im April 1935 gab. Seine Exotik war für Bulgakow ganz offensichtlich eine Quelle der Inspiration bei der Darstellung des satanischen Balls in *Der Meister und Margarita*. Bei diesem Ball trafen sie auch einen der bekanntesten Informanten Moskaus, Baron Steiger, der vor allem auf Ausländer angesetzt wurde und als Baron Majgel in *Der Meister und Margarita* auftauchen sollte. Der luxuriöse Lebensstil der Amerikaner mit ihrer ungezwungenen Konversation über Reisen kreuz und quer auf dem ganzen Globus gab den Bulgakows einen beinahe quälenden Einblick in eine vollkommen andere Welt, die vor allem Jelena Sergejewna berauschte.

Ein anderer glanzvoller Kreis, in dem sich Bulgakow und seine Frau ab Ende 1935 bewegten, hatte sich um die führenden Musiker des Landes gebildet. Sie freundeten sich mit Melik-Paschajew, dem Chefdirigenten des Bolschoj Theaters, an und lernten auch die Komponisten Prokofjew und Schostakowitsch kennen. In der Zeit, als die berüchtigten *Prawda*-Artikel sowohl die Karriere Prokofjews als auch die Schostakowitschs zerstörten, Anfang 1936, überlegten beide, ob Bulgakows Puschkin-Stück sich für eine Oper eigne. Für Bulgakow, dem Musik von größter Bedeutung war, waren die Abende, die sie gemeinsam am kürzlich erworbenen Klavier verbrachten, eine kostbare Quelle der Erquickung inmitten der sich verdichtenden Finsternis.

Alles in allem war dies für Bulgakow eine sehr schwierige Zeit; die grausame Art, mit der man seinen Traum von einer Auslandsreise durchkreuzt hatte – nachdem er bereits im Sommer 1934 seinen Paß und den seiner Frau auf einem Amtsschreibtisch gesehen hatte –, brachte ihn fast um seine psychische und physische Gesundheit. Als er nochmals einen Brief an Stalin schrieb und seine Empörung kundtat, erhielt er wiederum keine Antwort; welches

Interesse Stalin auch jemals für ihn empfunden haben mochte – immerhin hatte es ihn 1930 veranlaßt, helfend einzugreifen –, nun war es offenbar verloschen. Die steigende Zahl von Verhaftungen, die in den späten Zwanzigern eine Reihe von Freunden und Bekannten hatte verschwinden lassen – Mandelstam war 1934 in dem Haus, in dem sie gemeinsam lebten, verhaftet worden –, sowie Bulgakows Gefühl, in der Sowjetunion wie ein Gefangener zu leben, dem Hohn seiner Kerkermeister ausgeliefert, stürzten ihn in eine schwere psychische Krise. Er wurde von Angstzuständen überwältigt, wenn er unbegleitet die Wohnung verließ. Nach Monaten erst konnte ihm eine Hypnosebehandlung Linderung verschaffen, doch in besonders angespannten Situationen sollten ihn diese Zustände von nun an immer wieder heimsuchen. Er litt unter zwanghaften Todesgedanken.

Dies also war seine geistige Verfassung, als ihn die Katastrophe des 9. März und das Verbot von *Molière* trafen. Es ist kaum verwunderlich, daß, noch bevor *Molière* abgesetzt wurde, Bulgakow einem der neuen Direktoren des Künstlertheaters, Arkadjew, sagte, das einzige Thema für ein Stück, das ihn nun ernsthaft interessiere, sei Stalin selbst.

5. Oktober 1932 – 10. April 1933. Aus Moskau nach Paris
An Ljudmila und Jewgenij Samjatin

Liebe Ljudmila Nikolajewna und Schenja!

Seit Oktober letzten Jahres bin ich dabei, Ihnen diesen Brief zu schreiben. Ich begann ihn noch in Ihrem Leningrader Astoria, es sei gesegnet! [. . .]

Also, ich habe mich von Ljubow Jewgenjewna scheiden lassen und Jelena Sergejewna Schilowskaja geheiratet. Ich bitte Sie, sie zu lieben und zu achten, so wie ich sie liebe und achte. In der Pirogowskaja leben wir zu dritt – sie, ich und ihr sechsjähriger Sohn Sergej. Den Winter verbrachten wir am Ofen, bei spannendsten Unterhaltungen über Nordpol und Elefantenjagd, schossen aus einer Kinderpistole und hatten pausenlos die Grippe. Zur selben Zeit schrieb ich die Biographie Ihres Pariser Mitbürgers Jean Baptiste Molière für die Serie »Lebensläufe der Großen«. Jetzt delektiert sich Tichonow an dieser Biographie.

Und Sie haben also »Anna Karenina« geehelicht, mein Gott! Der bloße Name Tolstoj versetzt mich in Angst und Schrecken! Ich habe eine Dramatisierung von »Krieg und Frieden« verfaßt, und jetzt zucke ich jedesmal zusammen, wenn ich an dem Regal vorbeigehe, wo Tolstoj steht. Sie fragen, wann ich mich in den Westen aufmache? Stellen Sie sich vor, in den letzten drei Monaten haben mir viele diese Frage gestellt.

14. Januar 1933. Aus Moskau nach Paris
An seinen Bruder Nikolaj

Lieber Kolja!

Ich hoffe, Du bist gesund und munter. Du hast Dich wahrscheinlich daran gewöhnt, daß Du nur selten ein Lebenszeichen von mir erhältst. Aber auch ich erfahre in der letzten Zeit nur wenig von Dir. Ich hoffe, daß auch Iwan und seine Familie gesund und munter sind.

Im Augenblick schließe ich eine umfangreiche Arbeit ab – eine Biographie von Molière. Ich wäre Dir sehr verpflichtet, wenn Du Dir ein bißchen Zeit nehmen wolltest, um, wenn auch nur flüchtig, das Molière-Denkmal (Molière-Brunnen), Rue Richelieu, anzusehen.

Ich brauche eine kurze, aber exakte Beschreibung dieses Denkmals in seiner gegenwärtigen Gestalt etwa nach folgenden Gesichtspunkten:

Material und Farbe der Figur Molières.

Material und Farbe der Frauengestalten am Sockel.

Fließt aus dem Brunnen Wasser? (Aus den Löwenköpfen unten.)

[...]

8. März 1933. Aus Moskau nach Paris
An seinen Bruder Nikolaj

Mein lieber Nikol!

Ich hatte den ganzen Monat ein Lazarett im Haus. Die Grippe hatte sich der ganzen Familie bemächtigt. Deshalb habe ich auch den Erhalt Deines für mich so wichtigen Briefes mit der Beschreibung des Brunnens nicht bestätigt.

Du hast mich unendlich gerührt, daß Du so ausführlich meine sämtlichen Fragen beantwortet hast. Das Photo ist sehr wertvoll. Ich bedanke mich und küsse Dich!

Die Arbeit über Molière ist glücklicherweise endlich abgeschlossen, und ich habe am 5. das Manuskript abgeliefert. Sie hat mich außerordentlich angestrengt und mich völlig ausgesogen. Ich kann mich gar nicht mehr erinnern, wie lange ich schon, seit Beginn der Arbeit an dem Theaterstück, in dem Traum- und Märchen-Paris des 17. Jahrhunderts lebe. Nun nehme ich offenbar Abschied für immer.

Wenn Dein Schicksal Dich je an die Ecke Rue Richelieu und Rue

Molière führt, mußt Du an mich denken! Und Jean Baptiste von mir grüßen! [. . .]

13. April 1933. Moskau
An Pawel Popow

Nun, bei mir haben die Molière-Tage angefangen. Eröffnet wurden sie durch die Besprechung von T. Lieber Patja, diese Besprechung enthält eine Menge Angenehmes. Mein Chronist, der die Biographie erzählt, wird ein vorlauter junger Mann genannt, der an Zauberei und Teufelsspuk glaubt, über okkulte Fähigkeiten verfügt, Alkoven-Geschichten bevorzugt, zweifelhafte Quellen benutzt und, was am schlimmsten ist, einen Hang zum Monarchismus hat! Damit nicht genug – in meinem Werk gibt es laut T. »einige leicht durchschaubare Anspielungen auf unsere sowjetische Wirklichkeit«. [. . .]

Nach sehr reiflichen Überlegungen hielt ich es für ratsam, mich nicht zu äußern. Ich fletsche nur die Zähne wegen der Form, habe aber nicht zugebissen. Etwa so: T. schreibt, daß ich statt meines Chronisten einen »ernstzunehmenden sowjetischen Historiker« einsetzen müßte. Ich teilte ihm mit, daß ich kein Historiker bin und weigerte mich, das Buch zu ändern. [. . .]

Also, ich wünsche Jean Baptiste Molière zu begraben. Das bringt allen Frieden, ist für alle besser. Ich lege absolut keinen Wert darauf, die Auslage eines Buchladens mit meinem Einband zu schmücken. Genau genommen bin ich ein Schauspieler und kein Schriftsteller und liebe außerdem Ruhe und Stille. Hiermit hast Du den Bericht von der Biographie, für die Du Interesse gezeigt hast.

Bitte rufe mich an! Wir werden uns für einen Abend verabreden, an dem wir in einer Tafelrunde der ruhmreichen Komödianten Lagrange, Brécourt, Du Croisy und des Komturs Jean Molière höchstpersönlich gedenken wollen.

Dein M.

19. Mai 1933. Moskau
An Pawel Popow

[. . .] Hier kursiert das Gerücht, Du hättest vor, in Urlaub zu fahren. [. . .] Ich hoffe, Du findest noch einen Augenblick Zeit, um kurz vorbeizukommen und Dich zu verabschieden. Bring den unglückseligen Molière mit.

Und ich? Der Wind streicht durch das Grün vor der Hautklinik, das Herz stockt einem bei dem Gedanken an Flüsse, Brücken, Meere. In der Seele Zigeunerschluchzen. Aber das geht vorbei. Den ganzen Sommer, ich ahne es schon, werde ich in der Pirogowskaja sitzen und an einem Lustspiel schreiben (für Leningrad). Hitze, Baulärm, Staub, Mineralwasser.

2. August 1933. Moskau
An Wikentij Weressajew

[. . .] Als erstes möchte ich Ihnen von meiner Reise nach Leningrad erzählen. Das Moskauer Künstlertheater hatte dort auf zwei Bühnen »Die Tage der Turbins« gespielt. Mit großem Erfolg und vollen Kassen, worauf ich von allen Seiten die Neuigkeit hören konnte, ich sei zu Geld gekommen. Und in der Tat: Das Honorar wird wohl anständig sein.

Darauf machten wir uns auf den Weg nach Leningrad, weil wir wissen, wie schwer man solche Reichtümer in die Hand bekommt.

Dortselbst bin nicht ich, sondern Jelena Sergejewna ist – mit einer Vollmacht ausgestattet* – überraschend in dem zweiten dieser Theater erschienen – im Narwaer Kulturhaus. Der Theaterdirektor hatte zweimal geschworen, daß er uns umgehend fünftausend von meinem Honorar überweisen werde. Wie Sie sich denken können, hat er uns bis jetzt keine fünf Kopeken überwiesen. [. . .]

Ich träume nur von jenem glücklichen Tag, da sie ihr Ziel erreichen wird und ich Ihnen die letzte Rate meiner Schuld überweisen und Ihnen noch einmal sagen kann, was Sie für mich getan haben, lieber Wikentij Wikentjewitsch!

Oh, diese Jahre 1929–31 werde ich nie vergessen!

Ich wäre übrigens etwas früher finanziell auf die Beine gekommen, stünde ich nicht vor der Notwendigkeit, dieses elende Loch auf der Pirogowskaja aufzugeben. Die Wohnung in der Naschtschokinskaja ist immer noch nicht bezugsbereit. Ein Jahr Verspätung! Ein ganzes Jahr! Und mich haben sie dabei halb umgebracht.

Aber ich habe keine Lust mehr, darüber zu sprechen.

[. . .] Mich reitet der Teufel. Schon in Leningrad und jetzt hier, in meiner stickigen, elenden Behausung, stelle ich Seite um Seite meinen damals vor drei Jahren vernichteten Roman wieder her. Wozu? Das weiß ich nicht. Zum eigenen Vergnügen! Mag er doch in der Lethe versinken! Obwohl ich es wahrscheinlich bald aufgebe. [. . .]

13. August 1933. Aus Moskau nach Paris
An seinen Bruder Nikolaj

Lieber Kolja!

Bitte, hilf mir in einer bestimmten Angelegenheit als mein Bevollmächtigter. Madame Marie Reinhardt, eine Schauspielerin [. . .], hat mein Theaterstück »Sojkas Wohnung« ins Französische übersetzt und bietet mir an, es in französischen Theatern auf den Spielplan zu bringen.

Ich bin damit einverstanden. [. . .]

Aus Jelena Sergejewnas Tagebuch
1. September 1933

Heute ist der erste Jahrestag unserer Wiederbegegnung nach der Trennung. Mischa besteht darauf, daß ich dieses Tagebuch führe. Er selbst hat sich geschworen, nachdem ihm 1926 seine Tagebücher bei einer Hausdurchsuchung entwendet worden waren, kein Tagebuch mehr zu schreiben. Der Gedanke, daß einem Schriftsteller das Tagebuch abgenommen werden könnte, ist für ihn entsetzlich und unbegreiflich.

14. September 1933. Aus Moskau nach Paris
An seinen Bruder Nikolaj

[. . .] Die Zeitungsmeldungen, daß das Moskauer Künstlertheater meinen »Molière« und meine »Flucht« aufführen will, sind in etwa zutreffend. Aber die Entscheidung über »Molière« verzögert sich derart (aus rein internen Gründen), daß ich langsam nicht mehr an eine Aufführung glaube. Wogegen die »Flucht«, falls es dem Schicksal gefällt, möglicherweise im Frühjahr 1934 auf die Bühne kommen wird. In den anderen Theatern der Sowjetunion haben beide Stücke offenbar keine Chance. Dafür gibt es unheilvolle Vorzeichen. [. . .]

Aus Jelena Sergejewnas Tagebuch

22. September 1933

Mischa ist bei Popows, und ich räume die Bücher ins Eßzimmer hinüber – im Arbeitszimmer ist es feucht, die Bücher gehen kaputt.

24. September 1933

Abends bei uns: Olga, Kaluschskij, Ljubascha*, die heute in das für sie renovierte Zimmer eingezogen ist – gleich nebenan.

27. September 1933

Mischa las Kolja L.* die neuen Kapitel aus dem Teufels-Roman vor, die in den letzten Tagen, vielmehr Nächten entstanden sind.

28. September 1933

M. A. erzählt jeden Abend Sergej eine Geschichte aus einer ganzen Serie »Bubkin und sein Hund Konopat«. Bubkin ist ein erdichteter Idealjunge, Prinz und mutiger Ritter, und dies sind seine Abenteuer. Abends, wenn Sergej zu Bett geht, fragt ihn Mischa: »Welche Nummer soll ich Dir erzählen?« – »Hmm, Nummer siebzehn.« – »Aha. Du meinst die Geschichte, wie Bubkin mit Woroschilow im Bolschoj-Theater war. Machen wir.« Und dann beginnt die Improvisation. Kantorowitsch sagt, er hätte einen wunderbaren Jungen für die Rolle des Bubkin. Schreiben Sie! Aber M. A. beschäftigt sich mit dem Roman , und außerdem glaubt er nicht an die Verwirklichung dieses Einfalls.

10. Oktober 1933

Abends bei uns: Achmatowa, Weressajew, Olja mit Mann, Patja Popow mit Anna Iljinitschna. Er las aus dem Roman vor. Achmatowa schwieg den ganzen Abend.

12. Oktober 1933

Morgens Oljas Anruf: Nikolaj Erdman und Mass sind verhaftet. Man sagt, wegen irgendwelcher satirischen Fabeln. Mischa sehr düster. [. . .]

Das Flohspiel – unsere neueste Leidenschaft.

M. A. verbrannte nachts einen Teil seines Romans.

17. Oktober 1933. Moskau

An Wikentij Weressajew (Entwurf)

Lieber Wikentij Wikentjewitsch!

Ich weiß noch, daß ich Ihnen schon einmal einen Brief vorgesetzt habe, über den Sie zutiefst erstaunt waren. Aber so geht es immer: Wenn mir meine literarische Last zu schwer zu werden droht, bürde ich einen Teil davon Jelena Sergejewna auf. Doch Frauenschultern lassen sich nur bis zu einer gewissen Grenze belasten. Dann komme ich zu Ihnen.

Schon lange war ich nicht in solcher Unruhe wie jetzt. Schlaflosigkeit. Wenn der Morgen graut, starre ich gegen die Decke und zwar so lange, bis hinter dem Fenster das Leben erwacht – Mütze, Kopftuch, Mütze. Pfui Teufel, wie langweilig!

Und wo liegt der Hund begraben? In der Wohnung. Damit hat alles angefangen. Also, in meinem fortgeschrittenen Alter finde ich mich plötzlich auf der Straße, in einer fremden Wohnung. Diese ist vermietet, jene noch nicht bezugsfertig. Eine säuerliche Physiognomie taucht von Zeit zu Zeit auf und sagt: »Die Wohnung gehört mir.« Empfiehlt mir, in ein Hotel zu ziehen und ähnliches. Ich kann sie nicht mehr ertragen. Wenn das so weitergeht, nimmt dieser ganze Unsinn bald grandiose Ausmaße an, und dann ist an Arbeit nicht zu denken.

Ich male mir Räumungsprozesse, Umzüge und ähnliche Scherze aus.

Aus Jelena Sergejewnas Tagebuch

18. Oktober 1933

Mit M. A. und Serjoscha im Neubau in der Naschtschokinskij. Hoffentlich können wir im Januar einziehen.

Jemand hat dort erzählt, daß Erdman für drei Jahre nach Jenissejsk verbannt ist.

20. Oktober 1933

M. A. war bei Blumental und beim Röntgen wegen seiner Nieren – er hatte eine Zeitlang Schmerzen. Aber sie meinen, es sei alles in Ordnung.

1. November 1933

Ein Anruf von Ekke*. Kamenew gefiel die Biographie Molières sehr gut. Er ist mit Tichonows Urteil überhaupt nicht einverstanden. Er will warten, bis dieser aus dem Urlaub zurück ist, um mit ihm das Problem noch einmal zu besprechen. Ich hoffe sehr, daß die Biographie trotz allem bei uns erscheinen wird.

Bulgakows Mutter,
Warwara Michailowna
(1869–1922), und sein Vater,
Afanassij Iwanowitsch
(1859–1907).

Die Bulgakow-Kinder auf der Datscha bei Butscha, etwa 1904.
Im Uhrzeigersinn von oben: Michail (Mischa), Warwara (Warja), Nadeschda (Nadja), Iwan (Wanja), Jelena (Ljolja), Nikolaj (Kolja), Wera.

Bulgakows erste Frau, Tatjana Nikolajewna.

Bulgakows Schwester
Nadeschda, in Kiew,
und sein Bruder Nikolaj,
in Paris.

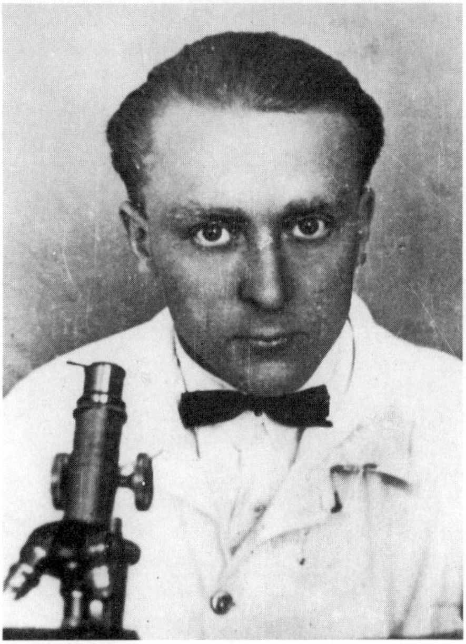

Bulgakow im Jahr 1924.

Bulgakows zweite Frau,
Ljubow Jewgenjewna.

Bulgakow im Jahr 1926.

Ljubow Jewgenjewna,
Moskau, 1930.

Bulgakows dritte Frau,
Jelena Sergejewna,
in ihrer Jugend.

Bulgakow im Jahr 1928.

Bulgakow und Jelena Sergejewna kurz nach ihrer Heirat im Oktober 1932.

Ein signiertes Photo, das Bulgakow seinem Jugendfreund Alexandr Gdeschinskij schenkte. Die Widmung lautet »An den lieben Sascha, M. Bulgakow, 21. IX. 39«.

Bulgakow und Jelena Sergejewna in den späten dreißiger Jahren.

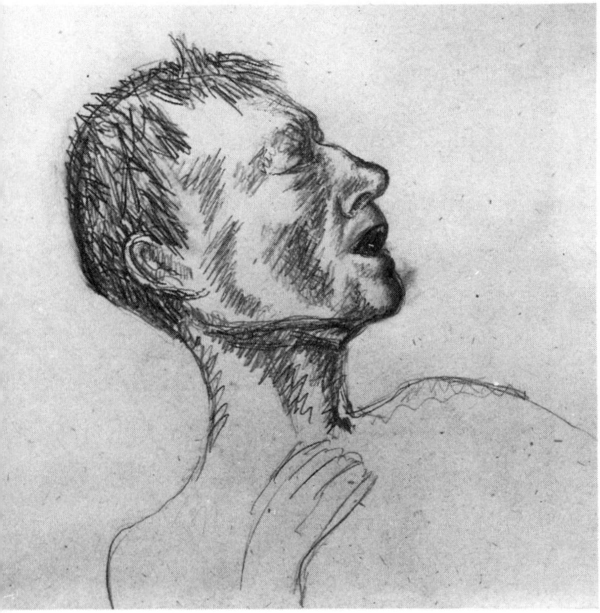

Bulgakow in den letzten Stunden vor seinem Tod. Gezeichnet von dem Bühnenbildner W. W. Dmitrijew in der Nacht zum 10. März 1940.

3. November 1933. Aus Paris nach Moskau
Von Jewgenij Samjatin

Lieber Molière Afanassjewitsch,

Ich habe mit einer Antwort auf Ihren reizenden Brief gezögert um der Gelegenheit willen, Ihnen gleichzeitig zum Jahrestag der Oktoberrevolution und zum neuen Familienherd gratulieren zu können. Oh, die Jugend, diese Jugend! Oh, diese Luftikusse!

Einst führte ich mich ähnlich auf wie Sie, aber nun muß ich für meine Sünden büßen: Zwei Monate Bettruhe mit einem grauenhaften Ischias im linken Bein. Dieser Jammer: Es geschah kurz vor unserer Italien-Reise, die Visa hatten wir schon in der Tasche – aber statt nach Italien – ins Bett . . .

[. . .]

[Postskriptum von Ljudmila Nikolajewna Samjatina] Jelena Sergejewna muß ihr Wort halten und Sie durch Europa lotsen.

Aus Jelena Sergejewnas Tagebuch
8. November 1933

M. A. hat fast den ganzen Tag geschlafen – er hat viele schlaflose Nächte hinter sich. Anschließend arbeitete er am Roman (Margaritas Flug). Klagt über Kopfschmerzen.

10. November 1933

Ein Brief aus Paris von Samjatin, nach langer Unterbrechung.

13. November 1933

Wie Ljubascha erzählt, wandte sich Afinogenow an das Moskauer Künstlertheater mit der Bitte, seine »Lüge« nicht aufzuführen. Olja bestätigt das. Afinogenow soll die politisch fehlerhafte Struktur des Stücks bedauert haben.

14. November 1933

M. A. sprach mit Kaluschskij über seinen Wunsch, Mitglied der Truppe zu werden. Er bat um die Rolle des Richters in den »Pickwickiern«, und des Hetman in den »Turbins«. Kaluschskijs Reaktion war positiv. Ich bin verzweifelt. Bulgakow – ein Schauspieler.

17. November 1933

Starker Frost. Es gelang uns nur mit Mühe, einen Fahrer zu überreden – er fuhr uns gegen viel Geld und Zigaretten.

6. Dezember 1933

Olja bei uns.

»Nun, und Molière?«

»Man weiß überhaupt nichts . . . Es ist kaum damit zu rechnen . . .«

7. Dezember 1933

Abends Doktor Damir. Stellte bei M. A. extreme Erschöpfung fest.

8. Dezember 1933

Knorre* erschien in der Filiale, ließ M. A. herausrufen und schlug ihm in einer sehr vornehmen, sehr verbindlichen Art ein Thema vor – ein »ausgezeichnetes Thema – Umerziehung von Kriminellen in den Arbeitslager-Kommunen der GPU« und fragte, ob M. A. Lust hätte, mit ihm zusammenzuarbeiten. M. A. verneinte nicht weniger verbindlich.

31. Dezember 1933

Gleich kommen Kaluschskijs, Leontjews, Arendts.

Sie waren alle da. Es war ein sehr gelungener Abend. Kaluschskij und Leontjew hielten sich den Bauch vor Lachen über die witzigen, anzüglichen Gedichte, die M. A. zu Neujahr verfaßt hat, das heißt, die Gedichte sind keineswegs unanständig, aber die Reime verlangten andere Worte. Kaluschskijs blieben zum Übernachten.

3. Januar 1934

Schuchowizkij: Sie müssen mit der Brigade in irgendein Werk oder zum Weißmeer-Kanal.

[. . .]

M. A.: Ich werde nicht einmal nach Malachowka fahren, geschweige denn zum Weißmeer-Kanal. So müde bin ich.

8. Januar 1934

»Sie werden ins Ausland fahren«, ereiferte sich Schuchowizkij, »aber ohne Jelena Sergejewna!«

»Das Kreuz zum Zeugen«, mit diesen Worten schlug Mischa hingebungsvoll ein Kreuz (aus irgendeinem Grunde ein katholisches), »daß ich ohne Jelena Sergejewna nicht fahren werde. Selbst, wenn sie mir den Paß in die Hände drücken.«

»Aber warum nicht?«

»Weil ich gewohnt bin, im Ausland nur mit Jelena Sergejewna zu reisen. Außerdem lehne ich es prinzipiell ab, mich in die Lage eines Menschen zu begeben, der eine Geisel zurücklassen muß.«

»Sie sind kein moderner Mensch, Michail Afanassjewitsch.«

9. Januar 1934

M. A. entwirft – eine Szene nach der anderen – ein neues Stück. Für welches Theater?

»Unter meinem Namen wird es kein Theater nehmen, selbst wenn es gut werden sollte.«

15. Januar 1934

Mischa kam todmüde nach Hause – es wurden »Molière« und »Die Pickwickier« gleichzeitig geprobt.

6. März 1934. Moskau
An Wikentij Weressajew

[. . .]

Ich hoffe, Ihnen demnächst meine Behausung vorführen zu können, sobald wir uns gemütlicher eingerichtet haben.

Ein wunderbarer Wohnblock, Ehrenwort! Schriftsteller oben und unten, hinten und vorne und auch an den Seiten. Ich flehe den Höchsten an, das Haus möge unerschüttert stehen bleiben. Und bin glücklich, dem feuchten Pirogowskaja-Loch entronnen zu sein. Welche Seligkeit, nicht mehr Straßenbahn fahren zu müssen! Wikentij Wikentjewitsch!

Freilich, wir haben es ziemlich kühl. Im WC ist irgendwas defekt, das Wasser aus dem Spülkasten tropft auf den Boden. Wahrscheinlich wird dies oder jenes auch weiterhin nicht funktionieren, aber ich bin trotz alledem glücklich. Solange das Haus nur stehenbleibt!

O Herr! Wenn doch der Frühling schneller käme! Was war das für ein endloser, ermüdender Winter! Ich träume davon, wie ich die Balkontür öffnen werde!

Müde bin ich, sehr müde.

[. . .]

6. März 1934. Moskau
Von Pawel Popow

Ihre Wohnung ist so schön! Dies zuzugeben fällt mir umso schwerer, da ich ein großer Bewunderer der Pirogowskaja war. Aber was wahr ist, muß wahr bleiben. Ich hoffe, daß sich zu unserer Rückkehr nach Moskau die Wohnungseinrichtung vervollständigen und die Fassade begradigen wird. Dann wird alles vollkommen sein. [. . .]

Die Zusammenlegung von Schlafzimmer und Arbeitszimmer wirft gewiß manches interessante Problem auf. Es wird keineswegs dadurch gelöst werden können, daß man den aus der Pirogowskaja mitgebrachten Schreibtisch einfach vor das Fenster stellt. Es geht um wesentlich Komplizierteres und Verantwortungsvolleres. Von der richtigen Lösung hängt vieles, in erster Linie Ihre ganze Schaffenskraft ab.

14. März 1934. Moskau
An Pawel Popow

[. . .] Dieser Winter nimmt wahrhaftig kein Ende. Wenn man aus dem Fenster schaut, möchte man am liebsten ausspucken. Der graue Schnee auf den Dächern will und will nicht weichen. Ich habe diesen Winter satt!

Die Wohnung nimmt nach und nach Gestalt an. Aber die Tischler gehen mir noch schlimmer auf die Nerven als der Winter. Sie kommen, sie gehen, sie hämmern.

Im Schlafzimmer hängt jetzt eine Laterne von der Decke herab. Und das Arbeitszimmer – zum Teufel mit dem Arbeitszimmer! Was sollen eigentlich diese Arbeitszimmer?

Die Pirogowskaja habe ich bereits vergessen, ein sicheres Zeichen dafür, daß wir es dort nicht besonders gut hatten. Obschon wir viel Bemerkenswertes erlebten. [. . .]

»Molière«: Nichts Besonderes. Wir proben, aber mit langen Zwischenräumen und langsam. Ganz im Vertrauen, ich sehe schwarz. Ljussja* kann überhaupt nicht darüber sprechen, was das Theater aus dem Stück macht, ohne sich aufzuregen. Aber für mich ist das Stadium der großen Aufregungen längst vorbei. Und wäre nicht der Gedanke, daß wir, um leben zu können, ein neues Theaterstück auf der Bühne brauchen, ich hätte es längst vergessen. Wenn es klappt, ist es gut, wenn es nicht klappt – bitte schön: Aber ich arbeite bei diesen wenigen Proben viel und mit Leidenschaft. Gegen Theaterblut ist eben nichts zu machen!

Aus Jelena Sergejewnas Tagebuch
27. März 1934

... erzählt, daß Stalin vor einigen Tagen im Theater war,* unter anderem sich nach Bulgakow erkundigt habe, und ob er noch im Theater arbeite.

»Ich versichere Ihnen, Je. S., daß die Regierungsmitglieder ›Die Tage der Turbins‹ für das beste Stück halten.«

Er verhielt sich überhaupt so, daß man (eingedenk seiner Niedertracht) annehmen mußte, über B. sei etwas sehr Positives gesagt worden.

Ich erzählte von dem neuen Lustspiel, welches das Satirentheater haben wollte.

»Wie, wollen Sie etwa dem Künstlertheater auf diese Weise ins Gesicht spucken?!«

13. April 1934

Gestern hat M. A. das Lustspiel »Glückseligkeit« abgeschlossen. Der Vertrag mit dem Satirentheater ist unterschrieben. [...]

Dieser Tage war der Filmregisseur Pyrjew hier und machte M. A. den Vorschlag, ein Drehbuch nach den »Toten Seelen« zu schreiben. M. A. sagte zu – er will es im Sommer machen. [...]

Wir haben beschlossen, Auslandspässe für August und September zu beantragen.

26. April 1934. Aus Moskau nach Swenigorod (vor Moskau)
An Wikentij Weressajew

Lieber Wikentij Wikentjewitsch!

Mit Schreibmaschine, weil ich nicht ganz wohl bin, zu Bett liege und diktiere. Wir haben zwar schon ein Telefon, aber ich bediene mich seiner nicht, sondern der Post, weil dieses Gespräch mehr Zeit braucht als ein Telefonat. Ich war nirgendwo, denn ich ertrinke in Arbeit. [...]

Ich wollte Sie folgendes fragen, Wikentij Wikentjewitsch: Gibt es in Swenigorod, dort, wo Sie wohnen, die Möglichkeit, eine Datscha zu mieten? Wenn es ihnen keine Mühe macht, bitte, rufen Sie an, oder schreiben Sie uns: Bei wem, wo, und ob es eine Bademöglichkeit gibt? Es geht uns in erster Linie um Serjoscha. Aber Jelena Sergejewna hat dabei natürlich auch mich im Sinn. Ich habe dafür nicht viel übrig. Die Naturschönheiten der Moskauer Umgebung mag ich nicht und werde mich folglich dort nicht erholen. Aber um der Gesellschaft willen, und um meiner Frau und Sergej die Möglichkeit zu geben, ein wenig frische Luft zu schöpfen, bin ich bereit, mich unter die Sommerfrischler zu mischen. Und sollte es nicht Swenigorod sein, dann finden wir wohl etwas Entsprechendes irgendwo näher bei Moskau.

Nun folgt das Parade-Kapitel. Ich habe beschlossen, einen Antrag auf eine zweimonatige Auslandsreise zu stellen: August–September. Ich lag einige Tage da, überlegte, zerbrach mir den Kopf, versuchte, mir hier und dort Rat zu holen. »Argumentieren Sie nicht mit der Krankheit!« Einverstanden, ich tue es nicht. Ich darf, ich muß mich nur auf das einzige Argument berufen: Ich darf und habe auch das Recht, die Welt zu sehen, und sei es noch so kurz. Ich prüfe mich, ich frage meine Frau: »Habe ich ein Recht darauf oder nicht?« Sie antwortet: »Du hast ein Recht darauf.« Also, soll ich mich tatsächlich darauf berufen?

Dieses Problem wird ganz besonders dadurch erschwert, daß ich unbedingt mit Jelena Sergejewna reisen muß. Mir geht es schlecht. Die Neurasthenie, die Angst vor dem Alleinsein würden eine solche Reise in eine schreckliche Folter verwandeln. Interessante Frage: Wie in diesem Fall argumentieren? Einige meiner Ratgeber haben schon bei den Worten »mit meiner Frau« einfach abgewinkt. Zum Abwinken jedoch besteht nicht der geringste Grund: Es ist die Wahrheit, und auf der Wahrheit muß man bestehen. Ich brauche keine Ärzte, keine Sanatorien, keine Erholungsheime, nichts dieser Art. Ich weiß, was ich brauche. Zwei Monate lang eine andere Stadt, eine andere Sonne, ein anderes Meer, ein anderes Hotel, und ich glaube, daß ich im Herbst imstande sein werde, in der Toreinfahrt des Künstlertheaters zu proben, vielleicht sogar zu schreiben.

Jemand sagte: »Sprechen Sie mit Nemirowitsch.« Nein, ich werde nicht mit ihm sprechen! Weder mit Nemirowitsch, noch mit

Stanislawskij. Sie werden keinen Finger rühren. Anton Tschechow soll mit ihnen sprechen! Also, der Entschluß ist gefaßt. Ich spreche mit Jelena Sergejewna. Sie hat eine glückliche Hand. Es ist Zeit, es ist höchste Zeit zu reisen, Wikentij Wikentjewitsch! Denn, merkwürdig – die Sonne geht bereits unter.

Wünschen Sie mir keinen Erfolg; die Schauspieler glauben, das bringt nichts Gutes. [. . .]

Trotz einiger Pannen und verteufelter Schlamperei bin ich in meiner Wohnung glücklich. Viel Sonne. Wir warten auf das Gas, denn ohne Gas können wir nicht baden, und ohne Baden bin ich ein halber Mensch – ein Bad hilft mir sehr. [. . .]

28. April 1934. Moskau
An Pawel Popow

[. . .] Ich habe einen Antrag auf Genehmigung einer Auslandsreise im August und September gestellt. Ich träume seit langem von den Wellen des Mittelmeers und den Museen von Paris, von einem ruhigen Hotel, von der Abwesenheit sämtlicher Bekannten, von dem Molière-Brunnen und den Cafés, mit einem Wort, von der Möglichkeit, das alles in Augenschein zu nehmen. Seit langem schon spreche ich mit Ljussja darüber, welche Reisebeschreibung daraus entstehen könnte! [. . .]

Ich habe einen Literaten gesehen, der von einer Auslandsreise zurückkam. Auf seinem Kopf saß eine Baskenmütze mit einem kurzen Schwänzchen. Nichts hat er von dort mitgebracht außer dem Schwänzchen. Ich hatte den Eindruck, als ob er gut zwei Monate geschlafen, darauf diese Baskenmütze gekauft und sich auf den Rückweg gemacht hätte. Keine einzige Zeile, keinen einzigen Satz, keinen einzigen Gedanken! O unvergeßlicher Gontscharow! Wo bist du?

Ich bitte Dich sehr, mit keinem darüber zu sprechen, ausdrücklich mit keinem! Nicht, daß es ein Geheimnis wäre, aber ich möchte mich vor dem wütenden Geschwätz der Moskauer Klatschbasen beiderlei Geschlechts schützen. [. . .] Ich habe einfach keine Lust, daß eine Frage von solcher Wichtigkeit durchgehechelt wird, eine Frage, die über meine Zukunft entscheidet – und sei sie noch so kurz –, während ich meinem Lebensabend entgegenschreite! [. . .]

Ach, welche Briefe, Pawel, werde ich Dir schreiben! Und Dich umarmen, wenn ich im Herbst zurückkomme, aber ein Schwänzchen werde ich mir nicht kaufen. Ebensowenig knielange Hosen und karierte Strümpfe ... [...]

Aus Jelena Sergejewnas Tagebuch
1. Mai 1934

Am 25. April las M. A. im Satirentheater die »Glückseligkeit« vor. Die Lesung verlief matt. Sie bitten um Änderungen. [...]

Den Antrag auf eine achtwöchige Auslandsreise gaben wir Jakow Leontjew, der ihn Jenukidse persönlich überreichen wollte.

Olja: »Warum sollten sie Michail einen Paß geben? Den bekommen nur solche Schriftsteller, die garantiert ein Buch schreiben werden, das für die Sowjetunion nützlich ist. Hat etwa Michail auf irgendeine Weise signalisiert, daß er nach Stalins Anruf seine Ansichten geändert hat?«

1. Mai 1934. Moskau
An Maxim Gorkij

Sehr geehrter Alexej Maximowitsch!

Aus dem beigefügten Exemplar meines Antrags an Jenukidse werden Sie ersehen, daß ich um Genehmigung einer achtwöchigen Auslandsreise bitte.

Im Bewußtsein Ihres anerkennenden Urteils über meine Theaterstücke »Die Flucht« und »Molière« erlaube ich mir, Sie mit der Bitte zu belästigen, mich in einer Angelegenheit zu unterstützen, die für mich wirklich von entscheidender künstlerischer und lebenspraktischer Bedeutung ist.

Genau genommen sollte ich für meine Reise länger Zeit haben, aber ich möchte nicht darum bitten, da im Herbst meine Anwesenheit im Künstlertheater unbedingt erforderlich ist, um die Kontinuität meiner Regiearbeit in den Stücken, mit denen ich zu tun habe (vor allem »Molière«), zu gewährleisten.

Ich bin so übermüdet, daß ich mich vor einer Reise allein einfach fürchte und deshalb für meine Frau um die Erlaubnis bitte, mich zu begleiten. Ich bin fest überzeugt, daß diese Reise meine Arbeitsfähigkeit wiederherstellen und mir ermöglichen wird, neben meiner

Arbeit im Theater meine Reiseeindrücke in einem Band zusammenzufassen. Eine Idee, die mir unerhört verlockend erscheint.

Ich bin noch nie im Ausland gewesen.

Für eine Antwort wäre ich Ihnen äußerst verpflichtet.

Mit dem Ausdruck tiefster Hochachtung
M. Bulgakow

Aus Jelena Sergejewnas Tagebuch

11. Mai 1934

Pyrjew: »M. A., Sie sollten in eine Fabrik fahren und sich dort umsehen, . . .«

(Die können von ihrer Fabrik nicht lassen!)

18. Mai 1934

Auf dem Tisch lagen zwei rote Pässe. Ich wollte schon die Stempelgebühren bezahlen, aber Borispolez sagte, die Pässe seien kostenlos. »Sie werden nur auf besondere Anordnung ausgegeben«, sagte er ehrfürchtig. »Füllen Sie unten die Fragebögen aus.« [. . .] Borispolez sagte, die Pässe könnten heute noch nicht ausgehändigt werden. »Kommen Sie morgen.« [. . .] M. A. wiederholte frohlokkend: »Das heißt, ich bin kein Gefangener! Das heißt, ich werde die Welt noch zu sehen bekommen!« [. . .]

M. A. drückte meinen Arm an sich, plante schon das erste Kapitel des Buches, das er von der Reise mitbringen will:

»Doch kein Häftling?«

Unser ewiges nächtliches Thema: Ich bin ein Häftling . . . Sie haben mir das Augenlicht genommen . . .

Zu Hause diktierte er mir das erste Kapitel des Buches, das er plant.

19. Mai 1934

Bescheid auf morgen verschoben.

23. Mai 1934

Bescheid auf den 25. verschoben.

25. Mai 1934

Wieder keine Pässe. Wir beschlossen, nicht mehr hinzugehen. M. A. fühlt sich abscheulich.

1. Juni 1934

Pilnjak und seine Frau haben ihre Pässe bekommen und sind abgereist.

Alles fällt einem aus der Hand wegen dieser Unsicherheit.

Achmatowa war bei uns. Sie ist gekommen, um sich für Ossip Mandelstam einzusetzen – er ist in der Verbannung. [. . .]

Unter den Schriftstellern in Moskau herrscht große Aufregung – es läuft das Aufnahmeverfahren in den Neuen Schriftstellerverband. Viele werden abgelehnt. [. . .] M. A. reichte seinen Fragebogen am 29. ein.

M. A. fühlt sich entsetzlich – Angst vor dem Tode und vor der Einsamkeit. Seine Zeit verbringt er, wenn irgend möglich, im Liegen.

10. Juni 1934. Moskau
An Jossif Stalin (Entwurf)

Sehr geehrter Jossif Wissarionowitsch!

Gestatten Sie mir, Ihnen mitzuteilen, was mir zugestoßen ist:

1.

Ende April dieses Jahres reichte ich dem Vorsitzenden der Regierungskommission, die für das Künstlertheater zuständig ist, ein Schreiben ein, in dem ich um Genehmigung einer achtwöchigen Auslandsreise in Begleitung meiner Ehefrau Jelena Sergejewna Bulgakowa bat.

Dieser Antrag enthielt auch den Hinweis auf den Zweck meiner Reise – ich wollte einen Bericht über meinen Aufenthalt in Westeuropa schreiben (um ihn nach meiner Rückkehr in Buchform in der Sowjetunion zu veröffentlichen).

Da ich wirklich an Auszehrung des Nervensystems in Kombination mit pathologischer Angst vor dem Alleinsein leide, beantragte ich die gleiche Erlaubnis für meine Ehefrau, die meinen siebenjährigen Stiefsohn, für dessen Unterhalt und Erziehung ich aufkomme, hier allein zurücklassen müßte.

Nachdem ich den Antrag abgeschickt hatte, rechnete ich täglich mit einer von den zwei möglichen Antworten, das heißt, entweder Genehmigung oder Verweigerung, in der Annahme, daß eine dritte undenkbar sei.

Aber es trat ein, was ich nicht voraussehen konnte, das heißt, eine dritte Möglichkeit.

Am 17. Mai wurde ich angerufen, und es fand folgendes Gespräch statt:

»Haben Sie einen Antrag auf Genehmigung einer Auslandsreise gestellt?«

»Ja.«

»Begeben Sie sich umgehend in die Auslandsabteilung des Moskauer Stadtkomitees und füllen Sie Ihren Fragebogen und den Fragebogen Ihrer Frau aus.«

»Wann soll das geschehen?«

»So bald wie möglich, denn über Ihren Antrag soll am 21. oder 22. entschieden werden.«

In einem Anfall wilder Freude erkundigte ich mich nicht einmal, wer am Apparat war, sondern begab mich unverzüglich in Begleitung meiner Frau in die Auslandsabteilung des Stadtkomitees und meldete mich dort. Als der Angestellte hörte, daß ich telefonisch in die Auslandsabteilung bestellt worden war, bot er mir einen Stuhl an, verschwand im Nebenraum und legte mir, als er zurückkam, die Fragebögen zum Ausfüllen vor.

Er nahm die ausgefüllten Fragebögen entgegen, fügte noch zwei Paßbilder bei, verlangte keine Gebühren und sagte: »Pässe sind kostenlos.«

Die sowjetischen Pässe zog er nicht ein und sagte: »Später, nach Aushändigung der Auslandspässe.«

Und dann fügte er wörtlich hinzu:

»Sie werden die Pässe sehr bald bekommen, denn in Ihrem Fall liegt eine besondere Weisung vor. Sie hätten sie heute mitnehmen können, aber jetzt ist es zu spät. Rufen Sie mich am 18. vormittags an.«

Ich sagte: »Aber der 18. ist ein arbeitsfreier Tag.«

Darauf er: »Dann also am 19.«

Am 19. Mai morgens, als Antwort auf unsern Anruf, hieß es: »Die Pässe sind noch nicht da. Rufen Sie gegen Dienstschluß an. Wenn die Pässe gekommen sind, wird die Paßausgabestelle sie Ihnen aushändigen.«

Nach dem Anruf gegen Ende der Dienstzeit stellte sich heraus, daß die Pässe noch nicht eingetroffen waren, und wir wurden gebeten, am 23. anzurufen.

Am 23. Mai haben meine Frau und ich uns persönlich bei der

Auslandsabteilung gemeldet und erfahren, daß die Pässe noch nicht da seien. Der Angestellte telefonierte und schlug uns daraufhin vor, ihn am 25. oder 27. Mai anzurufen.

Da horchte ich auf und fragte den Angestellten, ob tatsächlich eine mich betreffende Weisung vorläge und ob ich mich am 17. nicht verhört hätte?

Darauf folgende Antwort: »Sie werden verstehen, daß ich Ihnen nicht sagen darf, wer die Weisung erteilt hat, *aber eine Weisung für Sie und Ihre Frau liegt vor*, ebenso wie für den Schriftsteller Pilnjak.«

Nun hatte ich keine Zweifel mehr und meine Freude war unendlich.

Bald wurde noch von anderer Seite bestätigt, daß eine entsprechende Weisung vorliege. Ich erfuhr im Theater, daß im Sekretariat des ZK gesagt worden sei: »Im Fall Bulgakow wird alles gutgehen.«

Man gratulierte mir zu der Erfüllung meines langjährigen schriftstellerischen Traumes – zu reisen, etwas, was für jeden Schriftsteller notwendig ist.

Indessen fuhr die Auslandsabteilung des Stadtkomitees fort, den endgültigen Bescheid von Tag zu Tag zu verschieben, was mir inzwischen keinerlei Kopfschmerzen mehr verursachte, weil ich damit rechnete, daß ich die Pässe, wie lange es auch dauern mochte, schließlich doch bekommen würde.

Am 7. Juni fuhr ein Bote des Künstlertheaters in die Auslandsabteilung mit einer Liste der Schauspieler, die einen Auslandspaß erhalten sollten. Liebenswürdigerweise setzte das Theater meine Frau und mich auch auf diese Liste, obwohl ich meinen Antrag separat gestellt hatte.

Als der Bote im Laufe des Tages zurückkam, konnte ich schon an seinem verlegenen und hilflosen Gesichtsausdruck erkennen, daß etwas geschehen sein mußte.

Der Bote meldete, daß die Pässe der Schauspieler genehmigt seien, daß er sie bereits in der Tasche habe, außer denen für meine Frau und mich, weil unser Antrag ABGELEHNT worden sei.

Am nächsten Tag händigte mir die Auslandsabteilung, diesmal ohne zu zögern, den Bescheid aus, daß der Antrag des Bürgers Bulgakow, M. A. auf Genehmigung einer Auslandsreise abgelehnt ist.

Darauf, um dem allgemeinen Erstaunen und den Beileidsbezeugungen aus dem Wege zu gehen, begab ich mich nach Hause mit der einen klaren Erkenntnis, daß ich mich in einer peinlichen, lächerlichen, meinem Alter unangemessenen Situation befand.

2.

Die mir von der Auslandsabteilung des Stadtexekutivkomitees zugefügte Beleidigung ist besonders schwerwiegend, weil meine vierjährige Tätigkeit im Moskauer Künstlertheater nicht den leisesten Grund dazu bietet, ein Umstand, der mich ermutigt, Sie um Ihren Beistand zu bitten.

11. Juni 1934. Moskau
An Jossif Stalin (Entwurf)

Der einzige Grund dazu, wie ich annehme, könnte Folgendes sein: Vielleicht besteht in den Organen, die die Auslandsreisen kontrollieren, die Vermutung, ich wollte für immer im Ausland bleiben? Ganz zu schweigen davon, daß ich meine Frau, falls ich mich auf betrügerische Weise ins Ausland absetzen wollte, von ihrem Kind trennen, sie selbst in eine entsetzliche Lage bringen, unser Familienleben ruinieren müßte, würde ich meine Repertoirestücke im Künstlertheater eigenhändig umbringen, meinen Ruf ruinieren – und das alles zu einem völlig ungewissen Zweck.

Sehr wichtig ist etwas anderes: Ich kann nicht begreifen, warum man eines beabsichtigen und etwas ganz anderes anstreben soll? Und ich kann beweisen, daß ich es nicht begreife. Denn ich habe mich vor vier Jahren mit einem Schreiben an die Regierung gewandt, in dem ich entweder um Ausweisung aus der Sowjetunion oder um eine Anstellung im Künstlertheater bat. Damals ging es mir im Zusammenhang mit meinen persönlichen künstlerischen Umständen um eine unbefristete Ausreise, und es war keine Rede von einem zweimonatigen Urlaub . . . Ich habe weder Garantien, noch Bürgen . . .

20. Juni 1934. Leningrad
Von W. Sachnowskij (Moskauer Künstlertheater)

Lieber Michail Afanassjewitsch!

Heute findet die FÜNFHUNDERTSTE Aufführung Ihres Stückes statt. Sie wissen, wie unser Publikum in Moskau und Leningrad die »Tage der Turbins« liebt. Die »Turbins« wurden für die neue Generation des Künstlertheaters die neue »Möwe«. Sie selbst waren unlängst bei der Première in Leningrad Zeuge dessen, wie der Saal auf Ihr Stück reagierte, und das Theater, insbesondere die junge Künstlertheater-Generation, bringt möglicherweise keiner anderen Inszenierung eine solche Sorgfalt entgegen, wie den »Turbins«.

Sie wissen schon längst, sowohl von Konstantin Sergejewitsch*, als auch von Wladimir Iwanowitsch, daß beide Sie für »einen von uns« im Künstlertheater halten, für »einen von uns« im Sinne schöpferischer Nähe. Deshalb erlaube ich mir, am Tage der FÜNFHUNDERTSTEN Aufführung, Ihnen im Namen des Theaters als »einem von uns« und nicht nur als unserem Lieblingsautor zu gratulieren. Und in meinem eigenen Namen möchte ich Sie ganz fest umarmen, auch eingedenk unserer dreijährigen harmonischen Zusammenarbeit an Ihrem anderen Stück*.

24. Juni 1934. Aus Paris nach Moskau
Von seinem Bruder Nikolaj

Ich habe Jewgenij Iwanowitsch Samjatin kennengelernt und mich einige Male mit ihm getroffen.

26. Juni 1934. Aus Leningrad nach Moskau
An Jakow Leontjew

Bis jetzt waren wir außerstande, einen Brief zu schreiben, und zwar nicht ohne Grund. Jelena Sergejewna und ich lagen richtig auf der Nase. Sie litt unter schrecklichen Kopfschmerzen und ich an Schlaflosigkeit und an all den anderen schönen Sachen, die ich aus Moskau mitgebracht habe. Man verschrieb uns Elektrotherapie, und die Erfolge sind, ich klopfe auf Holz, einem Wunder gleich. Wir beide sind wieder zu uns gekommen.

Zunächst möchte ich Sie umarmen und mich bei Ihnen für das köstliche Telegramm und die wunderbaren Briefe bedanken. (Ich auch)

500 Aufführungen also! Vieles, sehr vieles ist mir an diesem Tag durch den Kopf gegangen.

In der Pause vor der Szene im Gymnasium hielt Sachnowskij

hinter dem geschlossenen Vorhang eine kurze Ansprache. Man klatschte leise, damit es im Zuschauerraum nicht zu hören war. [. . .]

Nemirowitsch schickte dem Theater einen Gratulationsbrief, in dem der Autor mit keiner einzigen Silbe erwähnt wird. Originell, sehr originell, ich schwöre es, bei der fünfhundertsten Aufführung! [. . .]

Das zusammenhanglose »Ich auch«, das sich auf der ersten Seite eingeschlichen hat, ist ein liebevoller und spontaner Zusatz von Jelena Sergejewna.

26. Juni 1934. Aus Leningrad nach Moskau
An Pawel Popow

[. . .] Nach allem Vorgefallenen sind wir beide, nicht nur ich, sondern auch meine Frau, zu meinem größten Entsetzen gründlich krank geworden. Es fing mit teuflischer Migräne an, dann dehnten sich die Schmerzen aus, dazu Schlaflosigkeit und Ähnliches. Wir mußten uns beide einer ernsthaften und strengen Kur unterziehen. Tägliche Elektrotherapie. Und nun kommen wir langsam wieder auf die Beine.

Ja, ja – und hier ging die 500. Aufführung über die Bühne – das war am 20. [. . .] Nemirowitsch schickte dem Theater seine Glückwünsche. Nachdem ich das Blatt hin und her gedreht hatte, mußte ich feststellen, daß es keinen einzigen Buchstaben enthält, der sich auf den Autor bezieht. Ich nehme an, der gute Ton verlangt, den Autor nicht zu erwähnen. Ich habe es vorher nicht gewußt, aber ich bin offensichtlich nicht weltmännisch genug.

Es ist nur ärgerlich, daß das Theater, ohne sich mit mir zu verständigen, ihm ein Dankschreiben sandte, auch im Namen des Autors. Ich hätte vieles dafür gegeben, um in diesem Schreiben ein einziges Wort zu tilgen – Autor. [. . .]

Ich schreibe ein Drehbuch nach den »Toten Seelen« und bringe es fertig mit. Und dann muß ich wieder die »Glückseligkeit« in Angriff nehmen. O weh, ich habe sehr viel zu tun! Aber in meinem Kopf wohnen Margarita, der Kater und das Fliegen . . . [. . .]

10. Juli 1934. Aus Leningrad nach Moskau
An Pawel Popow

[. . .] Wir erscheinen zwischen dem 15. und dem 17. Juli in Moskau. [. . .]

Ljussja behauptet, daß das Drehbuch wunderbar gelungen sei. Ich habe es ihnen in der Rohfassung vorgelegt, und es war gut, daß ich es noch nicht abschreiben ließ. Alles, was mir am besten gefiel, das heißt, der Auftritt der Suworow-Soldaten in der Nosdrjow-Szene, die eingeblendete große Ballade vom Hauptmann Kopejkin, das Seelenamt im Gutshaus Sobakewitsch und vor allem Rom mit der Silhouette Gogols auf dem Balkon – alles das muß gestrichen werden! Ich werde kaum mehr retten können, als Kopejkin und auch den nur in amputierter Gestalt. Aber, Du großer Gott! – wie sehr tut es mir um Rom leid!

Ich habe mir alles angehört, was Weissfeld und sein Regisseur mir zu sagen hatten, und versicherte sogleich, daß ich bereit sei, alles nach ihren Wünschen zu ändern – sie waren schlichtweg verblüfft.

Mit der »Glückseligkeit« kam es hier zu einem Zwischenfall, der sämtliche Grenzen der Wahrscheinlichkeit durchbrach.

Ein Zimmer im »Astoria«. Ich lese. Ein Theaterdirektor, in Personalunion Regisseur, hört zu, restlose und offenbar ungeheuchelte Begeisterung, begehrt die Aufführungsrechte, verspricht viel Geld und sagt, daß er mich in vierzig Minuten zum Abendessen abholen möchte. Erscheint vierzig Minuten später, speist mit mir zu Abend, erwähnt das Stück mit keiner Silbe und verschwindet auf Nimmerwiedersehen wie vom Erdboden verschluckt!

Eine Hypothese – er hat sich in die Vierte Dimension zurückgezogen.

Siehst Du, es gibt eben Wunder auf der Welt! [. . .]

11. Juli 1934. Aus Leningrad nach Moskau
An Wikentij Weressajew

[. . .] Ich möchte Ihnen von einigen meiner außergewöhnlichen Frühlingsabenteuer berichten.

Zu Frühlingsanfang stand es um meine Gesundheit sehr schlecht: Es begann mit Schlaflosigkeit, Schwäche, und schließlich kam das Widerwärtigste, was ich je erlebt habe, die Angst vor Vereinsamung, das heißt, genauer ausgedrückt: die Angst vor dem Alleinsein. Das ist so abscheulich, daß ich eine Beinamputation vorgezogen hätte!

Nun, selbstverständlich Ärzte, Brom und ähnliches. Ich habe Angst, auf die Straße zu gehen, ich kann nicht schreiben, Menschen ermüden und erschrecken mich. Den Anblick einer Zeitung kann ich nicht ertragen und bewege mich außerhalb des Hauses entweder mit Jelena Sergejewna oder Serjoschka eingehakt – sonst müßte ich sterben!

Ende April hatte ich ein Schreiben aufgesetzt, daß ich für zwei Monate in Begleitung von Jelena Sergejewna nach Frankreich und Rom fahren möchte. (Davon habe ich Ihnen geschrieben.) Serjoschka wäre hier geblieben, die Sache hätte also ihre Ordnung gehabt. Schickte es ab. Unmittelbar darauf einen zweiten Brief an Gorkij. Allerdings ohne die leiseste Hoffnung, auf diesen zweiten Brief eine Antwort zu bekommen. Etwas muß dort passiert sein, was dazu führte, daß jeder Kontakt abgebrochen wurde. Man kann es leicht erraten: Jemand kam, erzählte etwas, darauf die Sperre. Und es stimmte, ich habe keine Antwort bekommen! [. . .]

Am 17. Mai liege ich auf dem Sofa. Das Telefon klingelt. Ein Unbekannter, wohl ein Angestellter: »Haben Sie einen Antrag gestellt? Melden Sie sich bei der Auslandsabteilung des Stadtkomitees, füllen Sie Ihren Fragebogen und den Ihrer Frau aus!« [. . .]

Bei uns zu Hause herrschte Glückseligkeit. Können Sie sich vorstellen: Paris! Molière-Denkmal . . . Guten Tag, Monsieur Molière! Ich habe ein Buch und ein Theaterstück über Sie geschrieben; Rom! Guten Tag, Nikolaj Wassiljewitsch, seien Sie mir nicht böse, ich habe aus Ihren »Toten Seelen« ein Theaterstück gemacht! Freilich, es hat mit dem, welches man jetzt aufführt, wenig, ja sogar nicht die geringste Ähnlichkeit, aber ich war es ja doch . . . Das Mittelmeer! Menschenskinder! . . .

Glauben Sie mir – ich hab mich hingesetzt und mir die Kapitel des künftigen Buches notiert! Wie viele unserer Literaturschaffenden waren in Europa – und haben nur ein bißchen warme Luft mitgebracht! Nichts! [. . .]

Und schon trudelten die ersten Gratulationen ein, mit einem Schimmer von Neid: »Ach, Ihr Glückspilze!«

»Moment mal«, sagte ich, »und die Pässe?«
»Da brauchen Sie sich keine Sorgen zu machen!« (Unisono)
Wir machen uns keine Sorgen. Wir sind ruhig. Wir träumen: Rom, ein Balkon wie bei Gogol, Pinien, Rosen ... das Manuskript ... ich diktiere Jelena Sergejewna ... Abendspaziergang, Stille, Wohlgerüche ... Mit einem Wort – ein Roman!
Im September leises Ziehen in der Herzgegend: Kamergergasse, Nieselregen, halbdunkle Bühne und in den Theaterwerkstätten Vorbereitungen zu »Molière« ...
Und bei so einem Nieselregen tauche ich dort auf. Manuskript im Koffer, unschlagbar! [...]
Der Bote bekommt eine Liste – ab, Pässe holen!
Der Bote zieht ab und kommt zurück. Seine Miene gefällt mir so wenig, daß ich mir ans Herz greife, bevor er noch den Mund auftut.
Kurz, er brachte die Pässe für alle, und für mich einen weißen Zettel – M. A. Bulgakow abgelehnt. [...]
Ich bin unter den Trümmern in einem solchen Zustand hervorgekrochen, daß mein Anblick kaum jemandem Freude machen konnte. Aber hier beginne ich mich zu erholen.
Vor meiner Abreise schrieb ich dem Generalsekretär einen Brief, in dem ich alles Vorgefallene schilderte, versicherte, daß ich nicht die Absicht habe, im Ausland zu bleiben, sondern pünktlich zurückzukehren, und bat um Revision. Keine Antwort. Ich kann mich natürlich nicht dafür verbürgen, daß mein Brief den Adressaten erreicht hat.
Am 13. Juni habe ich alles stehen und liegen gelassen und bin nach Leningrad gefahren. In zwei Tagen kehren wir nach Moskau zurück. [...]

Aus Jelena Sergejewnas Tagebuch
20. Juli 1934.
Am 17. kehrten wir aus Leningrad zurück, wo wir über einen Monat im »Astoria« gewohnt haben.

24. Juli 1934. Moskau
Von Wikentij Weressajew

Wie schmerzt es mich für Sie! Welch eine ständige Nervenanspannung! Und wie viele überflüssige Kräfte kostet es, die für die Literatur so nötig wären! Nein, so etwas! ... Ich umarme Sie ganz fest und wünsche Ihnen viel seelische Kraft. Was brauchen Sie Italien! Als ob Sie nicht hier Ruhe und Erholung finden könnten! Aber doch nicht in Leningrad.

31. Juli 1934. Aus Moskau nach Paris
An Marie Reinhardt

Von meinem Bruder erhielt ich den französischen Text von »Sojkas Wohnung« und beeile mich nun, jene Korrekturen anzugeben, deren Notwendigkeit sich schon bei der flüchtigen Lektüre der Übersetzung ergeben hat. [...]

Weder das Wort »Lenin« noch das Wort »Iljitsch« kommen bei mir vor. [...]

Das Wort »Stalin«« kommt bei mir nirgends vor, und ich bitte ausdrücklich, es zu streichen. Überhaupt, wenn irgendwo im Laufe des Stückes noch andere Namen von Mitgliedern der sowjetischen Regierung eingefügt wurden, bitte ich, sie zu streichen, da diese Einschübe absolut unangebracht sind und meinen Text vollständig entstellen.

1. August 1934. Aus Moskau nach Paris
An seinen Bruder Nikolaj

[...] Ich bitte Dich mit allem Nachdruck und kategorisch, darauf zu bestehen, daß die äußerst unangenehmen Entstellungen meines Textes eliminiert werden. Sie bestehen darin, daß der Übersetzer im 1. Akt und möglicherweise auch noch an anderen Stellen die Namen Lenins und Stalins eingefügt hat. Ich bitte Dich, darauf zu bestehen, daß sie sofort gestrichen werden. Ich hoffe, daß man nicht lange zu erklären braucht, weshalb die Erwähnung sowjetischer Regierungsmitglieder in einem Lustspiel unangebracht ist. [...]

In diesem Sommer, ausgerechnet in den Tagen, in denen Dich dieser Brief erreichen wird, sollte ich ursprünglich in Paris sein. Ich war meinem Ziel bereits so nahe, daß ich den gesamten Plan einer achtwöchigen Reise schon zusammengestellt hatte. Dann hätte ich alle meine Angelegenheiten persönlich regeln können. Aber im allerletzten Augenblick, völlig unerwartet, trotz der sicheren Aussicht, daß meine Reise genehmigt würde – erreichte mich der abschlägige Bescheid.

Wäre ich in Paris, könnte ich sämtliche Mis-en-scènes mitbestimmen und die umfassende Interpretation, nicht nur des Autors, sondern auch eines Regisseurs mitliefern – zum Besten des Stücks, dessen kannst Du gewiß sein. Aber leider! – mein Schicksal ist sehr kompliziert. [. . .]

Schicke mir die Anschrift von Samjatin, wenn möglich.

Ljussja läßt Dich grüßen. Sie fragt mich oft nach meinen Brüdern aus, und ich erzähle ihr von Dir und von Iwan und wünsche, daß Euer Leben glücklich verlaufen möge. [. . .]

Aus Jelena Sergejewnas Tagebuch
15. August 1934

Anfang August waren wir in Swenigorod, in der Sommerfrische, mit Sergej. Seit dem 9. August sind wir in Moskau. Und überlegen jetzt, ob wir nicht nach Kiew fahren sollen.

Aus Paris bekamen wir die Übersetzung von »Sojkas Wohnung«. M. A. standen die Haare zu Berge. Die Übersetzung ist im Ganzen nicht schlecht, aber die Übersetzer haben in Ametistows Monologe eigenmächtig die Namen von Lenin und Stalin in einem unpassenden Kontext eingesetzt. M. A. schrieb umgehend einen Brief mit der Forderung, die Namen zu streichen.

Es ist übrigens immer noch nicht heraus, ob M. A. in den Schriftstellerverband aufgenommen worden ist oder nicht. Hin und wieder bekommt er ein Rundschreiben. Wir haben über sieben Ecken gehört, daß sie ihn anfangs nicht zulassen wollten, ebensowenig wie noch einen anderen. Aber schließlich soll er doch aufgenommen worden sein.

M. A. stand wahre Qualen aus, als er die »Toten Seelen« ablieferte – es ist bereits die dritte Fassung.

23. August 1934

Wohnung – das ist für M. A. ein magisches Wort. Auf nichts ist er neidisch – nur auf eine gute Wohnung. Das ist eine Art Tick.

25. August 1934

M. A. hat immer noch Angst, allein auszugehen. [. . .]

Ein Gespräch mit Afinogenow:

»Michail Afanassjewitsch, warum kommen Sie nicht zu den Tagungen des Schriftstellerverbandes?«

»Ich fürchte mich vor der Menge.« [. . .]

M. A. trägt sich mit der Idee, ein Stück über Puschkin zu schreiben. Allerdings hält er es für unumgänglich, Weressajew bei der Verwertung des Materials hinzuzuziehen. M. A. fühlt sich ihm verbunden, weil er in einer schweren Zeit M. A. aufgesucht und ihm von sich aus Geld angeboten hat.

M. A. möchte also dadurch seine Dankbarkeit zum Ausdruck bringen, ich aber ahne, daß daraus nichts wird. Es gibt nichts Schlimmeres, als eine Arbeit zu zweit.

29. August 1934

Sagorskij: Weshalb M. A. den Bolschewismus nicht akzeptiert.

31. August 1934

Schuchowizkij – wie immer dabei – setzte M. A. zu, er möchte eine Erklärung verfassen, daß er den Bolschewismus akzeptiere.

6. September 1934

M. A. hat Bauchschmerzen, er muß auf der Datscha zu viel gegessen haben. Zuerst machte er mit Sergej Schulaufgaben. Dann brachte er ihm Schachspielen bei. [. . .]

Abends kam unser Nachbar, der Schriftsteller L., mit der Bitte, für ihn einen Brief an die hohen Herren auf der Maschine zu schreiben und zu korrigieren, er wird nicht gedruckt, wurde überall vor die Tür gesetzt und hat ein schweres Leben. Dann ein Zettel von A., ebenfalls aus unserm Haus – bittet um Geld. Wir hatten welches da.

7. September 1934

Begleitete M. A. ins Theater zur »Pickwickier«-Probe. [. . .]

Nach dem Essen und Mittagsschlaf diktierte er den »Revisor«.

8. September 1934

Auf dem Weg zum Theater Begegnung mit Sudakow:

»Wissen Sie, M. A., um ›Die Flucht‹ steht es ganz und gar nicht schlecht. Sie sagen: spielen. Jossif Wissarionowitsch und Awel Sofronowitsch* äußern sich sehr positiv, wenn sich nur Bubnow nicht einschaltet.« (?!)

10. September 1934

Am Abend des 9. hatten wir die Moskauer Turbins, die Amerikanischen Turbins, Schuchowizkij und natürlich das Ehepaar Kaluschskij. Abendessen bei Kerzenlicht, Piroggen, Kaviar, Stör, Kalbsbraten, Dessert, Wein, Wodka, Blumen. Sehr gemütlich bis 4 Uhr in der Frühe. [. . .]

M. A. sagte, der Abend erinnere ihn an den Turmbau zu Babel – man unterhielt sich gleichzeitig auf Russisch, Französisch, Englisch und Deutsch.

Chmeljow versuchte in seinem abenteuerlichen Französisch dem amerikanischen Alexej zu beweisen, daß im Westen keine Kunst existiere und daß man sie nur bei uns finden könne. Als Beispiel führte er – Stanislawskij an . . . [. . .]

Heute kriechen wir herum wie schläfrige Fliegen.

11. September 1934

Wir waren bei Popow. Annuschka sang Zigeunerwalzer zur Gitarre – M. A. brauchte sie für »Die Flucht«. Aber ob das Stück überhaupt zur Aufführung kommt?

15. September 1934

Pyrjew schickte das Drehbuch zu den »Toten Seelen«. Er hatte seine Änderungen eingetragen, die irgendwie besonders primitiv formuliert sind. Auf dem Titelblatt steht M. Bulgakow.

16. September 1934

Abends Ljamin. Mischa las ihm einige Romankapitel vor. Und als er gegangen war – unterhielten wir uns bis sieben Uhr früh über das ewige Thema – die Situation von M. A.

17. September 1934

Abends Gortschakow. Das Satirentheater bittet M. A., aus »Glückseligkeit« ein Lustspiel zu machen, in dem Iwan der Schreckliche in das moderne Moskau gerät. [. . .]

Ilja* ist wahrhaftig ein Bandit. Alle seine Reden über »Die Flucht« waren nichts als leeres Stroh. Nun stellt sich heraus, daß er sich des »Portraits« angenommen hat, des letzten Stücks von Afinogenow.

13. Oktober 1934

Um M.A.s Nerven steht es schlecht. Er hat Platzangst und fürchtet sich, wenn er allein ist. Er überlegt sich, ob er nicht eine Hypnose-Behandlung beginnen soll.

15. Oktober 1934

Seine Nerven sind angegriffen, aber wenn wir nebeneinander gehen, rettet er sich damit, daß er etwas Komisches erzählt. [. . .]

Heute abend diktierte mir M. A. den Schluß des Drehbuchs von »Der Revisor« (Entwurf). [. . .]

Endlich! Wir haben Gas! Sergej stieg als erster in die Badewanne!

16. Oktober 1934

Während der Proben* hörte er, daß heute zum ersten Mal nach längerer Unterbrechung »Molière« geprobt würde, die Szene in der Kathedrale.

Er sagt, diese Nachricht sei ihm gleichgültig. Er glaubt nicht, daß das Stück je gespielt wird.

Vor einigen Tagen fand bei Stanislawskij eine Besprechung zu »Molière« statt. Auf M. A. machte sie einen ganz trostlosen Eindruck.

18. Oktober 1934

Heute waren wir bei W. W. Weressajew. M. A. brachte den Vorschlag mit, zusammen ein Stück über Puschkin zu schreiben, das heißt, W. W. soll das Material zusammenstellen und M. A. schreibt.

Marija Germogenowna reagierte begeistert. Der alte Mann war sehr gerührt, lief mehrmals in seinem behaglichen Arbeitszimmer auf und ab und schloß dann M. A. in die Arme.

W. W. entflammte sich, begann über Puschkin zu reden, über dessen Ambivalenz, über Natalja Nikolajewna, die keineswegs eine Null gewesen sei, sondern eine unglückliche Frau.

Anfangs war W. W. verblüfft – weil M. A. das Stück ohne Puschkin-Gestalt schreiben wollte (sonst wäre es vulgär), stimmte aber nach einigem Nachdenken zu.

20. Oktober 1934

Wir haben einen Flügel gekauft.

3. November 1934

Chaos in der Wohnung. Die Maler sind da.

Heute war ich in der Generalprobe zu den »Pickwickiern«. [. . .] Das Publikum reagierte auf M. A. (er spielt den Richter) mit Gelächter. Katschalow, Ktorow, Popowa und andere sagten mir, er spiele wie ein professioneller Akteur.

Kostüm – rote Robe und eine große weiße Lockenperücke. In der Pause erzählte er mir, daß er sehr aufgeregt gewesen sei – mit seiner Robe hatte er den Hocker umgeworfen. Er mußte die Szene stehend beginnen, die Ellenbogen auf das Pult gestützt. Aber dann half man ihm und hob den Hocker auf.

8. November 1934

Abends saßen wir inmitten unserer Unordnung. M. A. diktierte mir den Roman – die Szene im Kabarett. Sergej schlief neben ihm auf unserer Couch.

Telefon – Olja. Lange Unterhaltung. Schließlich:

»Ach ja, übrigens, ich habe mir schon vor einigen Tagen vorgenommen, es Dir zu erzählen. Es sieht so aus, als ob sie ›Die Flucht‹ genehmigt hätten, weißt Du das? Dieser Tage haben sie Nemirowitsch-Dantschenko aus dem ZK angerufen und ihn nach seiner Meinung über dieses Stück gefragt. Nun, er hat es natürlich in den höchsten Tönen gelobt und gesagt, es sei ein wunderbares Stück. Darauf die Antwort: ›Wir werden Ihre Meinung berücksichtigen.‹«

14. November 1934

»Pickwickier«-Probe mit Stanislawskij. [. . .]

K. S. stark gealtert und abgemagert.

16. November 1934

Stanizyn hat heute M. A. erzählt, wie der Chef auf sein Auftreten in der Gerichtsszene reagiert hätte. Stanizyn mußte ihm die Namen der auftretenden Schauspieler nennen. Als der Richter erschien, fragte Stanislawskij:

»Und wer ist das?«

»Bulgakow.«

»Soso! . . .« (Plötzlich eine scharfe Drehung zu Stanizyn) »Was für ein Bulgakow?«

»Michail Afanassjewitsch, Theaterschriftsteller.«

»Der Autor?!«

»Ja. Der Autor. Er wollte gern mitspielen.«

Der Chef kniff sofort die Augen zusammen, kicherte und beobachtete von nun an M. A.

Stanizyn machte das sehr komisch nach.

17. November 1934

Abends kam Achmatowa. Pilnjak brachte sie aus Leningrad in

seinem Auto mit. Sie erzählte von dem bitteren Schicksal Mandelstams. Wir unterhielten uns über Pasternak.

19. November 1934

Nach der Hypnose lassen die Angstzustände nach. M. A. wirkt ausgeglichen, freundlich und kann gut arbeiten. Jetzt müßte er nur noch allein ausgehen können.

21. November 1934

M. A. hat Namenstag. Sergej und ich schenkten ihm, »halbehalbe«, wie Sergej sagt, Noten: »Tannhäuser«, »Ruslan und Ludmila« und so weiter. Das war schon am Vorabend.

Und heute schenkte ich ihm einen Sekretär – klassizistisch.

Abends Dr. Berg. Er suggerierte M. A., daß er morgen allein zu Leontjews gehen kann.

Und vorher hatte Olja angerufen – sie wollte gratulieren und uns wissen lassen, daß »Die Flucht« nicht zugelassen wird. M. A. nahm es mit größter Seelenruhe auf. Wer eigentlich das Stück verboten hat – das konnte ich von Olja nicht erfahren.

22. November 1934

Um 10 Uhr abends stand M. A. auf, zog seinen Mantel an und begab sich allein zu Leontjews.

Seit einem halben Jahr ist er nicht mehr allein ausgegangen.

26. November 1934

Abends Ilf und Petrow. Sie kamen, um sich von M. A. wegen eines geplanten Stückes beraten zu lassen. Anschließend wollte M. A. Weressajew besuchen. Auf dem Rückweg ließ er sich von W. W. bis zum Smolensker Platz begleiten und legte das letzte Stück allein zurück. Er sagt, die Ängste hätten nachgelassen.

28. November 1934

Abends Dmitrijew. Er kam aus dem Künstlertheater und erzählte, dort sei es sehr aufgeregt und lebhaft zugegangen. Wahrscheinlich wegen irgendwelcher Regierungsmitglieder im Zuschauerraum – vermutlich der Generalsekretär (um die »Turbins« zu sehen).

29. November 1934

Tatsächlich, gestern haben sich der Generalsekretär, Kirow und Schdanow die »Turbins« angesehen. Ich hörte es im Theater. Janschin erzählte, sie hätten gut gespielt, und der Generalsekretär habe nach dem letzten Vorhang sehr lange geklatscht.

In den Zeitungen eine Notiz von größter Wichtigkeit – die Brotkarten werden abgeschafft, Brot wird frei verkauft.

30. November 1934

Tagsüber diktierte M. A. Entwürfe für die Variante »Iwan Wassiljewitsch« (ursprünglich »Glückseligkeit«). [. . .]

Es stellt sich heraus, daß »Molière« für März vorgesehen ist, obwohl sich mit den Dekorationen irgendwelche Schwierigkeiten ergeben haben. [. . .] Gortschakow möchte mit Wiljams arbeiten. Er sagte, es soll eine aufwendige Inszenierung geben – Stanislawskij besteht darauf.

1. Dezember 1934

Abends Première von den »Pickwickiern«. Ich habe M. A. im Taxi hingebracht. Er blieb bis zum Ende der Vorstellung. Als er nach Hause kam, erzählte er: Während der Aufführung traf die Nachricht ein, daß Kirow in Leningrad ermordet worden sei. Sofort haben sehr viele Menschen den Zuschauerraum verlassen, darunter auch Rykow.

3. Dezember 1934

Um halb vier begleitete ich M. A. bis zum Theater. Zur Trauerfeier. [. . .]

Ich weiß nicht, ob Kirow in Leningrad im Theater war – möglicherweise waren »Die Tage der Turbins« das letzte Theaterstück, das er im Leben gesehen hat.

9. Dezember 1934

Tagsüber bei Wikentij Wikentjewitsch. Wir brachten ihm das letzte Tausend, das Mischa ihm schuldete. Uns beiden ist ein Stein vom Herzen gefallen. [. . .]

Jetzt zu »Molière«. Wir haben Gortschakow erzählt, daß laut Olja »Das Porträt« gespielt werden soll. [. . .] Das ist ein Schachzug von Wladimir Iwanowitsch, er möchte unbedingt ein kommunistisches Stück auf die Bühne bringen.

10. Dezember 1934

Ein Anruf von Gortschakow – »Das Porträt« wird nicht gespielt, »Molière« wird mit Volldampf geprobt.

14. Dezember 1934

Eine brisante Nachricht: Es stellt sich heraus, daß Anatolij Kamenskij, der vor etwa vier Jahren ins Ausland gefahren war, sich abgesetzt und die Sowjetunion zum Narren gehalten hatte – plötzlich in Moskau aufgetaucht ist!

Da konnte Mischa es sich nicht verkneifen und sagte: »Na, wissen Sie, Genossen, das ist schon die reinste Mystik!«

Schuchowizkij saß wie auf Kohlen, log irgend etwas zusammen, wich jedem Blick aus und war entsetzlich verlegen.

Jetzt durchschaue ich ihn endlich: Mischa und ich haben ihn oft bei einer Lüge ertappt.

16. Dezember 1934

Heute waren Mischa und Weressajew im Wachtangow-Theater und sind dort handelseinig geworden.

17. Dezember 1934

Mischa in der Probe, »Molière«, und ich unterhalte mich mit Jegorow. Er ist dreist genug, sich zu wundern, daß Mischa ein Stück für ein anderes Theater und nicht für das Künstlertheater schreibt. Alles, was ich sagen konnte – alles habe ich ihm gesagt. Von dem Spott und Hohn, den Mischa mehrere Jahre von ihm erdulden mußte, von ihrer Behandlung der »Flucht«, von ihrer Behandlung des »Molière«, an dem schon einige Jahre herumgeprobt wird!

22. Dezember 1934

In diesen Tagen ist Mischa unglücklich. Er hat Angst, daß er mit seiner Arbeit nicht fertig wird: »Revisor«, »Iwan Wassiljewitsch« und demnächst »Puschkin«.

24. Dezember 1934

Wir hatten einen Tannenbaum. Zuerst haben Mischa und ich den Baum geschmückt, dann die Geschenke für alle darunter aufgebaut, dann das Licht ausgeknipst und dann die Kerzen am Baum angesteckt. Mischa spielte einen Marsch, und die Kinder stürzten ins Zimmer. Serjoscha konnte hinter der verschlossenen Tür kaum die Tränen zurückhalten – so schwer fiel ihm das Warten. Gellende Schreie, Trampeln, Jauchzen. Darauf laut Programm Theatervorführung. Mischa schrieb uns den Text in Anlehnung an »Die Toten Seelen«. Er hat uns auch geschminkt – mit angesengtem Korken, Lippenstift und Puder. Vorhang – die Bettdecke vor der Tür zwischen Arbeits- und Eßzimmer. Bühne – das Arbeitszimmer. Mischa, der den Sascha spielte, zog eine kurze Hose an, Sergejs Mantel, der ihm gerade bis zum Gürtel reichte, und eine Matrosenbluse. Ein roter, riesiger Kater.

31. Dezember 1934

Das Jahr geht zu Ende. Jetzt, wenn ich durch unsere Zimmer gehe, ertappe ich mich häufig dabei, daß ich mich bekreuzige und flüstere: »Herr, wenn es nur so bliebe!«

2. Januar 1935

Unangenehmes Erlebnis heute abend nach dem Theater in der Straßenbahn: Ein total betrunkener Typ mit einem Hut, den ein blauer Stern zierte, hatte mich wegen meines Pelzmantels angepöbelt. Und zwei Weiber kicherten und stachelten ihn schadenfroh an. Es ist nicht das erste Mal, daß mir der Haß gegenüber Pelzmänteln auffällt.

4. Januar 1935

Klirrender Frost! −32° Celsius. Tagsüber mit Mischa im Theater, [. . .] ich trug eine Skihose und wurde von allen Schauspielern interessiert beobachtet. [. . .]

Heute sind wir immer wieder auf die gestrige denkwürdige Unterhaltung mit Olga zurückgekommen. Sie sagte, man müsse »rein menschlich mit Afinogenow Mitleid haben«. [. . .] Ich hörte ihr zu, schwieg und sah sie nur mit einem vielsagenden Blick an. Mir wagte sie das zu sagen, mir, »Mitleid mit Afinogenow«! Mir, Mischas Frau, den sie während seines gesamten literarischen Lebens mit Hunden gehetzt und gewürgt haben! [. . .]

Ich weiß nicht, wer diese Notizen lesen wird und wann das sein wird. Aber er darf sich nicht darüber wundern, daß ich nur über den Alltag schreibe. Er wird nicht wissen, unter welchen schrecklichen Umständen er gearbeitet hat, Michail Bulgakow, mein Mann.

5. Februar 1935

Die Hypnose-Sitzung war, nach Mischas Worten, wunderbar.

10. Februar 1935

Triumph! Mischa ist allein zur Aufführung ins Theater gegangen.

15. Februar 1935

Abends Schuchowizkij. Die ewige brisante Unterhaltung über dasselbe Thema – Mischas Schicksal. Schuchowizkij sagte, Mischa müsse sich zu einem zeitgenössischen Thema äußern und sein Verhältnis zur Gegenwart kundtun. Mischa sagte: »Ich werde mich nicht äußern. Man soll mich in Ruhe lassen.«

2.–6. März 1935. Aus Moskau nach Kiew
An seinen Jugendfreund Alexandr Gdeschinskij

Lieber Sascha,

Sei bedankt, daß Du an mich gedacht hast, ebenso für die freundliche Einladung.

Wenn Du glaubst, daß Du Einwohner von Kiew bist, so irrst Du Dich erheblich! Jedenfalls weiß das Kiewer Einwohneramt nichts von Deiner Existenz in Kiew.

Ich war im vergangenen August dort. [. . .] Ich hatte bei meiner Reise nach Kiew ein einziges Ziel – ich wollte den Fuß auf heimatliche Erde setzen und meiner Frau die Orte zeigen, die ich einst beschrieben hatte. Sie hatte sich gewünscht, sie zu sehen.

Bedauerlicherweise konnten wir nicht länger als fünf Tage in Kiew bleiben.

Als ich tagsüber durch die Parks streifte, überkam mich eine seltsame Empfindung. Meine Erde! Trauer, Süße, Unruhe! Ich würde so gern noch einmal diese Erde betreten. [. . .]

P. S. Meine Frau heißt Jelena Sergejewna. Wir leben zu dritt: Sie, ich und der achtjährige Sergej, mein Stiefsohn, eine höchst interessante Persönlichkeit. Bandit mit Zinnpistole in der Tasche und Klavierstunden.

Aus Jelena Sergejewnas Tagebuch
5. März 1935

Mischa hatte eine schwere Probe – bei Stanislawskij – »Molière«. Er kam wie zerschlagen und sehr aufgebracht nach Hause.

14. März 1935. Moskau
An Pawel Popow

[. . .] Jetzt kommandiert mich Stanislawskij. Man jagte seinetwegen den ganzen »Molière« durch (ohne das letzte Bild, das ist noch nicht fertig), und er begann, statt auf Regie und Spiel einzugehen, das Stück zu analysieren.

Vor den Schauspielern (nach vier Jahren, nicht mehr und nicht weniger!) wollte er mir klar machen, daß Molière ein Genie sei und wie dieses Genie in einem Stück dargestellt werden müsse.

In den Schauspielern erwachte das Raubtier und sie forderten mich auf, die Rollen zu vergrößern.

Mich packte die Wut. Der Wunsch, mein Heft an die Wand zu schmeißen, allen alles an den Kopf zu werfen, stieg in mir auf: »Ihr könnt selber über Genies und Ungenies schreiben. Ich bin auf eure Belehrungen nicht angewiesen, und ich werde sowieso das Falsche tun. Ich werde es sowieso nicht richtig machen. Ich will lieber an eurer Stelle spielen.«

Aber ich darf nicht, darf es wirklich nicht. Ich erstickte das alles in mir und begann, mich zu verteidigen.

Etwa drei Tage später dasselbe! Er sagte, man müsse mich streicheln, indem er mir die Hand streichelte, und alles fing von vorne an.

Kurz, ich muß etwas über die Bedeutung Molières für das Theater einfügen, irgendwie deutlich machen, daß es ein genialer Molière ist und so weiter. Das ist alles primitiv, hilflos, überflüssig. Und jetzt sitze ich über dem Heft, und meine Hand gehorcht mir nicht. Füge ich nichts ein, dann ist es eine Kriegserklärung, die ganze Arbeit ist futsch, ich löse eine wahre Katastrophe aus und schade dem Stück. Aber wie kann ich grüne Flicken auf eine schwarze Frackhose setzen! . . . Weiß der Teufel, was ich tun soll!

Was soll das Ganze, liebe Leute?

Nebenbei, könntest Du mir vielleicht sagen, wann sie mit »Molière« starten wollen? [. . .]

Wir haben keine Bliny gegessen. Ljussja war krank. (Jetzt geht es aber besser.)

Und hinter den Fenstern, ach, ist Frühling. Bald wirbeln Schneeflocken, bald sind sie weg, und auf dem Eßtisch liegt die Sonne. Was wird der Frühling bringen?

Ich höre die innere Stimme, ich höre sie deutlich – nichts! [. . .]

15. März 1935. Aus Moskau nach Leningrad
An Konstantin Derschawin (Rotes Theater)

Es gibt also zehn Szenen in dem Puschkin-Stück. [. . .]

Das Stück hat Puschkins letzte Tage und seinen Tod zum Thema, aber Puschkin erscheint kein einziges Mal vor dem Zuschauer.

Zur Zeit liegen Grobfassungen von neun Szenen vor.

Die Autoren müssen das Stück bis zum 1. Dezember 1935 dem Wachtangow-Theater abliefern, und das Theater muß das Stück bis zum 8. Februar 1937 auf die Bühne bringen.

Aus Jelena Sergejewnas Tagebuch
20. März 1935

B. I. Jarcho übersetzte den »Bourgeois gentilhomme« und schickte Mischa das Bändchen mit einer Widmung.

Vorgestern, glaube ich, haben wir erfahren, daß er und Schpet verhaftet worden sind. Der Grund ist uns natürlich unbekannt.

26. März 1935

Gestern war ich mit Mischa in einem Konzert im Großen Saal des Konservatoriums. Wagner. [. . .] Wir saßen in der sechsten Reihe. Ich hatte das schwarze Kleid mit dem Rückenschlitz an, der allgemeine Aufmerksamkeit erregte. Eine Dame zischte aufgebracht herüber: »Ich hasse sowas!« [. . .]

Grischa Konskij erschien heute, gegen drei Uhr, ohne vorher zu telefonieren. Ich studiere ihn immer wieder – was ist das für eine Person! Ich komme nicht dahinter. Er fragt endlos. Seine Unterhaltungen drehen sich um dieselben Themen und verlaufen genauso, wie die von Kantorowitsch und Schuchowizkij. [. . .]

Mischa diktierte mir das 9. Bild – am Mojka-Kai. [. . .] Ich bin so glücklich, daß er zu »Puschkin« zurückgekehrt ist. In der letzten Zeit konnte er wegen der »Molière«-Proben bei Stanislawskij überhaupt nicht mehr diktieren.

29. März 1935

Mit Mischa ins Theater, um die Gage abzuholen. Dann ins Café, dann er zu Stanislawskij und ich in die Stadt und nach Hause. Während seiner Abwesenheit brachte man einen Brief aus der Amerikanischen Botschaft mit einer Einladung an Mischa und mich für den 23. April. Ganz unten – Frack oder Schwarzer Anzug.

Jetzt lasse ich Mischa einen schwarzen Anzug schneidern. Er besitzt keinen. Eine interessante Einladung!

30. März 1935

Heute ging ich mit Mischa [. . .] in den Torgsin*, um Stoff für den Anzug und ein paar andere Sachen zu kaufen. Wir haben einen sehr guten Stoff ausgesucht. Der Verkäufer versichert, er sei englisch, speziell für Frack und Smoking. Aber entsetzlich teuer – 25 Goldrubel! Dann kauften wir für Mischa schwarze Schuhe, passend zu dem Anzug. Weiße Hemden mit gestärktem Kragen gab es nicht.

30. März 1935. Moskau
An seinen Arzt Semjon Berg

In aller Kürze: Ich fühle mich sehr wohl. Sie haben es erreicht, daß die verdammte Angst mich nicht mehr quält. Sie ist ganz weit weg und dumpf. Ich werde Sie bald aufsuchen. Ich erinnere mich mit Wärme an unser Gespräch.

Aus Jelena Sergejewnas Tagebuch
7. April 1935

Achmatowa zum Mittagessen. Sie ist hier, um sich für eine Bekannte einzusetzen, die aus Leningrad ausgewiesen wurde. [. . .]

Bei Stanislawskij in der Leontjewskij-Gasse Proben zu »Molière«, die Mischa völlig ruinieren. Statt die Szenen durchzugehen, treibt er pädagogische Studien mit den Schauspielern und entwickelt eine Menge Ideen, die mit der Sache nichts zu tun haben und das Stück in keiner Weise vorwärtsbringen. Mischa macht mir immer wieder klar, daß kein System, keine Macht auf der Welt einen schlechten Schauspieler dazu bringen kann, gut zu spielen. [. . .]

Heute rief ich in »Krassnaja now« an und hatte unverhofft Marmusch am Apparat, der sofort kombinierte und mir sehr liebenswürdig kundtat, daß »am 10. oder 12. über die Frage, ob die Biographie Molières in unserer Zeitschrift gedruckt werden kann, entschieden wird«. Mischa sagte: »Du wirst ihn nie mehr im Leben zu sehen oder zu hören bekommen«.

8. April 1935

Pasternak gefällt mir – er ist etwas ganz besonderes, keinem vergleichbar. Er las mit einer besonderen Art zu atmen seine Übersetzungen georgischer Lyrik. Offenbar empfindet er für Mischa große Sympathie. Nachdem man zuerst auf die Hausfrau angestoßen hatte, sagte Pasternak: »Ich möchte auf Bulgakow anstoßen!« Darauf die Gastgeberin schwungvoll: »Nein, nein! Wir wollen zuerst auf Wikentij Wikentjewitsch anstoßen und dann auf Bulgakow!« Aber Pasternak ließ nicht locker: »Nein, ich möchte auf Bulgakow! Natürlich ist Weressajew ein sehr bedeutender Mann, aber er ist ein legales Phänomen, Bulgakow aber ein illegales.«

8. April 1935. Aus Paris nach Moskau
Von seinem Bruder Nikolaj

Lieber Michail!

Mit größtem Bedauern stelle ich fest, daß von Dir wieder einmal seit langem kein Lebenszeichen eingetroffen ist. Bist Du gesund? Ist alles in Ordnung? [. . .]

Meine Frau und ich und auch Samjatins grüßen Dich und Deine Familie.

Aus Jelena Sergejewnas Tagebuch
9. April 1935

Grischa interessiert sich sehr für unsere Einladung in die Botschaft. Er sagte, er wird kommen, um uns zum Abschied zu winken. Es ginge nicht anders, er müßte sehen, wie so was ist!

10. April 1935

Sergej hat sich in den linken Daumen geschnitten, so tief, daß Mischa glaubte, nun sei er ein Krüppel und mit der Musik sei alles aus. Mischa war außer sich, brüllte ihn an, brüllte uns an, weil wir nicht aufgepaßt hätten. Serjoschka stand da, wurde immer blasser und blauer. Mischa brachte ihn zu Bett, verband ihm den Finger. Wir holten Blumental. Wir dachten, man würde den Finger nähen müssen. Aber es war nicht nötig.

11. April 1935

Am Morgen ein Anruf von Schuchowizkij – »An welchem Tag sind Sie frei? Bohlen (amerikanischer Botschaftssekretär) möchte Sie zum Mittagessen einladen.«

Statt einer Antwort lud Mischa Bohlen, Thayer (Privatsekretär von Bullitt*) und Schuchowizkij für den heutigen Abend ein.

Zum Abendessen Kaviar, Stör, hausgemachte Pastete, frische Radieschen, frische Gurken, gebratene Champignons, Wodka, Weißwein. Die Amerikaner sprechen Russisch, Bohlen sogar sehr gut.

Das Abendessen begann damit, daß Mischa die Fotos für die Anträge zeigte und erzählte, daß er morgen den Antrag auf einen Reisepaß stellen möchte, um ungefähr für drei Monate ins Ausland zu fahren.

Schuchowizkij hat sich beinahe verschluckt. Die Amerikaner sagten, er müsse unbedingt fahren. Träume von Amerika ... Bohlen möchte zusammen mit Schuchowizkij »Sojkas Wohnung« übersetzen.

13. April 1935

Heute hat Mischa Achmatowa besucht, die bei Mandelstam abgestiegen ist. Das Buch von Achmatowa soll gedruckt werden, aber mit großen Kürzungen. Mandelstams Frau erinnerte sich, daß sie vor vierzehn Jahren Mischa in Batum gesehen hätte, wie er mit einem Sack über der Schulter durch die Stadt ging. Das war die Zeit, als er große Not litt und seinen Petroleumkocher auf dem Markt verkaufte. [...]

Heute habe ich von Olja gehört, daß angeblich – sie hat es von Nikolaj Wladimirowitsch Sollogub erfahren – mein erster Mann Jurij Mamontowitsch Nejelow gestorben ist. Wie unheimlich: Ich hatte ihn schon völlig vergessen, mußte aber in den letzten Tagen oft an ihn denken.

14. April 1935. Aus Moskau nach Paris
An seinen Bruder Nikolaj

Lieber Nikolaj!

Ich freue mich, daß eine Nachricht von Dir eingetroffen ist. Einen Brief von Dir habe ich schon seit langem nicht mehr bekommen. Deinen Brief vom Februar übrigens auch nicht.

Bei uns ist alles in Ordnung, aber ich habe mir soviel Arbeit aufgehalst, daß ich kaum damit fertig werde. Ich kränkelte vor Überanstrengung, aber jetzt fühle ich mich besser. [...]

Ich danke Dir sehr, daß Du so ausführlich über »Sojkas Wohnung« schreibst. Seinerzeit schickte ich Reinhardt meine Kommentare, um die sie mich gebeten hatte. Natürlich ist das nicht ausreichend. Meine Anwesenheit ist dringend notwendig, das versteht sich von selbst.

Dieser Tage möchte ich einen Antrag auf Genehmigung einer Auslandsreise stellen, möglicherweise für den Frühherbst (August/September oder Oktober). Bitte setze Dich sogleich mit den Theaterkreisen in Verbindung, die an der Aufführung von »Sojkas Wohnung« interessiert sind, damit sie über die sowjetische Botschaft eine Einladung für mich (im Zusammenhang mit dieser Aufführung in Paris) an das Innenministerium schicken. Ich bin sicher, daß, wenn jemand in Paris sich ernsthaft dafür einsetzte, er mir in meinen Bemühungen wesentlich helfen könnte. Ist es denn wirklich unmöglich, Beziehung zu den einflußreichen französischen Kreisen aufzunehmen, die meine Einladung befürworten würden? [. . .]

Aus Jelena Sergejewnas Tagebuch

17. April 1935

Walera sagte über Mischa, daß sie ihn, hätte sie ihn auf der Straße getroffen, nicht erkannt hätte – so verändert sieht er aus: Gesund, heiter, ruhig.

18. April 1935

Jewgenij Alexandrowitsch* hat mir erzählt, daß Irina Swetschina verhaftet wurde. Ich bin sofort zu Alexandr Andrejewitsch gegangen. Er ist in schrecklicher Verfassung, sagt, daß er überhaupt nicht mehr arbeiten kann, daß das Haus »wie ein Grab« ist und alles Mögliche in diesem Sinne.

19. April 1935

Mittagessen bei Bohlen, einem der amerikanischen Botschaftssekretäre. [. . .] Er hat eine Wohnung in der Botschaft – hell, schön, elektrischer Plattenspieler, der zugleich Radio ist. Natürlich Schuchowizkij dabei. Später kamen noch andere aus der Botschaft dazu, angenehme, unkomplizierte Menschen. Vor dem Essen trank man einen Cocktail. Keine Suppe.

21. April 1935. Aus Paris nach Moskau
Von seinem Bruder Nikolaj

Ich hätte gern etwas über Dein Leben gehört. Aber ich gebe die Hoffnung nicht auf, daß wir uns persönlich treffen werden. Seit meiner Umsiedlung nach Paris habe ich diese Überzeugung nicht aufgegeben. Deshalb freute ich mich über alle Maßen, daß Du mir von Deiner Aussicht auf eine Dienstreise schriebst.

22. April 1935. Moskau
An Konstantin Stanislawskij

Sehr geehrter Konstantin Sergejewitsch!

Heute erhielt ich einen Auszug aus dem Probenprotokoll zu »Molière« vom 17. IV. 1935, der mir vom Theater zugeschickt wurde.

Nachdem ich ihn durchgelesen habe, sehe ich mich gezwungen, mit aller Entschiedenheit jedwede Veränderungen an meinem Stück »Molière« abzulehnen, da die im Protokoll vorgesehenen Änderungen an der Szene »Magie«, wie auch die vorausgehenden Änderungen innerhalb anderer Szenen, meine künstlerischen Absichten endgültig, wie ich überzeugt bin, zunichte machen und zum Entstehen eines neuen Stückes führen müßten, das zu schreiben ich nicht in der Lage bin, weil ich es grundsätzlich ablehne. Sollte »Molière« in der vorliegenden Version den Anforderungen des Künstlertheaters nicht genügen, obwohl das Theater das Stück genau in dieser Fassung angenommen und seit einigen Jahren geprobt hat, bitte ich Sie, »Molière« vom Spielplan zu streichen und mir zurückzugeben.

Aus Jelena Sergejewnas Tagebuch
23. April 1935

Der Ball in der Amerikanischen Botschaft. Ich will zum Friseur, am Arbat komme ich zum Taxistand. Da steigt ein Fahrer aus: »Bitte schön!« Ich sagte ihm, daß er vierzig Rubel von mir bekommt, wenn er uns abends hinfährt und später, um drei Uhr morgens abholt.

Er war sofort einverstanden.

Die Schneiderin und Tamara Tomasowna halfen mir beim Anziehen. Mein Kleid: Abendkleid, blau mit blaßrosa Blumen. Mischa im schwarzen Anzug – einem sehr guten Anzug.

Um 11.30 Uhr fuhren wir los. Der Taxifahrer wollte wieder kein Geld im voraus haben und sagte, er würde uns abholen. Wir sagten: »Um drei.« Er fragte: »Ist das auch nicht zu früh?«

Ich habe in meinem ganzen Leben noch nie einen solchen Ball gesehen. Der Botschafter stand oben an der Treppe und begrüßte die Gäste. Die Männer im Frack, dazwischen nur wenige Anzüge und Smokings. Litwinow im Frack, Bubnow in Uniform, einige unserer Militärs.

Bohlen und ein anderer Amerikaner, der Militärattaché, wie sich später herausstellte, ersterer im Frack, der zweite in Paradeuniform mit goldenen Achselschnüren, kamen uns die Treppe herunter entgegen und begrüßten uns sehr freundlich.

In einem Saal mit Säulen wurde getanzt. Auf den Galerien waren Scheinwerfer. Hinter einem Netz, das vor das Orchester gespannt war, lebendige Vögel und Fasanen. Gespeist wurde an kleinen Tischen im riesigen Speisesaal. In der Ecke lebendige junge Bären, Zicklein und Hähne in Käfigen. Zum Essen Akkordeonmusik. [. . .]

In dem Saal, wo gegessen wurde, war der Tisch, auf dem die Gerichte aufgebaut waren, mit durchsichtigem grünen Stoff bespannt und von innen erleuchtet. Eine Unmenge Tulpen und Rosen, und natürlich eine unvorstellbare Fülle von Speisen und Sekt. Eine Treppe höher (eine riesige, prächtige Villa!) hatten sie eine Schaschlik-Braterei eingerichtet. Dort tanzte man kaukasische Tänze.

Man behandelte uns sehr entgegenkommend. Ich tanzte mit vielen Bekannten. Mischa gegenüber verhielten sie sich sehr zuvorkommend. Der Botschafter bewegte sich zwischen den Gästen – sehr liebenswürdig. Er macht einen sehr angenehmen Eindruck.

Wir wollten uns um halb vier verabschieden, aber man ließ uns nicht gehen. Darauf ging Mischa hinaus, fand unsern Taxifahrer, der vor ihm wie aus der Erde emporschoß, und entließ ihn. Wir fuhren um halb sechs in einem Botschaftswagen nach Hause, nachdem wir einige Botschaftsangehörige zu uns eingeladen hatten. Zu uns in den Wagen stieg jemand ein, den wir nicht kennen, der in

Moskau aber bekannt ist wie ein bunter Hund und sich ständig unter Ausländern aufhält – ich glaube, ein gewisser Steiger. Er saß neben dem Fahrer, wir hinten. Als wir zu Hause ankamen, tagte es bereits.

26. April 1935. Moskau
An Nikolaj Gortschakow (Moskauer Künstlertheater)

Meine Erschöpfung gipfelte in einer Neuralgie, deshalb muß ich Sie bitten, mich für zwei Wochen von meinen Aufgaben als assistierenden Regisseur zu entbinden.

Wenn Sie es für nötig halten, daß ich davon der Direktion Mitteilung mache, werde ich es tun.

Aus Jelena Sergejewnas Tagebuch
26. April 1935

Aus der »Krassnaja now« wurde uns, ohne eine einzige begleitende Zeile, das Manuskript der Molière-Biographie zurückgeschickt. Am 20. hatte ich die Redaktion per Telegramm um die Rückgabe gebeten.

29. April 1935

Abends – die Frau des Botschaftsrats Wiley, Bohlen, Thayer, Durbrow und noch ein Amerikaner – Bohlens Freund, aus Riga, Bohlen hatte uns gefragt, ob er ihn mitbringen dürfte – und selbstverständlich Schuchowizkij. Madame Wiley brachte mir Rosen mit, Bohlen eine Flasche Whisky und polnischen Subrowka. Mischa las den ersten Akt von »Sojkas Wohnung« in der endgültigen Fassung. [. . .] Mischa las auf russisch. Das Abendessen war sehr lustig. Madame Wiley wollte uns in die Türkei mitnehmen, sie reist in einigen Tagen mit ihrem Mann für einen Monat in die Türkei.

30. April 1935

Um halb fünf begaben wir uns zu Fuß in die Botschaft. Mischa im schwarzen Anzug, ich im schwarzen Kleid, lange getragen und abgetragen. Gestern hatte uns Bohlen zu einem Film eingeladen. [. . .] Wir wurden vielen vorgestellt, unter anderem dem französischen Botschafter mit Frau und dem türkischen Botschafter. Ein beleibter, sehr lustiger Mensch! [. . .] Madame Wiley lud uns für morgen um 10.30 Uhr abends ein. Bohlen sagte, er schickt uns ein Auto.

3. Mai 1935

Bei Wiley waren etwa dreißig Gäste, darunter der türkische Botschafter, ein französischer Schriftsteller, der soeben in die Sowjetunion gekommen war und natürlich Steiger. Man servierte Sekt, Whisky und Cognac. Später – Abendessen à la fourchette. Würstchen mit Bohnen, Spaghetti und Kompott. [. . .] Der Franzose [. . .] führte unglaubliche Kartentricks vor. Zuerst glaubte ich, daß er mit der Gastgeberin unter einer Decke steckte. Dann aber, als er ein Kunststück mit mir gemacht hatte, mußte ich ihm glauben. Und ich erschrak – es ist unerklärlich. [. . .]

Gestern ganz kurz Schuchowizkij. [. . .]

Er hat eine sehr schlechte Meinung von Steiger und sagte, er würde ihm um keinen Preis bei uns begegnen wollen. Dabei krümmte er sich förmlich vor Abscheu.

8. Mai 1935. Aus Moskau nach Paris
An seinen Bruder Nikolaj

[. . .] Am 31. Juli und am 1. August 1934 hatte ich bereits an Dich und an Reinhardt geschrieben, daß ich darum bitte, umgehend jene Entstellungen zu korrigieren, die ich in der französischen Übersetzung von »Sojkas Wohnung« entdeckt habe. Ich bitte Dich noch einmal mit allem Nachdruck, umgehend zu verlangen, daß die angegebenen Familiennamen gestrichen werden, sowohl im 1. Akt, wie auch in den folgenden, falls sie dort auftauchen. Ich traute meinen Augen nicht, als ich diese Eingriffe entdeckte. Es ist absolut unmöglich, daß die Namen von sowjetischen Regierungsmitgliedern in dem Text eines Lustspiels auftauchen und auf der Bühne ausgesprochen werden. [. . .]

Aus Jelena Sergejewnas Tagebuch
9. Mai 1935

Angarskij fragte beim Abendessen: »Ich kann nicht begreifen, warum sich die Schriftsteller heute auf historische Themen spezialisieren, die Gegenwart aber meiden!?«

13. Mai 1935. Aus Moskau nach Paris
An seinen Bruder Nikolaj

[. . .] Du fragst nach »Molière«? Bedauerlicherweise will es mit »Molière« nicht klappen. Das Künstlertheater hat, aus eigenem Antrieb, das Stück vier Jahre lang geprobt (etwas völlig Unerhörtes!), wird aber in diesem Frühjahr das Stück immer noch nicht spielen.

Stanislawskij verfiel auf die Idee, an dem Text herumzukorrigieren, statt das Stück, das so unanständig lange geprobt wurde, spielen zu lassen. Der Kelch meiner Geduld, der ja ein großes Volumen hat, läuft nun über, und ich weigere mich, etwas zu ändern. Ich kann nicht mit Gewißheit sagen, wie es weitergeht.

Wohnung? Die Wohnung ist mittelprächtig, wie Serjoscha zu sagen pflegt. Sie ist für uns zu eng, das stimmt. Aber nach der Pirogowskaja fühlen wir uns hier wie im siebten Himmel. Hell, trocken und Gas. Mein Gott, wie wunderbar. Alle meine Segenswünsche gelten ihm, der das Gas in die Wohnungen brachte. [. . .]

Aus Jelena Sergejewnas Tagebuch
13. Mai 1935

Vor einigen Tagen wandte man sich an M. A. mit der Bitte, bis 1937 ein Stück zum Thema Bürgerkrieg zu schreiben. [. . .] Ich bin sehr froh, daß er abgelehnt hat, denn die bitteren Erfahrungen, die er mit dem Film und dann mit der »Molière-Biographie« gemacht hat, haben gezeigt, daß alle zunächst auf Sammetpfötchen kommen, dann aber ihre Krallen zeigen – bitte, nicht so! bitte, nicht das – ewig fordern sie Änderungen, die längst bekannte Geschichte. Ja, die Beschäftigung mit der Literatur ist ein schweres Kreuz!

15. Mai 1935

Abends Wolf und Weressajew. Wolf kam und schwärmte von der Metro, die ihm so sehr gefiel, und sagte: »Ich bin den ganzen Tag stolz darauf.«

17. Mai 1935

Wir fuhren mit Jekaterina Iwanowna, Serjoscha und Schenja* in der Metro. Prima Sache! Bequem, sauber, luftig. Uns gefiel ganz besonders die Rolltreppe, es ist so komisch – man stellt sich auf eine Stufe und wird langsam hinaufgetragen. Und am späten Abend fuhren wir beide mit der Metro ins Zentrum und trafen dort zufällig Tata und Kolja*. Zusammen fuhren wir bis zur Kirow-Station. Dort gibt es riesige Rolltreppen, 72 m hoch, wie es heißt. Als wir oben waren, lachte Tata und behauptete, Mischa hätte sehr unsicher dreingeblickt und sich an mir festgehalten. Das fand sie komisch.

18. Mai 1935

Um zwölf Uhr mittags las Mischa das Puschkin-Drama vor. [. . .] Die Mitglieder des Wachtangow-Theaters haben sehr gut zugehört, [. . .] sie haben ein feines Empfinden für Humor, und der Schluß hat sie sehr bewegt. [. . .] Nur die beiden alten Weressajews waren verdrossen, er ärgerte sich, daß er schlecht hört.

18. Mai 1935. Moskau
Von Wikentij Weressajew

[. . .] Ich war gestern sehr gedrückter Stimmung, als ich Sie verließ. Freilich, Sie haben aus einem Arbeitsmanuskript vorgelesen, an dem noch weiter gefeilt wird. Aber ich war verblüfft, daß Sie es nicht einmal für nötig hielten, das zu ändern, was wir definitiv abgesprochen hatten. [. . .] Ich fürchte, daß uns erst jetzt die wahren Dornen einer »Mit-Autorschaft« entgegenwachsen werden. Ich habe mich bis jetzt kaum in Ihre Arbeit eingemischt, wohlwissend, daß jede Kritik während des Arbeitsprozesses den schöpferischen Schwung empfindlich beeinträchtigt. Das soll jedoch keineswegs bedeuten, daß ich bereit bin, mich mit der Rolle eines gefügigen Lieferanten zu begnügen, dem kein Urteil darüber zukommt, ob sein Material schlecht oder recht ausgewertet wird. [. . .] Sie werden, wie ich hoffe, in Erinnerung behalten, daß dieses Stück einst »Drama von Bulgakow und Weressajew« heißen wird, und daß es nur dann glücken kann, wenn wir beide Rücksicht aufeinander nehmen.

Aus Jelena Sergejewnas Tagebuch
20. Mai 1935

Eine niederschmetternde Neuigkeit: Weressajew schrieb Mischa einen völlig absurden Brief. [. . .] Wir – Mischa und ich – hatten beide denselben Gedanken: Da hat die Alte ihre Finger im Spiel. Er hat uns den ganzen Tag verdorben und uns von der Arbeit abgehalten. Mischa sitzt den ganzen Tag über dem Antwortbrief. [. . .] Und ich habe nun Kopfschmerzen und bin wegen dieses Alten gereizt.

20./21. Mai 1935. Moskau
An Wikentij Weressajew

Lieber Wikentij Wikentjewitsch!

Ich darf versichern, daß mein Erstaunen Ihrer Niedergeschlagenheit in nichts nachsteht. Sie schreiben, daß Sie sich nicht mit der Rolle eines gefügigen Lieferanten begnügen möchten. Mehr als einmal jedoch sagten Sie mir, daß Sie nur das Material für das Stück zusammenstellen und die dramatische Gestaltung mir überlassen möchten. So sind wir auch verfahren.

Ich habe nicht nur die ganze Zeit darauf geachtet, das von Ihnen bereitgestellte Material möglichst exakt zu behandeln, sondern habe auch nicht unterlassen, mich bei dem leisesten Einwand Ihrerseits in meinen Entwürfen zu korrigieren, ohne Rücksicht darauf, ob es sich um rein historische oder dramaturgische Belange handelte. Ich habe nur dann widersprochen, wenn Sie, was die Bühnenwirksamkeit angeht, wenig überzeugend waren. [. . .]

Im übrigen haben wir eine kontroverse Vorstellung von D'Anthès. Sie schreiben: »Ich halte die Figur des D'Anthès von Grund auf für verfehlt und lehne als Puschkin-Spezialist jede Verantwortung für sie ab.«

Ich möchte Ihnen entgegnen: Ich meinerseits halte die Vorstellung, die Sie sich von D'Anthès machen, für unmöglich, soweit es die Bühne angeht. Er ist so armselig, trivial, kastriert, daß er in einem ernstzunehmenden Stück nicht auftreten kann. Man darf dem tragisch zugrundegegangenen Puschkin keinen Operettenschnösel, keinen Salonoffizier als Mörder gegenüber stellen, ein D'Anthès kann den von Ihnen vorgesehenen Satz »Ich werde ihn töten, um Sie zu befreien« niemals aussprechen.

Sie irren sich wohl. Wir haben bereits ein glückliches Ende, jedenfalls im Wachtangow-Theater. Ich unterhielt mich am Tag nach der Lesung mit Ruslanow. Er sprach von der Freude, die sich seiner und der anderen Zuhörer bemächtigt hatte. Er sprach, nachdem er das noch nicht ausgefeilte, ja nicht einmal abgeschlossene

Werk gehört hatte, er sprach von einem außerordentlichen Gelingen und hat damit mich, den Müden, wieder aufgerichtet. Bis zum Eintreffen Ihres Briefes befand ich mich in der allerbesten Laune. Jetzt erfüllt mich, ich muß es gestehen, ein unruhiges Gefühl, und ich kann, nachdem ich Ihren Brief und meine Antwort noch einmal gelesen habe, nicht begreifen, wo die Ursachen liegen?

Wenn wir dieses Gelingen zunichte machen, so werden wir es jedenfalls eigenhändig getan haben und das wäre sehr traurig. Es steckt viel zu viel Sklavenarbeit, Sträflingsarbeit in dem Stück, um es leichtfertig zu ruinieren. [. . .]

Ich hoffe trotz allem, daß wir uns verständigen werden. Und ich wünsche von ganzem Herzen, daß diese Briefe in der Lethe versinken und bloß ein Stück übrigbleibt, an dessen Entstehen wir beide mit solcher Leidenschaft gearbeitet haben.

Aus Jelena Sergejewnas Tagebuch

21. Mai 1935

Gestern war ich bei Swetschins, Irina wurde am 16. um 5 Uhr nachmittags entlassen. Sie wirkt matt, apathisch und hat seit zehn Tagen erhöhte Temperatur. Sie lacht nicht mehr.

22. Mai 1935

Gestern lag ich mit einer Wärmflasche auf dem Kopf und wollte gerade einschlafen. Bei Mischa war Patja*. Plötzlich schrillt das Telefon. Der Alte* mit dem Vorschlag, die Briefe zu vergessen.

28. Mai 1935

Ein Anruf von Olga – das Theater will »Molière« doch aufführen. Es kann keine Rede davon sein, daß wir das Stück aufgeben!

Wladimir Iwanowitsch* bittet mich um meine Einwilligung für den 15. Januar 1936. Vor diesem Termin wäre das Stück unter keinen Umständen aufführungsreif. Das Stück wird K. S.* entzogen und bekommt einen anderen Regisseur. Triumph!

29. Mai 1935

Heute hat Mischa die erste Puschkin-Version abgeschlossen. Der Alte kam und holte sein Exemplar ab. Morgen – so haben sie sich verabredet – wird er zu einer Besprechung kommen.

30. Mai 1935

Zunächst verlief dieses Gespräch in einem äußerst entschiedenen

Ton, Wikentij Wikentjewitsch sprach sogar davon, daß man sich unter Umständen trennen müsse und daß er seinen Namen zurückziehen würde, schlug aber dann vor, sich wieder zu versöhnen.

1. Juni 1935

Gestern, am 31., las er vor*. [. . .] Schuchowizkij redete viel über Mischas hohe Meisterschaft, aber er wirkte sehr niedergeschlagen. [. . .] Mich macht das Stück glücklich. Ich kenne es fast auswendig, und bin jedesmal sehr bewegt.

4. Juni 1935

Wir waren in der Auslandsabteilung und reichten unsere Fragebögen ein. Die Fragebögen wurden angenommen, aber es wird darüber so lange nicht entschieden, bis nicht alle Papiere vorliegen.

4. Juni 1935. Aus Paris nach Moskau
Von seinem Bruder Nikolaj

[. . .] Aus Deutschland sind Geldüberweisungen ins Ausland verboten (Verstöße gelten sogar als Landesverrat), und zwar auch von mehr oder weniger unbedeutenden Summen. Erlaubt sind, glaube ich, 10 bis 20 Mark wöchentlich (oder alle 14 Tage). Überhaupt habe ich den Verdacht, daß man mit dem Geld, das sich in Deutschland befindet, nicht ohne weiteres rechnen darf. Jedenfalls solange dort feste Regelungen gelten, denn die Überweisungen sind kompliziert, langwierig und für die Menschen dort nicht ungefährlich! Adolfs Brieftasche ist offensichtlich nicht besonders prall gefüllt! [. . .] Ich bin Dir sehr dankbar für die uns zugeschickte Photographie, auf der wir endlich Euch beide in Augenschein nehmen können.

6. Juni 1935. Moskau
Von Wikentij Weressajew

[. . .] Erschrecken Sie nicht. Dies ist ein denkbar friedfertiger Brief.

Ich überzeuge mich immer mehr davon, daß ein Kunstwerk keine zwei gleichberechtigten Herren haben kann, . . . [. . .] es kann nur einen Herrn haben, und in unserm Fall können nur Sie dieser Herr sein. [. . .]

Aber dieses Dilemma läßt sich nicht ganz so leicht lösen! Sie bezeichneten meinen Vorschlag, meinen Namen von den Theaterplakaten zu entfernen, als eine Drohung. Es ist keine Drohung, sondern lediglich der Wunsch, Ihnen zu Ihrer uneingeschränkten, vollständigen Selbstverwirklichung die legitime Freiheit zu lassen. Ich wiederhole, daß ich mich nicht für einen Autor dieses Stückes halte und es mir sehr peinlich war, als Sie mich nötigten, Seite an Seite mit Ihnen den Beifall der Schauspieler im Wachtangow-Theater unter Verbeugungen entgegenzunehmen; meinen Vorschlag, das Theaterstück in die jeweiligen Gesammelten Werke aufzunehmen, halte ich prinzipiell für verfehlt. Selbstverständlich hat es seinen Platz nur in Ihren Werken. [. . .] Gleichzeitig kann ich nicht umhin zu behaupten, daß dieses Stück an einer ganzen Reihe organischer Defekte leidet, die sich niemals durch einzelne Korrekturen beheben lassen, ebensowenig wie man einen Tenor veranlassen kann, eine Baß-Arie zu singen, auch wenn er sein Kinn noch so tief in die Halsbinde drückt.

Das alles soll nicht bedeuten, daß ich mich weigern würde, Ihnen künftig nach Kräften beizustehen, soweit meine Hilfe von Ihnen als einfacher Ratschlag akzeptiert wird, der Sie zu nichts weiter verpflichtet. [. . .]

Aus Jelena Sergejewnas Tagebuch
9. Juni 1935

Nikolaj Wassiljewitsch Jegorow weigerte sich, die Bestätigung zu unterschreiben, daß das Theater gegen eine Auslandsreise von M. A. nichts einzuwenden hat. Dieses Rindvieh! Er kann es sich nicht verkneifen, eine Niedertracht zu begehen, sobald sich die Gelegenheit dazu bietet. [. . .] Olja sagte, daß Wladimir Iwanowitsch wahrscheinlich diese Bestätigung unterschreiben wird. Ich soll eben abwarten. Also, warten wir ab.

15. Juni 1935

Heute waren wir in der Auslandsabteilung und überbrachten den ganzen Papierstoß. Sie haben alles angenommen, ebenso die 440 Rubel, und gesagt, in einem Monat bekämen wir Bescheid. Das ist lange!

20. Juni 1935. Aus Leningrad nach Moskau
Von Ilja Sudakow (Moskauer Künstlertheater)

Lieber Michail Afanassjewitsch!

Ich bitte Sie sehr, mir Ihr Puschkin-Stück zuzuschicken. Ich bitte Sie sehr, dahingehend zu wirken, daß ich Ihr Stück im Künstlertheater gleichzeitig neben dem Wachtangow-Theater proben kann. Die internen Probleme löse ich selbst. Ich brauche Ihre Hilfe im Hinblick auf Ihren Vertrag mit dem Wachtangow-Theater, ich weiß nicht, inwieweit Sie dort vertraglich gebunden sind.

Ich bitte Sie sehr, mir das Stück bis zum 30. Juni nach Leningrad, Hotel Astoria, zu schicken, schlimmstenfalls es zum Kursker Bahnhof zu bringen, wenn ich auf der Durchreise nach Kisslowodsk in Moskau bin. Stunde, Tag und Zugnummer werde ich Ihnen rechtzeitig mitteilen.

Ich bitte Sie sehr, einstweilen niemand anderem in Moskau das Stück zu geben.

23. Juni 1935. Aus Moskau nach Leningrad
An Ilja Sudakow

Lieber Ilja Jakowlewitsch!

Mit großem Vergnügen werde ich Ihnen das Puschkin-Stück vorlegen, kann es aber leider im Augenblick noch nicht tun, weil ich noch mitten in der Arbeit bin und es erst Ende des Sommers fertig sein wird.

Zu Ihrem Wunsch, an diesem Stück im Künstlertheater zu arbeiten, muß ich folgendes sagen: Im § 5 meines Vertrags mit dem Wachtangow-Theater heißt es: »Der Autor verpflichtet sich, dieses Stück keinem anderen Theater der Stadt Moskau zu überlassen und es vor der Première nicht zu veröffentlichen.« Wie Sie sehen, hat die Wachtangow-Bühne gewisse Rechte, und wenn ich das Stück einem anderen Theater geben wollte, so nur unter der Bedingung, daß dieses Theater es nicht vor dem Wachtangow-Theater aufführt.

9. Juli 1935. Aus Moskau nach Paris
An seinen Bruder Nikolaj

[. . .] Ich möchte Dich wissen lassen, daß ich einen Antrag auf Genehmigung einer Reise in Begleitung meiner Frau an die Auslandsabteilung des Moskauer Kreisexekutivkomitees gestellt habe. Ich träume davon, wenigstens eine kurze Zeit irgendwo in einem Kurort am Meer zu verbringen, da ich über alle Maßen erschöpft bin. Über meine Erschöpfung möchte ich mich allerdings nicht weiter verbreiten, denn inzwischen finde ich auch das Klagen ermüdend. Außerdem sehe ich selbstverständlich ein, daß eine, wenn auch noch so kurze Anwesenheit in Paris im Hinblick auf »Sojkas Wohnung« absolut notwendig ist. Die Antwort bekomme ich in sechs, sieben Tagen.

26. Juli 1935. Aus Moskau nach Paris
An seinen Bruder Nikolaj

Lieber Nikol!

Beiliegend ein Foto von mir.

Im letzten Brief teilte ich Dir mit, daß ich einen Antrag auf Bewilligung einer Auslandsreise gestellt habe.

Der Antrag wurde leider abgelehnt.

Alle Einzelheiten im nächsten Brief.

Einen Kuß für Dich und Iwan.

Dein Michail

26. Juli 1935. Moskau
An Wikentij Weressajew

[. . .] Die Auslandsreise wurde mir nicht erlaubt. (Sie werden sicher vor Staunen die Hände über dem Kopf zusammenschlagen!) Und ich finde mich statt an den Ufern der Seine an den Ufern der Kljasma. Nun, warum nicht? Das ist auch ein Fluß. Also, ich erwarte eine Nachricht von Ihnen und wünsche Ihnen als Freund das Beste, das Kostbarste von der Welt – Gesundheit.

Ihr M. Bulgakow

1. August 1935. Moskau
Von Wikentij Weressajew

Lieber Michail Afanassjewitsch!

Diesmal freute ich mich sehr, als ich erfuhr, daß Sie nicht an Seine, Tiber oder Arno promenieren, sondern an der Kljasma. Ich konnte es mir nicht vorstellen, wie von der so kurzen Frist, die wir noch haben, ganze drei Monate gestrichen werden. Das Stück könnte ein chef d'œuvre werden, aber es ist noch unendlich viel daran zu tun. Nach den unvergleichlichen beiden ersten Szenen sinkt das Niveau unaufhaltsam. Das Duell und der Tod Puschkins sind für alle – jedenfalls für meine – Zuhörer eine herbe Enttäuschung. Sie sagen: »Über der einfachen Zusammenstellung von Dokumenten in Ihrem Buch können wir die Tränen kaum zurückhalten, hier aber bleiben wir völlig ungerührt.« Die der Idee nach zentrale Szene an der Mojka ist entsetzlich grau, und ich fürchte, daß wir uns daran die Zähne ausbeißen werden. Ich habe etwas geschrieben – aber es ist auch bei mir nichts daraus geworden. Über dem Kopf schwebt das Damokles-Schwert: »Nicht bühnenwirksam«, »Kommt beim Zuschauer nicht an«, »Dialoge vor dem Hintergrund der Menge«. Ich habe das Stück wiederholt gelesen – die Unhaltbarkeit mehrerer Stellen ist für mich immer deutlicher geworden. Ich zuckte die Achseln und entschloß mich zu einem rücksichtslosen Eingriff – der ist meiner Meinung nach angebracht. Komme, was wolle: Vielleicht entstehen auf diese Weise zwei Theaterstücke, die man unter keinen Umständen wird auf einen Nenner bringen können, aber vielleicht werden wir uns doch noch einig.

[. . .] Sie sollten es sich nicht zu Herzen nehmen und sich nicht über mich ärgern, mich hält die Arbeit in ihrem Bann und ich arbeite mit vollem Einsatz. Ich denke, daß ich gegen Anfang September fertig bin. Dann wollen wir uns treffen. Wie? Als Feinde? Oder beide mit der einzigen Absicht, daß das Stück so gut wie möglich gerät?

Ihr W. Smidowitsch

2. August 1935. Moskau
An Wikentij Weressajew

Soeben traf Ihr Brief vom 1. August ein. Ich bin völlig deprimiert. Er widerspricht ganz und gar Ihrem Brief vom 6. Juni, in dem Sie vorschlugen, daß das Stück nur meinen Namen tragen sollte.

Und nun stellt sich heraus, daß Sie parallel arbeiten, an einem anderen Stück, das mit dem bereits geschriebenen eindeutig inkommensurabel ist, wobei letzteres bereits zweimal vertraglich vergeben ist, und die Theater warten darauf, um sofort mit den Proben zu beginnen. [. . .]

Handeln wir doch so, wie Sie es vorschlugen: Das Stück unterschreibe ich.

Mit Ungeduld erwarte ich Ihre diesbezügliche Antwort. Ich mache Sie darauf aufmerksam, daß die Zeit knapp ist. Es sind inzwischen noch weitere Anfragen eingegangen, nicht nur vom Wachtangow-Theater, und zwar nach dem bereits geschriebenen Text. Ich habe keine Möglichkeit, an einem bereits *fertigen* Stück immer weiter zu arbeiten und sehe dafür auch keine Notwendigkeit. Mehr noch – es ist unmöglich!

Wikentij Wikentjewitsch, warum sollten wir als Feinde auseinandergehen? Das muß nicht sein, dafür gibt es keine Gründe.

16. August 1935. Moskau
An Wikentij Weressajew

[. . .] Ich habe das Material, das mir in Ihrer Wohnung ausgehändigt wurde, gründlich studiert. [. . .] Auf sämtliche Knoten des Stücks, die ich mit großer Mühe geknüpft habe, und zwar an sämtlichen Punkten, an denen ich einen Frontalangriff vermeiden wollte, sind Sie eingegangen, und haben mit größter Akribie diese sämtlichen Knoten wieder aufgelöst, worauf die handelnden Personen ihre Kleider verloren, und haben überall, wo das Stück transparent wurde, fette Punkte über die »i« gesetzt. [. . .]

Denn das, was Sie schreiben, ist kein Theaterstück. Ich bitte Sie, auf den Stand Ihres Briefes vom Juni zurückzukehren und so zu verfahren, wie Sie selbst es vorgeschlagen haben, das heißt, mir die Möglichkeit einzuräumen, dem Stück die endgültige Fassung zu geben (ich wiederhole: Es ist *fertig*), und es endlich dem Wachtangow-Theater zu übergeben.

Wenn Sie die endgültige Fassung kennenlernen und meine Interpretation prinzipiell ablehnen, werde ich das Stück allein unterschreiben. Für die finanzielle Seite, wie wir sie abgesprochen haben, wird das ohne Bedeutung sein.

Daraus ergibt sich selbstverständlich keineswegs, daß wir Feinde werden müssen.

Je früher Ihre Antwort kommt, desto leichter wird meine Lage. Ich bin sehr müde, Wikentij Wikentjewitsch.

22. August 1935. Moskau
Von Wikentij Weressajew

Eine andere Antwort habe ich von Ihnen nicht erwartet. Ich bin mir über die eigentliche Quelle unserer Differenzen im Klaren – es ist Ihre organische Blindheit für den gesellschaftlichen Aspekt der Tragödie Puschkins. Sie haben auch schon früher stark unter dieser Blindheit gelitten. Jetzt aber, berauscht von den Lobeshymnen Ihrer Bewunderer, haben Sie es noch schwerer, die Anfälligkeit Ihres Stückes in dieser Beziehung zu erkennen.

[. . .] Nun, was soll man da noch lange reden? Wir sprechen verschiedene Sprachen. Nur eines kann ich nicht begreifen. Sie sind zutiefst davon überzeugt, das alles von mir Vorgeschlagene auf der Bühne absolut unwirksam ist. Weshalb protestieren Sie dann so unnachgiebig gegen den Vorschlag, auch meine Versionen dem Theater zum Vergleichen vorzulegen? Das Theater wird sie lächelnd zurückweisen, Sie werden sich bestätigt sehen, und alles wird gut werden.

Ich habe Sie in diesem Sommer furchtbar gequält, und Sie haben mich furchtbar gequält. Es fehlt nicht viel, und wir werden uns hassen. So kann es nicht weitergehen. Machen Sie mit dem Stück, was Sie wollen, geben Sie es dem Theater in der Form, die Sie für erforderlich halten. Ich meinerseits behalte mir vor, soweit es in meinen Kräften steht, dafür zu kämpfen, daß aus Ihrem ausgezeichneten Stück die gelegentlich verblüffend überflüssigen Verstöße gegen die historische Wahrheit entfernt werden und der gesellschaftliche Hintergrund ausgebaut wird.

27. August 1935. Moskau
An Wikentij Weressajew

[. . .] Zu den von Ihnen vorgeschlagenen Versionen: Ich meinerseits habe nichts dagegen einzuwenden, daß Sie diese Versionen dem Theater vorlegen. Falls Sie sich dafür entscheiden, sollten Sie diese Versionen mit einem Begleitschreiben an das Wachtangow-Theater in Moskau und an das Rote Theater in Leningrad senden und mich davon in Kenntnis setzen. Ich werde die Theater informieren, daß ich mich kategorisch weigere, diese Versionen in das Theaterstück einzufügen, da sie meiner Meinung nach für das Stück tödlich sind.

Zu dem Vertrag zwischen den Co-Autoren: Natürlich sollten wir einen solchen abschließen. Angesichts dessen, daß Sie durch Ihre Kampfansage eine schwierige und verwickelte Situation geschaffen haben, überlasse ich es Ihnen, den Vertragstext aufzusetzen. Wir werden ihn besprechen und, wenn wir übereinstimmen, beide unterschreiben. [. . .]

4. September 1935. Moskau
Von Wikentij Weressajew

[. . .] Meine Versionen liegen Ihnen in einer vorläufigen Fassung vor, wie Sie aus meinen Randbemerkungen ersehen können. Sie müßten noch überarbeitet werden, aber es ist mir unangenehm, an das Stück auch nur zu denken. Ich werde also meine Versionen nicht vorlegen. Was brauchen Sie noch zu Ihrer Beruhigung? Soll ich auf das »Kämpfen« verzichten? Schreiben Sie mir doch, was man tun kann, um Ihrem Ärger ein Ende zu machen. [. . .]

Aus Jelena Sergejewnas Tagebuch
6. September 1935

Heute die 600. Aufführung der »Turbins«. Das Theater hat Mischa nicht gratuliert und ihn nicht benachrichtigt.

10. September 1935. Moskau
An Wikentij Weressajew

Sie fragen, was ich zu meiner Beruhigung brauche? Nicht nur ich zu meiner Beruhigung, sondern beide Co-Autoren und auch das Stück brauchen, meiner Meinung nach, folgendes: Jetzt, da wir vor dem wichtigen Augenblick stehen, da das Stück an die Theater geht, sollten wir unbedingt überall, auch in Briefen, mit harscher Kritik aneinander oder mit irgendwelchen harten Argumenten zurückhaltend sein. Andernfalls könnte um das Stück eine ungesunde Atmosphäre entstehen, die sich sogar auf die Aufführung bedrohlich auswirken könnte. Bitte bedenken Sie, daß ich dies aufgrund ernstzunehmender Erfahrungen schreibe. [. . .] Diesem Brief lege ich die Endfassung unter dem Namen beider Autoren bei, und mit der gleichen Post schicke ich sie auch an die Theater. Sehen Sie bitte diese Fassung durch. Sollten Sie es für möglich halten, Ihren Namen stehen zu lassen, würde ich mich sehr freuen. Wenn nicht, schreiben Sie es mir. Ich benachrichtige dann die Theater, daß Ihr Name auf Ihren eigenen Wunsch gestrichen werden soll.

Aus Jelena Sergejewnas Tagebuch
11. September 1935

Überhaupt, Stanislawskij ist ein schrecklicher Mensch. Im Theater weiß man das jetzt.

13. September 1935. Moskau
An Nadeschda Radlowa (eine Leningrader Freundin)

Liebe Dina!

[. . .] Ja, ich habe das Stück abgeschlossen – das mit Weressajew. Ach, das war vielleicht eine Arbeit! Es war kompliziert: Puschkin erscheint kein einziges Mal auf der Bühne, aber alles bewegt sich um ihn und, soweit das möglich ist, nur seinetwillen.

Jetzt klappert Ljussja wie besessen auf der Schreibmaschine und schreibt es ab. Ich lege die Hand auf ihre Schulter, um sie zu bremsen. Sie ist am Ende ihrer Kräfte. Sie hat alle meine Aufregungen geteilt, ganze Bücherregale durchgesehen und wurde blaß, wenn ich den Schauspielern daraus vorlas.

Jetzt wollen wir abwarten, wie das Schicksal es mit diesem Stück meint.

Wir waren nicht verreist. Sergej war in der Sommerfrische bei Moskau, wir besuchten ihn, aber es regnete weiß der Teufel wie!

Und dann liebäugelten wir mit unserm Auslandstraum, stellten Anträge, erhielten abschlägige Bescheide.

Und nun ist der Sommer vorbei! – Kuckkuck! Und eine wichtige und schwierige Theatersaison steht vor der Tür. Gleich nach »Puschkin« werde ich die letzten Änderungen in einer Komödie* vornehmen.

Ich muß unerträglich viel arbeiten.

Sergej geht in die 1. Klasse, außerdem trage ich mich mit der

Absicht, aus ihm einen Pianisten zu machen. Er hat Klavierunterricht bei einem guten Lehrer und spielt mit mir vierhändig. Mal sehen, was daraus wird.

Wenn Du in Moskau bist, komm vorbei! Und sage ja Kolja*, er soll unbedingt auch vorbeikommen.

Aus Jelena Sergejewnas Tagebuch

16. September 1935

Olga kam aus Riga zurück. [. . .] Sie hat für Mischa Frackhemden mitgebracht. Abends mit Kaluschskij bei mir. Unangemeldet kam Dina Radlowa. Die Unterhaltung drehte sich natürlich um »Puschkin«. Sie fragte nach dem Inhalt, sprach außerdem über Samjatin und verurteilte seinen Entschluß, nicht in die UdSSR zurückzukehren.

20. September 1935

Ich komme vom Friseur, und Mischa sagt, daß Sachawa ihn von der Zulassung »Puschkins« durch das Repertoire-Komitee benachrichtigt habe. Es lohnt sich zu beten – endlich ein glücklicher Tag!

24. September 1935

Grischa*. Mischa las nachts auf seine Bitte die ersten drei Kapitel aus dem Roman* vor. Der Eindruck auf Grischa war absolut ungewöhnlich, ich glaube nicht, daß er sich verstellt hat. Mir kamen die Tränen.

2. Oktober 1935

Ein freudiger Abend! Mischa las »Iwan Wassiljewitsch« vor, mit rasendem Erfolg – in unserer Wohnung. [. . .] Gortschakow mußte sich die Tränen abwischen, alle lachten.

3. Oktober 1935

Abends Sergej Prokofjew mit Dmitrijew. Er machte einen angenehmen Eindruck. Die Frage nach einer Oper auf der Grundlage von Mischas Stück*. Er nahm das Stück mit. [. . .] Lud uns zu seinem Konzert im Bolschoj ein. Er spielt seine Balettmusik zu »Romeo und Julia«.

4. Oktober 1935

Prokofjew spielt virtuos. In seiner Musik einige wunderbare Stellen. [. . .] Heute vor drei Jahren sind wir standesamtlich getraut worden.

16. Oktober 1935

Heute abend Prokofjew mit Frau und Dmitrijew. [...] Ein hochinteressantes Gespräch über das Stück. [...] Prokofjew geht auf Tournee in Afrika, kommt in zwei Monaten zurück. Seine Frau bleibt hier.

17. Oktober 1935

Mischa hat Probe zu »Molière«. Eine bemerkenswerte Neuigkeit zu »Iwan Wassiljewitsch«. Fünf Mitglieder des Repertoire-Komitees lasen das Stück und alle forschten nach, ob es nicht doch irgend etwas Verdächtiges enthält. Und haben zum Schluß doch nichts gefunden! Mischa sagt: »Was wollen Sie eigentlich darin finden?!« Wunderbar: Könnte man vielleicht Iwan den Schrecklichen sagen lassen, daß das Leben heute besser ist als damals?

18. Oktober 1935

Mischa schlief, als ein Anruf aus der amerikanischen Botschaft kam. Sie laden uns ein zu einem Film und einem Empfang bei Bullitt.

29. Oktober 1935

Nachts Anruf von Werow. Sie haben »Iwan Wassiljewitsch« zugelassen mit wenigen, unwesentlichen Korrekturen. Große Freude.

30. Oktober 1935

Am Tage Klingeln an der Wohnungstür. Ich mache auf – Achmatowa mit einem so schrecklichen Gesicht, so verfallen, daß ich sie nicht gleich erkannte, und Mischa ging es ebenso. Es stellte sich heraus, daß in derselben Nacht ihr Mann (Punin) und ihr Sohn (Gumiljow) verhaftet worden waren. Sie kommt, um Jossif Wissarionowitsch einen Brief zu überreichen. Sie ist eindeutig verwirrt, murmelt vor sich hin.

31. Oktober 1935

Anna Andrejewna schrieb mit der Hand ihren Brief an Stalin ins Reine. Abends wurde sie mit dem Auto zu Pilnjak abgeholt.

1. November 1935

Mischa las »Iwan Wassiljewitsch« im Satirentheater den Schauspielern vor. Riesiger Erfolg.

4. November 1935

Achmatowa mit einem Telegramm. Punin und Gumiljow telegraphieren, daß sie gesund sind. Das heißt, man hat sie freigelassen. Ich freue mich für sie.

7. November 1935

Ich brachte heute morgen Mischa zur Demonstration*. Nachher erzählte er, daß die Kolonnen in mehreren Reihen nebeneinander als ein nichtabreißender Strom über den Platz gezogen sind. Er hat Stalin auf der Tribüne gesehen – in grauem Uniformmantel und mit Schirmmütze.

8. November 1935. Moskau
An die Freunde Marika und Sergej Jermolinskij

Liebe Marika und Serjoscha!

Habt Ihr nicht Lust, mit uns heute im Club Pelmeni zu essen? Holt uns um 10 Uhr ab!

Wenn Ihr verhindert seid, bitte eine kurze Nachricht.

Wir erwarten Euch.

Aus Jelena Sergejewnas Tagebuch
18. November 1935

Die erste Probe zu »Iwan Wassiljewitsch«.

12. Dezember 1935. Moskau
An den Verlag Akademija

Ich bitte den Verlag, den Abgabetermin meiner Übersetzung des Dramas »Der Geizige« von Molière auf den 10. Januar 1936 zu verschieben. [. . .]

12. Dezember 1935. Vom Atlantischen Ozean nach Moskau
Von seinem Bruder Nikolaj

Lieber Michail!

Völlig unerwartet reise ich in dienstlichem Auftrag nach Mexiko, seit dem 11. Dezember 1935 bin ich unterwegs. Ich treffe in den USA, genauer in New York ein und reise per Eisenbahn weiter nach Mexiko City, wo ich den Auftrag meines Chefs, Professor F. d'Herelle, auszuführen habe.

Ich komme Anfang Februar zurück. [. . .]

Ich schreibe dies mitten auf dem Ozean.

Das Wetter ist winterlich und grau, Nebel, Wind, leichter Seegang.

Das Schiff gehört der französischen Linie »Champlain« und ist ausgezeichnet; ich reise I. Klasse mit allem erdenklichen Komfort und Service. Ich reise allein, da eine Reise zu zweit unerschwinglich ist.

19. Dezember 1935. Moskau
Von Wikentij Weressajew

1. Ihr Einverständnis voraussetzend, entschließe ich mich, meinen Namen von unserem Stück »Alexandr Puschkin« zurückzuziehen und Sie zu bitten, dasselbe künftig nur mit »M. A. Bulgakow: Alexandr Puschkin« zu betiteln. Ich ermächtige Sie, jene Theater, mit denen wir Verträge unterzeichnet haben, entsprechend zu benachrichtigen. Das Wachtangow-Theater benachrichtige ich selbst. [. . .]

2. Als Ergänzung zu dem beiliegenden offiziellen Schreiben möchte ich Sie wissen lassen, daß mein Brief an das Wachtangow-Theater mit dem an Sie gerichteten Brief identisch ist. Ich habe nur hinzugefügt, daß ich zur Verfügung stehe, falls man bei der Inszenierung auf meine Hilfe angewiesen sein sollte.

Aus Jelena Sergejewnas Tagebuch
21. Dezember 1935

Ungewöhnlich vollgepacktes Leben! Mischa diktiert mir seine Übersetzung des »Geizigen« für »Akademija«. Proben zu »Molière«. Es dreht sich einem alles im Kopf.

22. Dezember 1935. Moskau
An Wikentij Weressajew

Von ganzem Herzen gratuliere ich Ihnen zu Ihrem wunderbaren Jubiläum.

Aus Jelena Sergejewnas Tagebuch
22. Dezember 1935

Vormittags schickte ich Weressajew ein Gratulationstelegramm. Heute ist sein 50. Jubiläum.* Aber ich möchte mich nicht an ihn erinnern, solche Qualen hat er Mischa und mir bereitet!

3. Januar 1936

Gestern luden uns Melik* und Jakow Leontjewitsch* zu der zweiten Aufführung der »Lady Macbeth«* ein. Jakow Leontjewitsch schickte uns ein Auto. Melik ist ein glänzender Dirigent. Wir haben, ohne es zu merken, drei Flaschen Sekt getrunken. [. . .] Dann kamen Melik und Schostakowitsch mit zu uns. Zum Schluß spielte Dorochin auf dem Flügel einen Foxtrott, und ich habe mit Melik getanzt, wobei er mir eine Liebeserklärung machte.

4. Januar 1936

Er rief gestern an und sagte, die Direktion des Bolschoj Theaters wünscht »Puschkin« zu hören. Er bringt Schostakowitsch mit. Prokofjew hat nach seiner Rückkehr aus dem Ausland nicht wieder angerufen. Ich ziehe Schostakowitsch vor, wenn schon aus »Puschkin« eine Oper werden soll.

6. Januar 1936

Um 2 Uhr Jakow Leontjewitsch, Mutnych, Schostakowitsch und Melik-Paschajew. Mischa las auf ihre Bitte »Puschkin«. (Man denkt an eine Oper.) Schostakowitsch bedankte sich herzlich bei Mischa, sagte, das Stück habe ihm außerordentlich gefallen, und bat um ein Exemplar.

Dann aßen wir zu Mittag, unsere Piroschki hatten einen unglaublichen Erfolg. Mutnych hat uns sehr gut gefallen, er ist sehr bescheiden, heiter und angenehm. Überhaupt – alles hat sehr gut geklappt. Schostakowitsch spielte uns seine Polka und den Walzer aus dem »Klaren Bach« und Melik einen anderen Walzer von Schostakowitsch vor. Alle drei Stücke sind wunderbar!

17. Januar 1936

Gestern erst habe ich den »Geizigen« zu Ende geschrieben. Mischa hat die ganze letzte Zeit diktiert. Er ist furchtbar müde. Ich auch.

26. Januar 1936

Gestern ein Gelegenheitskauf – ein Amerikaner aus unserem Wohnblock fuhr wieder nach Hause – für Mischa für 1000 Rubel einen unwahrscheinlich schicken und originellen Pelzmantel. Der Pelz ist grau – amerikanischer Grizzly-Bär.

28. Januar 1936

Heute habe ich noch im Bett die »Prawda« aufgeschlagen, darin ein Artikel ohne Unterschrift mit dem Titel »Schurr-Murr statt

Musik«, mit schärfster Kritik an »Lady Macbeth«. Der Artikel spricht von einem unharmonischen, chaotischen Klangschwall, und es wird behauptet, die Oper sei Ausdruck einer dekadenten Linksabweichung. Schostakowitsch hat sich meiner Meinung nach bei diesem düsteren, schweren Sujet vergriffen. Ich kann mir vorstellen, wie ihm jetzt zumute ist! [. . .] Zum roten Direktor* des Künstlertheaters ist jetzt Arkadjew ernannt.

1. Februar 1936. Aus Jassnaja Poljana (Tolstojs Gut) nach Moskau
Von Pawel Popow und Anna Tolstaja

Lieber Michail Afanassjewitsch!

Das Wetter wechselt von Schneesturm zu Tauwetter, von Tauwetter zu Frost, von Frost zu schneidendem Wind, aber wir verharren in immer derselben friedlichen Stimmung, in völliger Ahnungslosigkeit um den Lauf der Welt, haben nichts als weißen Schnee und das weiße Museum um uns und sitzen in unseren Räumen an unseren bescheidenen Aufgaben . . . Keinen von uns zieht es nach Moskau. Es ist offensichtlich notwendig, eine Weile in der Stille zu bleiben. Ist es denn die Möglichkeit, daß Sie uns nicht besuchen?

Aus Jelena Sergejewnas Tagebuch
6. Februar 1936

Gestern, nach jahrelangen Qualen, war die erste Generalprobe von »Molière«, ins Unreine. Ohne die Chefs. Ich sah nur Arkadjew, den Sekretär des Russischen ZK Akulow und diesen Schuft Litowskij.

Es ist nicht das Stück, von dem wir seit dem Jahre 1930 träumten. Hervorragend: Bolduman als Ludwig und Janschin als Bouton. [. . .] Man klatschte nach jedem Bild. Rauschender Erfolg am Schluß. Nach der Probe Mittagessen mit Melik* in einer Schaschlikbraterei, anschließend fuhren wir ins Bolschoj, »Sadko« – M. A. wünschte sich so sehr Musik. [. . .] M. A. hat sich endgültig entschlossen, ein Stück über Stalin zu schreiben.

Heute in der »Prawda« ein Artikel mit der Überschrift »Ballett-Surrogat« über den »Klaren Bach«. Schade um Schostakowitsch. Er wurde verführt: Die Autoren des Libretto wollten jemandem nach dem Munde reden.

8. Febraur 1936

Kolja Ljamin. Nachdem er gegangen war, sagte M. A., er möchte ein Theaterstück oder einen Roman »Pretschistenka«* schreiben, um jenes alte Moskau zu zeigen, das ihn so reizt.

9. Februar 1936

Wieder Erfolg, und zwar ein gewaltiger! Etwa 20 Vorhänge. Die Amerikaner waren begeistert und haben sich lange bedankt.

11. Februar 1936

Nach dem Schlußbild 21 Vorhänge. [. . .] Heute in »Sowjetskoje isskusstwo« ein Artikel von Litowskij über »Molière«. Pures Gift.

Heute war der Sekretär von Stalin im »Molière«, Poskrjobyschew. Olja, die es vom Direktor gehört hatte, erzählte, daß ihm die Aufführung sehr gut gefallen und daß er gesagt habe: »Jossif Wissarionowitsch muß das unbedingt sehen!«

11. Februar 1936. Aus Moskau nach Jassnaja Poljana
An Pawel Popow und Anna Tolstaja

Ich überlegte und überlegte, ob ich nicht doch zu Ihnen fahren sollte? Aber es geht nicht. Zu viele Sorgen und zu viel zu tun.

Wir haben nach dem Tauwetter erneut widerlichen, windigen, teuflischen Frost. Ich hasse und verfluche ihn.

Natürlich, wenn man sich mühelos mitten in den Schneewehen von Jasnaja Poljana wiederfinden könnte, würde ich am Feuer sitzen und versuchen, Molière, Puschkin und die Komödie* zu vergessen.

Nein, das ist unmöglich. Ich beneide Sie, wünsche Ihnen gute Erholung und danke für die Einladung. [. . .]

»Molière« ist raus. Die Generalproben waren am 5. und 9. Man spricht von Erfolg. Ich mußte beide Male vor den Vorhang und mich verneigen, was ich als eine Qual empfinde.

Heute in »Sow. isk.« die erste Schwalbe. Eine Besprechung von Litowskij. Über das Stück schreibt er negativ, voll glühender, wenn auch, soweit es ihm möglich ist, gezügelter Bosheit. Sein Urteil über die Schauspieler ist nicht zutreffend, mit einer einzigen Ausnahme.

»Iwan Wassiljewitsch« wird geprobt, aber ich bin lange nicht im Satirentheater gewesen.

An Alexandr Sergejewitsch* versuche ich nicht zu denken. Ich habe ohnehin viel auf dem Buckel. Es sieht so aus, als ob das Wachtangow-Theater mit der Arbeit beginnen will. Im Künstlertheater wird er zweifelsohne nicht kommen.

Ich fühle mich krank und bin so müde, daß ich im Augenblick überhaupt nichts tun kann: Ich sitze herum, rauche und träume von Filzstiefeln. Aber lange kann ich nicht herumsitzen – abends muß ich ins Theater (erste geschlossene Aufführung).

Ich umarme Dich freundschaftlich

Dein Michail

Aus Jelena Sergejewnas Tagebuch
16. Februar 1936

Also, die »Molière«-Premiere ist vorbei. Wie viele Jahre haben wir darauf gewartet! Das Publikum war, wie Molière sagt, gespickt mit Prominenz. [. . .] Außerdem wie handverlesen, eine Menge Professoren, Ärzte, Schauspieler, Schriftsteller. [. . .] Riesiger Erfolg. 22 Vorhänge, nach der Zählung hinter den Kulissen. Man verlangte stürmisch den Autor. [. . .] Nach der Aufführung mußten wir lange auf M. A. warten, er wurde hinter den Kulissen aufgehalten. Akulow war dort, fand die Aufführung exzellent, fragte aber M. A.: »Ist sie auch verständlich, annehmbar für den sowjetischen Zuschauer?«

Heute um 4.30 Uhr waren wir beim amerikanischen Botschafter eingeladen. Er ist soeben aus Amerika zurückgekehrt. Gäste – das Diplomatische Korps, wenige Russen. [. . .] Bullitt wie immer sehr liebenswürdig, fragte nach »Molière« und bat, vor der nächsten Aufführung benachrichtigt zu werden.

18. Februar 1936

M. A. mußte ins Künstlertheater, weil er zu Arkadjew bestellt worden war – zu einem Gespräch. [. . .] M. A. erzählte, daß das einzige Thema, das ihn im Augenblick interessiere, Stalin sei. Arkadjew versprach, ihm das nötige Material zu besorgen. M. A. glaubt nicht daran.

21. Februar 1936

Beim Tee in der Pause [. . .] lobte Bullitt das Stück überschwenglich, überhaupt M. A., und nannte ihn einen Meister. Großer Erfolg. Genausoviele Vorhänge – etwa 20.

24. Februar 1936

Nachmittagsvorstellung von »Molière«. M. A. und ich kamen gegen Ende der Aufführung. In der Theaterzeitung »Gorkowez« negative Besprechungen des »Molière« von Afinogenow, Wsewolod Iwanow, Olescha und Gribkow. Letzterer schreibt, das Stück sei »überflüssig auf der sowjetischen Bühne«. [. . .] Mischas Schicksal ist mir klar, er bleibt einsam und von allen angegriffen bis ans Ende seiner Tage. [. . .] Bolduman erzählte, daß er seine Rolle abgeben muß* wegen der parallel laufenden »Feinde«*. Der beste Darsteller der Aufführung!

27. Februar 1936

Der Schauspieler Woloschin rief an und bat, ihm 2000 zu leihen. Jetzt wird es solche Bitten regnen. Und wir haben 7000 Schulden und nicht eine Kopeke auf unserem Konto – wir haben auf Vorschuß gelebt.

2. März 1936

In der »Prawda« jagt ein Artikel den anderen, einer nach dem anderen stürzt in die Hölle.

4. März 1936

Abends bei Jegorow im Dienstzimmer Gespräch über die Finanzen. Das Künstlertheater verlangt die Rückzahlung der drei Tausend für »Die Flucht« mit der Begründung, das Stück sei verboten worden. »Zeigen Sie mir doch das Verbot«, sage ich. [. . .]

Heute in der Presse Wettbewerbsbedingungen für das Lehrbuch der Geschichte der UdSSR. M. A. sagte, er möchte ein Lehrbuch schreiben – nun muß das Material, Lehrbücher, Atlanten beschafft werden. Ich kann nur staunen. Meiner Meinung nach ist das undurchführbar.

5. März 1936

Gegen 5 Uhr nachmittags Anruf einer Unbekannten, die einen fremden Namen nannte und Mischa hysterisch von meinem Verhältnis zu . . . erzählte und schrie, man müsse mich bestrafen.

Mischa reichte mir den Hörer, ich konnte noch die letzten Worte hören: »Schande, Schande, Schande!«

So eine Gemeinheit! Alles erlogen, natürlich.

6. März 1936

Heute sollte sich M. A. mit Arkadjew treffen, aber der hat abgesagt.

9. März 1936

»Ich male ein großes schwarzes Kreuz darauf!«

In der »Prawda« großer Artikel: »Äußerer Glanz und gefälschter Inhalt«, ohne Unterschrift. Als wir ihn gelesen hatten, sagte M. A.: Das ist das Ende von ›Molière‹ und das Ende von ›Iwan Wassiljewitsch‹.«

Am Tag gingen wir ins Künstlertheater – »Molière« ist abgesetzt, morgen keine Aufführung mehr. Andere Gesichter. Abends ein Anruf von Fedja Michalskij: »Mischa soll sich in einem offenen Brief rechtfertigen.« Aus welchem Grund? M. A. wird einen solchen Brief nicht schreiben. [. . .] Alle wie aus einem Mund – er soll sich rechtfertigen. M. A. wird sich nicht rechtfertigen. Es gibt für ihn keinen Anlaß, sich zu rechtfertigen.

6

1936–1940

Jelena Sergejewna begann ihren Tagebucheintrag für den 9. März 1936, als Bulgakows *Molière* abgesetzt worden war, mit einem Zitat aus dem Stück: »Ich male ein großes schwarzes Kreuz darauf...« Eine der Figuren in *Molière* ist der treue Schauspieler Lagrange, bekannt als Registre, weil er regelmäßig die wichtigsten Ereignisse um die Molièresche Truppe festhält, wobei er seine Aufzeichnungen mit verschiedenen mysteriösen Symbolen schmückt. Das »große schwarze Kreuz« wird am Schluß des Stückes von Lagrange in sein Buch gemalt, um den Tod Molières zu kennzeichnen. Für Bulgakow war der Niedergang *Molières,* auf den bald darauf das Ableben von *Puschkin* und *Iwan Wassiljewitsch* folgen sollte, gleichsam als hätte der Tod das ihm Teuerste hinweggerafft. Während des vorangegangenen Frühjahrs hatte es immer wieder Gespräche gegeben, wie sowohl *Molière* als auch *Puschkin* gerettet werden könnten – Bulgakow mußte diverse Veränderungen an beiden Stücken vornehmen. Jetzt, da er völlig desillusioniert war, weigerte er sich kategorisch auch nur eine dieser kosmetischen Flickarbeiten durchzuführen, nach denen plötzlich alles akzeptabel sein sollte. Im Mai sah ein Beauftragter des Zentralkomitees die Generalprobe zu *Iwan Wassiljewitsch*, worauf das Stück auf der Stelle abgesetzt wurde.

Bulgakow und Jelena Sergejewna beschlossen, eine Zeitlang Moskau zu verlassen, und verbrachten die ersten zwei Juniwochen in Kiew – obwohl Bulgakow, um diesen bescheidenen Ausflug zu finanzieren, einen neuen Auftrag vom Moskauer Künstlertheater annehmen mußte: die Adaption von *The Merry Wives of Windsor*. In Kiew empfing sie ein Vorschlag des Leningrader Komponisten Boris Assafjew, Bulgakow solle das Libretto für eine vom Bolschoj Theater in Auftrag gegebene Oper schreiben – über Minin und Poscharskij, die Führer eines Aufstandes im siebzehnten Jahrhundert zur Befreiung Moskaus von den Polen. Dieses Projekt gefiel Bulgakow, der seit einiger Zeit häufiger in die Oper, ins Ballett oder Konzert als ins Theater ging. Mitte Juli hatte er das Libretto beendet, um gleich darauf erneut zu verreisen, diesmal mit einer Gruppe vom Künstlertheater ans Schwarze Meer. Dort nahm er *The Merry Wives* in Angriff, wobei er als erstes eine Übersetzung der sprachlich sehr anspruchsvollen Eröffnungsszene versuchte. Aber – wie Jelena Sergejewna in ihrem Tagebuch schreibt – die taktlose und aufdringliche Art Nikolaj Gortschakows, der als Regisseur sowohl am *Molière* als auch am *Iwan Wassiljewitsch* mitgearbeitet hatte, ließ Bulgakow die Geduld verlieren. Er und Jelena Sergejewna flogen zurück nach Moskau – vermutlich das einzige Mal, daß Bulgakow mit einem Flugzeug reiste. Bereits einige Tage später kündigte Bulgakow am Künstlertheater und gab auch den Auftrag für die Adaption der *Merry Wives of Windsor* zurück. Sechs Jahre nach dem Telephongespräch mit Stalin, das ihm die einzige Stelle eingebracht hatte, die er bereit war anzunehmen, wenn er schon in der Sowjetunion bleiben mußte, trennte sich Bulgakow im Streit von dem Künstlertheater, in Zorn und Bitterkeit gegen die beiden Gründer des Theaters, Stanislawskij und Nemirowitsch-Dantschenko.

Als am 5. Oktober die Premiere der *Tage der Turbins* sich zum zehnten Mal jährte – ein Jubiläum, das Bulgakows Mißmut über das Theater nur erneut aufflammen ließ –, hatte er bereits einen neuen Vertrag unterzeichnet, der ihn verpflichtete, ein Opernlibretto pro Jahr fürs Bolschoj zu schreiben. Dies hatte sein Freund Jakow Leontjew arrangiert, der in der Verwaltung des Bolschoj arbeitete und Bulgakow auch mit anderen am Theater bekannt machte, so mit Samuil Samossud und Wladimir Mutnych. Die ersten Vorbereitungen für die Inszenierung seines bereits abgeschlossenen *Minin*-Libretto wurden inzwischen getroffen, und Bulgakow setzte sich nun an seine erste Auftragsarbeit mit dem

Titel *Das Schwarze Meer*, das von der Niederlage der Weißen Armee im Kampf mit den Roten Truppen, 1920 bei Perekop auf der Krim, handeln sollte. Er beendete das Libretto im folgenden Frühjahr und gab es dem Bolschoj im März 1937. Ende 1936 erreichte ihn die Nachricht seines Bruders Nikolaj, daß die Pariser Inszenierung von *Sojkas Wohnung*, die nun seit einigen Jahren geplant war, endlich Premiere haben sollte. Im Kontext des Stalinschen Terrors, dessen Manifestationen Jelena Sergejewnas Tagebuch spickten beispielsweise wurde auch Bulgakows alter Freund Nikolaj Ljamin verhaftet, ist es nur allzu verständlich, daß er eilig zurückschrieb und nochmals wiederholte, daß jegliche eingefügten Anspielungen auf Lenin oder Stalin gestrichen werden müßten.

Aber die Arbeit, die seine Gedanken während des Winters 1936 und des Frühjahrs 1937 wirklich gefangen hielt, war der zweite der beiden Romane, an denen er mehr oder weniger im Verborgenen arbeitete. Die erste vollständige Rohfassung des künftigen *Meister und Margarita* hatte Bulgakow im Frühsommer 1936 abgeschlossen, bevor er nach Suchumi reiste, und jetzt arbeitete er nur gelegentlich daran, auch wenn er hin und wieder einigen Freunden ausgewählte Passagen vorlas. Stattdessen kehrte er zu einer Idee zurück, die ihm zuerst im Sommer 1929 gekommen war, nach dem ersten Verbot all seiner Stücke: die Idee eines autobiographischen Romans, in dem er seinen eigenen schriftstellerischen Lebensweg und seine Eindrücke vom Moskauer Künstlertheater beschreiben wollte. Bis zum Jahr 1936 hatte er mehr lohnendes Material zusammengetragen, als er brauchen konnte, und er begann einen Text zu verfassen, der einen fröhlichen Racheakt an Stanislawskij und Nemirowitsch-Dantschenko darstellte, wobei er jede ihrer Eigentümlichkeiten gnadenlos parodierte. Der Roman hieß ursprünglich *Theaterroman*, bekam aber dann den Titel *Aufzeichnungen eines Toten* – weitaus passender, wenn man bedenkt, daß der Autor sich fühlte wie einer, der zusammen mit seinem Helden Molière am langsamen Erstikkungstod dahingeschieden war.

Die meisten Mitarbeiter des Moskauer Künstlertheaters konnten sich und ihre Kollegen wiedererkennen in dieser geist- und erfindungsreichen Darstellung ihres Theaters als einer Institution, die den Launen und neurotischen Charakterzügen der beiden sich bekämpfenden Direktoren ausgeliefert war. Bulgakows Freunde und Bekannte – seine Schwägerin Olga und ihr Mann Kaluschskij; Pawel Markow, der Literarische Direktor des Theaters; Fjodor Michalskij, der Verwaltungschef mit dem unbeirrbaren Auge, wenn es darum ging, wer Freikarten bekam; und Bühnenbildner, die für das Künstlertheater arbeiteten, wie Dmitrijew und Wiljams – alle wollten unbedingt bei den Lesungen in Bulgakows Wohnung dabeisein, und die Ausgelassenheit dieser Abende verschaffte manchen Moment der Erleichterung in jenen quälenden Jahren. Wie beim *Meister und Margarita* durfte das Manuskript die Wohnung nie verlassen, und so wußten nur wenige Zeitgenossen von den Romanen – und wenn, dann nur durch die vielgerühmten Lesungen. Bulgakow hat den *Theaterroman*, den er beiseite legte, um am *Meister und Margarita* weiterzuarbeiten, nie beendet. Glücklicherweise ist der Text jedoch vollständig genug, daß auch ein Leser, der das Moskauer Künstlertheater jener Tage nicht kennt, Vergnügen an dieser geistreichen Satire haben kann.

Das Jahr 1937 ist eines der schwärzesten in der sowjetischen Geschichte, und Jelena Sergejewnas Tagebuch gibt Einblicke, wie eine von vielen Moskauer Familien die endlose Reihe von Verhaftungen und Prozessen wahrnahm. Sie kommentiert die Geschehnisse nur selten, aber ihr Lakonismus läßt einen schaudern. Jetzt, da immer mehr Material dieser Art aus den sowjetischen Archiven auftaucht, können wir allmählich ein finsteres Bild davon zusammensetzen, wie jede Familie von den Verhaftungen und dem Verschwinden ihrer Freunde, Verwandten und auch öffentlicher Figuren berührt wurde. Jelena Sergejewna, die durch ihre Ehe mit Jewgenij Schilowskij Mitglieder der Moskauer militärischen Elite kennengelernt hatte, berichtet von dem Militärtribunal gegen Marschal Tuchatschewskij und andere im Jahr 1937 in etwa demselben leidenschaftslosen Tonfall, in dem sie bereits die Prozesse um Sinowjew und Kamenew im Jahr 1936 beschrieben hatte und in dem sie 1938 den Prozeß gegen Bucharin und Rykow sowie Jagoda – den besonders sadistischen Leiter des NKWD – zur Kenntnis nehmen sollte. Freunde waren natürlich auch betroffen: Nikolaj Ljamin, der zwei Jahre nach seiner Verhaftung etwas pathetisch an Bulgakow schrieb, um aus seinem Verbannungsort Kaluga wieder Kontakt aufzunehmen;

und Dmitrijew, dessen Frau Jelisaweta (Weta) verhaftet worden war, was ihn selbst automatisch in die Gefahr brachte, in die Verbannung geschickt zu werden. Dmitrijew verlor nach diesem Vorfall bei Jelena Sergejewna an Respekt, vermutlich, weil sie meinte, daß er sich während der ganzen Sache nicht sehr ehrenhaft benommen habe.

Während immer neue Verhaftungswellen über Intellektuelle, Schriftsteller, Künstler, Musiker hinwegrollten, ergab sich aber auch, wie Jelena Sergejewna beschreibt, der skurrile Nebeneffekt, daß eine ganze Anzahl von Bulgakows ehemaligen Gegenspielern ihre Positionen verloren. Die »Nemesis«, so sagt sie, traf Leute wie den Kritiker Litowskij, der auf Bulgakow während dessen ganzer schriftstellerischer Laufbahn eine systematische Hetzjagd betrieben hatte. Jelena Sergejewna war nicht gerade betroffen, als auch diverse Leiter des Moskauer Künstlertheaters, wie Arkadjew und Bojarskij, entlassen und verhaftet wurden oder als Figuren wie Kerschenzew, der immer wieder versucht hatte, Bulgakow durch Schikane dazu zu zwingen, ein angepaßter Schriftsteller zu werden, in Ungnade fielen. Bulgakow und sie bedauerten es sicherlich auch nicht sonderlich, als Dobranizkij verhaftet wurde – ein mysteriöser Abgesandter des Zentralkomitees, der sich den Bulgakows aufgedrängt und immer wieder versucht hatte, durch Versprechungen Bulgakow dazu zu bewegen, Linientreues zu schreiben. Dies geschah kurz nach der Verhaftung eines Mannes, der offensichtlich Dobranizkijs Vorgesetzter gewesen war, Angarow. Aber private Genugtuung durfte, laut Bulgakows Ehrenkodex, nicht als Triumph nach außen getragen werden; und er widersetzte sich jedem Druck, an jenen Schriftstellerversammlungen teilzunehmen, auf denen einzelnen Autoren öffentlich der Garaus gemacht wurde – so auch Kirschon, einem Dramatiker, der ihm in der Vergangenheit viel Schaden zugefügt hatte.

Bulgakow versuchte trotz allen düsteren Ereignissen des Jahres 1937 mit seiner Arbeit fortzufahren, und schrieb sein nächstes Libretto, *Peter der Große*, das er im September einreichte. Kerschenzew lehnte den Text ab, nicht nur wegen der mangelnden Umsetzbarkeit für die Oper – darauf war Bulgakow gefaßt –, sondern aus einer Reihe von politischen Gründen, was ihn in hilflose Verzweiflung stürzte. Wie schon im Mai, überlegte er im Oktober, Stalin noch einmal zu schreiben, aber nun schien ein solcher Schritt zu gefährlich. Er sollte Stalin nur noch einen Brief im Februar 1938 schicken. In dem sehr behutsamen und höflichen Schreiben ging es nicht um ihn selbst, sondern um den Dramatiker Nikolaj Erdman – er und sein Bruder Boris, ein Bühnenbildner, waren mit Bulgakow inzwischen eng befreundet. Bulgakows vorangegangene Briefe an Stalin waren in einem äußerst hehren Stil verfaßt worden, und dieser letzte, in dem er darum bat, daß die Restriktionen gegen seinen Freund Erdman endlich gelockert würden, war von geradezu archaischer Förmlichkeit.

In das Jahr 1937 fielen noch folgende Ereignisse: ein juristischer Streit mit einem Theater in Charkow, das Schadensersatz beanspruchte, nachdem das Puschkin-Stück abgesetzt werden mußte; eine Auftragsarbeit für das Wachtangow-Theater, die Bulgakow mit großem Interesse und Vergnügen ausführte: die Bühnenfassung des *Don Quijote;* und schließlich gegen Ende des Jahres das Wiederaufleben seiner Hoffnungen, daß *Minin und Poscharskij* doch aufgeführt würde, nachdem es zugunsten des Opernprojekts *Iwan Sussanin*, das ein ähnliches Thema behandelte, im Bolschoj beiseite geschoben worden war. Letzteres führte zu einer hektischen Korrespondenz mit dem Leningrader Komponisten Assafjew, einem nervösen mimosenartigen Menschen, der nur ungern nach Moskau kommen wollte, um für seine Oper zu kämpfen. Obwohl Assafjew sich dann schließlich überreden ließ, erreichte Bulgakows *Minin und Poscharskij* nie die Bühne. Daneben setzte Bulgakow in der zweiten Hälfte des Jahres 1937 und in den ersten Monaten von 1938 mit großer Entschlossenheit die Arbeit am *Meister und Margarita* fort, wobei er die Erstfassung von 1936 noch einmal vollkommen überarbeitete. Natürlich hatten in den Jahren des Terrors die Themen des Romans noch größeres Gewicht erhalten: die Integrität des Künstlers, das Überleben der wahren Kunst trotz Repressionen, der Glaube an die Liebe – und die Bedeutung der Geschichte von Christus und Pontius Pilatus in einem Land, wo alle Konzeptionen von Gut und Böse offenbar inzwischen nichtig waren.

Während des Sommers 1938 erreichte Bulgakow einen Wendepunkt in der Niederschrift des Romans. Zum zweiten Mal während ihrer Ehe trennten sich Bulgakow und Jelena Sergejewna für kurze Zeit – sie fuhr auf eine Datscha in Lebedjan, am Don südlich von Moskau, um zu Kräften zu kommen, während er in Moskau blieb, um die revidierte Fassung von *Der Meister und Margarita* ihrer Schwester Olga in die Maschine zu diktieren. Aufgrund dieser Trennung – die für einen Monat unterbrochen wurde, als Bulgakow Jelena Sergejewna in Lebedjan besuchte – besitzen wir nun das einzigartige Zeugnis über den Gemütszustand Bulgakows, während er an seinem Roman arbeitete – denn er schrieb seiner Frau nicht nur täglich, sondern manchmal mehrmals täglich. Er zeichnet ein amüsantes Bild der Arbeitsatmosphäre in der Moskauer Wohnung – denn Olga Sergejewna war durchweg mißbilligend. Aber er teilt auch mit, wie er die eigene Leistung jeweils einschätzte, während die Endfassung allmählich auf der Schreibmaschine Form annahm.

Als der Sommer zuende ging, nahm auch der Alltag wieder seinen gewohnten Lauf. Zuerst gab es die vorhersehbaren Schwierigkeiten mit Bulgakows *Don Quijote,* der endlich im November das Repertoire-Hauptkomitee passiert hatte, aber dann im Wachtangow-Theater nicht so recht vorankam, obwohl man immer wieder versicherte, der Text sei fabelhaft; und wieder einmal schwanden Bulgakows Hoffnungen, ein weiteres seiner Stücke jemals auf der Bühne zu sehen. *Don Quijote* sollte erst nach seinem Tod in Leningrad aufgeführt werden – mit Nikolaj Tscherkassow, Eisensteins Iwan der Schreckliche, in der Hauptrolle –, wo es großen Beifall erhielt. Im September schlug der Komponist Issaak Dunajewskij vor, daß sie gemeinsam ein Libretto zu Maupassants Erzählung »Mademoiselle Fifi« erarbeiten sollten. Bulgakow lieferte es im März 1939 unter dem Titel *Rachel* ab. Es war das einzige seiner Libretti, das je aufgeführt wurde – aber auch erst nach seinem Tod.

Ein Stück über eine Episode aus dem Leben des jungen Stalin, *Batum,* steht im Mittelpunkt des letzten Kapitels in Bulgakows Leben. Bulgakow hatte erstmals im Frühjahr 1936 der Leitung des Künstlertheaters von der Idee erzählt, ein Stück über Stalin schreiben zu wollen, und man hatte davon gesprochen, daß man ihm eventuell Zugang zu dem notwendigen Material verschaffen könnte – was er für eher unwahrscheinlich hielt. Nachdem Bulgakow und das Künstlertheater im Streit auseinandergegangen waren, erwähnte er das Projekt nicht mehr. Aber im September 1938 wurde er von Pawel Markow und Witalij Wilenkin angesprochen, ob er nicht, trotz allem, noch einmal ein Stück für das Theater schreiben wolle. Es stellte sich dann heraus, daß sie verzweifelt nach einem Stück über Stalin suchten, anläßlich seines sechzigsten Geburtstages Ende 1939, und daß sie auf Bulgakow kamen, als sie sich an sein früheres Interesse für dieses Thema erinnerten. Von ihm erhofften sie sich etwas von zumindest passabler Qualität. Die Bitte brachte Bulgakow in ein furchtbares Dilemma. Zunächst hatte er das Gefühl, er müßte nun all seinen Ärger mit dem Künstlertheater aufs neue rekapitulieren; dann hatte er die durchaus verständliche Befürchtung, daß dieses Stück eine sehr gefährliche Angelegenheit werden könnte. Eine ganze Zeit lang lehnte er vehement ab. Und doch scheint ihn die Aussicht, über Stalin zu schreiben, ungeheuer gereizt zu haben – über jene Gestalt, die solchen Einfluß auf seinen eigenen Werdegang genommen hatte: Stalin hatte ihm 1930 seine literarische Existenz gesichert und dann, in den folgenden Jahren, seine allmähliche Strangulation als Autor zugelassen. Und tatsächlich – als das Theater Bulgakow schließlich überredete, den Auftrag anzunehmen, hatte er bereits einen ersten Entwurf skizziert.

Bulgakows Stück über Stalin war in der Sowjetunion eine äußerst delikate Angelegenheit, da es aus Gründen der Zensur bis in die späten achtziger Jahre weder erwähnt noch veröffentlicht werden durfte. Auch die liberalen Forscher waren eher abgeneigt, diesem Thema nachzugehen, aus Furcht, Bulgakow könne sich auf einen peinlichen Kompromiß mit dem Tyrannen eingelassen und seine künstlerische Integrität verspielt haben. Es läßt sich jedoch objektiv feststellen, daß der Text keine blinde Lobeshymne auf Stalin darstellt. Es ist ein relativ unkompliziertes historisches Stück, das Stalins Fähigkeiten als Führer zu Beginn seiner politischen Laufbahn realistisch einschätzt; es spielt größtenteils zwischen 1898 und 1904 in Batum und befaßt sich mit den Gründen für seinen Aufstieg an die Spitze des Landes. Für Bulgakow spielte Stalin eine ähnliche Rolle wie Ludwig XIV. und Zar Nikolaj I. im Leben Molières bzw. Puschkins. Bulgakow hatte sich in einem großen Teil seines Werkes immer wieder historische Stoffe vorgenommen, sei es in biographischer oder autobiographischer Form, und sich mit der Frage von Gut und Böse auseinandergesetzt sowie mit dem Thema von Schuld und Verantwortung in der historischen Verflechtung von Individuum und Staat. Das Wesentliche an dem Stück *Batum* war für Bulgakow, daß er nun endlich eine Art Genehmigung hatte, sich öffentlich Gedanken über den Tyrannen zu machen, und womöglich das eigene Verhältnis zu Stalin zu durchleuchten. Wenn man die Tagebucheintragungen seiner Frau neben den Text legt, gewinnt man erst recht nicht den Eindruck, daß er seine Integrität als Künstler geopfert hätte. Es ist schwer, sich vorzustellen, was passiert wäre, wenn man das Stück je aufgeführt hätte; aber wie auch immer: es war unvermeidlich, daß Bulgakow bei dieser letzten Unternehmung zugrunde ging.

Die Dokumente dieses Kapitels führen uns bewegend vor Augen, welche katastrophale Entwicklung einsetzte, als Bulgakow und Jelena Sergejewna zusammen mit einigen Kollegen des Moskauer Künstlertheaters im August 1939 mit dem Zug nach Batum reisten; sie waren auf einer Dienstreise, um zusätzliches Material zu sammeln, nachdem das Stück genehmigt worden war. Im letzten Moment erreichte sie die Nachricht, daß Stalin das Stück nicht aufgeführt sehen wollte; die Reise der »Brigade«, wie ihre offizielle Bezeichnung lautete, wurde abgebrochen, und sie mußten sofort nach Moskau zurückkehren. Der Schlag war so vernichtend, daß Bulgakow auf der Stelle zusammenbrach. Zunächst malte er sich aus, daß sie nunmehr ihrem Tod entgegenfuhren – eine nicht unbedingt absurde Annahme, wenn Stalin tatsächlich mit der Darstellung seiner eigenen Person in dem Stück unzufrieden sein sollte. Den Bulgakows geisterte vermutlich die Nachricht von der Verhaftung Meyerholds im Juni durch den Kopf, auf welche die grauenvolle Verstümmelung und Ermordung seiner Frau Sinaida Reich folgten – ein Mord, der nie aufgeklärt wurde und der von vielen als »eine allgemeine Drohung gegen die Ehefrauen« begriffen wurde, wie Robert Conquest in *The Great Terror* (dt. *Am Anfang starb Genosse Kirow*) schreibt. Aber als sie in ihre Wohnung zurückkehrten, erwartete sie keine Verhaftung, nur unheilvolles Schweigen.

Bald nahm das Unglück jedoch in anderer Form seinen Lauf. Bereits im Auto klagte Bulgakow, daß er das Tageslicht kaum ertragen könne, und als sie in ihrer Wohnung ankamen, mußte er mehrere Tage in einem abgedunkelten Zimmer liegen und kam viel später erst wieder richtig zu Kräften. Jelena Sergejewna erzählt in einem eindrucksvollen Brief, den sie zwanzig Jahre nach Bulgakows Tod an seinen Bruder Nikolaj in Paris schrieb und der 1990 von Grigorij Fajman veröffentlicht wurde, wie sie im September 1939 beschlossen, nach Leningrad zu fahren, einfach, um sich etwas abzulenken. Kurz nachdem sie angekommen waren, verschlechterten sich Bulgakows Augen rapide, und ein Optiker, der ihn untersuchte, diagnostizierte eine ernste Krankheit und riet ihnen, sofort nach Moskau zurückzukehren. Bulgakow hatte dies offensichtlich schon seit langem vorausgesehen und wußte als ausgebildeter Arzt nur zu gut, wie diese Krankheit – dieselbe Nierenerkrankung, an der sein Vater gestorben war – weiter verlaufen würde. In Moskau drängten die Ärzte darauf, daß er in ein Krankenhaus kam, aber er lehnte ab, weil er ohnehin nur noch einige Tage zu leben habe.

Tatsächlich lebte Bulgakow noch etwa sechs Monate. Er weigerte sich, in ein Krankenhaus zu gehen, willigte aber zu einem Sanatoriumsaufenthalt in Barwicha, außerhalb Moskaus, ein, wo Jelena Sergejewna ständig bei ihm sein konnte. Von dort diktierte er mehrere Briefe an seine engsten Freunde und Verwandten: Alexandr (Sascha) Gdeschinskij, der ihn damit erfreute, daß er ihm auf seine Bitte hin eine ausführliche Erinnerung an ihre Kindheit in Kiew schickte, in der er selbst die Musikstücke aufführte, die sie gemeinsam in Konzerten gehört hatten; Pawel Popow, der ihm im Dezember in einem sehr bewegenden Brief seine tiefe Verehrung ausgesprochen hatte; und seine Schwester Ljolja (Jelena), die Jelena Sergejewna vor seinem Tod bei der Pflege helfen sollte. Im Dezember 1939 kehrte er nach Hause zurück. Er hatte schon seit einigen Monaten nicht mehr lesen und kaum schreiben können. Ein oder zwei Mal ging er auf die Straße hinaus, mit einem Stock und dunkler Brille, aber bald konnte er sein Bett nicht mehr verlassen, ausgezehrt, schwach und von Schmerzen gequält. Trotzdem diktierte Bulgakow bis etwa zwei Wochen, bevor er starb, hin und wieder Korrekturen für den *Meister und Margarita*, offensichtlich in der festen Annahme, daß sein größter Roman, wie auch sein übriges Werk, eines Tages an die Öffentlichkeit gelangen und dort die gebührende Aufnahme finden würde. Weder er noch seine ihm ergebene Margarita, die auf einem Kissen vor seinem Bett saß, während sie die letzten Änderungen in einem Notizbuch festhielt, hätten sich vorstellen können, daß beinahe ein Vierteljahrhundert vergehen sollte bis zur Veröffentlichung von *Meister und Margarita* – kurz vor Jelena Sergejewnas eigenem Tod im Jahr 1970.

Bulgakow starb am 10. März 1940. Er wurde auf dem Friedhof des Nowo-Dewitschij Klosters beigesetzt, in einer dem Moskauer Künstlertheater zugewiesenen Grabstätte. Im April 1940 brachte Anna Achmatowa Jelena Sergejewna ein Gedicht, das sie zum Andenken an Bulgakow geschrieben hatte:

M. B. ZUM GEDENKEN

Dies schenk ich die statt Rosen auf dem Grab
Und statt das Weihrauchfaß zu schwenken:
Denn keiner hat so streng gelebt wie du
Und bis zum Ende je so großartig verachtet.
Hast Wein getrunken und gelacht, und bist
Wie niemand fast erstickt zwischen den Wänden,
Du ließest zu dir ein den dunklen Gast
Und bist mit ihm allein geblieben.
Du bist nicht mehr – doch alles ringsrum schweigt
Über dein schmerzerfülltes hohes Leben.
Nur meine Stimme wird, als Flöte, die ertönt,
Auch über deiner stummen Totenfeier schweben.
Wer hätt gewagt zu glauben, daß ich, halbentseelt,
Ich, Klageweib der abgelebten Tage,
Ich, Scheit, das noch im Feuer schwelt,
Ich, die ich des Vergessens Lasten trage,
Gedenken müsse dessen, der voll Kraft
Und schöner Pläne willensstark gesprochen
Wie gestern, der ins Angesicht gesehn
Dem Tod, vor Schmerzen bebend, nicht gebrochen.

März 1940
Fontannyjdom

Aus Jelena Sergejewnas Tagebuch

10. März 1936

Jetzt stellt sich heraus, daß schon in den ersten Märztagen das Gerücht umging, daß »Molière« abgesetzt wird. »Iwan Wassiljewitsch« wird offensichtlich ebenfalls abgesetzt.

11. März 1936

Heute in der »Sow. is.« nennen sie »Molière« ein »armseliges und verlogenes Stück«. Wie soll M. A. leben, wie kann er weiter arbeiten?

11. März 1936. Moskau

Von Wikentij Weressajew

Ich bin tief erschüttert über die Absetzung Ihres Stücks. Unendlich schwer ist Ihr schöpferischer Weg! Ich wünsche Ihnen die seelische Kraft, um diesem neuen Schlag standzuhalten.

Ich umarme Sie fest.

12. März 1936. Moskau

An Wikentij Weressajew

Soeben, lieber Wikentij Wikentjewitsch, erhielt ich Ihren lieben Brief und bin bis ins tiefste Herz gerührt. Dieser Schlag ist sehr schwer. Nach den gestrigen Informationen wird auf »Molière« die aufführungsreife Komödie »Iwan Wassiljewitsch« im Satirentheater folgen.

Das Weitere ist mir unklar.

Mit großem Ernst bedanke ich mich für Ihren Brief und umarme Sie freundschaftlich. Ich wünsche Ihnen alles Gute.

Aus Jelena Sergejewnas Tagebuch

13. März 1936

Abends Schuchowizkij. Auf mich machte er endgültig einen widerwärtigen Eindruck. Lügt auf Schritt und Tritt, kommt, um uns auszufragen, und ich fühle, daß er uns schadet. Über seine Rolle kann man nicht länger im Zweifel sein.

14. März 1936

Auf 4.30 Uhr waren wir wieder zu Bullitt eingeladen. Wir haben beschlossen, nicht zu gehen. Wir haben keine Lust, uns das Beileid und die Fragen anzuhören.

Abends ins Bolschoj. »Natalka-Poltawka«. Ein Gastspiel der Kiewer Oper. [. . .] Vor Beginn des zweiten Aktes erschienen in der Regierungsloge Stalin, Molotow und Ordschonikidse. Ich dachte die ganze Zeit an Stalin und träumte davon, daß er an Mischa denkt und daß sich unser Schicksal wendet. Nach der Vorstellung versammelten sich alle Sänger auf der Bühne und feierten Stalin, der ganze Saal schloß sich den Ovationen an. Stalin grüßte die Sänger mit der Hand und klatschte.

16. März 1936

Nach einer Wartepause wurde M. A. zu Kerschenzew bestellt. Man unterhielt sich etwa anderthalb Stunden. Kerschenzew kritisierte »Molière« und »Puschkin«. M. A. schloß daraus, daß auch »Puschkin« vom Probenplan abgesetzt wird. [. . .] Aber er diskutierte nicht über die Qualitäten des Stücks, klagte nicht und äußerte keine Bitten. Als Kerschenzew sich nach seinen Zukunftsplänen erkundigte, erzählte M. A. von dem Stalin-Drama und von seiner Arbeit am Lehrbuch der Geschichte. Eine sinnlose Begegnung.

18. März 1936

In der »Sow. isk.« vom 17. III. eine Notiz über »Puschkin« in übelstem Ton.

M. A. rief Weressajew an und schlug ihm vor, er würde an die Redaktion schreiben und klarstellen, daß das Stück nur Bulgakows Namen trägt, um dadurch Weressajew vor Angriffen zu schützen. Wikentij Wikentjewitsch sagte, das sei nicht nötig.

3. April 1936

Kolja Ljamin verhaftet.

5. April 1936

M. A. diktiert Korrekturen zu »Iwan Wassiljewitsch«. Er wurde um diese Korrekturen gebeten. Gortschakow ließ sich gottweißwas alles einfallen: Da soll eine Pionierin auftreten, eine positive Gestalt. M. A. weigerte sich entschieden, diesen billigen Weg einzuschlagen!

18. April 1936

M. A. unterhielt sich mit Rafalowitsch und Gortschakow über »Molière«. Die Aufführungen sollen wieder aufgenommen werden. Sie bitten um geringfügige Korrekturen. Das Inzestmotiv soll abgeschwächt werden. Paris ist eine Messe wert. M. A. wird wohl auf ihre Wünsche eingehen.

13. Mai 1936

Geschlossene Generalprobe von »Iwan Wassiljewitsch«. [. . .] Der Gesamteindruck bleibt irgendwie trübsinnig. Im Zuschauerraum (außer unserer Familie – M. A., Jewgenij, Sergej, Jekaterina Sergejewna und mir) Bojarskij, Angarow aus dem ZK und gegen Ende, sogar in Mantel und Mütze, Aktentasche in der Hand, kam Furer dazu – ich glaube, auch aus dem ZK.

Unmittelbar nach dem letzten Vorhang wurde das Stück verboten. Gortschakow erzählte, daß Furer gesagt habe: »Von einer Aufführung rate ich ab.«

19. Mai 1936

Ruslanow mit der Bitte: »Ließen sich vielleicht einige Korrekturen im ›Puschkin‹ anbringen?« M. A. lehnte kategorisch ab. M. A. verpflichtete sich, für das Künstlertheater »Die lustigen Weiber von Windsor« zu übersetzen und überhaupt ein Shakespeare-Arrangement anzufertigen nach dem Muster von »Der halbtolle Jourdain«*. Es ist sehr traurig, daß M. A. diesen Vertrag unterschreiben muß. Aber wir brauchen Geld, um nach Kiew reisen zu können, denn ohne Ferien hält M. A. bei diesem Leben nicht durch.

12. Juni 1936

Heute aus Kiew zurück. Die Stadt hinterläßt einen tröstlichen Eindruck. [. . .] Auf der Rückfahrt kauften wir uns eine Nummer der Zeitschrift »Theater und Dramaturgie« für unterwegs. Der

Leitartikel bezeichnet »Molière« als eine »Fälschung von geringer Qualität«. Anschließend einige Niederträchtigkeiten, darunter auch ein häßlicher Ausfall von Meyerhold gegen M. A. Und wie hat dieser Meyerhold um ein Stück gebettelt – um jedes, das M. A. geschrieben hat.

16. Juni 1936

Der Komponist B. Assafjew machte den Vorschlag, das Libretto für eine Oper »Minin und Poscharskij« zu schreiben. [. . .] Dmitrijew hat die beiden verkuppelt.

10. Juli 1936. Aus Polenowo nach Moskau
Von Boris Assafjew

Heute kam Melik-Paschajew hier an mit der freudigen Nachricht, Sie hätten »Minin und Poscharskij« abgeschlossen. Erlauben Sie mir daraufhin, Sie herzlichst zu beglückwünschen und zu grüßen. Am 11., morgen, kommt Mutnych zurück, und ich werde mit ihm verabreden, wie wir uns treffen können. Ich bin ungeduldig! . . .

23. Juli 1936. Aus Leningrad nach Moskau
Von Boris Assafjew

Ich schreibe, um Ihnen noch einmal zu sagen, daß ich von Ihrem Libretto aufrichtig ergriffen und bewegt bin. Sie brauchen weder nervös, noch unruhig zu sein. Ich werde diese Oper schreiben. Lassen Sie mir nur eine Atempause und etwas Zeit, mich noch einmal mit Ihrem Text im Hinblick auf die musikalische Entwicklung auseinanderzusetzen, das heißt, die musikalische Entwicklung genauer ins Auge zu fassen. Über alle meine Überlegungen werde ich Ihnen schreiben. Hoffentlich sind Sie mir nicht böse, daß ich Sie belästige.

Ich beschwöre Sie, quälen Sie sich nicht. Wenn ich nur wüßte, womit man Sie beruhigen könnte! Seien Sie versichert, daß ich im Laufe meines Lebens »Zustände« kennengelernt habe, die mir das Recht geben, mitzufühlen und mitzuerleben: Ich bin auch ein Einzelgänger. Die Komponisten erkennen mich nicht an, die Musikologen in den meisten Fällen ebensowenig.

Aus Jelena Sergejewnas Tagebuch
26. Juli 1936

Morgen verlassen wir Moskau und reisen nach Sinop oberhalb von Suchumi. »Minin« ist abgeschlossen. M. A. vollendete ihn innerhalb eines Monats, bei grauenhafter Hitze.

17. August 1936. Aus Suchumi nach Moskau
An Jakow Leontjew (Bolschoj Theater)

Lieber Jakow Leontjewitsch!

Ich fühle, daß mein armer Kopf sich erholt hat. Ich nehme das Gespräch mit meinen Freunden wieder auf, an die ich mich mit Zärtlichkeit erinnere. [. . .]

Zur Lage: Sinop ist ein ausgezeichnetes Hotel. Man kann sich hier sehr gut erholen. Park. Billard. Balkone. Das Meer in nächster Nähe. Geräumig. Sauber. Der einzige Minuspunkt ist das Essen. Langweilig. Monoton. Sie werden verstehen, daß die geheimnisvollen Worte auf der Speisekarte – *Zwiebelklops, Bœuf Stroganow*, gefüllte . . ., *Languette piquante* und so weiter – nur wenig trösten können. Hinter all diesen Worten verbirgt sich immer dasselbe: mieser Fraß. Viele, darunter auch ich, nehmen Magentropfen und bekommen Reisbrei und Heidelbeerkompott.

Aber alles andere ist in Ordnung. Es gibt nur Wenige, denen es hier nicht gefällt. Aber dazu gehört auch Schwesterchen Olga. Sie reiste hier mit solchem Getöse an, daß sogar ich, bei aller mir eigenen Phantasie, stumm vor Staunen war. Und nun belegt sie von morgens bis abends die Küste, die Berge, den Himmel, die Luft, die Magnolien, die Zypressen, Schenja (weil er sie hierhergebracht hat) und den Balkon (weil neben ihm eine Palme wächst) mit den stärksten Kraftausdrücken. Sie meint, alle, die hier wohnen, müssen umgesiedelt und statt dessen Zitrusfrüchte angepflanzt werden. Kurz, sie findet an nichts Gefallen, außer an Nemirowitsch. Das Erste, was sie hier tat, war, daß sie beinahe ertrank. Und wenn Jerschow nicht in voller Kleidung ins Wasser gesprungen wäre und sie herausgezogen hätte, dann wären die Folgen ernsthafter Natur gewesen. Ljussja fühlt sich hier sehr wohl, zu meiner größten Freude. Unser Leben ist nicht leicht, und ich werde glücklich sein, wenn sie hier genügend Kräfte schöpft. In der ersten Zeit habe ich nichts gelesen, versucht, an nichts zu denken und alles zu vergessen, jetzt habe ich mir die Übersetzung der »Weiber von Windsor« für das Künstlertheater vorgenommen. Übrigens, das Künstlertheater: Von dort treffen die erstaunlichsten Nachrichten ein. Vetter und Wohltäter praktizieren dort einen solchen Stil, daß man nur den Mund aufsperren kann. Aber darüber später, mündlich. Ljussja sagt zu mir: »Du bist ein Prophet!«

Ach, lieber Jakow Leontjewitsch, was soll mit mir im Herbst werden? Soll ich vielleicht eine Wahrsagerin aufsuchen?

Was macht »Minin«? Ich habe Assafjew in einem Brief eine kleine Ergänzung zu einem der Bilder geschickt. Arbeitet er?

Wir haben vor, hier am 27./28. VIII. über Tiflis und Wladikawkas (Ordschonikidse) abzureisen. Wenn Sie dazu kommen, mir hierher zu schreiben, werden Sie mir eine Freude machen. Ljussja läßt Ihrer ganzen Familie die wärmsten freundschaftlichsten Grüße ausrichten. Vergessen Sie uns nicht!

Aus Jelena Sergejewnas Tagebuch
1. September 1936

Heute sind wir mit dem Flugzeug aus dem Kaukasus nach Moskau zurückgekehrt. [...] Ich bin ganz krank. Ich werde nie mehr in ein Flugzeug steigen. M. A. bekam der Flug ausgezeichnet. Er hat sich mit Appetit an den Pastetchen und dem Obst gütlich getan.

Gortschakow hat uns die letzten Tage in Sinop verdorben. Er wollte M. A. überreden, zwei oder gar drei neue Bilder zu »Molière« zu schreiben. M. A. weigerte sich: »Ich ändere kein Komma mehr.« Dann kam das Gespräch auf die »Lustigen Weiber«, die M. A. zu übersetzen angefangen hat. [...] »Da müssen ein paar Schlüpfrigkeiten hinein! ... Sie sind zu prüde, verehrter Meister ... Hi-hi-hi ...« Am nächsten Tag sagte M. A. Gortschakow, daß er von der Übersetzung und überhaupt von der Arbeit an den »Lustigen Weibern« Abstand nehmen werde. Gortschakow spuckte Gift und Galle. Gespräch mit Markow. Dieser sagte, das Theater könne die Übersetzung vor den Übergriffen Gortschakows schützen. »Alles Schwindel! Das Theater kann mich vor gar nichts schützen.«

M. A. gab die Arbeit auf. Wir reisten nach Tiflis. Wir fuhren mit einem Auto über die Georgische Heerstraße nach Wladikawkas, wo M. A. es einmal so schwer gehabt hatte, und kehrten nach Moskau zurück.

9. September 1936

Was kann M. A. unternehmen? [. . .] Im Künstlertheater will er kündigen. Nach dem Untergang von »Molière« fühlt sich M. A. dort nicht mehr wohl. »Der Friedhof meiner Stücke!«

14. September 1936

In einem Gespräch erwähnte M. A., daß er sich vielleicht vom Künstlertheater trennen wird. Samossud*: »Sie können bei uns jede Stelle haben. Vielleicht als Tenor?« Um halb drei rief Jakow L.* an. Er spielt irgendwo Billard mit Mutnych. Grüße.

15. September 1936. Moskau
An Michail Arkadjew (Moskauer Künstlertheater)

Lieber Michail Pawlowitsch!

Nachdem ich die mit Ihnen besprochene Frage gründlich durchdacht hatte, kam ich zu der festen Überzeugung, daß ich mich angesichts der bedrückenden Situation, die durch die Katastrophe mit meinen Stücken entstanden ist, nicht mehr in der Lage sehe, meine Arbeit am Künstlertheater fortzusetzen, es fällt mir einfach schwer, mich in diesem Hause aufzuhalten.

Gestern habe ich auch meine Bedenken bezüglich der »Lustigen Weiber« geprüft und gesehen, daß ich mich nicht überwinden kann. Ich werde diese Übersetzung nicht machen. Deshalb bitte ich Sie, die offizielle Auflösung meines Vertrages zu veranlassen und die beiliegende Kündigung meines Arbeitsverhältnisses mit dem Moskauer Künstlertheater entgegenzunehmen.

Aus Jelena Sergejewnas Tagebuch
15. September 1936

Heute vormittag setzte M. A. einen Brief an Arkadjew auf, in dem er kündigt und auch die Bearbeitung der »Lustigen Weiber« zurückgibt. [. . .]

Wir trafen Rafalowitsch. Er war sprachlos, als M. A. ihm sagte, er habe gekündigt. M. A. sagte mir, daß er diesen Brief an das Künstlertheater »sogar mit einer Art Wollust« geschrieben habe.

Jetzt bleibt zu entscheiden, wie man sich gegenüber dem Bolschoj verhält. M. A. sagt, daß er unmöglich in einem luftleeren Raum leben kann, daß er eine Umwelt braucht, am liebsten die Theaterwelt. Und daß im Bolschoj die Musik für ihn ein wichtiger Faktor ist.

1. Oktober 1936

Die Verträge mit dem Bolschoj und für ein Libretto, »Das Schwarze Meer«, sind unterzeichnet.

2. Oktober 1936. Moskau
An Wikentij Weressajew

[. . .] Ich hoffe, Sie fühlen sich wohl und haben sich im Sommer gut erholt.

Mir ist es gelungen, einen Monat am Schwarzen Meer zu verbringen. Bedauerlicherweise bekam diese Reise Jelena Sergejewna, die mich begleitete, nicht so gut. Sie hat im Süden eine Infektion aufgeschnappt und kränkelt nun seit einem ganzen Monat. Jetzt geht es ihr besser, und ich beginne, mich langsam in dem Chaos zu orientieren, das nach dem vernichtenden Angriff auf mein Wirken für das Theater entstand. Im Künstlertheater habe ich gekündigt. Es fällt mir schwer, dort zu arbeiten, wo mein »Molière« zu Grabe getragen wurde. Ich bin ebenfalls von dem Übersetzungsvertrag für die »Lustigen Weiber« zurückgetreten. Ich bekomme Beklemmungen unter dem Dach des Künstlertheaters. Man hat dort genug Hokuspokus mit mir getrieben.

Von nun an werde ich mich mit Opernlibretti befassen. Warum auch nicht? Wenn Libretto, dann eben Libretto!

Diesem Brief lege ich die Bescheinigung des Kiewer Theaters bei, daß die Steuer von Ihren Einnahmen bereits abgezogen wurde. Friede sei mit Puschkin, Friede sei mit uns! Ich werde seinen Frieden nicht stören, und er soll meinen ebensowenig stören!

Der Briefwechsel Tschechows mit Knipper* hat sich gefunden. Ich werde diesen Band zusammen mit Ihren anderen Büchern und dem Geld, das ich Ihnen schuldig bin, vorbeibringen, sobald Jelena Sergejewna wieder auf den Beinen ist. Sie wird unsere Finanzen wieder in Ordnung bringen, denn die »Lustigen Weiber« hängen jetzt wie ein Mühlstein an unserm Hals. Wir sind laut Vertrag verpflichtet, den Vorschuß zurückzuerstatten. Ich umarme Sie und wünsche Ihnen fruchtbare Arbeit. [. . .]

Aus Jelena Sergejewnas Tagebuch
5. Oktober 1936

Heute jährt sich zum zehnten Mal die Première der »Turbins«. Sie fand am 5. Oktober 1926 statt. M. A. ist sehr bedrückt. Man braucht es nicht extra zu erwähnen, daß das Theater diesen Tag in keiner Weise hervorgehoben hat.

5. Oktober 1936. Moskau
An Jakow Leontjew (Bolschoj Theater)

Herzlichen Dank Ihnen, lieber Jakow Leontjewitsch, für Ihren freundlichen und fürsorglichen Brief.

Beide Verträge wurden am 25. September unterzeichnet, und ich habe bereits meine neue Tätigkeit begonnen. Wünschen wir uns, daß sie erfolgreich sein wird!

Moskau beschert mir, wie es sich gehört, allerlei Alltagsprobleme. Unter anderem erwarte ich mit Spannung den Besuch von Assafjew.

Über das Stadium, in dem sich seine Arbeit befindet, bin ich nicht unterrichtet. Nach Dmitrijews Bericht erholt er sich jetzt von einer Krankheit.

Das Künstlertheater hüllt sich in geheimnisvolles Schweigen, das allerdings von einem flüchtigen Gespräch mit der Rechtsabteilung über die Rückzahlung von fünftausend Rubeln für die »Lustigen Weiber« unterbrochen wurde. »Mit größtem Vergnügen«, antwortete ich, »verrechnen Sie den Betrag mit meinen Tantiemen.«

Das Schwesterchen, unsere Gevatterin und Wohltäterin, die gerade noch am Telefon in zärtlicher Liebe zerflossen war, bellte plötzlich, als sie über das Bolschoj hörte, ein so furchterregendes »Wie?!!«, daß Ljussja zusammenzuckte. Ich schließe daraus, daß das Bolschoj ihnen mißfällt.

Ansonsten mögen sie in der Lethe versinken. Geschieht ihnen recht!

Ich bin nur nicht sicher, ob sie, während sie versinken, noch etwas Widerwärtiges anstellen oder lautlos untergehen. Wahrscheinlich geschieht ordnungshalber ersteres.

Heute ist für mich ein Festtag. Genau vor zehn Jahren fand die Première der »Turbins« statt. Ein Dezennium. Ich sitze vor meinem Tintenfaß und warte darauf, daß die Tür aufgeht und eine Delegation von Stanislawskij und Nemirowitsch mit Dankschreiben und einer Ehrengabe von großem Wert erscheint. In dem Dankschreiben werden alle meine verteufelten oder ermordeten Stücke aufgezählt und alle Freuden aufgelistet, die sie, Stanislawskij und Nemirowitsch, mir im Künstlertheater beschert haben. Das wertvolle Geschenk wird in einem großen Kochtopf, hergestellt aus einem Edelmetall, zum Beispiel Kupfer, bestehen, gefüllt mit jenem Blut, das sie mir im Laufe dieser Jahre ausgesogen haben.

Kommen Sie, eilen Sie, mein lieber Freund, ich werde Ihnen das alles zeigen!

Gute Besserung!

5. Oktober 1936. Moskau
An Pawel Popow

Ich grüße Dich, Pawel! Ich setze die angenehme Unterhaltung fort, die damals am Telefon ihren Anfang genommen hat. Du hättest mich wenigstens anrufen können! Bei mir ging alles drunter und drüber. Es gab Qualen und Überlegungen, die schließlich damit endeten, daß ich im Künstlertheater kündigte und von dem Vertrag für die »Lustigen Weiber« zurücktrat.

Es reicht! Alles muß ein Ende haben.

Ruf' mich an, Pawel! Wir wollen uns verabreden, Du mußt kommen. Ich vermisse Dich. Jelena Sergejewna war lange krank. Jetzt erholt sie sich.

Laß Deine Diener aus dem Weinkeller eine Flasche Veuve Cliquot holen und leere sie auf das Wohl der »Tage der Turbins«. Heute feiert das Stück seinen zehnten Geburtstag. Ich ziehe vor der Greisin mein speckiges Schriftstellerkäppchen, meine Ehefrau bringt mir ihre Glückwünsche dar, und das ist unsere ganze Jubiläumsfeier. [. . .]

Aus Jelena Sergejewnas Tagebuch
14. Oktober 1936

Ein Gespräch. Es war ein trauriges und schreckliches Gespräch. Zwischen den Zeilen hat M. A. natürlich gesagt, daß er in seinem Vaterland keine Möglichkeit hat, zu arbeiten, daß alles, was er schreibt, verboten wird. Stawskij* sagte, daß irgend jemand irgendwo nach dem Werk von M. A. verlangt. Alles, was er sagt, waren Winkelzüge, Ausflüchte und Spitzfindigkeiten.

17. Oktober 1936. Aus Leningrad nach Moskau
Von Boris Assafjew

Gestern, am sechzehnten, unsere Oper abgeschlossen. Grüße. Assafjew.

3./4. November 1936. Moskau
An Jelena Sergejewna

Myssja! Noch nie habe ich so etwas Wunderbares gegessen! Ich danke Dir für das herrliche Abendbrot!

Dein Dich liebender . . .

In der Nacht vom 3. auf den 4. November 1936

Aus Jelena Sergejewnas Tagebuch
13. November 1936

Ich brachte M. A. in die Spasso-Peskowskaja zum Empfang bei Bullitt.

17. November 1936

Empfang beim Militärattaché Faymonville in der amerikanischen Botschaft. Zwei Filme. [. . .] Danach [. . .] kam Kerschenzew auf M. A. zu und sagte, daß er bezüglich des »Schwarzen Meers« seine Zweifel habe. Ach, wie ermüdend ist das alles!

18. November 1936

Ich bin glücklich, daß dieses ekelhafte Scheusal Litowskij seine Strafe ereilt hat!

19. November 1936

Gestern abend spielte M. A. Schach mit Topi*. Jakow Leontjewitsch rief an und sagte, Kerschenzew habe in der Regierungsloge von »Minin« erzählt, mit positivem Ergebnis. Wahrscheinlich war es ein Gespräch mit Jossif Wissarionowitsch. Unter anderem fiel mir ein, daß bald nach der Absetzung des »Molière« Jakow Leontjewitsch, der es von seinem Freund Mogilnyj gehört hatte, uns erzählte, Stalin hätte gesagt: »Wieso haben sie schon wieder ein Bulgakow-Stück abgesetzt? Schade, ein begabter Autor!« Sehr gut möglich. Anders lassen sich all diese Gespräche und Wiederaufnahme-Projekte kaum erklären.

22. November 1936

Wir bekommen täglich Massagen. Das hilft unseren Nerven. Unterhalten uns über unser grauenhaftes Leben und lesen Zeitungen.

25. November 1936

Der Sowjet-Kongreß eröffnet. Gegen halb sechs nachmittags ein Dröhnen aus dem Radio in der Wohnung unter uns: Ovationen bei der Nennung von Stalins Namen. Am Anfang seiner Rede neue Ovationen.

26. November 1936

Abends: Ilf mit Frau, Petrow mit Frau und die Jermolinskijs. [. . .] Ilf und Petrow sind nicht nur ausgezeichnete Schriftsteller, sie sind auch ausgezeichnete Menschen. Anständig, großzügig, als Schriftsteller – und bestimmt auch als Menschen –, ehrlich, gescheit und witzig.

28. November 1936

Beim Mittagessen ein Anruf von Jakow Leontjewitsch. Er sagte, daß die Direktion M. A. und Melik* nach Leningrad zu »Minin« schicken will. M. A. auf ausdrücklichen Wunsch von Assafjew. Sie reisten heute noch mit dem »Roten Pfeil« ab. Meine erste Trennung von M. A. (seit 1932).

29. November 1936

Ich schickte M. A. ein Telegramm. Er rief um zwei Uhr nachts an, sagte, die Musik sei gut, es gebe sehr starke Stellen. Die Reise sei unangenehm gewesen, das Wetter scheußlich, die Stadt gefalle ihm dieses Mal nicht.

1. Dezember 1936

Er ist wieder da! [. . .] M. A. brachte aus Leningrad für Sergej ein Geschenk mit, komische Masken, die er selbst aufsetzt.

9. Dezember 1936. Aus Paris nach Moskau
Von seinem Bruder Nikolaj

Lieber Michail!

Nach einer langen Phase des Stillstands und Abwartens erhebt sich wieder die Frage nach der Aufführung von »Sojkas Wohnung« in der französischen Fassung. Es geht darum, daß der Theaterdirektor vom »Vieux Colombier« sie im Januar kommenden Jahres spielen möchte. [. . .]

Jewgenij Iwanowitsch* klagt über sein Herz. Ich behandle und besuche ihn: Er und seine Frau lassen Dich grüßen.

Aus Jelena Sergejewnas Tagebuch
22. Dezember 1936

Anruf aus der »Literaturnaja Gaseta«. Sie bitten M. A., ein paar Worte über die Versenkung der »Komsomol« zu schreiben.

23. Dezember 1936. Moskau
An die Redaktion der *Literaturnaja Gaseta*

Ich bin erschüttert über die Nachricht von der Versenkung des sowjetischen Handelsschiffes »Komsomol«. Aber alle Worte der Entrüstung reichen meiner Meinung nach in diesem Falle nicht aus. Und ich schließe mich jenen Stimmen an, die für die notwendige Entsendung eines Geschwaders in die spanischen Gewässer plädieren.

Die sowjetischen Kriegsschiffe werden in der Lage sein, nicht nur die Handelsschiffe zu begleiten und die Achtung vor der sowjetischen Flagge zu erzwingen, sondern im äußersten Falle auch daran zu erinnern, wie tief und gefahrvoll die Gewässer sind, in denen die Kriegstreiber schwimmen.

M. Bulgakow (Schriftsteller)

Aus Jelena Sergejewnas Tagebuch
1. Januar 1937

Das Neue Jahr haben wir zu Hause verbracht. Schenitschka war da. Wir zündeten die Kerzen am Tannenbaum an. Geschenke, Überraschungen, große Luftballons, Maskenspiele.

Die Kinder und M. A. zerschlugen mit lautem Krach einige

Tassen mit der Aufschrift: »1936«, die zu diesem Zweck gekauft und bemalt worden waren. [. . .]

Gebe Gott, daß das Jahr 1937 glücklicher werde als das vergangene.

3. Januar 1937. Aus Moskau nach Paris
An seinen Bruder Nikolaj

Lieber Kolja!

Die Antwort auf Deinen Brief vom 9. Dezember 1936 kommt mit Verspätung, weil unser Sergej krank ist – er hat Scharlach. Als erstes bitte ich Dich nachdrücklich, persönlich den französischen Text von »Sojkas Wohnung« zu prüfen und mich wissen zu lassen, ob darin keine Entstellungen und eigenmächtigen Eingriffe zu finden sind und ob auch nichts Derartiges von der Regie zugelassen wird, nichts, was einen antisowjetischen Charakter trägt und deshalb für mich als Staatsbürger der UdSSR unannehmbar ist und folgenreich sein kann. Das ist die Hauptsache.

Und jetzt zweitens: Sollte das Stück in Paris gespielt werden, so wäre ich nicht dafür, daß alle möglichen Personen mein Honorar in ihre Taschen stecken. [. . .]

Ich hoffe, daß meine Briefe an Dich und Bloch helfen, das Honorar zu schützen, und daß sie alle Versuche vereiteln, es nach Deutschland zu transferieren.

Man spricht davon, daß das Künstlertheater nach Paris reisen soll, aber ob das wirklich geschieht, weiß ich nicht. Seit Herbst gehöre ich dem Künstlertheater nicht mehr an. Ich habe gekündigt, weil es über meine Kräfte ging, dort nach dem Untergang meines »Molière« weiterzuarbeiten. Jetzt habe ich eine feste Stelle am Bolschoj (Oper) und schreibe dort Libretti.

Sergejs Scharlach klingt ab. Ich hoffe, es bleiben keine Nachwirkungen, und es geht ihm bald besser. In den nächsten Tagen schreibe ich Dir noch einmal.

9. Januar 1937. Aus Moskau nach Leningrad
An Boris Assafjew

Lieber Boris Wladimirowitsch!

Nehmen Sie es mir nicht übel, daß ich bis jetzt nicht geschrieben habe. Ich habe nicht geschrieben, weil ich wirklich nicht wußte, was ich schreiben sollte.

Nun sitze ich da und versehe »Minin« mit noch einem neuen Bild und den verlangten Korrekturen.

Ich habe es schwer, mir geht es schlecht. Der unabweisbare Gedanke an die verlorene literarische Existenz, an die hoffnungslose Zukunft zieht andere schwarze Gedanken nach sich. Was kann ich Ihnen sonst noch in einem Brief schreiben? Was? Ich halte viel von Ihrer Arbeit und wünsche Ihnen von Herzen das, was in mir bereits versiegt – Kraft.

29. Januar 1937. Moskau
An Pawel Popow

Lieber Pawel!

Laß' mich wissen, wann man Dich besuchen kann. Du fehlst mir. Ruf' mich an, und wir machen aus, wann wir uns sehen, sei es bei mir, sei es bei Dir.

Bei uns ist es still, traurig und ausweglos nach dem Verscheiden von »Molière«.

Aus Jelena Sergejewnas Tagebuch
7. Februar 1937

M. A. schreibt einen Roman aus dem Theatermilieu. Schon 1929, als ich im Sommer in Jessentuki war, schrieb mir M. A., daß mich ein Geschenk erwarte . . . Als ich zurückkam, zeigte er mir ein Heft, den Anfang eines Romans in Briefen, und sagte, das sei das angekündigte Geschenk. Er würde diesen Theaterroman schreiben.

Jetzt also kam dieses Heft wieder ans Licht und M. A. schreibt mit Begeisterung.

Es ist schon sehr viel da. [. . .] Wilde Begeisterung meinerseits! Ich warte gierig auf jede neue Zeile.

12. Februar 1937

Der wunde Punkt von M. A.: »Ich bin ein Gefangener . . . Man läßt mich nicht heraus . . . Ich werde nie die Welt sehen . . .« [. . .] M. A. ist in einem schrecklichen Zustand. Zu Hause werde ich nicht gespielt und im Ausland bestohlen.

18. Februar 1937

Ein Anruf von Alexandrow mit der Nachricht, daß Ordschonikidse einem Herzschlag erlegen ist.* Alle sind erschüttert.

11. März 1937. Moskau
Von Wassilij Sachnowskij (Moskauer Künstlertheater)

Erfuhr von Jossif (ich spreche von Jossif Rajewskij), daß unter einer gewissen Feder ein gewisser Roman entsteht, der einem mich interessierenden Theater gewidmet ist. Auf der Straße an Jossifs Seite von Herzen gelacht. Recht so!

Aus Jelena Sergejewnas Tagebuch
18. März 1937

In rasender Anspannung beendete M. A. »Das Schwarze Meer«.

21. März 1937

Mittags ein Anruf von Mutnych. Er möchte sich über »Minin« unterhalten. [. . .] M. A. erzählte, daß Samjatin in Paris gestorben sein soll.

24. März 1937. Aus Moskau nach Leningrad
An Boris Assafjew

Beide Bilder sind beim Theater.

Eines davon, und zwar »Kostroma«, hat Melik am 21. bei mir gespielt. Ich umarme und grüße Sie, eine glänzende Komposition! Das wunderbare Finale – ich grüße Euch, Bürger von Kostroma, Ihr Ruhmreichen!!

Sie sollen wissen, daß ungeachtet aller Bürden, mit denen ich für meine literarische Existenz bezahlen muß, ungeachtet der Erschöpfung und Finsternis – ich unentwegt »Minins« Schicksal im Bewußtsein habe und nichts unversucht lassen werde, um der Oper auf die Bühne zu verhelfen.

24. März 1937. Moskau
An Pawel Popow

Ich habe Dir bisher nicht geschrieben, weil wir die ganze Zeit rasend viel zu tun hatten und unter den schwierigsten und unangenehmsten Bedingungen lebten. Man hat mir oft gesagt, das Jahr

1936 sei für mich deshalb so schwierig gewesen, weil es ein Schaltjahr war – es gebe so eine Regel. Ich kann Dir versichern, daß diese Regel ein Schwindel ist. Denn jetzt sehe ich, daß für mein Teil das Jahr 1937 seinem Vorgänger in nichts nachsteht.

Unter anderem muß ich am 2. April vor Gericht. Die Geschäftemacher aus dem Theater in Charkow unternehmen den Versuch, mir Geld abzuknöpfen, indem sie den Unglücksfall »Puschkin« ausschlachten. Ich kann jetzt dieses Wort – Puschkin – nicht mehr hören, ohne zu schaudern und verfluche mich stündlich, daß ich auf den unseligen Gedanken kam, ein Stück über ihn zu schreiben. Einige Wohlmeinende verfielen auf eine ziemlich seltsame Art, mich zu trösten. Ich habe inzwischen mehr als einmal die verdächtig salbungsvolle Stimme gehört: »Das macht nichts. Nach Ihrem Tod wird das alles veröffentlicht!« Ich bin ihnen sehr dankbar, versteht sich.

Ich möchte eine Pause einlegen. Jelena Sergejewna und ich bitten Anna Iljinitschna und Dich, am 28. um 10 Uhr abends bei uns Tee zu trinken. Ich bitte um ein paar Worte oder einen Anruf, ob es Euch paßt.

Aus Jelena Sergejewnas Tagebuch

28. März 1937

Ich stelle fest: Wir sind völlig allein und unsere Lage ist schrecklich.

30. März 1937

Gespräche mit M. A. darüber, was uns zu tun bleibt. [. . .] Ach ja, ich habe vergessen, es aufzuschreiben! Man erzählt, daß Meyerhold vor der Versammlung des Aktivs der Kunstschaffenden reuig seine Sünden gebeichtet habe. Es muß so schmählich gewesen sein, daß sie zunächst glaubten, er treibe seinen Spott mit ihnen. Dieser erstaunliche Giftmolch!

1. April 1937

Einladung in die amerikanische Botschaft zu einem Maskenball. Die Tochter des Botschafters lädt ein. Abends ein Anruf von Mrs. Kennan für M. A. Ich fragte sie nach der Kleidung. – Natürlich Frack? – Sie antwortete mit starkem Akzent (wir sprachen russisch) – O nein, ich denke, Smoking geht auch. – Und wo ist der Smoking? Wo sind die Lackschuhe? Die passenden Kragen? Ich werde nicht hingehen können, das ist klar. Aber wahrscheinlich wird es auch für Mischa peinlich sein – einfach im Anzug.

4. April. Moskau
An Wikentij Weressajew

Ich teile Ihnen mit, daß wir den Prozeß beim Stadtgericht gewonnen haben, dem Theater des Russischen Dramas in Charkow steht ein rechtmäßiger Anspruch nicht zu. [. . .]

Der Kläger aus Charkow war bei der Verhandlung nicht anwesend, zu meinem größten Bedauern. Ich hätte zu gern einen von denen in Augenschein genommen, die diesen Prozeß angezettelt haben. Was für Menschen! [. . .]

Das war alles: Ich hoffe, wir werden nie mehr damit zu tun haben. Ich bin sehr erschöpft und nachdenklich. Meine letzten Versuche, etwas für die Bühne zu schreiben, waren die reinste Don Quichotterie meinerseits. Und die möchte ich nicht noch einmal wiederholen . . . An der Front der Schauspielhäuser werde ich nicht mehr zu finden sein. Meine Erfahrung reicht mir, ich habe viel zu viel erlebt . . .

Aus Jelena Sergejewnas Tagebuch
4. April 1937

In den Zeitungen die Nachricht, daß Jagoda seines Postens enthoben wurde und daß ein Ermittlungsverfahren gegen ihn eingeleitet wird wegen Verbrechen im Sinne des Strafgesetzbuches. [. . .]

Kirschon ist bei der Präsidentenwahl des Moskauer Schriftstellerverbandes durchgefallen. Die Vorstellung ist wohltuend, daß es immer noch eine Nemesis gibt, auch für solche Typen wie Kirschon!

7. April 1937

Anruf aus dem ZK. Angarow wünscht Mischa zu sprechen. Er fuhr hin. Das Gespräch dauerte, wie er erzählte, lang und war bedrückend in seiner restlosen Aussichtslosigkeit. Mischa erzählte, was mit »Puschkin« geschehen war, und Angarow antwortete in einem Sinne, der erkennen ließ, daß er Mischa auf den rechten Weg bringen möchte. Unter anderem fragte er im Zusammenhang mit

»Minin«: »Warum mögen Sie das russische Volk nicht?« und wiederholte immer wieder, daß die Polen nach dem Libretto zu gut wegkommen.

Das Wichtigste wurde nicht ausgesprochen: [. . .] Mischa muß etwas sagen und wahrscheinlich an das ZK schreiben oder sonst etwas unternehmen. Mischa hält seine Situation für aussichtslos. Sie haben ihn erwürgt und wollen ihn zwingen, so zu schreiben, wie er niemals schreiben wird.

10. April 1937

Mischa wird niemals Europa sehen.

14. April 1937

Eine schlimme Nachricht: Ilf ist tot. Er hatte Tuberkulose im fortgeschrittenen Stadium.

15. April 1937

Anruf aus dem Hause des Sowjetischen Schriftstellers. – Mischa muß Ehrenwache am Sarg halten.

19. April 1937

M. A. bekam Besuch von der Frau des Dichters Mandelstam. Er lebt schon seit über zwei Jahren in der Verbannung in Woronesch. Sie lebt unter sehr schweren Bedingungen, ohne Arbeit.

20. April 1937

Im Bolschoj ein atemberaubendes Ereignis – Mutnych ist verhaftet.

21. April 1937

Das Gerücht, daß mit Kirschon und mit Afinogenow irgend etwas nicht stimmt. Es heißt, Awerbach sei verhaftet. Ist es denn möglich, daß die Nemesis auch Kirschon ereilt?

22. April 1937

Markow [. . .] hat Mischa unablässig bestürmt, damit er ihm im Roman* die ihn betreffende Stelle zeigt – er hatte sich zur Lesung verspätet. Markow erzählte, daß in der Loge (wahrscheinlich während der »Anna Karenina«) eine Unterhaltung über das Gastspiel in Paris* stattgefunden habe und daß Stalin angeblich dafür war, die »Turbins« nach Paris mitzunehmen, Molotow aber dagegen.

23. April 1937

Ja, die Stunde der Vergeltung hat geschlagen. In der Presse sehr Schlechtes über Kirschon und Afinogenow.

25. April 1937

Wir waren im Bolschoj. Auf dem Heimweg [. . .] begegneten wir Walentin Katajew. Natürlich Gespräch über Kirschon. Es gibt das Gerücht, daß Krjutschkow, Gorkijs Sekretär, verhaftet ist. Ich weiß nicht, was Krjutschkow angestellt hat, aber die »Wetschernjaja Moskwa« nennt ihn heute einen schmutzigen Geschäftemacher.

27. April 1937

Olescha möchte Schritt halten. Er redete Mischa zu, an der Versammlung der Theaterschaffenden Moskaus, die heute eröffnet wird, teilzunehmen. Dort soll eine Abrechnung mit Kirschon stattfinden. Er redete M. A. zu, das Wort zu ergreifen und zu sagen, daß Kirschon die Hetzjagd auf M. A. angeführt habe. Das trifft an und für sich zu, aber natürlich fällt es M. A. nicht im Traum ein, damit aufzutreten.

28. April 1937

Mischa ist seit einigen Tagen so niedergeschlagen, daß es mich fast umbringt. Ich weiß ja selbst, daß unsere Zukunft undurchdringlich düster ist.

30. April 1937

Schönes, sonniges Wetter. Wir machten eine Fahrt mit der Uferbahn die Moskwa entlang. Sehr entspannend.

2. Mai 1937

Tagsüber sortierte M. A. alte Zeitungen in seiner Bibliothek. [. . .] Heute faßte Mischa den festen Entschluß, einen Brief über sein Schriftstellerschicksal zu schreiben. Meiner Meinung nach ist das völlig richtig. So weiterzuleben ist unmöglich. Die ganze letzte Zeit habe ich zu M. A. gesagt, seine Gegenwehr bestehe darin, daß er sich selbst auffrißt.

6. Mai 1937

Seit einigen Tagen arbeitet M. A. an einem Brief an die Regierung.

7. Mai 1937

Heute in der »Prawda« ein Artikel von P. Markow über das Moskauer Künstlertheater. Er erwähnt mit keiner Silbe die »Turbins«, und in der Liste der sowjetischen Theaterschriftsteller, die im Künstlertheater gespielt werden, fehlt der Name »Bulgakow«.

9. Mai 1937

Abends das Ehepaar Wiljams und Schebalin. M. A. las die ersten Kapitel (in Auszügen) seines Romans von Christus und dem Teufel. (Er hat noch keinen richtigen Titel, aber ich nenne ihn so.)

10. Mai 1937. Aus Moskau nach Leningrad
An Boris Assafjew

Lieber Boris Wladimirowitsch,

ich diktiere, weil mir das Arbeiten auf diese Weise leichter fällt. Schon seit einem ganzen Monat leide ich an nervöser Erschöpfung. Dies allein ist der Grund für meine verzögerte Antwort auf Ihren letzten Brief. Tag für Tag verschob ich diesen und auch andere Antwortbriefe. Ich hatte keine Kraft, mich an den Schreibtisch zu setzen. Ein Telegramm wäre sinnlos gewesen, denn was kann man schon telegraphieren!? Sie wissen aus eigener Erfahrung, wie einem zumute ist, wenn man so abgewrackt ist, und werden es mir nicht übel nehmen.

Am Horizont tauchte ein neuer Faktor auf, nämlich »Iwan Sussanin«, von dem im Theater hartnäckig geredet wird. Sollte er sich durchsetzen – man muß der Wahrheit ins Auge sehen –, dann wird »Minin« natürlich nicht durchkommen. »Minin« ist jetzt beim Repertoire-Komitee. Kerschenzew hat gestern mit mir telefoniert, und dabei stellte sich heraus, daß er die endgültige Fassung des Librettos noch nicht gelesen hat. Gestern wurde ihm aus dem Bolschoj ein Exemplar geschickt. [. . .]

Kommen Sie, um mit Kerschenzew und Samossud zu sprechen. Sie werden natürlich bereits erfahren haben, daß Mutnych nicht mehr Direktor des Bolschoj ist und verhaftet wurde.

Aus Jelena Sergejewnas Tagebuch

12. Mai 1937

Abends zu Hause. M. A. sitzt über einem Brief an Stalin.

13. Mai 1937

Abends sitzt M. A. und korrigiert den Roman – von Anfang an.

14. Mai 1937

Ein hochinteressantes Gespräch. Dobranizkij geht nach folgendem Schema vor: Wir haben eine tiefe Schuld Ihnen gegenüber, aber es kam daher, daß bei uns an der Kulturfront Typen wie Kirschon, Litowskij und Konsorten gearbeitet haben. Jetzt sind wir dabei, sie auszumerzen und alles in Ordnung zu bringen, unter anderem Sie an die Theaterfront zurückzuberufen, denn Sie und wir (die Partei und der Theaterschriftsteller Bulgakow) haben gemeinsame Feinde und außerdem ein gemeinsames Thema – die »Heimat« usw., usw. M. A. sagt, er sei sehr gescheit, wendig und seine Reden sind, so meint M. A., »ein im Vergleich zu früher intelligenterer Versuch, ihn, wenn nicht zu einem agitatorischen, so doch wenigstens zu einem wehrertüchtigenden Theaterstück zu animieren.«

Die Persönlichkeit, die hinter ihm steht, nannte er nicht, und Mischa verzichtete darauf, danach zu fragen. Aber M. A. sagt, daß diese Persönlichkeit Angarow sein muß, kein anderer, wenn überhaupt jemand hinter ihm steht.

Unter anderem erzählte D., daß es darum geht, auch Erdman wieder zurückzuholen.

15. Mai 1937

Heute war Dmitrijew da. Er sagt: »Schreiben Sie ein agitatorisches Stück!« Mischa sagt: »Gestehen Sie, wer hat Sie geschickt?« Dmitrijew schüttelte sich vor Lachen. Ich freue mich immer, wenn er kommt.

16. Mai 1937

In den Zeitungen eine Notiz, daß Kirschon, Lerner, Sapaschkow und Gorodezkij wegen ihrer Tätigkeit in der Allunionsverwaltung zum Schutz der Autorenrechte vor Gericht gestellt werden. Das ist die Stelle, wo in der letzten Zeit Mischas und mein Blut getrunken wurde. [. . .]

Abends vor dem »Roten Pfeil«* kam Dmitrijew. Beim Abendbrot dröhnte er, man müsse sich nach oben wenden, aber zuerst den Anfang des Lehrbuchs für Geschichte druckreif vorliegen haben. [. . .] »Sich nach oben wenden. Wieso? Womit?« M. A. ist in einem schrecklichen Zustand. Wieder fürchtet er sich, allein über die Straßen zu gehen.

23. Mai 1937

M. A. trainiert das Alleingehen und läuft durch die Gassen, und Dobranizkij sitzt über »Puschkin«. »Sie werden sehen, ich weiche nicht von der Stelle. Für mich als Parteimitglied ist es Ehrensache, alles Menschenmögliche zu unternehmen, um den Fehler, den man Bulgakow gegenüber begangen hat, zu korrigieren.«

26. Mai 1937

Heute in der Zeitung – Parteiausschluß von Afinogenow.

4. Juni 1937

Abends das Ehepaar Dmitrijew und Anna Achmatowa. Sie las drei oder vier ihrer lyrischen Gedichte vor.

5. Juni 1937

Litowskij* gehört zu den gräßlichsten Reptilien, die ich im Zusammenhang mit Mischas literarischer Existenz kennengelernt habe. [. . .]

Dobranizkij hat ein unheimliches Interesse an Mischa.

6. Juni 1937

Morgens holte ich die Zeitungen, blätterte die »Prawda« durch, stürzte zu Mischa und weckte ihn. Erschütternde Nachricht – Arkadjew ist aus dem Künstlertheater entlassen.

10. Juni 1937

Dobranizkij war da, er brachte M. A. Bücher über den Bürgerkrieg. Fragte M. A. nach seinen Überzeugungen aus und agitierte unverhohlen. Das ist für uns ein Rätsel – wer ist er?

11. Juni 1937

Betriebsversammlung nach der Probe. In der Resolution verlangten sie das höchste Strafmaß für die Verräter.*

12. Juni 1937

Die »Prawda« schreibt, daß Tuchatschewskij und alle anderen zum Tod durch Erschießen verurteilt sind.

15. Juni 1937

M. A. arbeitet im Augenblick an dem Material zu einem Libretto, »Peter der Große«.

24. Juni 1937. Moskau
Von Wassilij Kusa (Wachtangow-Theater)

. . . »Don Quijote«. Diese Idee lockt uns nicht weniger als »Nana« . . . Im Gespräch mit mir hatten Sie gesagt, das sei sehr schwierig . . . Überlegen Sie sich das ganz genau. Wir würden umgehend einen Vertrag mit Ihnen abschließen und Ihnen für die

Bearbeitung des »Don Quijote« eine Frist von anderthalb bis zwei Jahren einräumen . . .

Aus Jelena Sergejewnas Tagebuch
25. Juni 1937

Ich und M. A. durchschauen ihn* schon längst, aber wir finden es interessant, was er alles anstellt. Er holte weit aus und führte Reden, die uns klarmachten, daß er den Auftrag hat, uns eine Drohung zu übermitteln – die »Turbins« werden abgesetzt, falls M. A. sich weigert, ein agitatorisches Stück zu schreiben. M. A. erwiderte: »Macht nichts, dann werde ich den Kronleuchter verkaufen!«

Dann über »Puschkin«.

Er erkundigte sich eingehend, warum, unter welchen Umständen und durch wen dieses Stück abgesetzt wurde? Schon wieder »Puschkin«! Was soll das heißen?! Und dann über »Sojkas Wohnung« in Paris, wie und was? Wir sagten, daß wir schon lange nichts gehört hätten. Seine Unterhaltung ist ein Geflecht aus Lüge und Provokation.

M. A. ist mit dem Mond beschäftigt, betrachtet ihn durchs Fernrohr – für den Roman. Wir haben jetzt Vollmond.

8. Juli 1937

M. A. fuhr mit Serjoscha zum Fluß. Sie nahmen sich ein Paddelboot und sind beide begeistert.

13. Juli 1937

Heute bin ich kurz im Künstlertheater gewesen [. . .] und habe Olga gesehen. Sie sagte, Arkadjew sei verhaftet. Nun ist seine Karriere am Ende.

15. Juli 1937. Aus Moskau nach Paris
An seinen Bruder Nikolaj

Lieber Kolja!

Ich weiß überhaupt nicht, was los ist und bin in Sorge. Nach Deinem Telegramm, das ich am 7. IV. 37 erhielt: »Documents reçus attendez lettre Nicolas« keine weitere Nachricht aus Paris, weder von Dir noch von der Société. Ich weiß nichts von »Sojkas Wohnung« und nichts vom Honorar.

Dein Schweigen macht mich unruhig. Ich bitte Dich um eine Nachricht.

Einen Kuß

Dein Michail

17. Juli 1937. Aus Schitomir nach Moskau
An Jakow Leontjew und seine Familie

Liebe Freunde!

Hier ist es entzückend. Und nun, voll Freude über Sonne plus Akazien, Linden, himmlische Luft und der Hoffnung, unsere Erschöpfung auszukurieren, küssen Ljussja und ich Euch zärtlich und versprechen, auch über die Details zu berichten.

Aus Jelena Sergejewnas Tagebuch
14. August 1937

Heute aus Schitomir zurück. Praskowja überraschte uns mit der Nachricht, daß Sergej eine Blinddarmentzündung hat. [. . .] Praskowja erzählte, daß der Schriftsteller Klytschkow aus unserem Haus verhaftet wurde. Ich kenne keinen Klytschkow.

15. August 1937

Mischa sagte, in der Stadt kursieren Gerüchte von Verhaftungen unter den Schriftstellern. Satudin oder Satubin, Bruno Jassenskij, Iwan Katajew und noch jemand. Alle diese Namen sagen mir nichts.

16. August 1937

Ardow sagte, daß Buchow verhaftet ist. Dieser Buchow machte seinerzeit auf mich einen absolut widerwärtigen Eindruck.

17. August 1937

Bojarskij ist zum Direktor des Künstlertheaters ernannt worden.

18. August 1937

Mischa hörte, daß Adrian Piotrowskij in Leningrad verhaftet wurde.

20. August 1937

Kalter herbstlicher Dauerregen.

Nach telefonischer Anmeldung – Dobranizkij. Wie sich herausstellt, ist Angarow verhaftet. [. . .] Dobranizkij prophezeit hartnäckig, daß das Schicksal von M. A. sich in Zukunft zum Besseren wenden werde, und M. A. weigert sich mit der gleichen Hartnäckigkeit, daran zu glauben. Dobranizkij stellte ihm folgende Frage: »Bereuen Sie es, daß Sie bei Ihrer Unterhaltung im Jahre 1930 nicht gesagt haben, Sie möchten ausreisen?« M. A. antwortete: »Da muß ich Sie fragen, ob ich es bereuen soll oder nicht. Wenn Sie sagen, daß die Schriftsteller in der Fremde verstummen, dann kann es mir doch gleich sein, wo ich als Stummer leben muß – in der Heimat oder in der Fremde.«

30. August 1937

Nach den Worten Smirnows ist »Arossew schwer erkrankt und wird nicht wiederkommen«. Es ist klar, daß der ehemalige Vorsitzende der Unions-Gesellschaft für kulturelle Beziehungen mit dem Ausland, Arossew, verhaftet worden ist.

2. September 1937

In der Presse eine Notiz, daß der Vorsitzende des Ukrainischen Volkskomitees, Ljubtschenko, Selbstmord begangen hat.

5. September 1937

Mischa wurde erzählt, daß Abram Efros verhaftet worden ist. Wir wissen nichts Genaues [. . .], es gibt viele Gerüchte.

6. September 1937

. . . erzählte, daß Litowskij verhaftet wurde.* Ich weiß nicht, ob es stimmt. Wäre es doch wahr!

17. September 1937. Moskau

An Platon Kerschenzew (Bolschoj Theater)

Anbei ein Exemplar des Opernlibrettos »Peter der Große«, das ich geschrieben habe (gemäß der Absprache, nach der ich verpflichtet bin, für das Bolschoj ein Libretto pro Jahr zu schreiben), mit der Bitte, von dem Text Kenntnis zu nehmen.

Aus Jelena Sergejewnas Tagebuch

19. September 1937

Dmitrijew ist gekommen, aß bei uns zu Mittag. Er sagt, er habe in Leningrad Litowskij gesehen. Also trifft es nicht zu, daß er verhaftet worden ist, wie Smirnow erzählt hatte.

19. September. Moskau
Von Platon Kerschenzew

1. Es fehlt das Volk (sogar bei der Poltawa-Schlacht), man braucht zwei bis drei entsprechende Rollen (Bauer, Handwerker, Soldat usw.) und Massenszenen.

2. Schlecht erkennbar, von wem Peter gestützt wurde (Kaufmannsstand), und von wem bekämpft (ein Teil der Bojaren, Kirche).

3. Die Rolle seiner Gefolgsmänner verschwommen (besonders die Rolle Menschikows).

4. Nicht gezeigt, daß der neue Staat auf der Basis grausamer Ausbeutung des Volkes aufgebaut wurde (unbedingt die Formulierung von Genosse Stalin zugrundelegen).

5. Viele Bilder bleiben irgendwie offen, es fehlt dramatische Spannung. Mehr Schärfe, Konflikte, Tragik.

6. Der Schluß viel zu idyllisch – auch hier fehlt ein Lied des unterdrückten Volkes. Alles, was künftig an Staatsstreich und Wirren zu erwarten ist, muß sich hier deutlicher ankündigen. (Machtansprüche der regierenden Klassen und Gruppen.)

7. Es wäre nicht falsch, episodisch die Rolle des Auslands zu zeigen (Spionage, zum Beispiel der Versuch, Alexej für seine Zwecke zu mißbrauchen).

8. Deutlicher unterstreichen, daß Alexej und Kompanie für das Alte sind (an einzelnen Beispielen).

9. Die Vielseitigkeit der Leistung Peters muß eindringlicher gezeigt werden, seine ökonomische und zivilisatorische Leistung. (Bild 2 ist nur schematisch.)

10. Die Sprache ist zu stark modernisiert – sie muß mit dem Kolorit der historischen Epoche angereichert werden.

Das ist eine allererste Annäherung an das Thema. Es ist noch sehr viel Arbeit nötig.

Aus Jelena Sergejewnas Tagebuch
23. September 1937

Wir suchen qualvoll nach einem Ausweg: Ein Brief nach oben? Schluß machen mit dem Theater? Den Roman abschließen* und vorlegen? Wir können gar nichts tun, die Lage ist aussichtslos!

Tagsüber mit Sergej auf dem Fluß. Es ist wunderbares Wetter. Das tut den Nerven gut.

25. September 1937

Das Gerücht, Kirschon sei verhaftet. M. A. glaubt nicht daran.

27. September 1937

Eigenartiger Anruf von Smirnow – er erzählte, er habe sich über »Die Flucht« unterhalten und irgendwo verlangte man den Text. Wo? Er sagt, darüber könne er am Telephon nicht sprechen. Wir haben beschlossen, eine Kopie zu machen. Mischa und ich zerbrechen uns den Kopf, was das bedeuten mag.

28. September 1937

Olescha rief an, er wollte mit Mischa über seine krankhaften Zustände sprechen und ihn um Rat bitten. Seine Nerven sind angegriffen, und außerdem hat ihn ein großes Unglück getroffen. Er sagte nichts, aber ich weiß es aus Zeitungen und Erzählungen: Sein Stiefsohn hat sich aus dem Fenster gestürzt und ist seinen Verletzungen erlegen.

2. Oktober 1937. Aus Moskau nach Leningrad
An Boris Assafjew

Lieber Boris Wladimirowitsch!

Entschuldigen Sie die Schreibmaschine. Ich habe mich erkältet, liege im Bett, diktiere. Ich habe Ihnen bis jetzt nicht geschrieben, weil ich bis zum letzten Augenblick nicht gewußt habe, wie es eigentlich um meinen »Peter« steht. Dazu kam plötzlich eine Terminarbeit, die ich dazwischenschieben mußte und die mich die ganzen letzten Tage kostete. Ich fange mit dem Ende an: Mit meinem »Peter« ist es vorbei, das heißt, das Libretto liegt als Manuskript vor mir, aber niemand hat was davon, wie man so sagt.

Aber jetzt der Reihe nach. Sobald ich die Arbeit abgeschlossen hatte, schickte ich ein Exemplar an das Bolschoj und ein zweites an Kerschenzew, um die Sache zu beschleunigen. Kerschenzew schickte mir seine kritischen Bemerkungen in zehn Punkten. Zu letzteren läßt sich vor allem sagen, daß sie außerordentlich schwer zu befolgen sind und jedenfalls nicht weniger bedeuten, als daß die ganze Arbeit von Anfang an neu gemacht werden und ich von neuem in historischem Material untertauchen muß. [. . .]

Heute stehe ich an einem Scheideweg. Soll ich das Libretto ändern? Soll ich es nicht ändern? Soll ich etwas Neues anfangen, oder soll ich alles in die Ecke werfen? Wahrscheinlich wird die Not mich zwingen, das Libretto zu ändern, aber ob ich damit Erfolg haben werde – das kann ich nicht garantieren.

Ich lasse vieles gelten, was Paschajew*, der das Libretto gelesen hat, mir sagte. Es hat Mängel, insofern es sich um eine Oper handelt, aber die lassen sich ohne weiteres beheben, wie ich glaube. Alles hängt von Kerschenzews Punkten ab.

Und jetzt zum Komponisten. Das Theater hat mir gesagt, daß ich nur das Libretto liefern muß, die Wahl des Komponisten aber liegt beim Komitee und beim Theater. Mit aller Überzeugungskraft, deren ich fähig bin, habe ich zu bedenken gegeben, wie wünschenswert es wäre, wenn Sie die Oper komponierten. Das war alles, was ich tun konnte. Aber die endgültige Entscheidung liegt beim Komitee. [. . .]

Nun sitze ich da und suche nach einem Ausweg. Aber einen Ausweg gibt es offensichtlich nicht. Es geht nicht nur um »Peter den Großen«. In den letzten sechs Jahren habe ich sechzehn Titel in den verschiedensten Genres geschrieben und alle erlebten ein Fiasko. Eine solche Situation ist untragbar. Bei uns im Haus herrschen völlige Aussichtslosigkeit und Düsternis.

Aus Jelena Sergejewnas Tagebuch
3. Oktober 1937

M. A. und ich unterhalten uns die ganze Zeit über »Die Flucht«. Was bedeutet das? Eine politische Wende? Wozu braucht man das Stück? Es wird nichts daraus werden.

4. Oktober 1937. Moskau
Von Wikentij Weressajew

Lieber Michail Afanassjewitsch!

Vor anderthalb Jahren haben Sie sich von mir tausend Rubel geliehen, in der Hoffnung, sie noch im gleichen Herbst zurückzahlen zu können. Das war Ihnen nicht möglich, weil das Shakespeare-Projekt ins Wasser fiel.

Meine Verhältnisse haben sich jetzt entscheidend verschlechtert.

Meine Puschkin-Biographie ist verboten. Für meine alten Sachen soll es keine Neuauflagen geben. Belletristik schreibe ich nicht. Ich habe nun eine Übersetzung der »Ilias« und »Odyssee« übernommen. Das ist eine Arbeit für 6 bis 7 Jahre, und solange sie nicht abgeschlossen ist, kann ich nicht von ihr leben. Ich bitte Sie sehr, wenn es irgend möglich ist, den geliehenen Betrag zurückzuzahlen.

5. Oktober 1937. Moskau
An Wikentij Weressajew

Lieber Wikentij Wikentjewitsch!

Soeben erhielt ich Ihren Brief, und ich werde morgen (wenn es klappt, vielleicht auch heute noch) meine Schulden zurückzahlen.

Ich bitte Sie sehr, zu entschuldigen, daß ich mich so verspätet habe: Die ganze letzte Zeit hat bei mir nichts geklappt.

Ich bin außerordentlich betrübt über Ihre Nachricht wegen der Puschkin-Biographie und über alles andere. Ich weiß aus eigener Erfahrung, was solche Schicksalsschläge kosten. Ich habe kürzlich nachgerechnet: In den letzten sieben Jahren habe ich sechzehn Titel geschrieben, und sie sind alle untergegangen, außer einem, und dieser war ein bearbeiteter Gogol. Es wäre naiv zu glauben, daß es dem 17. oder 19. Stück anders ergehen wird.

Ich arbeite viel, aber es kommt nichts dabei heraus. Deshalb versinke ich in Apathie.

Ihr M. Bulgakow

Aus Jelena Sergejewnas Tagebuch
5. Oktober 1937

Man muß einen Brief nach oben schreiben. Aber das ist unheimlich.

6. Oktober 1937

Ein Gespräch über den Theaterschriftsteller Mikitenko, dessen Karriere, nach der Presse zu urteilen, ein jähes Ende genommen hat. Ein Fall wie Kirschon!

13. Oktober 1937

Laut Zeitung ist Bubnow seines Postens enthoben.

16. Oktober 1937

Lange Unterhaltung mit Kerschenzew über »Peter« und »Minin«. Ergebnis: Alles muß geändert werden.

21. Oktober 1937

Mein Geburtstag. Blumen von Mischa und Sergej.

23. Oktober 1937

In Mischa reift der Entschluß, im Bolschoj zu kündigen. Entsetzlich – diese Arbeit am Libretto. Den Roman durchkorrigieren (Teufel, Meister, Margarita) und vorlegen.

5. November 1937

Pilnjak verhaftet.

11. November 1937

Es stellt sich heraus, daß Dobranizkij verhaftet und Nina mit dem Kind zu den Trozkijs gezogen ist. [...] Abends ordnete Mischa Bücher, ich wischte Staub, überhaupt alles ganz »häuslich«.

12. November 1937

Abends arbeitete Mischa an dem Roman vom Meister und von der Margarita.

15. November 1937

Grischa* rief an. Er habe Sehnsucht nach uns, und ob er kommen dürfe. Er kam, aber er benahm sich außerordentlich seltsam. Mischa arbeitete in seinem Zimmer. Grischa saugte sich an den Bücherregalen fest, und es war unmöglich, ihn irgendwie fortzulocken. Dann, als M. A. telephonierte, ging er in sein Arbeitszimmer, trat vor den Sekretär, nahm ein Album, blätterte es durch, untersuchte aufmerksam den ganzen Sekretär und versuchte sogar, den Briefumschlag mit Fotos, der auf dem Schreibtisch lag, durchzusehen. Ein wahrer Bitkow*! Schade, an sich ist er begabt, witzig und intelligent.

24. November 1937

Anruf von Jakow Leontjewitsch. Er erzählte, daß der Generalsekretär sich heute »Neuland unterm Pflug«* angesehen und in einem Gespräch mit Kerschenzew gesagt hat: »Bulgakow hat doch ›Minin und Poscharskij‹ geschrieben ...« Jakow hat sich sehr gefreut, als Mischas Name fiel. Er ist wohlwollend – und rief an.

14. Dezember 1937

Kerschenzew wünschte, M. A. zu sehen, sagte, er habe einer hochgestellten Persönlichkeit über »Minin« berichtet und bat M. A., die erforderlichen Änderungen im Libretto vorzunehmen. Sagte, die Polen seien in Ordnung. (Letztes Mal sagte er, die Polen seien nicht in Ordnung.) [. . .]

Zu »Don Quijote« sagte er, man müsse es so machen, daß das moderne Spanien zu spüren sei (!).

15. Dezember 1937. Aus Leningrad nach Moskau
Von Boris Assafjew

[. . .] Freilich, ich kann mir denken, daß der Umgang mit mir für Sie nicht tunlich ist. Aber es handelt sich ja auch nicht um ein neues Libretto von Ihnen. Vielleicht sollte man »Minin« einfach vergessen und vernichten? Warum nicht? Ich bin dazu bereit. Ich hatte Sie gebeten, mir den Klavierauszug zurückzusckicken und Ihren Text von meiner Musik zu befreien. Dann bin ich ungebunden und Sie ebenfalls. [. . .]

Aus Jelena Sergejewnas Tagebuch
16. Dezember 1937

Ein Brief von Assafjew – ein einziger Aufschrei! [. . .] Man fühlt, daß dieser Mensch am Ende seiner Kraft ist.

17. Dezember 1937

In der »Prawda« ein Artikel von Kerschenzew »Fremdes Theater« über Meyerhold. Ein scharfer Angriff auf Meyerholds gesamte theatralische Entwicklung. Das Theater wird zweifelsohne geschlossen.

18. Dezember 1937. Aus Moskau nach Leningrad
An Boris Assafjew

[. . .] Ich erhielt Ihren Brief vom 15.: Er hat mich sehr befremdet. Ihre Vermutung, jemand habe mir empfohlen, mich von Ihnen zu distanzieren, ist völlig unbegründet. Niemand hat mir so etwas empfohlen, und wenn jemand auch auf die Idee gekommen wäre, mir so etwas zu empfehlen, so bin ich nun einmal ein Mensch, der gegebenenfalls in der Lage ist, sich nicht an die Empfehlungen zu halten! Und ich war mir sicher, daß Sie mich genügend kennen und wissen, daß ich anders bin als die anderen. Lassen Sie sich einen Vorwurf machen!

Und jetzt eine wichtige Nachricht über »Minin«. Am 14. Dezember wurde ich zu Kerschenzew bestellt, der mir mitteilte, daß er von der Arbeit am »Minin« berichtet habe und mich im gleichen Atemzug bat, umgehend die von ihm verlangten Änderungen am Libretto in Angriff zu nehmen. [. . .]

Ich weiß nicht, was »Minin« in weiterer Zukunft erwartet, aber heute habe ich den deutlichen Eindruck, daß er in Bewegung gerät. [. . .]

19. Dezember 1937. Aus Leningrad nach Moskau
Von Boris Assafjew

Ich weise den ersten zornigen Absatz Ihres Briefes kategorisch zurück. Natürlich hat Ihnen niemand *buchstäblich* etwas empfohlen, und natürlich hätten Sie bei einem Frontalangriff auf keinen gehört. Aber ich kenne Ihr neues Opernlibretto* nicht, und es ist durchaus möglich, daß es Ihnen peinlich war, es mir zu zeigen, obwohl Sie mir von Ihrer neuen Arbeit erzählt haben. Außerdem hat ein Leningrader Komponist mir seine Entwürfe zu der vom Bolschoj bei ihm in Auftrag gegebenen Oper gezeigt. Bitte fassen Sie das nicht als Vorwurf auf. Aber ich glaube, daß ich Bulgakow kenne und ihn zu schätzen weiß. Ich liebe ihn einfach. [. . .] Einen herzlichen Gruß! Bitte, nehmen Sie es mir nicht übel: Mit 53 Jahren um seine Anerkennung zu kämpfen, um das Recht, ein Komponist zu sein, und um das Recht, nicht nur Ballette, sondern auch Opern und Sinfonien zu komponieren – das ist keine angenehme Sache.

Eine Empfehlung an Ihre Gattin! Ich erwarte Ihre Nachricht. [. . .]

25. Dezember 1937. Aus Moskau nach Leningrad
An Boris Assafjew

[. . .] Am 21. Dezember schrieb ich Ihnen einen Brief, in dem ich Sie darauf aufmerksam machte, daß Sie unbedingt nach Moskau kommen müßten. Ich erwartete die einzig plausible Antwort – ein Telegramm mit Ihrem Abreise-Termin. Es ist nicht eingetroffen. Was bedeutet das?! Sind Sie sich über die extrem ernste Situation von »Minin« nicht im klaren? Ich bin verblüfft. Kann man denn solche Briefe umsonst schreiben?

Vorhin habe ich an Sie telegraphiert, Sie möchten sofort kommen. Es muß also etwas sehr Wichtiges vorliegen, wenn ich sie so dringend hierher rufe. Ich wiederhole: Kommen Sie unverzüglich nach Moskau.

Ich bitte zu bedenken, daß es mir in diesem Fall um Sie geht, und sich zu merken, daß ich Sie von der Dringlichkeit Ihres Herkommens unterrichtet habe. [. . .]

Aus Jelena Sergejewnas Tagebuch

31. Dezember 1937

Das Jahr geht zu Ende. Es hinterläßt einen bitteren Nachgeschmack.

1. Januar 1938

Mein schwarzes Abendkleid machte auf Olga einen überwältigenden Eindruck. Aber ich habe keine Gelegenheit mehr, es anzuziehen, ich werde es wohl verkaufen müssen.

8. Januar 1938

Heute entschied das Komitee: das Meyerhold-Theater wird geschlossen.

16. Januar 1938

Gestern erschien endlich Assafjew.

17. Januar 1938

Als wir über den Brjussowskij nach Hause gingen, kamen uns Meyerhold und die Reich entgegen, seine Frau. Dmitrijew ließ uns stehen und lief aus sie zu. Man denkt unwillkürlich: Was geschieht mit Meyerhold, nachdem sein Theater geschlossen ist? Was macht man mit ihm?

19. Januar 1938

Gestern das Todesurteil für Kerschenzew. Bei der Sitzung bezeichnete ihn Schdanow als einen Commis-voyageur. Aus mit der Karriere! Mein Gott, wieviel Durcheinander und Schaden hat er in der Kunst angerichtet! Und wer wird seinen Platz einnehmen? [. . .]

M. A. las kleine Abschnitte aus dem Theaterroman. Erdman übernachtete bei uns.

20. Januar 1938

Der ewige Schmerz, weil viele den Theaterschriftsteller sachkundig ruiniert haben, darunter Stanislawskij. Und in erster Linie Nemirowitsch.

25. Januar 1938

Man sagt, Schumjazkij ist verhaftet worden, zusammen mit seiner Frau. Ich halte Schostakowitsch für ein Genie. (»Ein Rechenschaftsbericht zu meinem Werk.«) Aber dieser Artikel!

28. Januar 1938

Man erzählt, daß Rawitschew (oder Rabitschew), Stellvertreter von Kerschenzew, sich erschossen hat.

29. Januar 1938

Heute gehen wir in die 5. Sinfonie*, um die so viel Lärm gemacht wird.

31. Januar 1938

M. A. setzt einen Brief an J. W. Stalin auf, in dem er um Nachsicht im Fall Erdman bittet.

4. Februar 1938. Moskau
An Jossif Stalin

An Jossif Wissarionowitsch Stalin
von dem Theaterschriftsteller Michail Afanassjewitsch Bulgakow

Sehr geehrter Jossif Wissarionowitsch!

Erlauben Sie mir, eine Bitte an Sie heranzutragen, die das Schicksal des Theaterschriftstellers Nikolaj Robertowitsch Erdman betrifft, der seine dreijährige Verbannung in den Städten Jenissejsk und Tomsk verbüßt hat und zur Zeit in der Stadt Kalinin wohnt.

In der Überzeugung, daß die Begabungen auf dem Gebiet der Literatur in unserem Vaterland sehr kostbar sind und angesichts der Tatsache, daß der Schriftsteller Erdman im Augenblick seine Fähigkeiten infolge der inzwischen entstandenen negativen Einstellung ihm gegenüber nicht sinnvoll einsetzen kann, erlaube ich mir, Sie zu bitten, Ihre Aufmerksamkeit seinem Schicksal zu widmen.

In der Zuversicht, daß das Schicksal des Schriftstellers N. Erdman erleichtert wird, sobald Sie es für nötig erachten, auf dieses Schreiben einzugehen, bitte ich Sie inständig, N. Erdman die Möglichkeit zu eröffnen, nach Moskau zurückzukehren, ungehindert auf dem Gebiet der Literatur zu arbeiten und den Zustand der Isolation und Depression zu überwinden.

M. Bulgakow

Aus Jelena Sergejewnas Tagebuch

5. Februar 1938

Heute fuhr ich zum ZK und gab dort Mischas Brief an Stalin ab, die Bitte um Linderung von Erdmans Schicksal.

6. Februar 1938

Morgens Anruf von Dmitrijew. Er bat um die Erlaubnis, sofort kommen zu dürfen. Er kam und war völlig niedergeschlagen. Es stellte sich heraus, daß seine Frau Jelisaweta Issajewna verhaftet wurde. Er will versuchen, sich für sie einzusetzen.

9. Februar 1938

Mischa [. . .] korrigiert den Roman über Woland.

10. Februar 1938

Tagsüber Dmitrijew. Zerbricht sich den Kopf, was er für seine Frau tun kann. Der Ärmste!

12. Februar 1938

Dmitrijew kurz vor der Abreise nach Leningrad. In der letzten Zeit geht er mir auf die Nerven. Ich kann es nicht ausstehen, wenn Unterhaltungen in Alltagsklatsch übergehen.

21. Februar 1938

Die Büfettier der Filiale des Künstlertheaters wurde verhaftet.

23. Februar 1938

Im Bolschoj geht im Ballett etwas vor – Kudrjawzew verhaftet [. . .], Smolzow und noch jemand. Mischa sagte, daß Dr. Blumental verhaftet wurde. Zu Hause ist alles ruhig. Abends wollen wir mit Mischa zum Essen ausgehen und dann ins Bett!

28. Februar 1938

Den ganzen Tag stand ich unter dem Eindruck dieser Nachricht.*

1. März 1938

Mischa bei Angarskij. Sie beschließen, den Anfang des Romans vorzulesen. Inzwischen hat sich bei Mischa ein Titel durchgesetzt: »Der Meister und Margarita«. An eine Veröffentlichung ist natürlich nicht zu denken. Jetzt korrigiert Mischa ihn Nacht für Nacht im Eiltempo, er möchte ihn im März abschließen.

5. März 1938

Abends Dmitrijew. Nach wie vor niedergeschlagen wegen der Verhaftung seiner Frau. Zerbricht sich den Kopf, um etwas über ihr Schicksal zu erfahren und ihr zu helfen.

6. März 1938

In diesen Tagen arbeitet Mischa an dem Roman – jede freie Minute.

7. März 1938

Heute abend Grischa. – Rafalowitsch vom Künstlertheater verhaftet.

10. März 1938

Jeden Morgen, wenn ich die Zeitung aufschlage – was für ein Monster, dieser Jagoda!

12. März 1938

Abends Dmitrijew. Wollte unseren Rat zu dem Brief hören, den er an Stalin wegen der Geschichte mit Weta schreiben will. Ich tippte den Brief für ihn [. . .], weil Mischa sagte, kein Mensch in der GPU würde glauben, daß ihn der Maler Dmitrijew geschrieben habe, es sei die Handschrift einer Putzfrau.

13. März 1938

Das Urteil*; alle Angeklagten zum Tod durch Erschießen verurteilt, außer Rakowskij, Bessonow und Pletnjow.

18. März 1938

Mischa ganz krank. Sitzt über dem Roman.

19. März 1938

Roman. Grippe.

22. März 1938

Feierliches Couvert vom Amerikanischen Botschafter – Ball am 26. März. Mischa und ich lachten über die blankgescheuerten Hosen seines schwarzen Anzugs, und weil ich mein langes Spitzenkleid abgeschnitten habe. Wir werden beide nicht hingehen, obwohl wir gerne zugeguckt hätten.

31. März 1938

Serjoscha* sagt, daß die historischen Kapitel* von einer unerhörten Qualität sind.

21. April 1938

Heute Dmitrijew bei uns – selbstverständlich. Mischa sagt, er habe sich mit diesem Übel abgefunden.

3. Mai 1938

Angarskij bat M. A., aus seinem Roman (»Der Meister und Margarita«) vorzulesen. M. A. las die ersten drei Kapitel. Angarskij sagte sofort: »Aber veröffentlichen kann man das nicht!« Warum nicht? Weil man's nicht kann.

Sommer 1938
Briefe Bulgakows aus Moskau nach Lebedjan (südlich von Moskau) an Jelena Sergejewna
27. Mai 1938

Liebe Ljussinka!

Ich küsse Dich fest! Ich bin nur besorgt, wie Du mit Deinem Gefolge die Reise überstanden hast! Bist Du auch wohl und munter aus diesem Zug gestiegen? Ich habe schon gedacht, ich bekomme heute ein Telegramm, aber Nasstja sagt: »Wieso ein Telegramm? Die sind auf dem Markt.« [...]

Abends im Bolschoj: Die Szene Sussanin im Wald. Anschließend bei Jakow Leontjewitsch. Nachts Pilatus. Ach, was für ein schwieriger, wirrer Stoff! Das war gestern, und ich befürchte, daß der heutige Tag den Stil meines Sommers prägen wird.

Um elf Uhr vormittags Solowjow mit dem Librettisten (Regisseur Iwanow). Zwei Stunden anstrengendste Unterhaltung mit allerlei Denksportaufgaben. Dann klingelte ununterbrochen das Telefon: Mordwinow über Potozkij, der Komponist Jurowskij über seinen »Opanas«, Olga über das Abtippen des Romans, Jewgenij*, der sich für morgen zum Essen eingeladen hat, Gorodezkij wieder über »Opanas«.

Dazwischen immer wieder Serjoscha Jermolinskij. Wir sind zusammen kurz spazierengegangen. Dann hat er bei mir zu Mittag gegessen. Er hat alte Zeitschriften mitgenommen, uns zu sich auf die Datscha eingeladen, und wir haben viel über Dich gesprochen.

Abends Pilatus. Kaum erfolgreich. Solowjow hat mich aus dem Sattel geworfen. Da ist eine morsche Stelle im Stoff. Glücklicherweise nicht im zweiten Kapitel. Ich hoffe, ich werde sie beim Tippen ausfüllen. [...]

Und nun ist es Nacht. Ich bin müde. Im Bad rauscht das Wasser. Es ist Zeit fürs Bett.

Ich küsse Dich, meine liebe Freundin. Erhole Dich, ich flehe Dich an. Bitte, denk nicht an das Theater, an Nemirowitsch, an Theaterschriftsteller, lies nichts außer den speckigen, zerlesenen übersetzten Romanen (möglicherweise sind in Lebedjan nicht einmal solche zu finden?).

Möge die Sonne von Lebedjan über Dir leuchten wie eine Sonnenblume und die Sonnenblume (falls es in Lebedjan eine gibt) wie die Sonne!

Dein M.

Gib Sergej einen Kuß und richte ihm aus, daß ich ihm den Auftrag gebe, auf Dich aufzupassen.

30. Mai 1938

Liebste Ljussinka!

Sergejs Postkarte mit dem Bild des Taschenmessers und der zwei Küssenden und die von Dir, wo Du über die Entwicklung von Energie zwecks Lebensbewältigung schreibst, sind angekommen. Meinst Du nicht, so etwas könnte Dich ermüden?

Der Roman wird bereits abgetippt. Olga arbeitet gut. Ich erwarte sie jeden Augenblick. Wir sind am Ende des zweiten Kapitels.

Nasstja gibt sich große Mühe und umsorgt mich. Einen festen Kuß. Ich eile, um Nasstja diese Postkarte mitzugeben.

Dein M.

1./2. Juni 1938

Heute, liebste Lju, traf Dein langer Brief vom 31. ein. Ich hatte vor, sofort nach dem Diktieren auch einen langen Brief zu verfassen, aber meine Kraft reicht nicht mehr dazu. Sogar Olga wurde es heute trotz ihrer unheimlichen stenotypistischen Durchhaltekraft zuviel. Der Brief kommt morgen dran. Und heute – in die Badewanne.

Getippt sind 132 Manuskriptseiten. Grob geschätzt, etwa ein Drittel des Romans (Kürzungen inbegriffen). [. . .]

Ich will mir Mühe geben und von der Sonne (in Lebedjan) und den Sonnenblumen träumen.

Einen festen Kuß!

Dein M.

2. Juni 1938

Meine liebe Lju!

Als erstes siehst Du in der Ecke das aufgeklebte Bild einer Dame, genau genommen, ein Stückchen dieser Dame, das ich vor der Vernichtung gerettet habe. Ich denke ständig an diese Dame und halte, um mir das Denken bequemer zu machen, solche Stückchen vor mich hin. [. . .]

Fangen wir mit dem Roman an! Beinahe ein Drittel, wie ich schon auf der Postkarte mitteilte, ist in die Maschine geschrieben. Man muß Olga Gerechtigkeit widerfahren lassen – sie arbeitet gut. Wir schreiben mehrere Stunden hintereinander, im Kopf ein leises Stöhnen vor Müdigkeit, aber diese Müdigkeit ist gut und nicht quälend.

Alles schien im Lot, als sich plötzlich hinter den Kulissen ein böser Geist regte und auf der Bühne erschien . . .

Mit dem Dir eigenen Scharfsinn rufst Du in diesem Augenblick aus: »Nemirowitsch!«

Und Du hast völlig recht. Er ist es. Niemand anderer als er.

Die Sache ist die, daß alle Berichte des Schwesterchens, wie ich es gesagt und gewußt habe, nämlich wie schlecht es ihm geht, wie die Ärzte Schlimmes verheimlichen . . . und Ähnliches dieser Art, nichts wie Quatsch sind und abgeschmackte Märchen nach dem Karls- und Marienbader Muster. Er ist gesund wie Gogols Kutschenmacher und vergeht in Barwicha vor Untätigkeit, wobei er Olga mit allerlei Mätzchen aus der Ruhe bringt. Nachdem er in Barwicha, wo es weder ein »Astoria« gibt noch Schauspielerinnen und Schauspieler samt allem anderen, was dazugehört, endgültig die Nerven zu verlieren drohte, kündigte er für den 7. sein Erscheinen in Moskau an.

Und schon erklärte das Schwesterchen triumphierend, daß unsere Arbeit unter Ausfällen leiden würde. Nicht genug damit: Glühend vor Seligkeit fügte sie hinzu, daß er sie möglicherweise »am 15. nach Leningrad entführen« würde!

Wie gut wäre es, wenn Woland in Barwicha aufgetaucht wäre! Aber o weh, so etwas geschieht nur in Romanen! Eine Pause beim Tippen – das wäre das Ende!

Ich verliere den Faden, ich lasse die Maschen der Korrektur fallen, sämtliche Bezüge werden mir entgleiten. Tippen bis zum Schluß, koste es was es wolle.

Ich denke fieberhaft darüber nach, wo ich eine Stenotypistin hernehmen könnte. Und natürlich kann ich nirgendwo niemanden hernehmen.

Heute schon hat er das Schwesterchen nach Barwicha entführt, und ich verliere auf diese Weise den ganzen Tag.

Ich denke, daß ich heute erfahren werde, ob ihn der Teufel nach Leningrad holt oder nicht.

Der Roman muß abgeschlossen werden! Jetzt! Jetzt! [. . .]

Ach, nun hatte ich Dir geschrieben, daß Du weder an das Theater noch an Nemirowitsch denken sollst und schreibe jetzt selbst davon. Doch wer hätte gedacht, daß er es fertigbringt, auch dem Roman zu schaden! Aber das macht nichts, das macht gar nichts. Nimm es Dir nicht zu Herzen – ich werde den Roman abschließen.

3. Juni 1938

Ja, der Roman . . . Mich juckt es unerträglich in den Fingern, die Atmosphäre zu beschreiben, in der er sich auf den Schreibmaschinenblättern niederschlägt. Aber ich muß leider darauf verzichten und damit auf einen kleinen Beitrag zu Deiner Unterhaltung. [. . .]

Ein schicker Satz: »Du solltest den Roman Wladimir Iwanowitsch* zeigen!« (Und gar im Augenblick einer ganz besonders tiefen Ratlosigkeit und Nachdenklichkeit.) Freilich, freilich! Ich brenne vor Ungeduld, meinen Roman einem Philister vorzulegen.

3. Juni 1938
An seinen Stiefsohn Sergej Schilowskij

An einen gewissen Sergej ganz allein

Lieber Sergej!

Ich danke Dir für den Brief und für die Zeichnungen. Schreibe mir noch mehr, sonst langweile ich mich. Schreibe mir vertraulich, bitte, ob Massja sich Deiner Meinung nach erholt hat und ob sie dicker geworden ist oder nicht.

Ich küsse Dich.

Dein OnMi*

13. Juni 1938

Diktiert wird Kapitel 21. Ich bin unter diesem Roman begraben. Alles ist durchdacht. Alles ist mir klar. Ich habe mich eingeschlossen. Ich könnte nur für einen Menschen aufschließen, aber der ist nicht da! Er züchtet Sonnenblumen. Ich küsse beide: den Menschen und die Sonnenblume.

14./15. Juni 1938

Lju, dreimal täglich baden ist verboten! Du sollst im Schatten sitzen und Dich nicht auf dem Markt überanstrengen. Die Eier werden sie auch ohne Dich kaufen! . . . Genieße die Landschaft ringsum, denke an mich. Laufe nicht so viel herum. Deine Gesundheit ist also in Ordnung? Antworte bitte! [. . .]

Sist. (fröhlich, feierlich): »Ich habe Wladimir Iwanowitsch geschrieben, daß Du Dich außerordentlich geschmeichelt fühltest, weil Wladimir Iwanowitsch Dich hat grüßen lassen.«

Darauf ein Skandal, diesmal von mir inszeniert. Kategorische Forderung, nie in meinem Namen etwas zu schreiben, was ich nicht gesagt habe. Ausdrückliche Versicherung, daß ich mich nicht geschmeichelt fühle. Tadel, daß ich ohne mein Wissen in die »Turbins«-Gratulation aufgenommen wurde, die man aus Leningrad an Nemirowitsch geschickt hat.

Sist. verblüfft, weil nicht sie eine Szene gemacht hat, sondern zum ersten Mal in ihrem Leben ihr eine gemacht wird. Leises Murmeln, daß ich etwas »falsch verstanden« habe und daß sie mir die Durchschläge zeigen könne.

Sist. (in sachlichem Ton): »Ich habe Schenja bereits geschrieben, daß ich vorläufig den Hauptstrang in Deinem Roman nicht erkennen kann.«

Ich (mit dumpfer Stimme): »Wozu denn das?«

Sist. (ohne meinen finsteren Blick zu beachten): »Ja doch! Das heißt, ich sage ja nicht, daß er nicht auftauchen wird. Ich bin ja noch nicht am Ende. Aber vorläufig sehe ich ihn nicht.«

Ich (im Stillen): ». . . . . . .!« [. . .]

Vor mir liegen 327 maschinengeschriebene Seiten, rund 22 Kapitel. Wenn ich nicht krank werde, ist das Abschreiben bald zuende. Es bleibt das Wichtigste – Autorenkorrektur, gründlich, aufwendig, sorgfältig, möglicherweise müssen dann einige Seiten neu geschrieben werden.

»Und was kommt dann?«

Das fragst Du noch? Ich weiß es nicht. Wahrscheinlich wirst Du ihn in den Sekretär oder in den Schrank legen, zu meinen gemordeten Theaterstücken, und wirst Dich dann und wann an ihn erinnern. Allerdings kennen wir unsere Zukunft nicht. Mein Urteil über diesen Roman ist bereits gefällt, und wenn mir am Schluß ein kleines Crescendo gelingt, so werde ich überzeugt sein, daß dieses Opus die Korrektur verdient und würdig ist, im Dunkel einer Schublade zu ruhen.

Nun interessiert mich Dein Urteil – ob ich je das Urteil der Leser erfahren werde, weiß niemand.

Meine hochverehrte Tippeuse hat mir dazu verholfen, daß meine Meinung von diesem Roman denkbar nüchtern ist. Auf 327 Seiten hat sie nur einmal gelächelt und zwar auf Seit 245 (»Ruhmreicher See . . .«). Was sie daran erheiterte, kann ich nicht sagen. Ich bin nicht sicher, ob es ihr gelingen wird, einen Hauptstrang in diesem Roman zu entdecken, aber ihrer Mißbilligung bin ich umso sicherer. Letzteres kam in dem rätselhaften Satz zum Ausdruck: »Dieser Roman ist Deine private Angelegenheit!« (?!) Wahrscheinlich wollte sie damit sagen, daß sie daran keine Schuld trifft! . . . [. . .]

Ku! Ich küsse Dich zärtlich für Deine Einladung und Fürsorge. Ich habe einen einzigen seligen Traum – Dich wiederzusehen, und für seine Erfüllung soll mir nichts zu schwer sein. Aber ob mir das gelingen wird – dafür kann ich nicht garantieren. Es ist nämlich so, Ku, daß ich mich plötzlich miserabel fühle, und sollte es so bleiben, wie z. B. heute und gestern, dann ist an eine Reise nicht zu denken. Ich wollte Dir das eigentlich nicht schreiben, aber es ist mir unmöglich, es nicht zu schreiben. Ich hoffe jedoch, daß mein Zustand sich bessert, und dann will ich es versuchen. [. . .]

Ach, Ku, Du kannst auf solche Entfernung nicht sehen, was dieser letzter, dieser Sonnenuntergangsroman nach einem entsetzlichen literarischen Leben aus Deinem Mann gemacht hat.

Einen festen Kuß!

Dein M.

22. Juni 1938

Heute abend wird mich Mark Leopoldowitsch untersuchen. Dann haben wir Klarheit. [. . .]

Ku, wie soll schon eine Autorenkorrektur in Lebedjan ausfallen! Und dem »Don Quijote« wird es ähnlich gehen. An eine Schreibmaschine ist überhaupt nicht zu denken!

Wenn es mir gelingen sollte, zu kommen, dann nur für ganz kurz. Ich bin völlig unfähig, etwas zu lesen, geschweige denn zu schreiben. Ich brauche absolute Ruhe (Dein Ausdruck, der mir gefallen hat). Ja, eben, absolute Ruhe! Der »Don Quijote« soll mir ja nicht unter die Augen kommen . . .

Ich küsse die wunderschöne, bezaubernde Helena!

Dein M.

P. S. Schöne Geschichte! Gerade zerreiße ich Papier zum Wegwerfen, und plötzlich sehe ich dazwischen Deinen Brief: Ich werde ihn zärtlich wieder zusammenkleben. Kuß!

[Darauf verbrachte Bulgakow mit Jelena Sergejewna einen Monat in Lebedjan.]

22. Juli 1938

[. . .] Also, wir kamen heute um acht Uhr morgens in Moskau an. Stickig. Taxi. Jewgenij* – zum Rschewskij, ich nach Hause. Ich hatte vor, Tee zu trinken und sofort in das Sandunowskij Bad und von da in den Lawruschinskij zu gehen, aber nach dem Tee fiel ich um und schlief ein. Nach dem Schlaf war ich munterer und fuhr in das Sandunowskij Bad.

Das Wohlgefühl im heißen Wasser und beim Friseur. Aber die Insektenstiche sind entsetzlich! Die aus Lebedjan werden nicht besser, und in der Eisenbahn hat mich so ein fliegendes Aas derart in den Fuß gestochen, daß ich hinke und der Fuß dick angeschwollen ist. Eine wahre Teufelsbrut.

Ich merke gerade, daß ich den reinsten Quatsch schreibe! Die Lektüre über einen Stich in den Fuß ist wirklich spannend! Verzeih!

Interessiert guckte ich mir Moskau an. Alles, wie es sich gehört. Man merkt, daß viele Menschen ausgeflogen sind, und die Kleidung zeigt, daß die Hitze zermürbend ist. Keine Krawatten, überall weiße Hosen, und die Gesichter glänzend. Meine Telephonanrufe haben bestätigt, daß viele, die ich gern gesehen hätte, fort sind.

So ist es also. Ich küsse Dich zärtlich. Ich denke an den Mond über der Kirche und versinke im Moskauer Treiben.

23. Juli 1938

[. . .] Starre begierig das spanische Exemplar des »Don Quijote« an. Jetzt wende ich mich ihm zu. Hier ist es sehr stickig. Aber Nasstja hat Eis aufgetrieben und Sprudel.

24. Juli 1938

Liebe Ku, ich danke Dir für die lieben nächtlichen Karten. Natürlich habe ich es gut gehabt. Ich denke an Dich und küsse Dich. Nachdem ich die öde Sache mit den Wohnungspapieren hinter mich gebracht habe, fühle ich mich vorzüglich und kann jetzt am »Quijote« leicht arbeiten. Alles ist sehr bequem. Oben wird vorläufig kein Krach gemacht. Das Telephon schweigt, und ringsum liegen die Wörterbücher. Ich trinke Tee mit wunderbarem Warenje und bringe Sancho auf Hochglanz. Dann kommt Don Quijote persönlich an die Reihe und dann alle anderen, damit sie genau so funkeln, wie die Libellen damals am Ufer, weißt Du noch? Aber was für eine Luft! Hier ist es nicht heiß, sondern stickig, klebrig, zäh und drückend. Wenn Du ins Wasser tauchst, denke an mich . . .

26. Juli 1938, abends

Soeben, liebe Ku, kamen Dein Telegramm und die Postkarte, in der Du von Sergejs Unfall berichtest! Ein toller Junge! Ich hoffe, alles heilt schnell. Hast Du Dich auch nicht übernommen, als er getragen werden mußte? Der ist doch schwer wie eine Kommode! Übrigens, Ku, was macht Deine Gesundheit? Schreibe mir!

Das Theaterstück habe ich keinem vorgelesen, und ich werde es auch keinem vorlesen, solange wir beide es nicht getippt haben. [. . .]

Auch der Abend bringt keine Rettung vor der drückenden Hitze. Jetzt ist es halb elf, alle Fenster sind offen, aber es weht kein

Lüftchen in die Zimmer. Freilich ist die Luft so, daß sie ruhig draußen bleiben kann. Nasstja schläft jetzt auf dem Balkon.

Bis morgen, Ku! Einen Kuß für Dich, und sag Sergej, daß ich ihn bitte, Dir einmal über den Kopf zu streicheln.

M.

30 de julio de 1938

[. . .] Du kannst mich ruhig bedauern. Hier ist eine wahre Hölle. Es ist nicht nur kein Ende der Hitzeperiode abzusehen, sondern es wird von Tag zu Tag schlimmer. Abends flattern die Falter durch die offenen Fenster herein und ertrinken in Warenje. Ihnen folgen winzigkleine Fliegen, die auf den Büchern verenden. Nasstassja hat einen nassen Lappen auf dem Kopf und jammert. Sie erzählt, daß in der Schlange nach Eis ein Mann und noch jemand umgefallen sind. Das Arbeiten fällt immer schwerer.

Dmitrijew redet mir sehr zu, ihn in Leningrad zu besuchen. Zunächst war ich in meinem Übermut nicht abgeneigt. Nach unserem Telefonat zu urteilen, hat sich bei ihm alles sehr ungünstig entwickelt. Er kann im Moment nicht nach Moskau kommen. Aber inzwischen sehe ich, daß der Stand der Sterne diese Reise nicht begünstigt. In erster Linie – fühle ich mich abscheulich, und für eine solche Heldentat fehlt mir einfach die physische Kraft. Außerdem kann gerade in diesen Tagen ein ganzes Bündel von Aufgaben auf mich zukommen. Also, es wird zum Rückzug geblasen und der Sturm auf »Don Quijote« fortgesetzt. [. . .]

Ich war bei Fjodorows auf der Datscha. Sie haben mich bezaubernd empfangen, wie immer. Aber diese Natur um Moskau herum – verräucherte, verstaubte Sommerfrischler-Gegenden, voller Papierabfälle, und das auf Dutzenden von Kilometern. Und erst das Baden! Ich dachte an den Don, an den sandigen Grund.

Und diese Datschas, diese Hühnerställe! Bei meiner Rückfahrt ging die Sonne unter. Ich schaute aus dem Fenster und war sehr, sehr melancholisch. An Dich dachte ich besonders intensiv. Könnte ich doch jetzt mit Dir sprechen! Ich kann nicht länger schreiben. Ich habe keine Kraft mehr. Von der sist., dem Theater, dem Roman etcetera im nächsten Brief.

4. August 1938

[. . .] An Lebedjan ist nicht zu denken! Wegen Deiner Gesundheit sitze ich wie auf Nadeln und kann es kaum erwarten, daß Deine Lebedjan-Zeit zuendegeht. Ich sehe nicht die geringste Möglichkeit, nach Lebedjan zu kommen. Ich bin außerordentlich traurig, daß Du nicht bei mir bist und tröste mich nur mit dem Gedanken, daß Du Dich gut erholst! Aber Deine Gesundheit? Meine Stimmung ist schlecht. Ich mache mir Sorgen und bin völlig erschöpft. Und betrübt, daß Du nicht da bist.

Einen festen Kuß.

M.

6./7. August 1938

Meine liebe, liebe Ljussi!

Einer der Gründe, weshalb ich nicht dazu kam, Dir einen langen Brief zu schreiben, war Dmitrijew. Er kam aus Leningrad und überfiel mich mit der Mitteilung, daß er nach Tadschikistan verbannt wird. Jetzt versucht er, über Moskwin als Deputierten und über das Künstlertheater eine Revision dieser Maßnahme zu erreichen, und zwar mit einiger Aussicht auf Erfolg, denn er ist völlig unbescholten und muß nur als Angehöriger, Ehemann einer Verbannten, umsiedeln. Außerdem ist seine Bedeutung als großer Bühnenmaler über jeden Zweifel erhaben, sein Schicksal wird sich gewiß günstig gestalten.

[Im Folgenden kehrt Bulgakow abermals zu dem ihn bewegenden Thema des Schicksals von *Molière* und der Rolle, die Stanislawskij und Nemirowitsch dabei gespielt hatten, zurück.]

Zufällig ist mir ein Aufsatz über das Phantastische bei Hoffmann in die Finger geraten. Ich hebe ihn für Dich auf, weil ich weiß, daß er Dich genauso verblüffen wird, wie mich. Ich habe in »Der Meister und Margarita« recht gehabt! Begreifst Du, was diese Gewißheit bedeutet? Ich habe recht!

Ich schließe den Brief und streiche die Worte über Stanislawskij. Jetzt ist es nicht an der Zeit, über ihn zu sprechen. Er ist tot.

Dein M.

8. August 1938

[. . .] Das Auftauchen Dmitrijews bedeutet eine wahre Katastrophe für mein Leben. Der »Don Quijote« ist steckengeblieben, wichtige Überlegungen sind steckengeblieben. Auf einen Brief kann ich mich nicht konzentrieren. Der Kopf dröhnt vom Telefongeklingel, zwanzigmal dieselbe Frage und dieselbe Antwort. Er tut mir leid, er ist völlig am Boden, aber er hat mich soweit gebracht, daß ich mich sogar physisch schlecht fühle. Heute abend reist er nach Leningrad ab, nachdem er hier dank des Künstlertheaters immerhin erreicht hat, daß sein Verfahren ausgesetzt wird, worauf hoffentlich auch seine Umsiedlung rückgängig gemacht wird. Er hätte gestern abreisen sollen, aber er wurde gebeten, den Trauersaal im Künstlertheater* zu gestalten.

Ich habe alles getan, was ich konnte, um ihm mit Ratschlägen und Anteilnahme beizustehen. Aber jetzt, ich muß es Dir gestehen, habe ich einen einzigen Wunsch: die Lampe anzünden, in Stille zu versinken und auf Deine Antwort zu warten. [. . .]

Du willst also am 14. abreisen. Sehr gut! Du warst jetzt lange genug fort. Ku, wenn es Dir keine Mühe macht, bestelle das Pulver gegen Kopfschmerzen und bringe es mit.

9. August 1938

Der erste Morgen ohne Dmitrijew. Was das für ein Glück ist, kannst Du nicht begreifen, da Du diesen Alptraum nicht erlebt hast, den ich Dir bei unserm Wiedersehen genau schildern werde. Es genügt schon zu sagen, daß ich jetzt unter totaler Schlaflosigkeit leide. Bei der Abreise sagte er, daß er in den nächsten Tagen wiederkommt, und ich mache mir nun ernsthafte Sorgen, wie ich meine Arbeit und meine Ruhe gegen ihn abschirmen soll. Alles hat sein Maß! [. . .]

Du wirst wohl verstehen, daß ich unter dem Eindruck von Konstantins* Tod stehe. Und grübele, grübele. [. . .] . . . meine Gedanken sind schwer, drehen sich unabweislich um meine literarische Existenz und darum, was das Künstlertheater mit mir gemacht hat . . .

Aus Jelena Sergejewnas Tagebuch

15. August 1938

Ein Blumenkorb von Mischa. Freude am Wiedersehen mit Mischa. Erinnerungen an den Sommer, an die vier Wochen, die Mischa dort mit uns verbracht hat. [. . .] Und schließlich die bedrückende Erzählung Mischas, wie Dmitrijew ihn überfordert und seine Arbeit am »Don Quijote« unmöglich gemacht hat, während er bei Mischa eine ganze Woche mit seinem Mißgeschick gewohnt hat (er muß irgendwohin nach Tadschikistan umsiedeln als Ehemann einer Verbannten). Dmitrijew als Mensch für uns eine vollkommene Enttäuschung. Übrigens nicht die erste Enttäuschung, die wir erleben.

23. August 1938

Katajew begann ein Gespräch über Mischas Situation. Der Zweck ist klar: Mischa muß, Katajews Meinung nach, eine kurze Erzählung schreiben, veröffentlichen, überhaupt in den Schoß des Schriftstellerverbandes zurückkehren – mit einem neuen Theaterstück – »der Zwist zieht sich in die Länge«. Alles schon gehört, alles bekannt, alles durchaus verständlich! Alles langweilig!

4. September 1938

Gestern, am 3., war Nikolaj Robertowitsch* da. Er wollte Mischas Meinung hören über einen Brief, den er zu schreiben beabsichtigt – ein Gesuch, den Status des Vorbestraften aufzuheben.

5. September 1938

Heute die 800. Vorstellung der »Turbins«. [. . .] Per Telefon gratulierten: Olga, Fedja und Grischa*.

10. September 1938

Gestern Markow und Wilenkin. Sie kamen nach 10 und blieben bis 5 Uhr in der Frühe. Am Anfang war es für sie ein nahezu mörderischer Abend. Sie kamen, um Mischa zu bitten, ein Stück für das Künstlertheater zu schreiben. »Ich werde mich darauf niemals einlassen. Das ist für mich nicht vorteilhaft, das ist für mich gefährlich. Ich weiß im voraus, wie es kommen wird.« [. . .] Dann sagte Mischa alles, was er über das Verhalten des Künstlertheaters ihm gegenüber denkt und zählte alle Schuld und alle Unverschämtheiten auf. Dann fügte er hinzu: »Das gehört alles der Vergangenheit an, ich habe es vergessen und verziehen. Aber ich werde für sie nicht schreiben.« [. . .] – »Aber Du wolltest doch ein Stück über Stalin schreiben?« Mischa entgegnete, daß das Material sehr schwer zu beschaffen ist, man braucht manches, aber wie soll man drankommen? [. . .] Mischa sagte: »Das ist sehr kompliziert, obwohl ich schon vieles von diesem Stück vor Augen habe.«

12. September 1938

[. . .] Der Mann hat zwölf Theaterstücke geschrieben. Er arbeitet wie ein Besessener und besitzt nichts, außer einem Paar löcheriger Hosen.

14. September 1938

Nach sehr langer Pause ein Anruf von Lida R., die sagte, daß Iwan Al. und Nina R.* verhaftet sind und daß sie nun den kleinen Andrjuscha bei sich hat. Sie bat mich, vorbeizukommen.

18. September 1938

Müdigkeit. Aussichtslosigkeit der eigenen Lage!

21. September 1938

Hitler will in die Tschechoslowakei einmarschieren. Ist es denn möglich, daß es zum Krieg kommt?

Mitten in all diesen Problemen immer wieder dasselbe Thema – seine vertane literarische Existenz. Mischa gibt sich an allem selbst die Schuld, und für mich ist das sehr schwer, denn ich weiß, bei wem die Schuld zu suchen ist.

22. September 1938

Ein brauchbarer Vorschlag.* Einen Teil des Materials hat Mischa bereits zusammen, und heute nacht erzählte er mir den Inhalt von allen fünf Bildern.

28. September 1938

Gestern wurde es selbstverständlich sehr spät. Markow und Wilenkin wollten uns beweisen, daß jetzt alles anders geworden sei, [. . .] daß Mischa, jetzt unbedingt ein Stück schreiben müsse.

4. Oktober 1938

Meine Stimmung ist heute einfach schrecklich, und als Mischa erwachte, ging es ihm nicht anders. Das ist natürlich weiter nicht erstaunlich, denn man kann nicht leben, ohne ein Resultat seiner Arbeit zu sehen.

20. Oktober 1938

Alles ganz klar. Das Künstlertheater braucht um jeden Preis ein

Theaterstück über Lenin und Stalin. Und da die Stücke der anderen Theaterschriftsteller außerordentlich schwach sind, hoffen sie, Mischa könne sie retten.

Ein für uns betrübliches und bedrückendes Gespräch über »Die Flucht«. Mischa sagte unter anderem, daß sein Horizont gezwungenermaßen beschränkt ist, daß er die Welt außerhalb seines eigenen Landes niemals sehen wird und daß dies sehr schlecht ist.

23. Oktober 1938

In der »Prawda« ein Artikel von Markow über das Künstlertheater. Eine Aufzählung sowjetischer Theaterstücke und ihrer Autoren, die »Turbins« fehlen.

Verfolgung durch Verschweigen.

26. Oktober 1938

Man denke! Die »Turbins« sind nicht unter den Jubiläums-Aufführungen, obwohl sie seit 13 Jahren – inzwischen über 800 mal – gespielt wurden! In keinem einzigen Artikel zu diesem Jubiläum werden der Name des Autors oder der Titel des Stückes erwähnt.*

1. November 1938

Ging [. . .] bei dem stellvertretenden Direktor des Literaturfonds vorbei, um ihn nach Papier zu fragen. Im Laden des Literaturfonds ist für Mischa keines mehr zu bekommen. Sie sagen, er hätte sein Kontingent bereits überschritten, und das Kontingent ist, wie sich herausstellt, 4 kg pro Jahr. Und worauf soll er nun schreiben?

5. November 1938

Anruf von Kusa – »Don Quijote« ist vom Repertoire-Hauptkomitee und dem Kunstkomitee genehmigt. [. . .] Was ist das für ein unangenehmes Buch – »Die Arbeit des Schauspielers« von Stanislawskij. Völlig überflüssig. Selbst wenn man es auswendig lernte – ein Schauspieler wird man dadurch nicht. Außerdem tödlich langweilig.

11. November 1938

Sachnowskij begann seine Rede wie folgt: »Nemirowitsch und Bojarskij haben mich beauftragt, Ihnen im Namen des Moskauer Künstlertheaters zu sagen – kommen Sie wieder zu uns, arbeiten Sie wieder für uns!«

24. November 1938

Dmitrijew hat seinen Paß zurückbekommen.

1. Dezember 1938. Aus Moskau nach Leningrad
An den Komponisten Issaak Dunajewskij

Ich poliere »Rachel« und hoffe, daß Sie in den nächsten Tagen fertig wird. Ich habe große Lust, Sie zu sehen. Sollten Sie nach Moskau kommen, bitte ich um Anruf. »Rachel« und ich haben Sehnsucht nach Ihnen.

Aus Jelena Sergejewnas Tagebuch
8. Januar 1939

Die letzten Tage ist die Stimmung bedrückt und pessimistisch.

18. Januar 1939. Aus Leningrad nach Moskau
Von Issaak Dunajewskij

Ich halte den ersten Akt unserer Oper vom Text und vom dramatischen Aufbau her für ein chef-d'œuvre. [. . .] Ich beschwöre Sie, mein scheinbares Desinteresse überhaupt nicht zu beachten. Die fehlende Musik darf ihre herrliche Inspiration nicht störend beeinflussen. Es ist nämlich so, daß meine Vorbereitungen vor einem schöpferischen Weg immer langwierig sind. [. . .]

9. Februar 1939. Aus Kaluga nach Moskau
Von Nikolaj Ljamin

Von einer weiten Wanderschaft zurückgekehrt, fand ich einen stillen Hort in der Stadt Kaluga. [. . .] Die Stimmung ist ausgeglichen – eigentlich überhaupt keine. Was ich tun werde – das weiß ich nicht. [. . .] Auch weiter werde ich mich gehorsam meinem Schicksal beugen, wie übrigens schon immer. [. . .] Es kommt mir aus irgendeinem Grunde so vor, als ob ich seit einer Ewigkeit keinen Menschen mehr gesehen hätte.

Einen festen, festen Kuß für Euch alle, für Dich, Ljussja und Serjoscha.

Dein Kolja

11. März 1939. Moskau
An Wikentij Weressajew

[. . .] Ich verspüre öfters den Wunsch, mich mit Ihnen zu unterhalten. Aber ich traue mich nicht, denn meine Gedanken, wie bei jedem zertretenen und zu Tode gehetzten Schriftsteller, kreisen immer und immer wieder um dasselbe düstere Thema, um meine Situation, aber auf die Umgebung wirkt das ermüdend. Nachdem ich mich in den letzten Jahren überzeugt habe, daß keine einzige Zeile von mir gedruckt oder auf der Bühne gesprochen wird, versuche ich, mir eine gewisse Gleichgültigkeit anzutrainieren. Und offensichtlich habe ich darin bedeutende Resultate erzielt.

Zu meinen letzten Experimenten gehört auch ein »Don Quijote« nach Cervantes, den ich auf Bestellung des Wachtangow-Theaters schrieb. Jetzt liegt er dort und wird solange liegenbleiben, bis das Manuskript verrottet, obwohl das Theater ihn laut gefeiert und das Repertoire-Komitee ihn mit dem Genehmigungsstempel versehen hat.

Bei der Planung hat ihm das Theater eine so entlegene Ecke zugewiesen, daß es völlig klar ist – das Stück wird bei ihnen nie gespielt. Und natürlich wird es auch sonst nirgendwo gespielt. Das macht mich überhaupt nicht traurig, denn ich bin es inzwischen gewohnt, jede Arbeit unter demselben Gesichtspunkt zu betrachten – wie groß wird der Ärger sein, den sie mir beschert? Und wenn der Ärger sich in Grenzen hält, bin ich von ganzem Herzen dankbar.

Jetzt habe ich mir eine Arbeit vorgenommen, die unter nüchternen, alltäglichen Gesichtspunkten völlig sinnlos ist – ich bringe die letzten Korrekturen an meinem Roman an. Trotz allem, wie sehr man sich auch darum bemüht, sich selbst zu erwürgen, den Griff nach der Feder kann man sich unmöglich abgewöhnen. Mich quält der diffuse Wunsch, einen literarischen Schlußstrich zu ziehen.

Woran arbeiten Sie? Ist Ihre Übersetzung fertig?

Ich würde Sie sehr gerne sehen. Haben Sie irgendwann einen freien Abend? Ich rufe Sie vorher an und komme zu Ihnen. Bleiben Sie gesund, ich wünsche Ihnen ein fruchtbares Arbeiten.

27. März 1939. Moskau
An die Direktion des Bolschoj Theaters

Anbei das fällige Opernlibretto »Rachel« nach Maupassant.

8. April 1939. Moskau
An Wassilij Kusa (Wachtangow-Theater)

Die Situation des »Don Quijote« macht mir inzwischen ernsthafte Sorgen, und ich bitte Sie um eine Nachricht, was Sie mit diesem Stück vorhaben. Wann wird es aufgeführt? Wird es überhaupt aufgeführt?

Aus Jelena Sergejewnas Tagebuch
19. April 1939

Wir haben gut und fröhlich zu Abend gegessen, saßen lange beisammen. Aber dieser Grischa, ein richtiger Bitkow.

6. Mai 1939

Gestern vor der Lesung sagte mir Olga, daß die Wenkstern verhaftet ist.

19. Mai 1939. Aus Paris nach Moskau
Von seinem Bruder Nikolaj

Mein lieber Michail,

mit großer Freude nahm ich Deinen Einschreibebrief vom 9. Mai dieses Jahres in Empfang, denn seit anderthalb Jahren hatte ich keine Nachricht von Dir bekommen.

Aus Jelena Sergejewnas Tagebuch
20. Mai 1939

Heute vormittag Dmitrijew mit einer Nachricht über Weta. Sie ist offensichtlich nicht mehr am Leben.

21. Mai 1939

Mischa sitzt im Augenblick (10 Uhr abends) über seinem Stalin-Stück.

5. Juni 1939

Gestern Olga – bedeutsames Gespräch über Mischas Lage und über das Stalin-Stück. Das Theater ist sichtlich beunruhigt und interessiert sich brennend für das Stalin-Stück, das Mischa bereits skizziert.

13. Juni 1939

Mischas Stimmung einfach mörderisch.

23. Juni 1939

Meyerhold soll verhaftet worden sein.

7. Juli 1939

Es wird erzählt, Bojarskij sei verhaftet. Ich muß sagen, daß mir dieser Mann immer sehr unangenehm war.

14. Juli 1939. Aus Moskau nach Nowyj Petergof
An Witalij Wilenkin (Moskauer Künstlertheater)

[. . .] Das Resultat der Lesung* im Kunstkomitee war allem Anschein nach, ich glaube mich nicht zu irren, günstig (durchweg). Nach der Lesung bat mich Grigorij Michailowitsch*, die Korrekturen und das Abschreiben so zu beschleunigen, daß das Stück unbedingt zum 1. August beim Künstlertheater vorliegt. Und heute (wir hatten uns getroffen) bat er mich, den Abgabetermin auf den 25. Juli vorzuverlegen. [. . .]

Sergej wurde gestern operiert (riesiger Furunkel auf dem Bauch). In etwa zwei Tagen verreist er mit seiner Erzieherin nach Anapa.

In der Wohnung kehrt Ruhe ein, und ich werde die längs und quer beschriebenen Hefte in ein wohlgeordnetes Typoskript verwandeln.

Ich bin müde. Hin und wieder fahre ich in das Serebrjanyj Bor, bade und komme gleich wieder zurück. Und wie unsere richtigen Ferien aussehen werden, das wissen wir noch nicht. [. . .] Wenn ich müde bin und das Heft zurückschiebe, überlege ich – welches Schicksal erwartet dieses Stück? Orakeln Sie mal! Es hat mich viel Arbeit gekostet.

Aus Jelena Sergejewnas Tagebuch

17. Juli 1939

Gerücht, daß Sinaida Reich bestialisch ermordet wurde.

5. August 1939

Nikolaj* rief an und kam dann vorbei. [. . .] Nikolaj erhielt eine niederschmetternde Nachricht: Sein Antrag auf Zuzugsgenehmigung nach Moskau ist abgelehnt worden.

13. August 1939

Morgen verreisen wir! Ich kann es nicht glauben.

14. August 1939

8 Uhr früh. Das letzte einpacken. Das Taxi kommt um 11. Und dann – der Waggon!

14. August 1939. Aus Moskau
Von Grigorij Kalischjan (Moskauer Künstlertheater)
(Zugtelegramm)

Notwendigkeit für Reise entfallen. Zurückfahren Moskau.

Aus Jelena Sergejewnas Tagebuch
15. August 1939

Zwei Stunden später in Serpuchow, wo wir zu viert in unserem Coupé frühstückten, erschien eine Briefträgerin und fragte: »Wo ist hier der Buchhalter?« und reichte uns ein Blitztelegramm.

Mischa las (er las lange) und sagte: »Wir brauchen nicht weiterzufahren.« [. . .]

Im Auto dachten wir: Wohin fahren wir? In die totale Ungewißheit? Mischa hielt sich eine Hand vor die Augen, um sie vor der Sonne zu schützen, klammerte sich mit der anderen an mir fest und sagte: »Was erwartet uns? Vielleicht sogar der Tod?« Nach dreistündiger halsbrecherischer Fahrt, das heißt, um 8 Uhr abends, kamen wir in unserer Wohnung an. Mischa erlaubte mir nicht, das Licht anzuknipsen, wir zündeten Kerzen an.

Mischas Zustand ist entsetzlich.

Am nächsten Morgen, in aller Frühe, sagte er mir, daß er das Haus nicht verlassen könne. Er verbrachte den Tag in der verdunkelten Wohnung. Das Licht reizt ihn.

17. August 1939

Sachnowskij und Wilenkin. [. . .] erzählten: »Das Stück wurde oben äußerst negativ beurteilt. Es sei unmöglich, eine solche Persönlichkeit wie Stalin in eine Bühnenfigur zu verwandeln. Es sei unmöglich, ihn in imaginäre Situationen zu bringen und ihm Erfundenes in den Mund zu legen. Dieses Stück dürfe weder aufgeführt, noch veröffentlicht werden. Zweitens – oben wurde das Vorlegen dieses Stückes durch Bulgakow als Absicht gewertet, eine Brücke zu bauen und das Verhältnis zu normalisieren.«

Der Tadel ist ebenso aus der Luft gegriffen wie das Lob. Wie will man beweisen, daß M. A. keinerlei Brücke zu bauen, sondern als Theaterschriftsteller nur ein Stück zu schreiben wünschte, ein Stück aufgrund eines für ihn interessanten Materials, mit einem Helden – und daß dieses Stück nicht in der Schreibtischschublade liegenbleiben, sondern aufgeführt werden sollte!

Mischa denkt an einen Brief nach oben.

22. August 1939

Kalischjan wollte Mischa überreden, ein Stück über den sowjetischen Menschen zu schreiben. [. . .] Nach diesem Gespräch sank Mischas Stimmung. [. . .] Heute, in der Presse, ein Bericht über die Verhandlungen mit Deutschland und den Besuch von Ribbentrop.

23. August 1939

Putze mit vollem Einsatz unsere Wohnung. Ich fühle mich besser, wenn ich physisch arbeite. Mischa zwingt sich beharrlich, Sprachen zu lernen – offensichtlich mit der gleichen Absicht, die ich beim Putzen verfolge.

24. August 1939

Heute in der Presse – der Nichtangriffspakt mit Deutschland ist unterzeichnet.

25. August 1939

Im Theater sehen sie mich alle so an, als wollten sie mir ihr Beileid ausdrücken, wie einer Witwe.

27. August 1939

Mischa ist völlig niedergeschlagen. Er sagt, nun sei er endgültig aus der Bahn geworfen.

7. September 1939. Moskau
An die Direktion des Bolschoj Theater

Aufgrund meines angegriffenen Gesundheitszustandes bitte ich, mich vom 10. September bis 5. Oktober zu beurlauben.

26. September 1939. Aus Moskau nach Kiew
An seinen Jugendfreund Alexandr Gdeschinskij

Jede Nachricht von Dir ist mir willkommen, besonders jetzt, da mich mit der Außenwelt nur das leuchtende Fensterchen eines Radioapparats verbindet, durch das die Musik zu mir hereingeflattert kommt.

Aus Jelena Sergejewnas Tagebuch
29. September 1939

Mischas schwere Krankheit. [. . .] Rings um uns brodeln die Ereignisse. Aber uns erreicht nur ein dumpfer Nachklang, denn wir sind von unserem eigenen Unglück getroffen.

1. Oktober 1939. Aus Kaluga nach Moskau
Von Nikolaj Ljamin

So ist das Schicksal. [. . .] Die Vorstellung, daß Du hilflos in einem dunklen Zimmer liegen mußt und Dich aufregst, ist sehr bedrückend.

3. Oktober 1939. Aus Kiew nach Moskau
Von Alexandr Gdeschinskij

Lieber Mischa!

Ich bin sehr bekümmert und traurig über Deinen Brief. Wie kann nur ein solches Unheil über einen Menschen kommen! Ich glaube, und ich will ständig daran denken, daß alles wieder gut wird.

4. Oktober 1939. Moskau
An Pawel Popow

Ich danke Dir für Deinen lieben Brief, mein guter Pawel. Mein Brief kann leider nicht besonders ausführlich sein, da ich von Kopfschmerzen gepeinigt bin. Deshalb will ich Dich einfach umarmen und Anna Iljinitschna grüßen.

Dein M. B.

1. Dezember 1939. Aus dem Sanatorium in Barwicha nach Moskau
An seinen Freund und Nachbarn Alexej Fajko und dessen Familie

Liebe Freunde!

Ich danke Euch für die freundschaftliche Anteilnahme, die Käppchen und Euer liebevolles Verhalten gegenüber Sergej. Um mich steht es so: Hier ist eine Besserung eingetreten, so daß in meiner Seele sogar eine Hoffnung erwacht ist. Es wurde eine wesentliche Besserung im linken Auge festgestellt. Das rechte, das stärker betroffene, kriecht dem linken langsam nach. Ich war schon draußen, im Wald. Aber plötzlich kam die Grippe. Wir hoffen, sie geht ohne Folgen vorüber.

Zunächst darf ich nicht lesen. Schreiben – Ihr seht es ja – ich diktiere Jelena Sergejewna – ebensowenig. Einstweilen wünsche ich Euch das Allerbeste, selbstverständlich an allererster Stelle Gesundheit!

1. Dezember 1939. Aus Barwicha nach Moskau
An Pawel Popow

Lieber Patja!

Ich diktiere nur spärlich, denn ich liege mit einer Grippe, die glücklicherweise im Abklingen ist.

In meiner Hauptkrankheit zeichnet sich hier eine Besserung ab (Augen). Daraufhin regte sich in mir die Hoffnung, daß ich noch einmal ins Leben zurückkehre. [. . .]

Wenn Du in Deinem Arbeitszimmer sitzt und ein Buch liest – dann mußt Du an mich denken. Ich vermisse diese Seligkeit seit zweieinhalb Monaten.

Solltest Du an uns schreiben, worüber ich mich freuen würde, so schreibe direkt in unsere Stadtwohnung.

Dein Michail

3. Dezember 1939. Aus Barwicha nach Moskau
An seine Schwester Jelena

Liebe Ljolja!

Einige Neuigkeiten über mich: Im linken Auge stellten sie eine bedeutende Besserung fest. Das rechte Auge hinkt hinterher, aber versucht offensichtlich, auch etwas Gutes zu erreichen. Den Worten des Arztes ist zu entnehmen, daß eine Besserung der Augen auf eine Besserung der Nierenfunktion schließen läßt. Und wenn das so ist, regt sich in mir die Hoffnung, daß ich dieses Mal dem Großmütterchen mit der Sense davonlaufen und einiges zu Ende bringen könnte, was ich so gern zu Ende bringen würde.

Jetzt hat mich die Grippe ein wenig gebremst und ans Bett gefesselt, denn ich durfte mich schon draußen aufhalten und sogar im Wald spazierengehen. Und ich bin wesentlich kräftiger geworden.

Und was ist Barwicha? Ein hervorragend ausgestattetes klinisches Sanatorium. Sehr komfortabel. Aber am liebsten wäre ich zu Hause, versteht sich. »Ist man Gast, hat man es gut, aber zu Hause hat man es besser«, aber das kennst Du ja. Ich werde sehr sorgfältig behandelt, vorwiegend mit einer speziell ausgewählten und zusammengestellten Diät. Vorwiegend Gemüse in allen möglichen Formen und Obst. Beides schmeckt stinklangweilig, aber sie sagen, daß es nicht anders geht und daß sie mich anders nicht wiederherstellen können. Nun, mir sind Lesen und Schreiben so wichtig, daß ich bereit bin, sogar an den miesen Möhren herumzukauen. Wie lange wir hier noch ausharren müssen, ist völlig offen. Wenn Du mir schreiben möchtest, worüber ich mich sehr freuen würde, so schreib in unsere Stadtwohnung. Grüße Warja und Nadja.

5. Dezember 1939. Aus Moskau nach Barwicha
Von Pawel Popow

Lieber Maka!

Ich war sehr gerührt über Deinen Brief. Ich denke ständig an Dich. Jetzt, früher, immer. Bei Tisch, im Bett, draußen. Ob wir uns sehen oder nicht sehen, Du bist für mich etwas, was das Leben schmückt. Ich fürchte, Du ahnst gar nicht, was Du mir bedeutest. Als einmal ein Russe gefragt wurde, ob er nicht einem barbarischen Völkerstamm angehöre, antwortete er: »Wenn es in der Vergangenheit meines Volkes einen Puschkin und einen Gogol gegeben hat, kann ich mich nicht zu den Barbaren zählen.« Einen Bischof von den Aleuten fragte man einst, als man ihm auf der Kusnetzkij Brücke begegnete – er war aus dem öden Norden angereist –: »Wie gefällt Ihnen Moskau?« Er antwortete: »Menschenleer.« Das heißt, ihm fehlten die wahren Menschen.

Als Dein Zeitgenosse merkt man nicht, daß es menschenleer ist. Liest man die von Dir geschriebenen Zeilen, so weiß man, worin die echte Kultur des Wortes besteht: Indem die Phantasie die von Dir beschriebenen Orte durchstreift, begreift man, daß die schöpferische Einbildungskraft noch nicht versiegt ist, daß das Licht, das die Romantiker entzündeten, E. T. A. Hoffmann und andere, immer noch strahlt und glänzt und überhaupt, daß die Kunst des Wortes die Menschen noch nicht verlassen hat. Du stehst für mich in diesem Zusammenhang auf einem solchen Sockel, wie ihn sich noch kein Künstler je errichtet hat – auch wenn sie darin Meister sein mögen, sich selbst nicht nur als Mittelpunkt der Begeisterung in einem Theatersaal zu sehen, sondern auch als Mittelpunkt im All.

Mir ist es sogar manchmal unheimlich, daß ich Dich kenne, daß ich mit Dir meine Späße mache, daß ich Dich duze – ob ich nicht das andächtige Gefühl, das ich Dir gegenüber empfinde, gelegentlich profaniere? Aber was soll man lange darüber schreiben! Jedes Deiner Worte, das en passant fällt, ist ein Kunstwerk, worum es auch immer geht. Alles andere, was mit Literatur zu tun hat, ist klein, verglichen mit Dir. Wie sollte ich da nicht an Dich denken und mit Dir empfinden!? Ein Historiker, bei dem ich als Student hörte, erzählt in seinen Memoiren, wie er für eine längere Zeit von seinem Lehrer, dem Akademiemitglied Golbinskij, Abschied nahm: »Ich küßte die Hand des Mannes, der die Geschichte der russischen Kirche geschrieben hat.« Deshalb empfand auch ich immer den Wunsch und empfinde ihn auch heute, die Hand des Mannes zu küssen, der den »Molière« geschrieben hat.

6. Dezember 1939. Aus Barwicha nach Moskau
An Pawel Popow

Ja, lieber Pawel, man soll sich nie etwas vornehmen. Die Grippe warf uns beide nieder, und alles ging zum Teufel – vor allem die frische Luft und der weitere Fortschritt. Ich fühle mich miserabel, liege die ganze Zeit da und träume nur von der Rückkehr nach Moskau und der Erholung von einer sehr anstrengenden Therapie mit verschiedenen Prozeduren, die mich in den drei Monaten völlig zermürbt haben. Ich habe von den Kuren genug!

Schreiben und Lesen sind nach wie vor streng verboten und das Verbot gilt, wie es hier formuliert wurde, »für lange«. Das ist mir ein Wort! Eigentlich völlig unbestimmt. Kannst Du mir vielleicht übersetzen, was »für lange« bedeutet? Am 20. Dezember, komme was wolle, will ich in Moskau sein. [. . .]

12. Dezember 1939. Aus Moskau nach Barwicha
Von Pawel Popow

Heute war ich bei Wikentij Wikentjewitsch* und hörte einige interessante Dinge, die Dich betreffen und von denen ich bis dahin nichts wußte. Nämlich – es geht um Deinen »Puschkin«, der in den Spielplan 1940 aufgenommen worden ist. [. . .] W. W. war sehr, sehr liebenswürdig und sprach von Dir sehr teilnahmsvoll und rührend.

Danke für den Brief. Jelena Sergejewna küsse ich die Hände und Dich umarme ich in Gedanken. Hat Dich mein letzter Brief erreicht? Er könnte sich mit Deinem letzten Brief gekreuzt haben.

Dein Dich liebender Pawel

25. Dezember 1939. Moskau
An seine Schwester Jelena

Ich bin in Moskau seit dem 18. Besuche mich! Mache mit Ljussja telefonisch aus, wann es Dir am besten paßt. Ich bin wortkarg, denn ich muß die Augen schonen.

Dein M.

28. Dezember 1939. Aus Moskau nach Kiew
An Alexandr Gdeschinskij

Bis jetzt konnte ich Dir, mein guter Freund, nicht antworten, und mich auch für die liebenswerten Nachrichten noch nicht bedanken. Nun, ich bin also aus dem Sanatorium zurück. Und wie sieht es mit mir aus? Wenn ich es Dir ehrlich und im Vertrauen sagen soll, so nagt in mir der Verdacht, daß ich zum Sterben nach Hause gekommen bin.

Es gibt einen Grund, weshalb mir das nicht paßt: Es ist qualvoll, langweilig und trivial. Bekanntlich gibt es nur eine einzige anständige Todesursache – Feuerwaffe, aber eine solche steht mir leider nicht zur Verfügung . . .

Genaueres zu meiner Krankheit: In mir vollzieht sich ein von mir deutlich empfundener Kampf zwischen den Lebens- und den Todeszeichen. Zum Beispiel auf der Seite des Lebens – eine Besserung der Sehkraft.

Aber jetzt genug von der Krankheit!

Nur noch ein einziger Zusatz: Am Ende meines Lebens mußte ich noch eine Enttäuschung erleben – die Mediziner und Therapeuten.

Ich möchte sie nicht als Mörder bezeichnen, das wäre zu hart, aber ich kann sie ohne weiteres Laien, Stümper und Pfuscher nennen.

Natürlich gibt es Ausnahmen, aber die sind selten.

Was können schon diese Annahmen helfen, wenn die Allopathen gegen solche Leiden, wie meine, nicht nur keine Mittel, sondern auch keine Möglichkeit haben, sie zu diagnostizieren! Die Zeit wird kommen, und über unsere Mediziner wird man genauso lachen wie über die Ärzte bei Molière. Für die Chirurgen, Augenärzte, Zahnärzte gilt das Gesagte nicht. Und für den besten aller Therapeuten, für Jelena Sergejewna, ebensowenig. Aber sie braucht Hilfe, deshalb bin ich konvertiert und lasse mich von einem Homöopathen behandeln. Und die beste Hilfe möge uns Kranken von Gott kommen!

Schreibe mir, ich bitte Dich sehr. [. . .]

Von ganzem Herzen wünsche ich Dir Gesundheit – die Sonne sehen, das Meer hören, der Musik lauschen!

Dein M.

31. Dezember 1939. Moskau
An seine Schwester Jelena

Liebe Ljolja!

Ich habe Deinen Brief bekommen. Ich wünsche Dir und Deiner Familie baldige Genesung. Und zum anbrechenden neuen Jahr sende ich Dir auch viele weitere frohe und gute Wünsche.

Mir wünsche ich nichts, weil ich gelernt habe, daß meine Wünsche niemals und auf keine Weise in Erfüllung gehen. [. . .] Weder die behandelnden Ärzte noch ich selbst können mit Sicherheit etwas sagen. Es kommt, wie es kommen soll. Ich empfinde große Freude, weil ich wieder zu Hause bin, Ljussja und ich küssen Dich.

Michail

Aus Jelena Sergejewnas Tagebuch
1. Januar 1940

Das schwerste Jahr meines Lebens, das Jahr 1939, ist vorüber, und gebe Gott, daß das Jahr 1940 nicht ebenso wird!

15. Januar 1940

Mischa korrigiert den Roman*, soweit seine Kräfte reichen, und ich trage die Korrekturen in ein Heft ein.

16. Januar 1940

42 Grad! [. . .] Ich glaube, daß er wieder gesund wird.

24. Januar 1940. Moskau
An Pawel Popow

Lebst Du noch, lieber Pawel? Dieser Januar ist ungewöhnlich kalt. Mir hat der Frost furchtbar zugesetzt, und ich fühle mich miserabel.

Rufe an! Dein M.

Aus Jelena Sergejewnas Tagebuch
10. März 1940

16.39 Uhr. Mischa gestorben.

---

5. Januar 1961. Aus Moskau nach Paris
Von Jelena Sergejewna an Bulgakows Bruder Nikolaj

[. . .] Jetzt will ich Ihnen etwas genauer über Mischas Tod berichten, wie schwer es mir auch fällt. Aber ich verstehe, daß Sie das wissen müssen.

Als Mischa und ich begriffen hatten, daß wir ohne einander nicht leben konnten (das waren seine Worte), sagte er plötzlich mit großem Ernst: »Du mußt wissen, daß ich sehr schwer sterben werde – schwöre mir, daß Du mich nicht in ein Krankenhaus einlieferst und daß ich in Deinen Armen sterben werde.« Ich mußte lächeln – es war 1932, Mischa war etwas über vierzig, gesund und sehr jugendlich . . . Er wiederholte ebenso ernst: »Schwöre es!« Und später, im Laufe unseres gemeinsamen Lebens, hat er mich mehrfach daran erinnert.

Ich bestand darauf, daß er den Arzt aufsucht, auf Röntgen, Analysen und so weiter. Er tat das alles. Die Resultate beruhigten uns, und dennoch sprach er immer wieder vom Jahr 1939. Und als dieses Jahr kam, sagte er in leichtem, scherzhaftem Ton, das sei sein letztes Jahr, sein letztes Theaterstück und so weiter. Aber da sein Zustand ausgezeichnet war und er unter ärztlicher Kontrolle stand, konnte ich seine Worte niemals ernst nehmen ... Dann fuhren wir im Sommer in den Süden, und im Zug befiel ihn eine Übelkeit ... Das war am 15. August 1939. Am selben Tag fuhren wir aus Tula (ich fand ein Taxi) nach Moskau zurück. Ich holte dort die Ärzte. Er hütete eine Zeitlang das Bett, stand auf, war unruhig und bedrückt, und wir beschlossen, der Abwechslung halber, für eine Weile nach Leningrad zu verreisen.

Wir reisten am 10. September und kamen nach vier Tagen zurück, weil er am ersten Tag auf dem Newskij Prospekt merkte, daß er erblindete. Wir suchten dort einen Professor auf, der seinen Augenhintergrund untersuchte und sagte: »Es sieht schlecht aus.« Dieser Professor bestand darauf, daß ich Mischa unverzüglich nach Hause brächte. In Moskau holte ich bekannte Spezialisten – für die Nieren und die Augen. Der erste wollte Mischa sofort in seine Abteilung ins Kreml-Krankenhaus überführen lassen, aber Mischa sagte: »Ich gehe nicht von ihr weg.« Und erinnerte mich an meinen Schwur. Als ich im Flur Professor Wowsi verabschiedete, sagte er: »Ich will nicht darauf bestehen, denn das ist eine Frage von höchstens drei Tagen.«

Aber Mischa lebte noch ein halbes Jahr. Sein Zustand wurde bald schlimmer, bald besser. Manchmal konnte er sogar nach draußen gehen und ins Theater. Aber er wurde zusehends schwächer, nahm ab und sah immer schlechter ...

Wir schliefen gewöhnlich gegen zwei Uhr nachts ein. Nach einer oder zwei Stunden weckte er mich und sagte: »Steh auf, Ljussinka, ich werde bald sterben. Wir wollen uns unterhalten.« Freilich, nach kurzer Zeit machte er seine Witze, lachte, glaubte mir, daß er unbedingt wieder gesund werden würde, erfand die unglaublichsten Geschichten über das Künstlertheater oder den Anfang von einem neuen Roman oder überhaupt etwas Witziges. Darauf schlief er beruhigt ein.

Als Arzt wußte er genau, wie es kommen mußte. [. . .]

Seine Beine gehorchten nicht mehr. Mein Platz war auf einem Kissen, auf dem Fußboden vor seinem Bett. Er hielt die ganze Zeit meine Hand – bis zum letzten Augenblick.

Am 9. März sagte der Arzt etwa um 3 Uhr nachmittags, daß er höchstens noch zwei Stunden leben würde. Mischa war offenbar bewußtlos. Am Tage vorher hatte er sich furchtbar gequält. Er hatte überall Schmerzen. Er hatte Serjoscha holen lassen, ihm die Hand auf den Kopf gelegt und gesagt: »Licht!« . . . Wir machten alle Lampen an. Und am 9., inzwischen waren einige Stunden nach dem Todesurteil des Arztes vergangen, kam er wieder zu sich und zog mich an der Hand zu sich. Ich bückte mich, um ihn zu küssen. Er hielt mich lange so fest, ich glaube, eine Ewigkeit, sein Atem war eiskalt – der letzte Kuß.

Die Nacht ging vorbei. Am Morgen des 10. März schlief er immer noch (vielleicht war er auch bewußtlos), sein Atem ging schneller, wärmer, gleichmäßiger und plötzlich dachte ich, glaubte ich, wie von Sinnen, das Wunder, das ich ihm immer prophezeit, das Wunder, an das ich ihn zu glauben genötigt hatte, sei geschehen – daß er gesund würde, daß dies die Krise sei. [. . .] Nach einer Weile ging ich aus dem Zimmer, und plötzlich stürzte Schenetschka herein: »Mama, er tastet nach Dir!« Ich lief zurück und nahm seine Hand, Mischa atmete schneller und schneller, öffnete dann unerwartet sehr weit die Augen, seufzte. In den Augen lag ein Staunen. Sie füllten sich mit einem seltsamen Licht. Er starb. Es war 16.39 Uhr, wie ich in mein Heft eingetragen habe . . .

Anmerkungen

Artikel vom 26. November 1919.
Dobrowolzy: Freiwillige der Weißen Armee.

Brief vom 17. November 1921.
Der Weg, auf dem ich Arbeit suche, und der Beruf: Bulgakow spricht hier von seiner Entscheidung, eine literarische Laufbahn einzuschlagen und den Beruf des Arztes aufzugeben.
»Leiden«: die Erzählung »Morphium«.
Rasputin: es geht um die Verschwörung gegen den Mönch Grigorij Jefimowitsch Rasputin (eigentl. Nowych, 1864/5–1916); seit 1907 einflußreichste Figur am Zarenhof. Durch seine angeblichen Heilfähigkeiten gewann er große Macht über Nikolaj II. und die Zarin und dadurch auch Einfluß auf die russische Politik. An dem Attentat auf ihn nahmen teil: Fürst Felix Felixowitsch Jussupow (1887–1967), der nach der Revolution emigrierte, Verfasser von Memoiren; Wladimir Mitrofanowitsch Purischkewitsch (1870–1920), bekannter russischer Politiker, damals Mitglied der Duma, des russischen Parlaments; der in Bulgakows Brief nicht genannte Großfürst Dmitrij Pawlowitsch (1831–1919), ein Vetter von Nikolaj II. Der erwähnte Großfürst Nikolaj Michailowitsch Romanow (1859–1919) war an der Verschwörung nicht aktiv beteiligt, hatte sie jedoch in der Öffentlichkeit unterstützt und wurde deswegen vom Zaren verbannt.

Brief vom 15. Dezember 1921.
Pud: russische Gewichteinheit, entspricht 16,38 kg.

Tagebucheintrag Bulgakows vom 27. August 1923.
Das Buch: Notizen auf Manschetten.

Brief vom 31. August 1923.
Leschnew: Herausgeber der Zeitschrift *Rossija*, für die er die Erzählung »Diaboliada« ablehnte.

Tagebucheintrag Bulgakows vom 18. Oktober 1923.
das liebenswerte Organ: die Eisenbahnerzeitung *Gudok* (*Die Signalpfeife*).

Tagebucheintrag Bulgakows vom 25. Februar 1924.
Pjotr Nikanorowitsch: Sajzew.

Tagebucheintrag Bulgakows vom 15. April 1924.
David Kisselgof: später Tatjana Nikolajewna Bulgakowas zweiter Ehemann.
Nikolaj Nikolajewitsch: russischer Großfürst (1856–1929).

Brief vom 25. Mai 1924.
Nikolaj Semjonowitsch: Angarskij.

Tagebucheintrag Bulgakows vom 6. August 1924.
in dieser Situation: nach Abbruch der anglo-sowjetischen Verhandlungen.

Tagebucheintrag Bulgakows vom 18. Oktober 1924.
meiner grotesken Novelle: Die verhängnisvollen Eier.

Tagebucheintrag Bulgakows vom 23. Dezember 1924.
meine Frau: Ljubow Jewgenjewna, mit der er zu diesem Zeitpunkt noch nicht verheiratet war.
Wassilewskij: Ljubow Jewgenjewnas geschiedener Ehemann.

Tagebucheintrag vom 26. Dezember 1924.
Ich konnte es mir nicht verkneifen: Die Unterhaltung, von der Bulgakow erzählt, fand auf einem literarischen Abend bei Angarskij statt.

Tagebucheintrag Bulgakows vom 27./28. Dezember 1924.
Widmung: »Dieser Roman ist Ljubow Jewgenjewna Beloserskaja gewidmet.«

Brief vom 20. Februar 1925.
Glawlit: Zentrale Behörde für Literatur und Verlagswesen, befaßte sich auch mit Zensur.

Brief vom 10. November 1925.
Ihre Erzählung: »Die verhängnisvollen Eier«.

Brief vom 17. November 1926.
die Aufführung befürwortet: Sojkas Wohnung.

Brief vom 18. November 1926.
(ich wurde wieder bestellt): vermutlich im Zusammenhang mit der Verhaftung Leschnews.

Diskussionsbeitrag vom 7. Februar 1927.
Hetmanschtschina, Petljurowschtschina: die jeweils kurzen Perioden während des Bürgerkriegs, als ukrainisch-nationalistische Kräfte Kiew besetzt hielten.

Brief vom 14. Dezember 1927.
Wanja: der jüngste Bruder Bulgakows, Iwan.

Ergänzung zum Antrag auf Genehmigung einer Auslandsreise, 21. Februar 1928.
Société des Auteurs Dramatiques: richtig – Société des Auteurs et Compositeurs Dramatiques.

Brief vom 12. März 1928.
Nikolaj Ernestowitsch: Radlow.

Brief vom 15. Juli 1929.
ein gutes amerikanisches Stück: The Front Page.

Brief vom 19. Juli 1929.
»Ich bin es heute [. . .]«: Zitat aus Tschaikowskijs Oper »Pique-Dame«.

Brief vom 24. August 1929.
meines Romans: französische Ausgabe der *Weißen Garde.*

Brief vom 28. März 1930.
die rothaarige Frau eines Freundes: Anspielung auf Jelena in *Die Tage der Turbins.*

Brief vom 15.–17. Juli 1930.
TRAM: Theater der jungen Arbeiter.
Bouton: Bulgakows Hund, auch Name von Molières Diener.

Brief vom 28. Juli 1930.
Ljussetta: Jelena Sergejewna.

Brief vom 29. Dezember 1930.
des Chronisten: Erzählerfigur für die Bühnenfassung der *Toten Seelen.*

Briefentwurf von Anfang 1931.
mein erster Leser zu werden: möglicherweise eine Anspielung auf die Rolle Zar Nikolaj I, der für Puschkin als persönlicher Zensor wirkte.

Brief vom 30. Mai 1931.
Sanproswet: Theater, das von 1925 bis 1939 unter der Leitung von Smyschljajew dem Institut für Hygienische Aufklärung beigeordnet war.

Brief vom 28. Oktober 1931.
Maxim: Gorkij.

Brief vom 30. Oktober 1931.
A. I.: Anna Iljinitschna Tolstaja.

Brief vom 24. April 1932.
ein Stück: Die Tage der Turbins.

Brief vom 7. Mai 1932.
Wlad Iwan: Wladimir Iwanowitsch Nemirowitsch-Dantschenko.

Brief vom 8.–13. Juni 1932.
RABIS: Union der Kunstschaffenden.

Brief vom 30. Juni 1932.
Nikolaj Wassiljewitsch: Jegorow.

Brief vom 2. August 1933.
mit einer Vollmacht ausgestattet: Zu diesem Zeitpunkt hatte Jelena Sergejewna schon alles Geschäftliche übernommen.

Tagebucheintrag Jelena Sergejewnas vom 24. September 1933.
Olga, Kaluschskij: Jelena Sergejewnas Schwester und Schwager; *Ljubascha:* Ljubow Jewgenjewna.

Tagebucheintrag Jelena Sergejewnas vom 27. September 1933.
Kolja L.: Ljamin.

Tagebucheintrag Jelena Sergejewnas vom 1. November 1933.
Ekke: Redaktioneller Mitarbeiter der Serie *Lebensläufe der Großen.*

Tagebucheintrag Jelena Sergejewnas vom 8. Dezember 1933.
Knorre: vom Theater der jungen Arbeiter.

Brief vom 14. März 1934.
Ljussja: Jelena Sergejewna.

Tagebucheintrag Jelena Sergejewnas vom 27. März 1934.
... erzählt, daß Stalin vor einigen Tagen im Theater war: Jegorow hatte von dem Besuch Stalins im Künstlertheater berichtet.

Brief vom 20. Juni 1934.
Konstantin Sergejewitsch: Stanislawskij.
an Ihrem anderen Stück: Die toten Seelen.

Tagebucheintrag Jelena Sergejewnas vom 8. September 1934.
Jossif Wissarionowitsch und Awel Sofronowitsch: Stalin, Jenukidse.

Tagebucheintrag Jelena Sergejewnas vom 17. September 1934.
Ilja: Sudakow.

Tagebucheintrag Jelena Sergejewnas vom 16. Oktober 1934.
Während der Proben: zu den *Pickwickiern.*

Tagebucheintrag Jelena Sergejewnas vom 30. März 1935.
Torgsin: Geschäft für importierte Waren.

Tagebucheintrag Jelena Sergejewnas vom 11. April 1935.
Bullitt: damaliger amerikanischer Botschafter in Moskau.

Tagebucheintrag Jelena Sergejewnas vom 18. April 1935.
Jewgenij Alexandrowitsch: Schilowskij.

Tagebucheintrag Jelena Sergejewnas vom 17. Mai 1935.
Jekaterina Iwanowna: J. I. Busch – Sergejs Erzieherin; *Schenja:* Jelena Sergejewnas älterer Sohn.
Tata: N. Ljamins Frau; *Kolja:* Ljamin.

Tagebucheintrag Jelena Sergejewnas vom 22. Mai 1935.
Patja: Popow. *Der Alte:* Weressajew.

Tagebucheintrag Jelena Sergejewnas vom 28. Mai 1935.
Wladimir Iwanowitsch: Nemirowitsch-Dantschenko.
K. S.: Stanislawskij.

Tagebucheintrag Jelena Sergejewnas vom 1. Juni 1935.
las er vor: aus *Puschkin.*

Brief vom 13. September 1935.
in einer Komödie: Iwan Wassiljewitsch.
Kolja: Nadeschda Radlowas Ehemann, Nikolaj.

Tagebucheintrag Jelena Sergejewnas vom 24. September 1935.
Grischa: Konskij.
Aus dem Roman: Der Meister und Margarita.

Tagebucheintrag Jelena Sergejewnas vom 3. Oktober 1935.
auf der Grundlage von Mischas Stück: Puschkin.

Tagebucheintrag Jelena Sergejewnas vom 7. November 1935.
Demonstration: Festparade anläßlich des Jahrestages der Oktoberrevolution.

Tagebucheintrag Jelena Sergejewnas vom 22. Dezember 1935.
sein 50. Jubliäum: Weressajews 50. Autorenjubiläum; sein erstes Buch erschien 1885.

Tagebucheintrag Jelena Sergejewnas vom 3. Januar 1936.
Melik: Melik-Paschajew.
Jakow Leontjewitsch: Leontjew.
»Lady Macbeth«: Schostakowitschs Oper »Lady Macbeth von Mzensk«.

Tagebucheintrag Jelena Sergejewnas vom 28. Januar 1936.
zum roten Direktor: von der Partei beauftragter Direktor des Theaters.

Tagebucheintrag Jelena Sergejewnas vom 6. Februar 1936.
Melik: Melik-Paschajew.

Tagebucheintrag Jelena Sergejewnas vom 8. Februar 1936.
»Pretschistenka«: alte Straße im Zentrum Moskaus.

Brief vom 11. Februar 1936.
die Komödie: Iwan Wassiljewitsch.
Alexandr Sergejewitsch: Puschkin.

Tagebucheintrag Jelena Sergejewnas vom 24. Februar 1936.
seine Rolle abgeben muß: als Ludwig XIV.
»Feinde«: Drama von Gorkij.

Tagebucheintrag Jelena Sergejewnas vom 19. Mai 1936.
»Der halbtolle Jourdain«: Bulgakows Adaption von Molières *Le bourgeois gentilhomme.*

Tagebucheintrag Jelena Sergejewnas vom 14. September 1936.
Samossud: vom Bolschoj Theater.
Jakow L.: Leontjew.

Brief vom 2. Oktober 1936.
Knipper: Olga Leonardowna Knipper-Tschechowa, berühmte Schauspielerin, Ehefrau Tschechows.

Tagebucheintrag Jelena Sergejewnas vom 14. Oktober 1936.
Stawskij: Sekretär des Schriftstellerverbandes.

Tagebucheintrag Jelena Sergejewnas vom 19. November 1936.
Topi: Bulgakows Freund Sergej Topleninow.

Tagebucheintrag Jelena Sergejewnas vom 28. November 1936.
Melik: Melik-Paschajew.

Brief vom 9. Dezember 1936.
Jewgenij Iwanowitsch: Samjatin.

Tagebucheintrag Jelena Sergejewnas vom 18. Februar 1937.
Ordschonikidse einem Herzschlag erlegen ist: Tatsächlich beging er Selbstmord oder wurde ermordet.

Tagebucheintrag Jelena Sergejewnas vom 22. April 1937.
im Roman: Aufzeichnungen eines Toten (*Theaterroman*).
Gastspiel in Paris: des Moskauer Künstlertheaters.

Tagebucheintrag Jelena Sergejewnas vom 16. Mai 1937
vor dem »Roten Pfeil«: Schnellzug auf der Strecke Moskau-Leningrad.

Tagebucheintrag Jelena Sergejewnas vom 5. Juni 1937.
Litowskij: der Vorsitzende des Repertoire-Hauptkomitees, der seines Amtes enthoben worden war.

Tagebucheintrag Jelena Sergejewnas vom 11. Juni 1937.
Der Eintrag bezieht sich auf die Verurteilung Marschall Tuchatschewskis und anderer durch ein Militärtribunal.

Tagebucheintrag Jelena Sergejewnas vom 25. Juni 1937.
In dem Eintrag spricht sie von Schuchowizkij.

Tagebucheintrag Jelena Sergejewnas vom 6. September 1937.
... erzählte, daß Litowskij verhaftet wurde: Smirnow hatte von der Verhaftung berichtet.

Tagebucheintrag Jelena Sergejewnas vom 23. September 1937.
Den Roman abschließen: Der Meister und Margarita.

Brief vom 2. Oktober 1937.
Paschajew: Melik-Paschajew.

Tagebucheintrag Jelena Sergejewnas vom 15. November 1937.
Grischa: Konskij.
ein wahrer Bitkow: Polizeispitzel in Bulgakows *Puschkin.*

Tagebucheintrag Jelena Sergejewnas vom 24. November 1937.
»Neuland unterm Pflug«: Bühnenfassung von Scholochows gleichnamigem Roman.

Brief vom 19. Dezember 1937.
Ihr neues Opernlibretto: Peter der Große.

Tagebucheintrag Jelena Sergejewnas vom 29. Januar 1938.
die 5. Sinfonie: Schostakowitschs 5. Sinfonie mit dem Untertitel.

Tagebucheintrag Jelena Sergejewnas vom 28. Februar 1938.
Jelena Sergejewna bezieht sich auf die Verlautbarung im Vorfeld des Prozesses gegen Bucharin, Rykow, Jagoda u. a., denen der Tod Gorkijs, Menschinskijs und Kujbyschews zur Last gelegt wurde.

Tagebucheintrag Jelena Sergejewnas vom 13. März 1938.
Das Urteil: im 3. Schauprozeß vom 2. bis 13. März.

Tagebucheintrag Jelena Sergejewnas vom 31. März 1938.
Serjoscha: Jermolinskij.
die historischen Kapitel: jene, die im *Meister und Margarita* in Jerusalem spielen.

Brief vom 27. Mai 1938.
Jewgenij: Kaluschskij.

Brief vom 3. Juni 1938.
Wladimir Iwanowitsch: Nemirowitsch-Dantschenko.

Brief vom 3. Juni 1938.
OnMi: Abkürzung für Onkel Mischa; im Russischen: *DjaMi* (Djadja Mischa).

Brief vom 22. Juli 1938.
Jewgenij: Bulgakows älterer Stiefsohn.

Brief vom 8. August 1938.
Trauersaal im Künstlertheater: Stanislawskij war gestorben.

Brief vom 9. August 1938.
Konstantins: Stanislawskijs.

Tagebucheintrag Jelena Sergejewnas vom 4. September 1938.
Nikolaj Robertowitsch: Erdman.

Tagebucheintrag Jelena Sergejewnas vom 5. September 1938.
Fedja: Michalskij; *Grischa:* Konskij.

Tagebucheintrag Jelena Sergejewnas vom 14. September 1938.
Nina R.: Dobranizkijs Frau.

Tagebucheintrag Jelena Sergejewnas vom 22. September 1938.
Ein brauchbarer Vorschlag: Der Komponist I. O. Dunajewskij hatte Bulgakow aufgefordert, ein Opernlibretto zu »Rachel« nach Maupassants »Mademoiselle Fifi« zu schreiben.

Tagebucheintrag Jelena Sergejewnas vom 26. Oktober 1938.
Der Eintrag bezieht sich auf die Vierzigjahresfeier des Moskauer Künstlertheaters.

Brief vom 14. Juli 1939.
Lesung: des Stücks *Batum.*
Grigorij Michailowitsch: Kalischjan.

Tagebucheintrag Jelena Sergejewnas vom 5. August 1939.
Nikolaj: Erdman.

Brief vom 12. Dezember 1939.
Wikentij Wikentjewitsch: Weressajew.

Tagebucheintrag Jelena Sergejewnas vom 15. Januar 1940.
den Roman: Der Meister und Margarita.

Kurze Bemerkung zu russischen Eigennamen

Neben der Eigenheit der Dreiteilung in Vor-, Vaters- und Nachnamen (Michail Afanassjewitsch Bulgakow) ist ein weiteres Charakteristikum des russischen Eigennamens seine vielfältigen Verkleinerungsformen, die sehr oft statt des Vornamens gebraucht werden. Hier einige Beispiele:

– Ljubow Jewgenjewna Beloserskaja (Bulgakowa): Ljuba, Ljubanja, Ljubascha, Ljubinka, Ljubotschka.
– Olga Sergejewna Bokschanskaja: Olja.
– Iwan Afanassjewitsch Bulgakow: Wanetschka, Wanja.
– Konstantin Petrowitsch Bulgakow: Kostja.
– Michail Afanassjewitsch Bulgakow: Mischa, Mischenka.
– Nikolaj Afanassjewitsch Bulgakow: Kolja, Nikol, Nikolajtschik.
– Nadeschda Afanassjewna Bulgakowa: Nadja.
– Warwara Afanassjewna Bulgakowa: Warja.
– Jelena Afanassjewna Bulgakowa: Ljolja.
– Jelena Sergejewna Bulgakowa: Lju, Ljussenka, Ljusetta, Ljussi, Ljussja.
– Alexandr Gdeschinskij: Sascha.
– Jewgeni Kaluschskij: Schenja.
– Tatjana Nikolajewna Lappa (Bulgakowa): Tanja, Tanjuscha, Tasska, Tassja.
– Nikolaj Ljamin: Kolja.

– Pawel Popow: Patja.
– Anna Tolstaja: Annuschka.
– Nikolaj Radlow: Kolja.
– Nadeschda Radlowa: Dina.
– Sergej Jewgenjewitsch Schilowskij: Serjoscha, Serjoschka.
– Jewgenij Jewgenjewitsch Schilowskij: Schenetschka, Schenitschka, Schenja.
– Sergej Jermolinskij: Serjoscha.
– Jewgenij Samjatin: Schenja.

Bulgakow, seine Familie und engsten Freunde benutzten auch eine Vielzahl von Kosenamen, die nicht Verkleinerungsformen darstellen:
– Ljubow Jewgenjewna Beloserskaja (Bulgakowa): Topson.
– Michail Afanassjewitsch Bulgakow: Afanassjewitsch, Molière Afanassjewitsch, OnMi, Mak, Maka.
– Jelena Sergejewna Bulgakowa: Ku, Massja, Myssja, Helen.
– Sergej Topleninow: Topi.

Personenverzeichnis

Achmatowa, Anna Andrejewna (eigentl. Gorenko) (1889–1966). Große russische Lyrikerin. Machte um 1926 Bekanntschaft mit Bulgakow. Ihr Poem über den Stalinschen Terror *Requiem* (1935–1940, vollständig veröffentlicht in der Sowjetunion erst 1987), eines der wichtigsten Werke der russischen Literatur des zwanzigsten Jahrhunderts, nimmt u. a. auch auf die Verhaftung ihres Sohnes Bezug (*siehe Gumiljow, Lew*). Siehe auch *Punin*.

Afinogenow, Alexandr Nikolajewitsch (1904–1941). Russischer Dramatiker. Sekretär der Theatersektion der RAPP (Russischer Verband der Proletarischen Schriftsteller), ab 1934 Mitglied des Vorstandes des Schriftstellerverbandes der UdSSR. Seine Stücke *Der Sonderling* und *Die Angst* wurden 1929 und 1931 im Moskauer Künstlertheater aufgeführt, das Stück *Bahnstation Daljokoje* (dt. *Ein Punkt in der Welt*) – 1935 im Wachtangow-Theater. Das Theaterstück *Die Lüge* (1933) wurde von Stalin selbst zensiert und kurz vor der Aufführung im Moskauer Künstlertheater verboten. Ab Ende 1936 wurde Afinogenow scharfer politischer Kritik ausgesetzt, seine Stücke wurden verboten; doch er selbst blieb körperlich unangetastet und wurde 1938 rehabilitiert. Er starb bei einem Bombenangriff.

Assafjew, Boris Wladimirowitsch (Pseudonym: *Igor Glebow*) (1884–1949). Russischer Komponist und Musikwissenschaftler. 1925–1946 Professor des Leningrader Konservatoriums. Komponierte mehrere Ballette und Opern, unter den letzteren: *Minin und Poscharskij* nach Bulgakows Libretto (1936; 1938 wurden Fragmente aufgeführt), *Das Gastmahl während der Pest* (1940) und *Der eherne Reiter* (1941) nach den gleichnamigen Werken *A. S. Puschkins* (nie aufgeführt).

Awerbach, Leopold Leonidowitsch (1903–1939). Sowjetischer Literaturkritiker und Literaturfunktionär. 1926–1932 Generalsekretär der RAPP (Russischer Verband der Proletarischen Schriftsteller) und Redakteur der linientreuen Zeitschrift *Na literaturnom postu* (*Auf dem Literaturposten*), Anhänger der vulgärmarxistischen Linie. Nach der Auflösung der RAPP im Jahre 1932 nahm er an der Vorbereitung des 1. Allunionsschriftstellerkongresses teil. Awerbach war Neffe des prominenten Revolutionärs Ja. M. Swerdlow (1885–1919) und Schwager von *G. G. Jagoda*, der im Jahre 1937 kurz vor Awerbach verhaftet wurde. Awerbach wurde am 14. 7. 1939 hingerichtet.

Babel, Issaak Emmanuilowitsch (1894–1941?). Bedeutender russischer Epiker, Meister der Kurzerzählung. Sein bekanntestes Werk, der Erzählungszyklus *Die Reiterarmee*, erschien 1926 in Moskau. 1938 wurde er verhaftet; später verschollen.

Belyj, Andrej (eigentl. Bugajew, Boris Nikolajewitsch) (1880–1934). Russischer Lyriker, Prosaiker und Literaturwissenschaftler, einer der bedeutendsten Symbolisten.

Bohlen, Charles Eustis (1904–1974). Amerikanischer Diplomat. Dritter Sekretär der amerikanischen Botschaft in Moskau ab Frühjahr 1934 bis Frühjahr 1935; Zweiter Sekretär und Konsul in Moskau von Anfang 1938 bis Ende 1940. Später Dolmetscher und Berater F. Roosevelts in Teheran und Jalta und H. Trumans in Potsdam; danach amerikanischer Botschafter in Moskau. Autor von *Witness to History 1929–1969* (*Zeuge der Geschichte 1929–1969*), 1973.

Bolduman, Michail Pantelejmonowitsch (1898–1983). Russischer Schauspieler, arbeitete ab 1933 im Moskauer Künstlertheater.

Brjussow, Walerij Jakowlewitsch (1893-1924). Russischer Lyriker und Literaturwissenschaftler, gehörte zu den frühen Symbolisten.

Bubnow, Andrej Sergejewitsch (1883–1940). Sowjetischer Politiker. 1924–1929 Chef der Politischen Verwaltung der Roten Armee, 1929–1937 Volkskommissar für das Bildungswesen der RSFSR (Russische Sowjetische Föderative Sozialistische Republik), 1937 verhaftet, 1940 hingerichtet, 1956 rehabilitiert.

Bucharin, Nikolaj Iwanowitsch (1888–1938). Bolschewistischer Politiker und Theoretiker, bedeutender marxistischer Nationalökonom. 1925–1927 bekämpfte er zusammen mit Stalin die linke Opposition, wurde 1929 als Rechtsabweichler entmachtet. Später Chefredakteur der *Iswestija*. 1937 verhaftet, im dritten Moskauer Schauprozeß im März 1938 zum Tode verurteilt und sofort hingerichtet, 1988 parteiamtlich rehabilitiert.

Bullitt, William Christian (1891–1967). Amerikanischer Diplomat. Botschafter in Moskau 1933–1936. Autor von *Report to the American People*, 1940, und *The Great Globe Itself*, 1946.

Dmitrijew, Wladimir Wladimirowitsch (1900–1948). Russischer Bühnenbildner. Arbeitete im Moskauer Künstlertheater ab 1927; 1941–1948 war er in leitender Funktion für das Bühnenbild zuständig. 1928 entwarf er die Bühne für Bulgakows *Flucht*, 1930–1931 zu Bulgakows *Molière* (beide wurden von *Stanislawskij* abgelehnt).

Dunajewskij, Issaak Ossipowitsch (1900–1955). Sowjetischer Komponist, Komponist von Operetten, Filmmusik, Liedern.

Efros, Abram Markowitsch (1888–1954). Russischer Kunst-, Literatur- und Theaterwissenschaftler, Lyrikübersetzer.

Eisenstein, Sergej Michailowitsch (1898–1948). Sowjetischer Filmregisseur. Zu seinen bekanntesten Filmen gehören *Panzerkreuzer Potjomkin* (1925), *Oktober* (1927), *Das Alte und das Neue* (1929), *Alexandr Newskij* (1938) und *Iwan der Schreckliche* (1. Teil 1944, 2. Teil 1946).

Erdman, Boris Robertowitsch (1899–1960). Russischer Bühnenbildner. Bruder von N. R. Erdman.

Erdman, Nikolaj Robertowitsch (1902–1970). Russischer Dramatiker und Drehbuchverfasser. Schrieb die Theaterstücke *Das Parteimandat* (1924) und *Der Selbstmörder* (1928). 1933 verhaftet und nach Sibirien verbannt, durfte sich danach nur in der Stadt Kalinin (heute Twer) niederlassen.

Gogol, Nikolaj Wassiljewitsch (1809–1852). Großer russischer Prosaiker und Dramatiker. Sein wichtigstes Werk, der Roman *Die toten Seelen* (mit dem Helden Pawel Iwanowitsch Tschitschikow), erschien 1842.

Gontscharow, Iwan Alexandrowitsch (1812–1891). Bedeutender russischer Schriftsteller, in dessen drei wichtigsten Romanen, *Eine alltägliche Geschichte* (1847), *Oblomow* (1859) und *Die Schlucht* (1869) der Typus des »überflüssigen Menschen« entwickelt wird, der Inbegriff der Apathie, eines schwermütigen und passiven Daseins. Soziologisch wurde diese Figur mit dem Untergang des russischen Adels in Zusammenhang gebracht.

Gorkij, Maxim (eigentl. Peschkow, Alexej Maximowitsch) (1868–1936). Russischer Epiker und Dramatiker, gilt in der Sowjetunion offiziell als Begründer der Literatur des »Sozialistischen Realismus«. Von 1921 bis 1931 zum Teil aus gesundheitlichen, aber auch aus politischen Gründen im westeuropäischen Exil. Nach der Rückkehr in die Sowjetunion spielte er eine wichtige Rolle auf kulturpolitischem Gebiet; hatte persönlichen Kontakt zu Stalin. 1934 wurde er zum Vorsitzenden des Schriftstellerverbandes ernannt. Der wirkliche Grund seines Todes bleibt unbekannt, es gibt eine Vermutung, er sei auf Stalins Befehl ermordet worden.

Gorodezkij, Sergej Michailowitsch (1884–1967). Russischer Lyriker und Opernlibrettist. Er schrieb u. a. ein neues Libretto für die Aufführung von M. I. Glinkas *Iwan Sussanin* im Bolschoj Theater im Jahre 1939 und das Libretto zur *Mär von Opanas* nach dem Poem von E. G. Bagrizkij, Musik von *W. M. Jurowskij.*

Gortschakow, Nikolaj Michailowitsch (1898–1958). Russischer Regisseur und Theaterwissenschaftler, ein treuer Anhänger Stanislawskijs. Arbeitete im Moskauer Künstlertheater ab 1924 und gleichzeitig als künstlerischer Leiter im Moskauer Satirentheater.

Gumiljow, Lew Nikolajewitsch (geb. 1912). Sowjetischer Etnograph. Sohn *Anna Achmatowas* und des Dichters Nikolaj Stepanowitsch Gumiljow (1886–1921), der als angeblicher Teilnehmer am Kronstädter Aufstand hingerichtet wurde. Lew Gumiljow selbst wurde zum ersten Mal im Jahre 1934 verhaftet, bald darauf aber wieder freigelassen; nachdem man ihn 1937 wieder festgenommen hatte, wurde er direkt an die Front im II. Weltkrieg geschickt; 1945 kehrte er nach Leningrad zurück. Zum letzten Mal wurde er 1949 verhaftet und erst nach Anbruch des »Tauwetters« 1956 entlassen.

Ilf, Ilja (eigentl. Feinsilberg, Ilja Arnoldowitsch) (1897–1937) und *Petrow, Jewgenij* (eigentl. Katajew, Jewgenij Petrowitsch) (1902–1942). Populäres Autorenteam, berühmt für seine satirische Prosa, besonders die Romane *Die zwölf Stühle* (1928) und *Das goldene Kalb* (1931).

Iwan IV. Wassiljewitsch, der Schreckliche (1530–1584). Großfürst ab 1533. Gilt als der erste russische Zar (ab 1547); berüchtigt wegen seiner sinnlosen grausamen Massenverfolgungen und Hinrichtungen vermeintlicher Gegner.

Iwanow, Wsewolod Wjatscheslawowitsch (1895–1963). Sowjetischer Prosaiker. Zu seinen bekanntesten Werken gehören *Panzerzug 14–69* (1923), *Parchomenko* (1938). Ab 1934 gehörte er zum Präsidium des Schriftstellerverbandes.

Jagoda, Genrich Grigorjewitsch (1891–1938). Sowjetischer Funktionär, einer der engsten Mitarbeiter Stalins. 1920 zum Präsidiumsmitglied der Tscheka ernannt, 1924–1934 stellvertretender Vorsitzender der GPU, ab 1930 Chef der Zwangsarbeitslager. 1934–1936 Volkskommissar des Innern (Leiter der NKWD), ab 1934 Mitglied des Zentralkomitees. Angeblich organisierte er auf Stalins Anweisungen politische Morde, darunter auch den von *S. M. Kirow*. Wurde Anfang 1937 vom Amt des Volkskommissars des Innern abgesetzt, im März 1937 von seinem Nachfolger Jeschow als »ein ehemaliger zaristischer Spion« denunziert und im April 1937 verhaftet. Ein Jahr später wurde er zusammen mit *N. I. Bucharin* und *A. I. Rykow* zum Hauptangeklagten im dritten Moskauer Schauprozeß, wo er wegen Mordes an einer Reihe von prominenten Personen, darunter an Kirow, *W. W. Kujbyschew* und *Maxim Gorkij*, und wegen Spionage angeklagt wurde. Jagoda wurde zum Tode verurteilt und bald daraufhingerichtet. Er bleibt der einzige Angeklagte in den Moskauer Schauprozessen, der nicht rehabilitiert wurde.

Janschin, Michail Michailowitsch (1902–1976). Russischer Schauspieler und Regisseur. Ab 1922 arbeitete er im Moskauer Künstlertheater. Er spielte u. a. die Rolle von Lariossik in *Die Tage der Turbins*.

Jenukidse, Awel Sofronowitsch (1877–1937). Sowjetischer Funktionär georgischer Herkunft. Mitglied des Präsidiums und Sekretär des Zentralen Exekutivkomitees 1918–1935. Im Herbst 1937 wurde er verhaftet und am 30. 10. 1937 hingerichtet.

Jerschow, Wladimir Lwowitsch (1896–1964). Russischer Schauspieler, arbeitete ab 1919 im Moskauer Künstlertheater.

Jurowskij, Wladimir Michailowitsch (1915–1972). Sowjetischer Komponist; schrieb die Oper *Mär von Opanas*, für die *S. M. Gorodezkij* das Libretto verfaßt hat.

Kalinin, Michail Iwanowitsch (1875–1946). Partei- und Staatsfunktionär. 1919–1946 Mitglied des Zentralkomitees (ab 1926 auch Mitglied des Politbüros) und nominelles Staatsoberhaupt.

Kamenew, Lew Borissowitsch (eigentl. Rosenfeld) (1883–1936). Führender sowjetischer Politiker, 1917–1926 Mitglied des Zentralkomitees, 1919–1926 Mitglied des Politbüros. Nach Lenins Tod bekämpfte er erst mit Stalin und *Sinowjew* L. Trozkij, später bildete er mit Sinowjew und Trozkij die »Vereinte Opposition« gegen Stalin, nach deren Scheitern er seiner Partei- und Regierungsämter enthoben wurde und in der Verbannung lebte. Im ersten Moskauer Schauprozeß im August 1936 zum Tode verurteilt und bald danach hingerichtet.

Katajew, Iwan Iwanowitsch (1902–1939). Sowjetischer Schriftsteller, Autor von mehreren Erzählungen. 1937 verhaftet; 1939 in Haft gestorben.

Katajew, Walentin Petrowitsch (1897–1986). Russischer Prosaiker und Dramatiker. Ab 1922 arbeitete er in Moskau, zuerst als Journalist bei *Gudok* (*Die Signalpfeife*), später als freiberuflicher Schriftsteller. Mitglied des Vorstandes des Schriftstellerverbandes ab seiner Gründung im Jahr 1934. In dem Roman *Mein Diamantenkranz* (1978) verarbeitete er seine Erinnerungen an die zwanziger Jahre.

Kerschenzew, Platon Michailowitsch (1881–1940). Sowjetischer Politiker und Journalist. 1936–1938 Vorsitzender des Komitees für Kunst des Volkskommissarenrates.

Kirow, Sergej Mironowitsch (eigentl. Kostrikow) (1886–1934). Führender Parteifunktionär, seit 1926 Erster Sekretär der Leningrader Parteiorganisation. Wegen seiner Popularität auf Stalins Geheiß ermordet. Der Mord wurde Anlaß zum Massenterror.

Kirschon, Wladimir Michailowitsch (1902–1938). Sowjetischer Dramatiker und Kulturpolitiker. 1923–1925 Parteifunktionär, ab 1926 einer der Leiter der RAPP (Russischer Verband der Proletarischen Schriftsteller). Seine Theaterstücke wurden häufig aufgeführt; die Stücke *Brot, Das Gericht* und *Die wunderbare Legierung* in den Jahren 1931, 1933 und 1934 vom Moskauer Künstlertheater. 1937 wurde er verhaftet; 1938 in Haft umgekommen; 1956 rehabilitiert.

Klytschkow, Sergej Antonowitsch (eigentl. Leschenkow) (1889–1940). Russischer Lyriker und Prosaiker. Ab 1934 wurden seine Werke verbannt, er selbst wurde 1937 verhaftet und starb 1940 in Haft.

Kujbyschew, Walerian Wladimirowitsch (1888–1935). Sowjetischer Politiker, Ökonom. Die Umstände seines Todes sind ungeklärt. (*Siehe auch Jagoda, G. G.*)

Kusa, Wassilij Wassiljewitsch (1902–1941). Russischer Schauspieler und Regisseur, ab 1921 arbeitete er im Wachtangow-Theater. Während eines Bombenangriffes ums Leben gekommen.

Leontjew, Jakow Leontjewitsch (1889–1948). Theaterverwalter. 1933–1934 Assistent des Direktors des Moskauer Künstlertheaters, ab 1934 stellvertretender Direktor des Bolschoj Theaters und Direktor von dessen Filiale.

Leschnew, Issaj Grigorjewitsch (1891–1955). Russischer Literaturwissenschaftler und Journalist. Redakteur der 1922 gegründeten Zeitschrift *Rossija* (*Rußland*; erschien auch als *Nowaja Rossija*, *Neues Rußland*), die 1926 wegen ihrer Nähe zur Emigrantenbewegung *Smena wech* (*Zeitenwende*) verboten wurde. Leschnew wurde 1926–1930 ins Ausland verbannt. Die Erlaubnis, in die Sowjetunion zurückzukehren, erhielt er erst, nachdem er seine Ansichten »revidiert« hatte. Nach seiner Rückkehr wurde er 1933 zum Mitglied der Kommunistischen Partei, 1935–1939 war er Leiter der Abteilung für Literatur und Kunst der *Prawda*.

Litowskij, Ossaf Semjonowitsch (1892–1971). Sowjetischer Dramatiker, Kritiker und Funktionär auf dem Gebiet der Kultur. 1932 bis 1937 Vorsitzender des Repertoire-Hauptkomitees.

Litwinow, Maxim Maximowitsch (1876–1951). Sowjetischer Diplomat, 1930–1939 Volkskommissar für Auswärtige Angelegenheiten. Ab 1939 aller politischen Ämter enthoben, zu seinem Nachfolger als Außenminister wurde *W. M. Molotow* ernannt. Während des II. Weltkrieges erhielt er zweimal diplomatische Posten, von denen man ihn jeweils rasch wieder absetzte.

Lunatscharskij, Anatolij Wassiljewitsch (1875–1933). Sowjetischer Kulturpolitiker und Literaturwissenschaftler, Altbolschewik. 1917–1929 Volkskommissar für Bildung. Er förderte avantgardistische und proletarische Literatur und Kunst, setzte sich jedoch auch für das »klassische« Kulturerbe ein.

Mandelstam, Nadeschda Jakowlewna (1899–1980). Ehefrau von *O. E. Mandelstam*. Autorin der Memoirenbände *Das Jahrhundert der Wölfe* (*Wospominanija*, 1970) und *Generation ohne Tränen* (*Wtoraja kniga*, 1972).

Mandelstam, Ossip Emiljewitsch (1891–1938). Großer russischer Lyriker. Sein 1933 entstandenes Gedicht, das Stalin persönlich angriff, führte am 13. 5. 1934 zu seiner Verhaftung. Er wurde zu drei Jahren Verbannung verurteilt, die er zum Teil im Woronesch verbrachte, im Mai 1937 kehrte er nach Moskau zurück. Am 2. 5. 1938 wurde er zum zweiten Mal verhaftet. Er kam vermutlich am 27. 12. 1938 in der Haft ums Leben.

Melik-Paschajew, Alexandr Schamiljewitsch (1905–1964). Bekannter sowjetischer Dirigent. Ab 1931 Dirigent im Bolschoj Theater, wo er die Aufführungen von mehreren Opern leitete.

Meyerhold, Wsewolod Emiljewitsch (1874–1940). Berühmter sowjetischer Regisseur und Schauspieler. Gründete 1920 sein eigenes Theater (ab 1923 Meyerhold-Theater genannt), in dem er seine avantgardistischen künstlerischen Ideen verwirklichte. 1938 wurde das Theater wegen »Formalismus« geschlossen; Meyerhold trat öffentlich mit Selbstbezichtigungen auf; er arbeitete für eine kurze Zeit unter der Leitung Stanislawskijs im Musiktheater, wurde 1939 verhaftet und 1940 hingerichtet.

Molotow, Wjatscheslaw Michailowitsch (eigentl. Skrjabin) (1890–1986). Sowjetischer Politiker, einer der engsten Mitarbeiter Stalins. 1926–1957 Mitglied des Politbüro, 1930–1941 Vorsitzender des Volkskommissarenrates, 1939–1949 Außenminister. 1957 auf Geheiß Chruschtschows aller höheren Partei- und Regierungsposten enthoben.

Nemirowitsch-Dantschenko, Wladimir Iwanowitsch (1858–1943). Russischer Regisseur und Dramatiker. Zusammen mit *K. S. Stanislawskij* gründete er 1898 das Moskauer Künstlertheater, das er mit Stanislawskij bis zu dessen Tod leitete und danach alleine führte.

Nikolaj I (Nikolaj Pawlowitsch) (1796–1855). 1825–1855 Zar Rußland. Sein Verhältnis zu *A. S. Puschkin*, dessen Werke er persönlich zensierte, wurde zu einem wichtigen Thema für viele sowjetische Schriftsteller.

Nikolaj II (Nikolaj Alexandrowitsch) (1868–1918). Der letzte russische Zar (1894–1917). Wurde gemeinsam mit seiner Familie erschossen.

Olescha, Jurij Karlowitsch (1899–1960). Russischer Epiker, Dramatiker, Essayist. Sein 1927 erschienener Roman *Der Neid* stellt äußerst lebendig und mit viel Witz verschiedene Lebensmuster russischer Menschen nach der Revolution einander gegenüber.

Ordschonikidse, Grigorij Konstantinowitsch (1886–1937). Führender Parteifunktionär georgischer Herkunft, Bürgerkriegskommissar, zuletzt Volkskommissar für Schwerindustrie. Plötzlicher Tod durch Mord oder Selbstmord im Kreml, angeblich nach einem Streit mit Stalin.

Pasternak, Boris Leonidowitsch (1890–1960). Großer russischer Lyriker, Epiker und Übersetzer.

Petljura, Simon Wassiljewitsch (1879–1926). Führende Figur der ukrainischen Nationalbewegung. Ab Mai 1917 Vorsitzender des Allukrainischen Armeekomitees, ab November 1918 – oberster Ataman des Heeres, ab Februar 1919 Vorsitzender des Direktoriums der Ukrainischen Volksrepublik. Die Petljura-Armeeangehörigen wurden bekannt durch Gewalttaten gegen die Zivilbevölkerung, vor allem gegen Juden.

Petrow, Jewgenij Petrowitsch – siehe *Ilf, I. A.* und *Petrow, Je. P.*

Pilnjak, Boris Andrejewitsch (eigentl. Wogau) (1894–1938). Bedeutender russischer Prosaiker. Obwohl die in seinen Werken *Die Geschichte vom nichtausgelöschten Mond* (1926) und *Mahagoni* (1929 veröffentlicht in Berlin) geübte scharfe Kritik an der sowjetischen Regierung eine Kampagne gegen ihn auslöste, blieb Pilnjak selbst bis 1937 physisch unangetastet und konnte mehrmals ins Ausland reisen. Am 6. 10. 1937 wurde er verhaftet und am 21. 4. 1938 als »Trozkist, japanischer Spion und Vaterlandsverräter« hingerichtet.

Popow, Pawel Sergejewitsch (1892–1964). Literatur- und Philosophieforscher, einer der besten Freunde Bulgakows. Im Sommer 1930 wurde es ihm wegen seiner »sozialen Abstammung« verboten, in Moskau zu wohnen, und er mußte mit seiner Frau Anna Iljinitschna Tolstaja (einer Enkelin *Lew Tolstojs*) nach Leningrad umziehen. Im Herbst 1932 durften sie nach Moskau zurückkehren; ab da verbrachten sie längere Zeit in Jassnaja Poljana, Lew Tolstojs Landgut. Popow schrieb die erste biographische Skizze von Bulgakow.

Prokofjew, Sergej Sergejewitsch (1891–1953). Bedeutender russischer Komponist, Pianist und Dirigent. 1918–1932 lebte er in den Vereinigten Staaten und in Frankreich, kehrte 1932 in die Sowjetunion zurück, wo er mehrfach in Auseinandersetzungen mit der offiziellen Kulturpolitik geriet. Bekannt sind vor allem seine Opern: *Die Liebe zu den drei Apfelsinen* (1921), *Der Spieler* (nach dem Roman von Dostojewskij, 1929), *Krieg und Frieden* (1944), seine Ballette, Sinfonien und das sinfonische Märchen *Peter und der Wolf* (1936).

Punin, Nikolaj Nikolajewitsch (1888–1953). Russischer Kunsthistoriker, heiratete 1929 *Anna Achmatowa*. Mitte der vierziger Jahre verhaftet; er starb 1953 im Lager.

Puschkin, Alexandr Sergejewitsch (1799–1837). Großer russischer Dichter.

Rykow, Alexej Iwanowitsch (1881–1938). Sowjetischer Politiker, Altbolschewik. Ab 1922 Mitglied des Politbüros, ab 1924 Nachfolger Lenins als Vorsitzender des Volkskommissarenrates. 1928 wurde er einer der Führer der rechten Opposition, infolgedessen verlor er 1930 alle Ämter. Im dritten Moskauer Schauprozeß wurde er zum Tode verurteilt und am 18. 3. 1938 erschossen.

Sachawa, Boris Jewgenjewitsch (1896–1976). Sowjetischer Regisseur und Schauspieler. Arbeitete von Anfang an im Wachtangow-Theater (siehe *Wachtangow, Je. B.*), war 1923–1926 auch Schauspieler im Meyerhold-Theater.

Sachnowskij, Wassilij Grigorjewitsch (1886–1945). Sowjetischer Regisseur und Theaterwissenschaftler. Arbeitete seit 1926 im Moskauer Künstlertheater, ab 1932 als stellvertretender Direktor. Er führte die Regie bei Bulgakows Bühnenfassung von Gogols *Toten Seelen* (1932) unter der Leitung von *Stanislawskij*.

Saltykow-Schtschedrin, Michail Jewgrafowitsch (eigentl. Saltykow, Pseudonym: N. Schtschedrin) (1826–1889). Berühmter russischer Schriftsteller, bekannt durch seine satirischen Werke.

Samjatin, Jewgenij Iwanowitsch (1884–1937). Bedeutender russischer Prosaiker und Dramatiker, Autor des antiutopischen Romans *Wir* (1920 geschrieben, 1924–1925 im Ausland veröffentlicht, 1988 in der Sowjetunion). Machte 1925 Bulgakows persönliche Bekanntschaft. Verfolgt von den RAPP-Kritikern und ohne Veröffentlichungsmöglichkeiten in der Sowjetunion, schrieb er einen Brief an Stalin, in dem er um die Ausreisegenehmigung bat. Er konnte mit seiner Frau nach Paris emigrieren.

Samossud, Samuil Abramowitsch (1884–1964). Sowjetischer Dirigent. 1936–1943 Leitender Dirigent des Bolschoj Theaters.

Schdanow, Andrej Alexejewitsch (1896–1948). Sowjetischer Politiker, ab 1930 Mitglied des Zentralkomitees, Parteiideologe. Auf seine Veranlassung eröffnete das ZK der KP am 14. August 1946 mit seiner Resolution über die Leningrader Zeitschriften *Swesda* (*Stern*) und *Leningrad* eine langjährige erbitterte Kampagne gegen westliche Kultureinflüsse. Zu ersten Opfern wurden die populärsten Leningrader Schriftsteller Anna Achmatowa und Michail Soschtschenko. Diese Hetze gegen die »dekadenten Antipatrioten« sowie der kurz darauf entfachte antisemitisch gefärbte Kampf gegen die »Kosmopoliten« führten zu einer Stagnation des gesamten kulturellen Lebens bis hin zu Stalins Tod.

Schostakowitsch, Dmitrij Dmitrijewitsch (1906–1975). Bedeutender russischer Komponist.

Schpet, Gustaw Gustawowitsch (1879–1940). Russischer Philosoph, Husserlianer; in Haft verstorben.

Sinowjew, Grigorij Jewssejewitsch (eigentl. Radomylskij) (1883–1936). Sowjetischer Politiker, Altbolschewik, enger Mitarbeiter Lenins. Ab 1923 bekämpfte er L. D. Trozkij in Koalition mit Stalin und *Kamenew*, 1925 bildete er zusammen mit Trozkij und Kamenew die »Vereinte Opposition« gegen Stalin, nach deren Scheitern 1926–1927 Sinowjew aller seiner Parteiämter enthoben wurde. Im Januar 1935 wurde er zu 10 Jahren Gefängnis verurteilt; im August 1936, im ersten Moskauer Schauprozeß zum Tode verurteilt und am 25. 8. 1936 hingerichtet.

Sljoskin, Jurij Lwowitsch (1885–1947). Sowjetischer Schriftsteller. Machte 1920 Bulgakows Bekanntschaft in Wladikawkas. Seine Begegnungen mit Bulgakow hat er in seinem Tagebuch geschildert; in seinem Roman *Dewuschka s gor* ist ein satirisches Portrait Bulgakows mit aufgenommen.

Stanislawskij, Konstantin Sergejewitsch (eigentl. Alexejew) (1863–1938). Russischer Schauspieler, Regisseur, Pädagoge und Theaterwissenschaftler. Ab 1877 Schauspieler; wurde zu einem der bedeutendsten Akteure seiner Zeit. 1898 gründete er zusammen mit *W. I. Nemirowitsch-Dantschenko* das Moskauer Künstlertheater (ab 1920 Moskauer Akademisches Künstlertheater), das er bis zu seinem Tode leitete. Das Theater entwickelte einen realistischen Spielstil, der mit der von Bulgakow im *Theaterroman* so skeptisch geschilderten »Stanislawskij-Methode« gefördert werden sollte. Nach dieser Methode ist es für den Schauspieler äußerst wichtig, den Eindruck von Natürlichkeit und Glaubhaftigkeit zu erwecken, was durch ein intensives Durchleben der Rolle erzeugt wird. Bis heute gibt es viele Anhänger der Stanislawskij-Methode. Stanislawskij leitete die berühmtesten Aufführungen des Künstlertheaters, darunter auch die von *A. P. Tschechows* Stücken.

Tairow, Alexandr Jakowlewitsch (1885–1950). Sowjetischer Regisseur. Zusammen mit seiner Frau, der Schauspielerin Alissa Koonen, gründete er 1914 das Moskauer Kammertheater. Als Regisseur lehnte Tairow den psychologischen Realismus und Naturalismus ab, war dafür einer der prominentesten Anhänger des »reinen« Theaters. Er führte die Regie bei Bulgakows *Purpurinsel*; die Premiere fand im Dezember 1928 statt, nachdem mehrere Textstellen nach Einspruch des Repertoire-Hauptkomitees redigiert bzw. gestrichen worden waren.

Tolstoj, Alexej Nikolajewitsch (1883–1945). Russischer Epiker und Dramatiker, stammte aus derselben adligen Gutbesitzerfamilie, der auch *L. N. Tolstoj* angehörte. 1919–1922 in der Emigration; später mustergültiger Autor des Sozialistischen Realismus.

Tolstoj, Lew Nikolajewitsch, Graf (1828–1910). Großer russischer Epiker und Moralist.

Tschechow, Anton Pawlowitsch (1860–1904). Großer russischer Dramatiker und Epiker. Die Aufführungen seiner dramatischen Werke im Moskauer Künstlertheater (*Die Möwe*, 1898; *Onkel Wanja*, 1899; *Drei Schwestern*, 1901; *Der Kirschgarten*, 1904) zählen zu den großen Ereignissen der russischen Theatergeschichte; die Möwe wurde zum Emblem des Künstlertheaters.

Wachtangow, Jewgenij Bagrationowitsch (1883–1922). Bedeutender russischer Regisseur und Schauspieler. Einst Schüler von Stanislawskij, gründete 1921 sein eigenes Theater, das ab 1926 Wachtangow-Theater genannt wurde.

Weressajew, Wikentij Wikentjewitsch (eigentl. Smidowitsch) (1867–1945). Russischer Prosaiker und Literaturwissenschaftler. Herausgeber der Dokumentarsammlung *Puschkin im Leben*, 1926–1927. Sein Roman *Die Schwestern*, 1933, stieß auf scharfe Kritik, dennoch wurde er im Jahr 1934 zum Präsidiumsmitglied des Schriftstellerverbandes gewählt.

Wischnewskij, Wsewolod Witaljewitsch (1900–1951). Sowjetischer Dramatiker, Aktiver Funktionär der RAPP (Russischer Verband der Proletarischen Schriftsteller).

Woloschin, Maximilian Alexandrowitsch (eigentl. Kirijenko-Woloschin) (1878–1932). Bedeutender russischer Lyriker und Maler. In seinem 1903–1913 nach eigenem Entwurf erbauten Haus in Koktebel an der Ostküste der Krim trafen sich Künstler, Schriftsteller, Intellektuelle; es entstand eine Art »Salon«. Ab 1917 wohnte er ständig dort und war bemüht, nicht in den Sog der politischen Auseinandersetzungen zu geraten.

Woroschilow, Kliment Jefremowitsch (1881–1969). Sowjetischer Politiker, Altbolschewik, Heerführer im Bürgerkrieg. 1925–1940 Volkskommissar für Kriegs- und Marineangelegenheiten bzw. Verteidigung. 1953–1960 Vorsitzender des Präsidiums des Obersten Sowjets (Staats-Oberhaupt). Mit seinem Werk *Stalin und die Rote Armee* trug er maßgeblich zum Stalin-Kult bei.

Register

Achmatowa, A. A. 9, 137, 183, 191, 202, 216, 224, 226, 246, 265, 288, 347, 351, 357, 359
Adam und Eva 139
Afinogenow, A. N. 183, 193, 213, 214, 220, 253, 284, 288, 347
Akulow, Iwan Alexejewitsch 250, 252
Alexander II. 80
Alexandrow 281
Alexej Petrowitsch 292
Angarow, M. A. 259, 268, 283, 287, 290
Angarskij, Nikolaj Semjonowitsch (1873–1943) 76, 78, 81, 94, 231, 301, 302, 334, 335
Ardow 290
Arendt, Andrej Andrejewitsch 182, 194
Arkadjew, M. P. 185, 250, 252, 254, 259, 272, 288, 289
Arossew, Alexandr Jakowlewitsch (1890–1942) 291
Assafjew, B. W. 256, 260, 269, 271, 274, 276, 277, 279, 281, 286, 293, 297, 298, 299, 347
Aufzeichnungen eines jungen Arztes 19, 45, 56
Aufzeichnungen eines Toten s. *Theaterroman*
Awerbach, L. L. 90, 131, 284, 348
Babel, I. E. 45, 348
Bagrizkij, E. G. 350
Batum 185, 250, 261, 262, 263, 267, 315, 319, 320, 321, 322, 343
Beloserskaja (Bulgakowa), Ljubow Jewgenjewna (1895?–1987) (Bulgakows zweite Frau) 48–50, 77–80, 84, 86, 88, 91–94, 100, 108–110, 115–119, 123, 132, 138, 139, 143–147, 149, 153, 154, 158, 159, 162, 186, 191, 193, 334, 335, 337, 362
Belyj, A. 81, 348
Berg, S. M. 217, 224
Bessonow 302
Biberman, Herbert 110
Bill-Belozerkowskij, W. N. 90
Binschtok, W. L. 108, 116, 118, 120, 123
Bljum, W. I. 88, 129
Bloch, A. 279
Blumental, Dr. 192, 225, 301
»Bohème« 23, 80
Bohlen, Charles E. 225, 226, 227, 229, 230, 231, 348
Bojarskij, Ja. L. 259, 268, 290, 316, 320
Bokschanskaja, Olga Sergejewna (1891–1948) 183, 191, 193, 194, 200, 214, 216–218, 220, 226, 235, 237, 245, 251, 258, 261, 270, 274, 289, 299, 303–308, 311, 314, 319, 337

Bolduman, M. P. 250, 253, 348
Bolschoj Theater 14, 55, 77, 177, 182, 184, 191, 245, 249, 250, 256, 257, 260, 267, 273, 274, 279, 281, 284, 285, 286, 291–294, 296, 298, 301, 303, 318, 322, 340, 350, 354, 355, 358
Borispolez 201
Le bourgeois gentilhomme s. *Der halbtolle Jourdain*
Brécourt 188
Breschnew, L. I. 10
Brjussow, W. Ja. 81, 349
Brodsky, J. A. 9
Bubnow, A. S. 213, 229, 295, 349
Bucharin, N. I. 258, 342, 349, 352
Buchow 290
Bulgakow, Afanassij Iwanowitsch (1859–1907) (Bulgakows Vater) 17, 18, 50, 99, 362
Bulgakow, Iwan Afanassjewitsch (1900–1968) (Bulgakows Bruder) 17, 18, 20, 22, 47, 62, 64, 108, 113, 117, 124, 159, 162, 168, 187, 212, 239, 335, 362
Bulgakow, Konstantin Petrowitsch (Bulgakows Vetter) 17, 22, 34, 35, 37–39, 57, 58, 64
Bulgakow, Nikolaj Afanassjewitsch (1898–1966) (Bulgakows Bruder) 17, 18, 20, 22, 27–29, 39, 42, 47, 52, 53, 55, 57, 60, 61, 64, 65, 71, 74, 89, 94, 108, 112–114, 116, 118, 120–122, 125, 143, 147, 148, 159, 160, 162, 168, 170, 182, 187, 190, 206, 211, 225, 226, 228, 231, 232, 236, 238, 239, 247, 257, 264, 278, 279, 289, 319, 320, 325, 329, 362
Bulgakowa, Irina Iwanowna (Bulgakows Nichte) 159
Bulgakowa (Swetlajewa), Jelena Afanassjewna (1902–1964) (Bulgakows Schwester) 17, 64–66, 182, 264, 362
Bulgakowa, Jelena Sergejewna (1893–1970) (Bulgakows dritte Frau, in ihrer voriger Ehe Schilowskaja) 10–14, 91, 135, 137–139, 143, 144, 146, 147, 173, 175, 177, 178, 182–184, 186, 189–194, 196–210, 212, 221–225, 227–233, 235, 237, 238, 243–245, 247, 248, 250, 252, 255–259, 261, 263–267, 270–276, 278, 280–283, 286, 289–292, 294, 297, 299, 301, 303–314, 317, 319–321, 323, 324, 327–331, 336–343, 362
Bulgakowa, Ljubow Jewgenjewna (Bulgakows zweite Frau) – siehe Beloserskaja
Bulgakowa (Semskaja), Nadeschda Afanassjewna (1893–1971) (Bulgakows Schwester) 17–19, 22, 26, 27, 30, 37–39, 42, 47, 52, 53, 55, 57–62, 64, 67, 74, 182, 325, 362
Bulgakowa, Tatjana Nikolajewna (Bulgakows erste Frau) – siehe Lappá
Bulgakowa (Karum), Warwara Afanassjewna (1895–1954) (Bulgakows Schwester) 17, 26, 37, 63, 64, 66, 325, 362
Bulgakowa, Warwara Michailowna (1869–1922) (Bulgakows Mutter) 15, 17, 18, 20, 26, 27, 30, 37, 42, 47, 48, 53, 57, 61, 63, 65, 66, 168, 362
Bulgakowa, Wera Afanassjewna (1892–1973) (Bulgakows Schwester) 17, 37, 63, 65, 362
Bullitt, William 184, 225, 229, 246, 252, 253, 267, 276, 338, 349
Busch, Jekaterina Iwanowna 268, 320, 338

Cervantes 318
Chmeljow, Nikolaj Pawlowitsch (1901–1945) 214
Chruschtschow, N. S. 355

Conquest, Robert 263
Cooper, J. F. 73
Curzon 49, 67

Damir, A. M. 194
D'Anthès 180, 234
Davies, Joseph E. 282, 302
Despois, Eugène 143, 173
»Diaboliada« (Erzählung) 46, 47, 69, 70, 72–75
Diaboliada (Sammelband) 47, 69, 86, 96, 115
D'Herelle, F. 247
Dickens, Charles 179
Dmitrijew, W. W. 182, 217, 245, 246, 258, 259, 269, 274, 287, 288, 291, 299, 301, 302, 311–314, 316, 319, 349, 362
Dobranizkij 259, 286, 287, 288, 290, 291, 296, 343
Doluchanowa, Jelisaweta Issajewna (W. W. Dmitrijews Frau) 259, 301, 302, 314, 319
Don Quijote 260, 261, 288, 289, 297, 309, 310, 311, 313, 314, 316, 318, 319
Dorochin 249
Dostojewskij, Fjodor Michailowitsch (1821–1881) 357
Du Croisy 188
Dunajewskij, I. O. 261, 317, 343, 349
Durbrow, Elbridge 230

Efros, A. M. 291, 349
Eisenstein, S. M. 261, 349
Ekke, N. A. 192, 337
Erdman, B. R. 260, 350
Erdman, N. R. 191, 192, 260, 287, 299, 300, 301, 314, 320, 343, 350

Fajko, Alexej Michailowitsch (1893–1978) 323
Fajman, G. S. 21, 264
Faymonville, Phillip R. 276
Fischer 110
Fjodorows 311
Die Flucht 88–91, 109, 112, 114, 116, 118, 120, 130, 178, 190, 200, 213, 214, 216, 219, 253, 293, 294, 316, 349
Furer 268

Gdeschinskij, Alexandr Petrowitsch 221, 264, 322, 323, 327, 362
Der Geizige 247–249
Die gelbe Fahne s. *Die Tage der Turbins*
Glinka, M. I. 350
Glückseligkeit 178, 181, 197, 207, 208, 214, 218, 219, 245–247, 252, 254–256, 266, 268, 339, 340
Gogol, N. W. 46, 99, 138, 139, 151, 152, 158, 162, 179, 208, 209, 210, 219, 295, 305, 325, 350, 358
Golbinskij 326
Gontscharow, I. A. 199, 350
Gorkij, A. M. 75, 92, 96, 114, 118, 119, 141, 160, 161, 175, 200, 209, 285, 336, 340, 342, 350, 352
Gorodezkij, B. N. 287
Gorodezkij, S. M. 303, 350, 352
Gortschakow, N. M. 181, 214, 218, 230, 245, 256, 268, 271, 351
Gounod 19
Gréanin 170
Gribkow, W. W. 253
Grimarest 143, 173
Großes Schauspielhaus (Leningrad) 142, 160, 165, 166
Gudok (Signalpfeife) 45, 68, 71, 73, 81, 334, 353
Gumiljow, L. N. 246, 347, 351
Gumiljow, N. S. 351

Der halbtolle Jourdain 175, 176, 268, 340
»Der Handel in Moskau« 60
Handels- und Industrienachrichten 43, 58–60
Hitler, A. 236, 315
Hoffmann, E.T.A. 325

Das Hundeherz 11, 12, 46, 81, 86, 94, 101
Husserl, Edmund 359

Ilf, I. A. 45, 77, 182, 217, 277, 284, 351, 356
Iwan der Schreckliche 178, 214, 246, 351
Iwanow, S. I. 303
Iwanow, Ws. W. 253, 351
Iwan Wassiljewitsch s. *Glückseligkeit*

Jagoda, G. G. 258, 283, 302, 342, 348, 351, 352, 354
Janschin, M. M. 217, 250, 352
Jarcho, Boris Issakowitsch (1889–1942) 223
Jassenskij, Bruno (1901–1941) 290
Jegorow, Nikolaj Wassiljewitsch 172, 197, 219, 237, 253, 337, 338
Jenukidse, A. S. 92, 118, 200, 213, 338, 352
Jermolinskaja, Marija Artemjewna (S. A. Jermolinskijs Frau) 247
Jermolinskij, Sergej Alexandrowitsch (1900–1984) 247, 277, 302, 303, 342
Jerschow, W. L. 270, 352
Jeschow, N. I. 352
Jurowskij, W. M. 303, 350, 352
Jussupow, F. F. 57, 333

Kabale der Heuchler s. *Molière*
Kaganskij, S. L. 77, 89, 108, 112
Kalinin, M. I. 92, 114, 352
Kalischjan, Grigorij Michailowitsch 320, 321, 322, 343
Kaluschskij , Jewgenij Wassiljewitsch (1896–1966) 183, 191, 193, 214, 245, 258, 270, 307, 337, 342
Kamenew, L. B. 86, 192, 258, 352, 359
Kamenskij, Anatolij Pawlowitsch (1876–1941) 218
Kammertheater 87, 90, 107, 360
Kantorowitsch, W. Ja. 183, 191, 223
Katajew, I. I. 290, 353
Katajew, W. P. 45, 65, 68, 69, 70, 285, 314, 353
Katschalow, Wassilij Iwanowitsch (1875–1948) 215
Kennan, Annelise 282
Kerschenzew, P. M. 259, 267, 276, 286, 291–300, 353
Kirow, S. M. 177, 217, 218, 352, 353
Kirschon, W. M. 90, 259, 283–285, 287, 293, 295, 353
Kisselhof, David Alexandrowitsch 76, 334
Klopstock 26
Klytschkow, S. A. 290, 353
Knipper-Tschechowa, O. L. 273, 340
Knorre 194
Konskij, Grigorij G. 183, 223, 225, 245, 296, 302, 314, 319, 339, 341, 343
Koonen, A. S. 360
Korostin, M. S. 179
Kowarskij 26
Krassin, Leonid Borissowitsch (1870–1926) 67
Krassnaja niwa 80
Krieg und Frieden 140, 142, 161, 186
Kritschewskaja, Je. 65
Krjutschkow, P. P. 285
Ktorow, A. P. 215
Kudrjawzew 301
Kujbyschew, W. W. 342, 354
Kundera, M. 9
Kusa, W. W. 101, 104, 288, 316, 319, 354

Lagrange 188
Lappá (Bulgakowa), Tatjana Nikolajewna (1891–1982) (Bulgakows erste Frau) 18, 19, 22, 24, 25, 27, 36, 38, 39, 42, 43, 47, 48, 49, 52, 53, 54, 55, 56, 57, 58, 59, 61, 62, 63, 66, 69, 70, 74, 76, 334, 362
Das Leben des Herrn de Molière 11,

143, 175, 176, 189, 192, 209, 224, 230, 232
»Leiden« s. »Morphium«
Lenin, Wladimir Iljitsch (1870–1924) 41, 49, 75, 78, 211, 212, 257, 316, 352, 358, 359
Leontjew, B. L. 81, 94, 96
Leontjew, Ja. L. 182, 194, 200, 206, 217, 249, 256, 270, 271, 272, 274, 276, 277, 290, 296, 303, 339, 340, 354
Lerner 287
Leschnew, I. G. 70, 77, 86, 95, 98, 137, 334, 335, 354
Leskow, Nikolaj Semjonowitsch (1831–1895) 170
Litowskij, O. S. 250, 251, 259, 276, 287, 288, 291, 341, 354
Litwinow, M. M. 229, 354
Liwschiz 112
Ljamin, Nikolaj Nikolajewitsch (1892–1941?) 182, 191, 214, 233, 251, 257, 258, 268, 317, 323, 337, 338
Ljamina, N. A. s. Uschakowa, N. A.
Ljaschko, N. N. 79
Ljubtschenko 291
Ludwig XIV. 93, 262, 340
Lunatscharskij, A. W. 127, 355
Luschskij, Wassilij Wassiljewitsch (1869–1931) 84, 97
Die lustigen Weiber von Windsor s. *The Merry Wives of Windsor*

Mandelstam, N. Ja. 137, 183, 226, 284, 355
Mandelstam, O. E. 9, 24, 137, 183, 185, 202, 217, 284, 355
Markow, Pawel Alexandrowitsch (1897–1980) 95, 258, 262, 271, 284, 285, 314, 315, 316
Marmusch 224
Márquez, G. Garcia 9
Martynow 77
Mass, Wladimir Sacharowitsch 191
Maupassant, G. de 318, 343
Der Meister und Margarita 9, 10, 13, 23, 89, 92, 131, 176, 184, 190, 191, 193, 207, 214, 245, 257, 258, 260, 261, 264, 265, 286, 289, 296, 301, 302, 304–308, 311, 312, 318, 329, 339, 341, 342
Melik-Paschajew, A. Sch. 184, 249, 250, 269, 273, 277, 281, 294, 339–341, 355
Menschikow, Alexandr Danilowitsch (1673–1729) 292
Menschinskij, Wjatscheslaw Rudolfowitsch (1874–1934) 342
The Merry Wives of Windsor 256, 268, 271–275
Meyerhold, W. E. 88, 107, 263, 269, 282, 297, 299, 320, 355
Meyerhold-Theater 88, 105, 297, 299, 355, 358
Michalskij, Fjodor Nikolajewitsch 142, 254, 258, 314, 343
Mikitenko 295
Milne, Lesley 11
Minin 256
Minin und Poscharskij 256, 260, 269, 270, 271, 276, 277, 280, 281, 284, 286, 295–298, 348
Mischon, O. A. 38
Mogilnyj 277
Molière, Jean-Baptiste Pocquelin de 93, 121, 139, 143, 160, 175, 176, 180, 187, 188, 199, 209, 222, 224, 247, 251, 252, 255, 262, 328, 336, 340
Molière 92, 93, 120, 123, 124, 130, 139, 141–143, 160, 161, 165, 166, 173, 176, 178, 181, 185–187, 190, 194–196, 200, 209, 210, 215, 218, 219, 221–224, 228, 232, 235, 246, 248, 250–257, 266–269, 271–273, 277, 279, 280, 312, 326
Molotow, W. M. 267, 284, 354, 355
Mordwinow, Nikolaj Dmitrijewitsch (1910–1966) 303

»Morphium« 56, 333
Moskauer Künstlertheater 14, 51, 81, 83–85, 87, 91, 93, 95–98, 100, 103, 109, 114, 120, 136–138, 141–143, 145, 148–150, 152, 161, 163, 164, 168, 170, 173, 176–183, 185, 190, 193, 196–198, 200, 202, 204–207, 213, 217, 219, 223, 228, 230, 232, 235, 237, 238, 243, 244, 250, 252–259, 261–263, 268, 271–275, 279, 281, 285, 288, 289, 290, 302, 312, 313, 314, 315, 316, 319, 320, 321, 330, 338, 341–343, 347–349, 351–354, 356, 358–360
Moskwin, Iwan Michailowitsch (1874–1946) 312
Mutnych, Wladimir Iwanowitsch 249, 256, 269, 272, 281, 284, 286

Nakanune 44, 65, 69, 71, 73, 87
Nedra 75
Nejelow, Ju. M. 226
Nemirowitsch-Dantschenko, W. I. 83, 132, 138, 141, 148, 171, 181, 183, 198, 206, 207, 216, 218, 235, 237, 256, 257, 270, 275, 299, 303, 305–307, 312, 316, 337, 338, 342, 356, 359
Nikitins 80
Nikolaj I. 23, 180, 262, 336, 356
Nikolaj II. 44, 57, 333, 356
Notizen auf Manschetten 44, 46, 66, 72, 73, 75, 76, 94, 115, 334
Nowizkij, P. I. 127, 128

Olescha, Ju. K. 45, 77, 253, 285, 293, 356
Ordschonikidse, G. K. 267, 281, 340, 356
Orlinskij, A. R. 87, 105, 106
Orwell, George 140
Ostrowskij, Alexandr Nikolajewitsch (1823–1886) 170

Die Pariser Commune 23
Pasternak, B. L. 9, 137, 217, 224, 225, 356
Peter I. (1672–1725) 292
Peter der Große 259, 288, 291–295, 341
Petljura, S. W. 15, 20, 85, 99, 100, 105, 335, 356
Petrow, Je. P. 45, 183, 217, 277, 351, 356
Die Pickwickier 179, 193, 195, 213, 215, 216, 218, 338
Pikel, R. 130, 131
Pilnjak, B. A. 201, 204, 216, 246, 296, 357
Piotrowskij, Adrian Iwanowitsch (1898–1938) 290
Pletnjow 302
Pokrowskij, N. N. 38
Popow, Alexej Dmitrijewitsch (1892–1961) 85, 101, 102, 103
Popow, P. S. 99, 138, 140, 142, 161, 162, 164, 165, 167, 168, 170–173, 176, 178, 182, 188, 196, 199, 200, 207, 208, 214, 221, 235, 250, 251, 264, 275, 280, 281, 323, 324, 325, 326, 327, 329, 338, 357
Poscharskij 256
Poskrjobyschew, Alexandr Nikolajewitsch (1891–1966?) 251
Potechin, Ju. N. 69
Potozkij, Sergej Iwanowitsch (1883–1958) 303
Première 111
Proffer, Ellendea 11
Prokofjew, S. S. 14, 137, 184, 245, 246, 249, 357
Punin, N. N. 246, 347, 357
Purischkewitsch, W. M. 57, 333
Die Purpurinsel 87–91, 107, 108, 111–115, 127, 128, 360
Puschkin, A. S. 23, 104, 166–169, 179, 180, 213, 215, 223, 234, 240, 242, 244, 251, 252, 262, 273, 282, 295, 325, 336, 340, 348, 356, 357, 361

Puschkin. Die letzten Tage 179, 180, 181, 184, 213, 215, 219, 223, 233–238, 240–246, 248, 249, 251, 252, 255, 260, 266, 267, 268, 273, 282, 283, 287, 289, 327, 339, 341
Puschkina, Natalja Nikolajewna 180, 215
Pyrjew, Iwan Alexandrowitsch (1901–1968) 179, 197, 201, 214

Rabitschew/Rawitschew 300
Rachel 261, 317, 318, 343
Radlow, Nikolaj Ernestowitsch 109, 244, 245, 336, 339
Radlowa, Nadeschda 244, 245, 339
Rafalowitsch 268, 272, 302
Rajewskij, J. 281
Rakowskij, Christian Georgijewitsch (1873–1941) 302
Rasputin, G. Je. 44, 57, 333
Reich, Sinaida Nikolajewna (1894–1939) 263, 299, 320
Reinhardt, Marie (Marija P.) 190, 211, 226, 231
Der Revisor 179, 213, 215, 219
Ribbentrop, Joachim von 322
Romanow, D. D. 333
Romanow, N. M. 57, 337
Romanow, N. N. 76, 333
Roosevelt, F. D. 348
Rossija 47, 50, 79, 83, 86, 95, 98, 115, 137, 334, 354
Rotes Theater (Leningrad) 142, 166, 242
Rschewskij 309
Rushdie, Salman 9
Ruslanow, L. P. 234, 268
Rykow, A. I. 218, 258, 342, 352, 358

Sachawa, B. Je. 245, 358
Sachnowskij, W. G. 173, 205, 206, 281, 316, 321, 358
Sadyker, P. 65, 66
Sagorskij, M. W. 213
Sajzew, Pjotr Nikanorowitsch 73, 75, 76, 334
Samjatin, Je. I. 89, 109, 111, 113, 114, 119, 140, 141, 160, 183, 186, 193, 206, 212, 225, 245, 278, 281, 340, 358
Samjatina, Ljudmila Nikolajewna (Je. I. Samjatins Frau) 109, 141, 186, 193, 225, 278, 358
Samossud, S. A. 256, 272, 286, 340, 358
Sapaschkow 287
Sarytschew 94
Satirentheater 178, 181, 197, 200, 214, 246, 252, 266, 351
Satubin/Satudin 290
Sawadskij Theater 175
Schaljapin, Fjodor Iwanowitsch (1873–1938) 18
Schapiro, R. A. 160
Schdanow, A. A. 217, 299, 358, 359
Schebalin, W. Ja. 286
Schilowskij, Jewgenij Alexandrowitsch (1889–1952) 139, 143, 173, 227, 258, 338
Schilowskij, Jewgenij Jewgenjewitsch (1921–1957) (Bulgakows Stiefsohn) 139, 143, 232, 268, 278, 303, 309, 331, 338
Schilowskij, Sergej Jewgenjewitsch (1926–1975) (Bulgakows Stiefsohn) 139, 144, 186, 190, 191, 192, 198, 202, 205, 209, 212, 213, 215, 217, 219, 221, 225, 232, 244, 247, 268, 277, 279, 289, 290, 293, 296, 304, 306, 310, 311, 317, 320, 323, 331, 338, 342
Schostakowitsch, D. D. 14, 137, 181, 184, 249, 250, 300, 339, 342, 359
Schpet, G. G. 223, 359
Schuchowizkij, E. L. 183, 194, 213, 214, 219, 220, 223, 225–227, 230, 231, 236, 267, 341
Schumjazkij, B. S. 300
Das Schwarze Meer 256, 273, 276, 281
Selbstverteidigung 23, 35, 37

Semskij, Andrej Michailowitsch 42, 43, 47, 52, 53, 55, 58–60, 63, 64, 67, 91
Semskij, Boris Michailowitsch 43, 53
Shakespeare 132, 268, 294
Sinowjew, G. Je. 258, 352, 359
Sljoskin, Ju. L. 68, 69, 359
Smirnow 291, 293, 341
Smolzow 301
Smyschljajew, Walentin Sergejewitsch (1891–1936) 107, 336
Die Söhne des Mullahs 23
Sojkas Wohnung 85, 86, 87, 89, 91, 101, 102, 103, 104, 105, 112, 114, 115, 190, 211, 212, 226, 227, 230, 231, 239, 257, 278, 279, 289, 335
Sollogub, N. W. 226
Solowjow-Sedoj, W. P. 303
Solschenizyn, A. I. 9
Soschtschenko, M. M. 359
Stalin, Jossif Wissarionowitsch (1879–1953) 13, 14, 44, 90, 91, 92, 114, 135–137, 139, 141, 150, 151, 153, 154, 156, 157, 177, 178, 183–185, 197, 200, 202, 205, 210–213, 217, 246, 247, 250–252, 256, 257, 260–263, 267, 277, 284, 286, 292, 296, 300–302, 315, 316, 321, 347, 349–353, 355, 356, 358, 359, 361
Stanislawskij, K. S. 14, 83, 87, 95, 132, 138, 141, 148, 150, 161, 165, 169, 172, 173, 181, 199, 206, 214, 215, 216, 218, 221, 223–225, 228, 232, 244, 256, 257, 275, 299, 312, 313, 316, 338, 342, 349, 351, 355, 356, 358–361
Stanizyn, W. Ja. 216
Stawskij, W. P. 273, 340
Steiger, Boris Sergejewitsch (Baron) 184, 230, 231
Sudakow, Ilja Jakowlewitsch (1890–1969) 95, 96, 97, 213, 214, 238, 338
Swerdlow, Ja. M. 348
Swetschin, Alexandr Andrejewitsch 227, 235
Swetschina, Irina (A. A. Swetschins Frau) 227, 235
Swiderskij, A. I. 92, 114, 119

Die Tage der Turbins 14, 24, 37, 39, 84–91, 95–98, 100, 103–106, 108, 110, 114, 115, 118, 126, 127, 130, 141, 142, 150, 163, 164, 168, 184, 189, 193, 197, 206, 217, 218, 243, 256, 274, 275, 284, 285, 307, 314, 316, 336, 337, 352
Tairow, A. Ja. 87, 106, 360
Tarnowskaja, N. Je. 125
Tschajkowskij, P. I. 336
Thayer, Charles 225, 230
Theater der jungen Arbeiter 138, 145, 146, 149, 150, 152, 194, 336, 337
Theater des Russischen Dramas (Charkow) 260, 282, 283
Theater des Sanproswet 152, 336
Theaterroman (Aufzeichnungen eines Toten) 10, 51, 83, 131, 181, 257, 258, 280, 281, 284, 299, 341, 360
Tichon, Patriarch 49, 68
Tichonow, Alexandr Nikolajewitsch (1880–1956) 175, 176, 188, 192
Tolstaja, Anna Iljinitschna (P. S. Popows Frau) 140, 161, 182, 191, 214, 250, 251, 282, 323, 337, 357
Tolstoj, A. N. 44, 67, 68, 70, 360
Tolstoj, L. N. 140, 161, 186, 357, 360
Die Tonbräutigame 23
Topleninow, Sergej Sergejewitsch 276, 340
Die toten Seelen (Bühnenfassung) 138, 150, 152, 154, 161, 170, 171, 172, 209, 336, 338, 358
Die toten Seelen (Drehbuch) 179, 197, 207, 208, 212, 214
TRAM s. Theater der jungen Arbeiter
Troizkijs 296

Trozkij, Lew Dawydowitsch (1879–1940) 21, 33, 49, 75, 78, 352, 359
Truman, H. 348
Tschechow, A. P. 18, 84, 199, 273, 340, 360
Tscherkassow, Nikolaj Konstantinowitsch (1903–1966) 261
Tschitschikows Abenteuer 46, 115
Tschudakowa, M. O. 11, 21, 85, 177
Tuchatschewskij, Michail Nikiforowitsch (1903–1966) 41, 258, 288, 341
Die Turbin-Brüder 23, 35, 83
Turgenew, Iwan Sergejewitsch (1818–1883) 170

Umanskij, D. 86, 98
Uschakowa, Natalja Abramowna (N. N. Ljamins Frau) 182, 233, 338

Die verhängnisvollen Eier 46, 86, 100, 334, 335, 355
Verne, Jules 87

Wachtangow, Je. B. 358, 361
Wachtangow-Theater 85, 86, 101, 102, 104, 139, 180, 181, 219, 233, 234, 237, 238, 241, 242, 248, 252, 260, 261, 288, 318, 319, 347, 354, 358, 360, 361
Wagner, Richard 223
Wassilewskij, Ilja Markowitsch (1882–1938) 78, 334
Die Weiße Garde (Roman) 10, 14–17, 21, 23, 24, 46–48, 51, 67, 77, 83, 86, 88, 95, 98, 100, 107, 130, 137
Die Weiße Garde (Theaterstück) s. *Die Tage der Turbins*
Weissfeld, I. W. 208
Wells, H. G. 46
Wenkstern, Natalja Alexejewna (1891–1957) 139, 147, 155, 179, 319
Weressajew, W. W. 18, 45, 61, 73, 92, 96, 98, 103, 104, 139, 154–159, 164, 179, 180, 189, 191, 195, 197, 199, 208, 211, 213, 215, 217–219, 225, 232–234, 236, 239–244, 248, 266, 267, 273, 283, 294, 295, 317, 327, 338, 339, 343, 361
Weressajewa, Marija Germogenowna (W. W. Weressajews Frau) 104, 158, 215, 233
Werow, O. N. 246
Werschilow, Boris Iljitsch (1893–1957) 81, 82, 83, 95–97
Wilenkin, Witalij Jakowlewitsch 262, 314, 315, 320, 321
Wiley, Irina 230
Wiley, John C. 230, 231
Wiljams, Pjotr Wladimirowitsch (1902–1947) 218, 258, 286
Wischnewskij, W. W. 142, 166, 361
Wolf, W. Je. 232
Woloschin 253
Woloschin, M. A. 84, 94, 95, 100, 361
Woroschilow, K. Je. 191, 361
Woskressenskij, Iwan Pawlowitsch (Bulgakows Stiefvater) 18, 47, 57, 64–66
Wowsi, M. S. 330
Wright, A. Colin 11

»Zukunftsperspektiven« 21, 31, 44
Zwetajewa, Marina Iwanowna (1892–1941) 9

Anna Achmatowas Gedicht »M. B. zum Gedenken« auf Seite 265, aus dem Russischen übertragen von Heinz Czechowski, wurde mit freundlicher Genehmigung des Verlages Philipp Reclam, Leipzig, abgedruckt.